LE SCARABÉE

L'auteur

Le premier roman de **Catherine Fisher**, *The Conjuror's Game*, a été présélectionné pour le Smarties Booker Prize. *Candle Man* a remporté le prix Tir Na n'Og. Sa série de fantasy a été présélectionnée pour le WH Smith Mind Boggling Books Award. Ses dernières parutions incluent *Corbenic*, *Darkwater Hall* et *The Lammas Field*, à propos duquel Jan Mark a écrit : « Fort, écrit avec passion, profond et assez perturbant... »

Du même auteur :

L'Oracle
(Tome I)

L'Archonte
(Tome II)

LE SCARABÉE

Catherine Fisher

Tome III

Traduit de l'anglais par Frédérique Fraisse

POCKET JEUNESSE

Titre original :
The Scarab

Publié pour la première fois en 2005
par Hodder Children's Books, Londres.

Loi n° 49 956 du 16 juillet 1949 sur les publications
destinées à la jeunesse : janvier 2007.

ISBN 978-2-266-15618-9

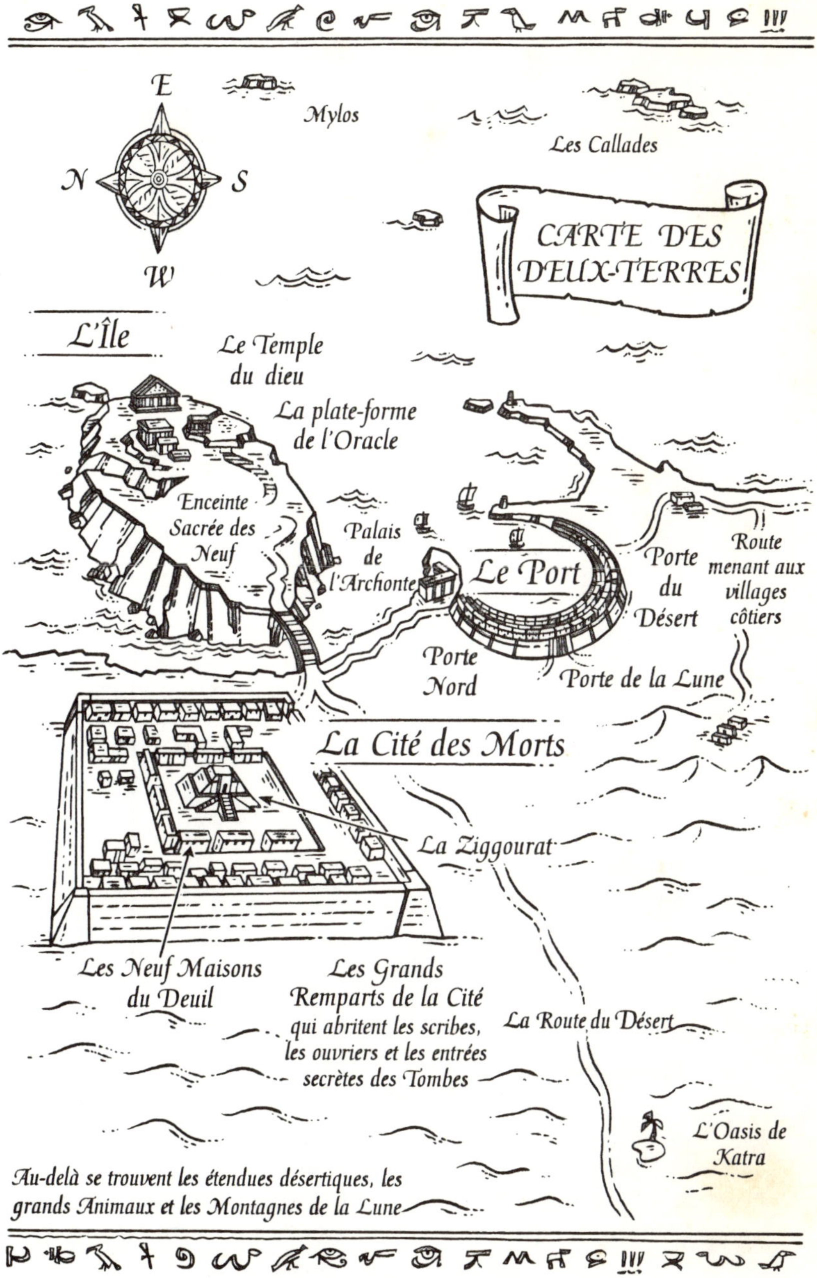
E
N
S
W
Mylos
Les Callades
CARTE DES DEUX-TERRES
L'Île
Le Temple du dieu
La plate-forme de l'Oracle
Enceinte Sacrée des Neuf
Palais de l'Archonte
Le Port
Porte du Désert
Route menant aux villages côtiers
Porte Nord
Porte de la Lune
La Cité des Morts
La Ziggourat
Les Neuf Maisons du Deuil
Les Grands Remparts de la Cité qui abritent les scribes, les ouvriers et les entrées secrètes des Tombes
La Route du Désert
L'Oasis de Katra
Au-delà se trouvent les étendues désertiques, les grands Animaux et les Montagnes de la Lune

PREMIÈRE ARCHE

Les Crânes

Entre chaque grain de sable, il existe de minuscules espaces.

L'un d'eux m'a servi de cachette le jour où un insecte s'est approché de moi, un gros scarabée à la carapace luisante et noire, aux pattes hérissées de poils.

Il m'a soulevé, m'a fait rouler. Pris de vertige, j'ai basculé en avant. J'ai été, couvert d'autres déchets, de bouse et de poussière, de fourmis mortes et de feuilles déchiquetées. Nous avons formé une boule de petits êtres que la créature manœuvrait avec maladresse dans l'obscurité.

Il nous a enterrés.

Comme nous étions le soleil, nous avons transpercé la croûte terrestre et avons jailli dans le ciel.

Elle entend le grondement de la Reine des Pluies

Elle était parvenue à se faufiler en se mettant de biais. Même ainsi, l'essieu dépassait de la roue en bois et elle avait dû retenir son souffle pour avancer, car son voile noir s'accrochait au mur.

Heureusement, il y avait un espace derrière la charrette.

Mirany leva les bras et empoigna les planches. Le pied posé sur l'essieu, elle se hissa lentement pour mieux voir.

La charrette était remplie d'oranges. Leur parfum lui mettait l'eau à la bouche, leur douceur âpre et juteuse tenaillait son estomac affamé et tourmentait ses lèvres asséchées. Elle n'avait pas mangé d'oranges depuis des semaines. Peut-être aurait-elle pu en chaparder une, mais trois gardes d'Argelin jouaient sur la place poussiéreuse. Le risque était trop grand.

Les dés ricochèrent.

Mirany se rongea l'ongle du pouce. Dès qu'elle remarqua son geste, elle s'interrompit. Ce tic récemment apparu remontait à son enfance. Aucun signe de Rhetia. Où était-elle ? Une bonne heure s'était écoulée depuis qu'elles étaient convenues de se retrouver là, après que le gong de l'après-midi avait retenti dans la Cité. À présent, les heures les plus chaudes de la journée condamnaient le Port au silence. Le marché était fermé et chacun était cloîtré chez soi. Seuls quelques chiens errants piquaient un petit somme dans les rues accablées de chaleur.

« Qu'est-ce qu'elle fabrique ? Tu crois qu'on l'a arrêtée ? »

Elle posait ces questions par habitude, mais n'obtint pas de réponse. Peut-être n'en obtiendrait-elle plus jamais ?

« Où es-tu, Notre Lumière ? pensa-t-elle, bouillante de colère. Où te caches-tu quand j'ai besoin de toi ! »

La grande place se trouvait dans le Quartier des Fouleurs. Rhetia avait choisi celle-ci car elle comportait cinq sorties qui débouchaient sur un dédale de passages, de ruelles et d'escaliers au-dessus desquels séchait du linge. À cette heure-là, elle aurait dû être déserte.

Ce n'était pas le cas.

Il y avait encore plus de soldats devant l'échoppe fermée du marchand de vin. Sous les yeux d'une Mirany consternée, une phalange[1] entière s'avança. Il s'agissait de mercenaires nouvellement engagés par Argelin, des hommes à la peau claire qui portaient des vêtements étrangers et parlaient une langue gutturale.

---

1. Formation de combat dans l'armée grecque antique. *(N.d.T.)*

Leurs lances et l'armure en bronze qui les couvrait des tibias au thorax miroitaient au soleil.

Quelque chose se tramait.

Les genoux endoloris par la position accroupie, elle vit les hommes s'arrêter au milieu de la place, au pied de la statue de la Reine des Pluies.

L'officier hurla un ordre. Aussitôt, la colonne se dispersa. Les soldats essuyaient la transpiration qui leur ruisselait sur le visage pendant qu'ils ramenaient des mulets et déballaient le matériel. Leur bruyante activité résonnait dans l'espace clos. Autour d'eux, la colère de l'astre solaire frappait les murs blancs des bâtiments.

Mirany suça sa lèvre desséchée. Si elle parvenait à se frayer un chemin jusqu'à cet auvent rayé, elle pourrait s'enfuir par la ruelle la plus proche sans trop attirer l'attention.

Et s'ils l'interpellaient...

Et si Rhetia arrivait ?

Des bruits soudains lui firent tourner la tête. Un homme sortait en courant de l'un des bâtiments. Petit, âgé, il poussait des hauts cris. Les bras levés au ciel, il se dirigea droit vers les soldats.

Sans perdre un instant, le mercenaire le plus proche brandit sa lance et fit trébucher le vieillard qui tomba lourdement par terre.

Les guerriers éclatèrent de rire. L'un d'eux adressa une remarque à son voisin.

L'homme les suppliait. Tandis qu'il avançait à quatre pattes, Mirany entendit ses halètements à peine audibles.

« Je vous en prie, messires ! Arrêtez ! Ce serait terrible ! Ce serait une profanation ! »

Ils ne comprenaient sûrement pas un traître mot de ce qu'il disait.

D'un geste désinvolte, un soldat lui donna un coup à la poitrine qui lui coupa la respiration. Les autres se remirent à la tâche.

Mirany comprit avec horreur.

Des cordes et des poulies furent apportées. Avec une grande efficacité, les hommes blonds lancèrent des nœuds coulants ; les cordes lestées s'élevèrent avant de s'enrouler autour des épaules de la Reine des Pluies, son cou, son bras tendu.

« Non ! » souffla Mirany.

La statue qui dominait les maisons avait été sculptée dans un immense morceau de pierre vert glauque, une agate veinée. Depuis des temps immémoriaux, le visage calme de la Reine des Pluies observait le Port, par-delà les maisons blanches et l'horizon infini de la mer azurée. Entre les milliers de plis de sa robe brillaient des cristaux enchâssés par le sculpteur. Les lapis-lazuli bleus de son collier scintillaient en compagnie de scorpions en or reliés à des scarabées de corail et d'ambre. Dans sa main tendue, une vasque en bronze brûlait au soleil. Autrefois, une fontaine s'en échappait, éclaboussait les passants de mille diamants et finissait sa course dans un coquillage en marbre blanc disposé à ses pieds. Pendant la sécheresse, la fontaine s'était tarie et aujourd'hui, alors que le fleuve coulait à nouveau, elle n'avait pas été restaurée. Des lézards se doraient au creux du coquillage brûlant, parmi les déchets et les débris de poterie.

Les cordes vibrèrent.

Mirany serra les poings.

« Fais quelque chose ! » exigea-t-elle.

Le dieu ne lui répondit pas. Il demeurait muet depuis deux mois. Deux mois pendant lesquels le monde de Mirany s'était écroulé.

Brusquement, les soldats qui jouaient se levèrent, jetèrent les dés dans leur casque et s'emparèrent de leur lance. Avant qu'ils n'aient pu se mettre en ordre, la première rangée de gardes du corps pénétrait sur la place.

Tapie derrière la charrette, Mirany marmonna l'un des pires jurons d'Oblek.

Parmi les hommes armés se trouvait une litière que Mirany examina d'un œil lugubre. Désormais, seule cette litière avait l'autorisation de circuler dans le Port. Les rideaux peu épais avaient été remplacés par des stores rigides en papyrus, renforcés, prétendait-on, par du métal pour parer d'éventuels coups de couteau. Les fenêtres étaient devenues de petites fentes sombres derrière lesquelles une paire d'yeux bougeait. Et quels yeux !

Depuis la destruction de l'Oracle, Argelin se déplaçait rarement à découvert. Il préférait le confinement et la protection de ses cavaliers armés. Bien obligé. Dans le Port, chaque statue du dieu et de la Reine des Pluies était systématiquement détruite par ses hommes, chaque image confisquée et brisée. En remplacement, ses portraits ornaient murs et places ; d'immenses statues à son image étaient sculptées à la hâte. Toute la journée, Mirany en avait croisé des dizaines – Argelin assis, les mains sur les genoux ; Argelin à cheval, une lance à la main ; Argelin dans un char de combat, terrassant ses ennemis... Ses exploits transcrits en hiéroglyphes brillaient sur des obélisques et des pylônes neufs.

Il y avait eu des troubles. Jusqu'à l'arrivée des drakkars de sa nouvelle armée. La terreur avait réduit le peuple au silence. Depuis l'émeute confuse dans le Port le mois précédent, quand cinquante hommes avaient été décapités et leurs épouses vendues à des marchands d'esclaves, le Général était devenu un symbole de haine et de peur.

S'il découvrait qu'elle était toujours en vie...

Un parfum capiteux de jasmin lui chatouilla les narines. Inquiète, elle se retourna. Derrière elle se trouvait une petite porte entrebâillée. Un œil l'observait par la fente sombre.

« S'il te plaît, chuchota Mirany. Laisse-moi entrer. »

Au bout de quelques instants, la porte s'ouvrit.

Elle ne perdit pas une seconde pour se faufiler à l'intérieur. On tourna le verrou dans son dos. L'obscurité sentait le chat et l'encens. Elle perçut la présence d'une femme dans le passage sombre. Une main s'empara de la sienne et la conduisit en haut d'un escalier en colimaçon. Des toiles d'araignée lui frôlaient le visage, une poussière sablonneuse crissait sous ses pieds. Mirany en déduisit qu'elle se trouvait dans une espèce de cellier, inutilisé vu qu'il n'y avait plus rien à stocker. Elle s'enveloppa vite la tête et les épaules dans son voile noir afin de ne laisser entrevoir que ses yeux. Qui savait qui étaient ces gens ?

Un rideau fut tiré.

Elle pénétra dans une pièce ensoleillée. Les rayons qui se déversaient par les persiennes zébraient les murs miteux. La dizaine de femmes présentes se retourna un instant avant de s'agglutiner aux fenêtres, comme si elles ne désiraient pas rater une miette des événements se déroulant à l'extérieur.

Sa sauveuse était de son âge. Elle portait du khôl et du fard à joues, ses cheveux noirs emmêlés étaient mal peignés. Un bambin s'agrippait à sa jupe.

« Tu n'aurais pas dû te trouver là », murmura-t-elle.

Mirany acquiesça.

« Que se passe-t-il ?

— À ton avis ? Ils vont détruire la statue. »

Mirany jeta un coup d'œil autour d'elle. La pièce était meublée de divans, de voilages. Trois chats dormaient au soleil. Devant une image de la Reine des Pluies, brûlaient des bâtonnets de bois de santal. La fille secoua la tête.

« Il est fou », chuchota-t-elle.

Quand Mirany s'approcha de la fenêtre, les femmes s'écartèrent. La plupart étaient jeunes, maquillées avec ostentation, en tenue légère. Soudain, elle comprit de quelle sorte de maison il s'agissait et rougit derrière son voile.

Puis elle aperçut Argelin.

Il était descendu de la litière et regardait la statue. Ne l'ayant pas vu depuis la mort d'Hermia, elle fut choquée par sa métamorphose. Sa barbe était toujours rasée de près, le bronze de son plastron étincelait autant, mais les yeux levés vers la Reine des Pluies s'étaient creusés et semblaient plus vitreux. Son visage hagard exprimait froideur et dégoût.

Il recula, donna un ordre bref.

Les hommes tirèrent sur la corde. Autour de Mirany, les femmes portèrent la main à la bouche, quelqu'un marmonna une prière. La Reine des Pluies vacilla. Doucement, sa main oscilla dans le ciel, son visage lointain bougea sous les rayons du soleil. De la poussière tomba de la corniche, de ses épaules. Un de ses doigts se fissura au niveau de la corde. Peu après, une articulation en marbre aussi grosse que la main d'un homme s'écrasa au sol.

Quelques curieux étaient sortis des maisons et s'étaient rassemblés à l'ombre sur la place. L'air menaçant, ils gardaient le silence. Argelin aboya et aussitôt, les soldats formèrent une double rangée en hâte face aux badauds, leurs lances entrecroisées. Le vieillard abasourdi était encore assis sur le sol poussiéreux, incapable d'en croire ses yeux. Il avait certainement connu cette statue et la fontaine toute sa vie.

« Les dieux sont censés voir ce qu'il se passe sur terre, pensa Mirany, amère. Ne les vois-tu pas ? *Fais quelque chose !* »

En guise de réponse, un gong retentit. Toutes les femmes se tournèrent vers la droite.

« Qui est-ce ? » s'enquit l'une.

Une procession partie du Port avançait sur la place. Mirany écarta les femmes pour mieux voir.

« Des officiels.

— Envoyés par l'Empereur ?

— Envoyés par la Cité des Morts. »

Elle n'eut aucune peine à reconnaître l'Embaumeur en chef vêtu de blanc, le Surveillant des Tombes, cinq des scribes de plus haut rang, l'Intendant de l'Archonte, la Maîtresse des Chats Sacrés.

« Ils viennent mettre fin à sa folie. » Une des plus vieilles croisa les bras. « Il le faut. Il ne peut pas continuer à tout détruire sur son passage.

— Il agit comme bon lui semble, expliqua tranquillement la voisine de Mirany. Il a tué la Porte-Parole. Le dieu l'a maudit et nous aussi par la même occasion. »

Mirany entrebâilla le volet. Les dignitaires approchaient. Pile en dessous de la fenêtre, Argelin s'était tourné pour leur faire face. Au bout d'un moment, ils s'inclinèrent devant le Général. La toge blanche de l'Embaumeur balayait la poussière, les scribes nu-tête transpiraient.

« Qu'est-ce ? » s'enquit Argelin, plus amusé que contrarié.

L'Embaumeur en chef humecta ses lèvres sèches. C'était un homme bien en chair aux gros doigts couverts de bagues.

« Seigneur Général... bafouilla-t-il.

— Seigneur Roi », rectifia Argelin avec un sourire dur. Un ange passa.

Long silence.

« Si vous le désirez, messire. »

Argelin fit un pas en avant.

« Ce n'est pas un désir. C'est un ordre. Vous avez assisté à mon couronnement, Parmenio. »

Mirany était au courant. Dans les tombes, Kreon leur avait rapporté la nouvelle : Argelin s'était proclamé roi et coiffé du diadème en argent qui ornait la statue du dieu dans le Temple. Elle se souvint à quel point Rhetia avait été consternée. Et furieuse.

L'Embaumeur était accompagné d'un domestique muni d'un éventail en plumes. Argelin chassa le garçon qui se hâta de reculer tandis que son maître bredouillait :

« Seigneur Roi. Oui. En effet. Mais je... nous... les Serviteurs des Morts. Nous aimerions nous exprimer. »

Il avait du cran, se dit Mirany. Il tendit sa main potelée, un esclave lui apporta une cassette. L'Embaumeur l'ouvrit.

Les femmes étouffèrent un cri. À l'unisson.

Même de là-haut, le contenu flamboyait. Des diamants, très certainement. Leur éclat projetait de minuscules arcs-en-ciel sur le visage d'Argelin. Il plissa les yeux sans montrer la moindre surprise. L'Embaumeur sortit un petit rouleau qu'il serrait fort entre ses doigts boudinés.

« Seigneur Roi. » Sa voix trahissait sa nervosité. « Vous êtes maître de vos actes. Mais nous ne pouvons pas rester là à vous observer sans vous supplier... sans vous supplier de... d'avoir pitié et de renoncer. »

Il fit un signe de tête. Les officiels s'agenouillèrent, maladroits dans leurs lourdes toges, la Maîtresse des Chats derrière son masque paré de moustaches, les scribes vêtus de safran et de rouge. Tous se prosternèrent, le front contre le sol.

La foule murmura.

Argelin les considéra, imperturbable.

« Car lorsqu'un mortel déclare la guerre aux dieux, c'est une invitation au désastre, continua l'Embaumeur. Vous allez attirer le courroux du dieu et la fureur de la Reine des Pluies sur nous tous, le peuple, les esclaves, les enfants. Nous, Représentants du Monde Souterrain, nous vous prions d'épargner cette dernière image. Il y a eu suffisamment de terreur. Vous êtes trop généreux, trop sage pour rejeter notre requête. En échange, acceptez ce témoignage de reconnaissance du peuple. »

Terrorisé, l'esclave déposa la cassette aux pieds d'Argelin. Celui-ci la regarda. Quand il releva la tête, Mirany lut une extrême froideur dans son regard.

« Et mon courroux, vieillard ? Et ma fureur ? » Tel un serpent s'apprêtant à frapper, Argelin saisit l'Embaumeur par le col de sa toge et leva le visage en sueur du gros homme contre le sien. « Votre maudite Reine des Pluies m'a arraché le corps d'Hermia des bras, elle a fait de moi un assassin. J'ai juré de détruire toutes ses représentations et je tiendrai parole. Je vous mets au défi – vous, les morts puants et le dieu – de m'en empêcher ! »

D'un coup de pied brutal, il renversa la cassette et du talon de sa botte, il écrasa dans le sable les diamants éparpillés.

« Monseigneur ! haleta l'Embaumeur. Prenez le temps de réfléchir. Quand l'Archonte reviendra...

— Je suis l'Archonte ! Je suis l'Oracle, les Neuf, le dieu. Mettez-vous cela dans le crâne, Parmenio ! La Cité devra l'accepter elle aussi. Oui, dès que j'en aurai fini avec le Port, je viendrai vous voir et si je veux les richesses des tombes, je me servirai moi-même. »

Un silence terrible s'abattit sur la place. Soudain, un cri retentit, si angoissant et inattendu que même Argelin releva la tête. Il se retourna, les soldats agrippèrent leurs armes.

Sur les toits des demeures qui entouraient la place, les babouins de la ville observaient la scène. Comme si le bruit les avait tirés de leur sieste, ils regardaient les hommes réunis en contrebas. Le vent du désert ébouriffait leur fourrure. Les mères portaient leurs petits, les mâles rôdaient, inquiets. Un autre hurla, puis un autre, et d'un coup, la place paniquée sombra dans la cacophonie. Debout, les animaux se frappaient le poitrail et ramassaient des pierres, jacassant avec furie, leurs dents blanches dénudées.

Au-dessus de la mer, le tonnerre gronda.

Argelin lâcha l'Embaumeur en Chef.

« Seigneur Roi... bredouilla celui-ci. Elle nous punira, elle nous enverra des maladies...

— Assez ! »

Sans ajouter un mot, Argelin tourna les talons. À son signal les mercenaires, sans doute terrifiés et sidérés par le tohu-bohu des singes, empoignèrent les cordes rêches.

« Tu m'écoutes, Reine des Pluies ? hurla Argelin. Voilà pour ton culte ! »

Il fit un bond en arrière.

Les soldats tirèrent.

Dans un craquement semblable à la foudre, la statue se brisa net. Sa base se lézarda, sa robe se fissura avant de voler en éclats. Des doigts, des boucles de cheveux et une oreille tombèrent en pluie. Oscillant sous les secousses et les cris répétés des soldats, la Reine des Pluies perdit l'équilibre. Tandis qu'elle basculait en avant et que son doux visage se fendillait, Mirany fut un instant persuadée que la déesse tournerait la tête et prendrait vie, qu'elle anéantirait Argelin du bout de son doigt de cristal. Le miracle n'eut pas lieu. Dans un fracas qui ébranla la maison et le monde, elle s'effondra, masse disloquée d'agate, tas de débris et de tessons étincelants.

Un énorme nuage de poussière pénétra par les fenêtres ouvertes. Prises de quintes de toux, les filles se couvrirent le visage. Des objets chutèrent des étagères. Le bébé se réveilla en hurlant.

Peu à peu, les singes blottis les uns contre les autres se turent.

Les officiels, épouvantés, écarquillaient les yeux.

Au bout d'un moment, les bottes d'Argelin piétinèrent les gravats. Il se pencha au-dessus du visage brisé, couché sur le côté, un œil et une moitié de nez. Il s'accroupit et effleura avec une certaine tendresse le front fendillé.

« Bien, ma Dame, chuchota-t-il, détruis-moi à présent, si tu le peux. Essaie toujours, car toi et moi sommes ennemis. »

Des cristaux scintillaient tout autour d'elle. Dans le coin de ses yeux.

Argelin retira sa main et en examina l'intérieur. Derrière le volet, Mirany retint sa respiration : malgré la chaleur oppressante, la paume du Général était humide.

Au creux de son oreille, une voix essoufflée soupira : *Non mais regarde-le, Mirany. Il croit vraiment pouvoir me remplacer ?*

Le scarabée prend son envol

Stupéfaite, Mirany étouffa un cri, mais avant qu'elle ne puisse répondre, une main lui souleva le menton et lui fit tourner brutalement la tête.

« Tiens, tiens ! Une intruse dans le Palais des Délices ! »

Grassouillette, la femme braquait ses petits yeux noirs sur Mirany. Elle portait une robe ample en lin noir et des boucles rondes cliquetaient à ses oreilles. Ses cheveux gris étaient coupés ras. Derrière elle, un esclave baraqué attendait discrètement.

Mirany déglutit.

« Je suis vraiment désolée. J'étais dehors. Sur la place. Je pensais...

— Tu dois être très intelligente pour penser, mon poussin. » Un doigt potelé lui caressa les cheveux. « Et comment es-tu entrée ? »

Mirany jeta des regards confus autour d'elle. La plupart des filles avaient disparu.

« Quelqu'un m'a ouvert la porte. J'ignore qui, mais je lui en suis très reconnaissante. »

La femme prit le temps de l'observer.

« Tu as intérêt. »

De sa main couverte de bagues, elle souleva le voile qui cachait le visage de la jeune prêtresse. Farouche, Mirany soutint son regard.

Une paire d'yeux perspicaces l'examina de la tête aux pieds.

Sa robe était assez usée – Kreon l'avait achetée à une femme de la Cité. Et après deux mois passés dans les couloirs sombres des tombes, la poussière s'était incrustée dans sa peau, ses cheveux étaient emmêlés, mal peignés. Bien qu'elle eût maigri, elle ne paraissait pas affamée, et jamais elle ne pourrait cacher la douceur de ses mains. Elle n'avait aucune plaie, ne montrait aucun signe de rachitisme ou de maladie suppurante.

Ce que remarqua la femme.

« Aurions-nous affaire à une dame ? » Elle toucha sa robe du bout de ses longs ongles rouges. « Sous ce camouflage ? »

Mirany lissa sa robe. Il fallait qu'elle parte, vite. Alors qu'elle esquissait un pas en direction de la porte, la femme fit un signe de tête et aussitôt, l'esclave se posta devant la sortie. Il sourit à Mirany.

« Voilà qui est intéressant. » La femme s'approcha de la fenêtre et ferma le volet tout en regardant entre les lattes. « Parce qu'il y a des avis placardés dans toute la Cité, pour ceux qui savent lire, bien sûr. On offre une récompense alléchante – extrêmement alléchante pour une pauvre femme comme moi – à qui saura où se trouvent les Neuf. Du moins, celles qui sont encore en vie. »

Mirany réfléchit à toute allure. Rhetia et elle étaient sûrement présumées mortes. Après la crue du Draxis, les soldats d'Argelin avaient dû fouiller les grottes et conclure que leurs corps avaient été emportés par les flots. Mais les autres prêtresses, Chryse, Gaia, Tethys, Persis, Ixaca, Callia, où se trouvaient-elles ? S'étaient-elles enfuies ? Argelin les avait-il capturées ?

« Je ne suis pas celle que vous croyez, déclara Mirany avec fermeté.

— Cela ne te dérange donc pas si j'invite les hommes du Général à vérifier par eux-mêmes ? » enchaîna la femme, un sourire aux lèvres.

Je crois qu'elle parle sérieusement, lui murmura une voix triste à l'oreille.

« Où es-tu ? Où est Seth ? Es-tu de retour dans le Port ? »

Oh ! Mirany, nous avons vécu de telles aventures dans le désert. Les animaux que nous avons vus, les montagnes que nous avons gravies ! Oblek a retrouvé ses chansons !

« Pendant que nous vivions un enfer. »

La femme dut croire que le froncement de sourcils lui était adressé.

« Bien entendu, poursuivit-elle, je suis prête à entendre ton offre. Même si je doute que tu possèdes autant d'argent que ce cher Général. »

À travers les lattes, Mirany aperçut la litière qui s'éloignait, escortée par plusieurs rangées de gardes du corps. Sur la place démarra le travail des marteaux et des burins.

« Qui êtes-vous ? »

La femme répondit par un sourire puis écarta les bras d'un geste théâtral. Sa robe iridescente semblait avoir des ailes.

« Je suis la reine de la nuit. Je me nomme Manto.

— C'est votre maison ? »

Manto la dévisagea.

« Ne pose pas de questions dont tu n'aimerais pas connaître la réponse. Oui, autrefois, j'étais hétaïre[1]. Aujourd'hui, je fournis des filles à ceux qui peuvent payer. » Elle jeta un coup d'œil aux casseurs de pierre. « Les affaires marchent bien ces temps-ci. Nombreux sont les hommes fraîchement arrivés dans le Port. »

Mirany avala sa salive. Elle transpirait, elle avait hâte de sortir. Cette pièce qui lui avait servi de refuge quelques minutes plus tôt se refermait sur elle. Il fallait absolument qu'elle retourne aux tombes avant le couvre-feu.

« Aide-moi », supplia-t-elle le dieu qui était parti aussi vite qu'il était venu.

Sans se presser, Manto alla s'asseoir à une petite table sur laquelle étaient disposés d'étranges objets : une série de boîtes en bois de santal, un miroir, une patte momifiée qui se réfléchissait dans du verre difforme. Elle prit des herbes et se mit à écraser les feuilles séchées entre ses doigts. Une riche odeur d'armoise emplit la pièce.

« Je possède aussi une solide réputation d'adepte de la magie. Sache que je suis une grande faiseuse d'envoûtements et de potions destinées à convoquer les

1. Prostituée d'un rang social élevé qui divertissait les hommes cultivés. *(N.d.T.)*

esprits. » Elle leva les yeux. « Ou de drogues qui apaisent l'âme et le corps. »

Le sang de Mirany ne fit qu'un tour. Puis, tel un souffle silencieux venu du dieu, une idée jaillit. Elle croisa les bras.

« S'il s'agit d'une menace, commença-t-elle, peut-être devrais-je vous signaler que je suis une amie proche d'un certain... charognard du désert. »

Amusée, la femme la toisa.

« Serait-ce un vautour ?

— Je dirais un Chacal. »

Un choc. Voilà ce qu'elle lut dans ses yeux. Ainsi qu'une grande curiosité. La femme se reprit vite, éclata de rire, arrangea ostensiblement les plis de sa robe. Mirany était au bord du désespoir. Un frisson de terreur la glaça. Avait-elle commis une grossière erreur ?

Manto lui tourna le dos et s'empara d'un miroir ovale en argent. Un serpent aux yeux verts, lové autour, examinait ses profondeurs, l'air pensif.

« Ah ! Voilà qui est intéressant ! Et moi qui te prenais pour une pauvre petite prêtresse, précieuse et innocente, jamais sortie de son Île. Quant à celui dont tu parles, le Prince des Voleurs, c'est un mythe. Mi-homme, mi-créature des ténèbres, il hante les tombes et les déserts. Mes filles font le récit de ses exploits à leurs gamins, le soir avant de les coucher. Même s'il existait...

— Il existe », l'interrompit Mirany.

Dans le miroir, elle aperçut le sourire entendu de Manto.

« Oui, mon chou. Je sais qu'il existe. Mais la rumeur

court qu'il a disparu des ruelles et des fumeries d'opium du Port.

— Peut-être est-il revenu ? » tenta Mirany qui observait l'esclave.

Manto posa le miroir et leva les yeux. Elle se rembrunit. Sa voix perdit toute espièglerie.

« Alors dis-lui qu'il ferait mieux de se montrer prudent. Sous le nouveau régime d'Argelin, les voleurs sont torturés sans autre forme de procès. Moi, son retour m'enchante. » Elle porta ses ongles cramoisis à sa bouche et souffla un baiser. « Donne-le-lui de ma part, ajouta-t-elle. Dis-lui que je lui extorquerai bientôt le paiement de sa dette. »

Mirany écarquilla les yeux. Quelque chose s'envola de la bouche ou de la main de la femme, un insecte bleu et or, étincelant, la carapace soulevée, les ailes bruissantes. Il atterrit sur sa tunique et s'y accrocha. Mirany fit un bond en arrière, frotta le revers de sa robe. L'insecte cliqueta avant de tomber par terre.

Lentement, elle le ramassa.

Il s'agissait d'un scarabée aux ailes déployées, en émail bleu et écarlate. Au-dessus de sa tête, un disque d'or représentait la boule de fumier qu'il roulait, le soleil qui traversait le ciel.

« Vous connaissez le Chacal ?

— Si je le connais ? Dis-lui juste : Manto. » Tout sourire, elle joignit les mains et fixa Mirany derrière ses ongles rouges. « Il se souviendra. »

Derrière elle, l'esclave déverrouilla la porte. Mirany prit un air détaché, rajusta son voile et se dirigea vers l'escalier, la tête haute, comme Rhetia l'aurait fait. La voix moqueuse l'immobilisa sur la première marche.

« Quel gâchis... Si tu cherches du travail, mon chou, reviens me voir. »

Mirany ne put s'empêcher de frissonner. Elle s'enfuit en courant.

L'esclave la fit passer par une autre porte qui donnait sur la rue. L'heure de la sieste était depuis longtemps finie. Elle croisa une file de mulets. Réconfortée par la chaude odeur des animaux, elle les regarda clopiner, puis elle se faufila derrière le dernier, évita une ruade et, tête baissée, elle se hâta en direction de la Porte Nord.

Il fallait qu'elle sorte avant le couvre-feu. Depuis qu'il s'était proclamé Roi, Argelin avait la mainmise sur le Port. Les portes étaient fermées une heure avant le coucher du soleil et quiconque s'aventurait dans les rues à la nuit tombée était arrêté. Tous les habitants possédaient des papiers avec leur nom et leur signalement et comme les soldats étaient quasiment illettrés, des scribes avaient été chargés de les assister. Elle palpa le morceau de parchemin crasseux dans sa poche. Kreon l'avait fabriqué à partir de papyrus et d'encre volés dans les salles de travail. Il s'était appliqué malgré sa mauvaise vue, le nez collé sur ces hiéroglyphes complexes. Et comme elle ne savait pas très bien lire, Mirany ignorait si le papier comportait des erreurs.

Seth aurait su, lui.

Elle sourit. Quel soulagement de les savoir de retour ! La situation allait enfin s'arranger. La route pavée dégageait une chaleur intense. Elle se faufila sous une arche blanche, passa par la loggia d'un petit théâtre, puis tourna au coin et s'engouffra dans le dédale de rues.

Devant une petite fontaine en forme de dauphin, la queue habituelle d'esclaves et de femmes munis d'amphores attendait dans la lumière déclinante. Un chien léchait les éclaboussures sur le sable. L'eau et la nourriture étaient sévèrement rationnées par les soldats d'Argelin. Elle contourna à la hâte un jardin en ruine. Un parfum de myrte embaumait l'air et bien que citrons et figues aient été cueillis jusqu'au dernier, elle soupira. Ce jardin lui rappelait l'Île, ses vergers et ses bosquets. Plus personne ne se rendait là-bas désormais. De l'autre côté du Pont barricadé et gardé, s'étendaient les jardins de l'Enceinte brûlés par le soleil, la piscine vide, la Maison Haute devenue le refuge des scorpions et des araignées. Seuls les éléphants de l'Empereur demeuraient là-haut, à demi morts de faim dans leur corral. Argelin les gardait en otage parce qu'ils étaient sacrés. La nuit, leurs barrissements pathétiques retentissaient par-delà la mer.

Les greniers avaient dû être vidés de leur blé. Et, pire, dans le Temple, plus personne ne prenait soin de la statue du dieu. Quant à l'Oracle, elle n'osait y penser. Son sort la terrifiait, l'emplissait d'une colère sourde.

La queue était encore plus longue devant la Porte Nord. Inquiète, Mirany examina la foule sans apercevoir Rhetia. Pendant que des nomades demandaient le droit d'entrer avec leurs chèvres, ouvriers de la Cité, scribes, femmes de ménage, artistes, fabricants d'oushebtis[1] attendaient patiemment à l'ombre des murs.

1. Statuette funéraire dans l'Égypte antique. *(N.d.T.)*

Les hommes d'Argelin rôdaient.

« S'il te plaît, marmonna-t-elle, laisse venir Rhetia. »

C'était la deuxième fois seulement qu'elle osait s'aventurer dans le Port et elle ne l'avait jamais quitté sans Rhetia. La grande fille était douée pour bluffer. Elle changeait de voix, faisait rire les soldats, flirtait parfois avec eux, sans se préoccuper de leurs réflexions grossières. Mirany en aurait été incapable. Elle savait avec une terreur indescriptible qu'on la voyait telle qu'elle se sentait : petite, effrayée, coupable.

Des ombres s'abattirent sur elle. Elle leva la tête et vit, empalées sur des pieux, les têtes en décomposition des insurgés du Port. Certains crânes avaient été nettoyés par les oiseaux. Quant aux autres, des morceaux de chair méconnaissables pendaient de leur visage sans yeux. L'air était irrespirable. Des nuages de mouches bourdonnaient au-dessus d'eux.

Mirany plaqua son voile sur son nez et sa bouche.

La file progressait lentement.

Sous le porche opposé affluaient les retardataires, un chariot rempli de sel des mines, une phalange de mercenaires... Ceux qui ne possédaient pas de papiers étaient refoulés dans le désert. Quant aux autres, les scribes vérifiaient que leurs noms n'apparaissaient pas sur les listes des personnes dénoncées affichées sur les piliers en boue séchée.

Les nomades franchirent la Porte Nord, leurs chèvres parsemant la route de crottes. Le scribe fit signe à Mirany de s'approcher.

« Suivant ! »

Le visage caché derrière son voile, elle lui tendit son parchemin.

Après l'avoir examiné, il la regarda.

« Pourquoi tu sors ?

— Mon père est artiste dans les tombes. Je vis avec lui.

— Pourquoi es-tu allée au Port ?

— Pour rendre visite à ma tante. Et faire quelques emplettes. » Elle lui montra le petit sac qu'elle dissimulait sous sa robe. Il l'ouvrit, inspecta les figues sèches, le sachet de sel et les rares pièces en cuivre. Puis il prit le scarabée. « C'est quoi ? »

Elle l'avait oublié. Elle passa la langue sur ses lèvres desséchées.

« Un cadeau. De ma tante. »

Au creux de sa main, le bijou semblait de piètre qualité, le genre de babiole vendue au marché. Elle avait dû se tromper : il ne s'agissait pas d'or, mais de bronze. L'émail n'était que du verre dépoli.

Le scribe interpella le soldat, retourna le colifichet entre ses doigts. Ensemble, ils observèrent les derniers rayons du soleil se refléter sur l'insecte coloré.

Était-ce un symbole secret ? Soudain, Mirany fut convaincue que l'héroïne l'avait trahie.

« Comment s'appelle ta tante ? »

Mirany nota un changement subtil dans la voix du scribe. Le soldat dut le percevoir, lui aussi, car il s'approcha.

« Sappho. Elle vit dans le Quartier des Potiers.

— Ah oui ? » Il parcourut sa liste à toute allure puis leva les yeux. « Tu mens. » Un sourire mielleux aux lèvres, il lui lança le bijou. « Ma poupée, direction la prison militaire. »

Épouvantée, elle le dévisageait.

« Mais... mon père... »

Il l'attrapa par le poignet.

« Il attendra. Suis-moi.

— Non ! »

Elle se libéra, horrifiée. Au même instant, une corne retentit, au sommet des remparts, annonçant la fermeture de la Porte. La foule gronda derrière Mirany. Un homme poussa un hurlement de colère dont l'écho se répercuta dans la guérite confinée.

Le soldat n'eut pas le temps de s'emparer de la jeune fille ; il fut bousculé par un homme venu du désert. Le visage bien enveloppé pour se protéger des vents brûlants, un bâton dans une main et un sac cabossé sur le dos, il portait une de ces longues robes amples que tissaient les nomades.

Seuls ses yeux étaient visibles ; des yeux noirs au contour hâlé par le soleil. Les rides de son front étaient incrustées de sable. Il fit pivoter le scribe.

« Toi ! »

Le garde brandit sa lance. L'étranger l'ignora.

« Tu es responsable ici ? Pourquoi y a-t-il des scribes aux portes, maintenant ?

— Ordres d'Argelin », rétorqua le scribe. Comme s'il s'en voulait d'avoir répondu, il aboya : « Où sont tes papiers ?

— Je n'en ai pas. »

La simplicité de sa réponse laissa tout le monde sans voix. Les gens poussaient Mirany. Dans la pénombre, elle risqua un pas un arrière.

« Les nouvelles lois...

— Je me fiche des nouvelles lois. » La soif rendait sa voix rauque. « Oublie la populace et conduis-moi à

Argelin. Tout de suite. J'ai des nouvelles qui l'intéresseront. Mais d'abord, apporte-moi à boire. »

Pendant quelques minutes tendues, le scribe ne bougea pas. Puis il fit un signe de tête au soldat qui abaissa sa lance et alla chercher une cruche d'eau et une tasse cabossée. Alors que Mirany esquissait un nouveau pas en arrière, le regard du voyageur se posa sur elle avant de se déplacer vers la porte. Il se versa lentement à boire.

Le cœur de Mirany battait fort. Un instant, elle avait cru qu'il la connaissait, qu'il lui avait transmis un message.

Le porche empestant le fumier était plongé dans l'ombre. Une des portes était déjà verrouillée, trois mercenaires s'arc-boutaient pour tirer l'autre. L'immense battant parsemé de clous en bronze grinçait sous leurs efforts conjugués.

« Argelin récompensera quiconque m'amènera à lui, déclara le voyageur. Il attend de mes nouvelles depuis des mois. »

Il défit l'écharpe qui lui masquait le visage, l'ôta et but.

Mirany n'en crut pas ses yeux.

Seth !

Oui, Seth. Épuisé, le visage bruni, brûlé, les joues creusées, les yeux bordés de rouge, une barbe de plusieurs jours. Il lança un nouveau regard insistant en direction de la porte et cette fois-ci, elle trébucha en arrière, abasourdie, incapable de le quitter des yeux.

Pourquoi souhaitait-il se rendre auprès d'Argelin ?

Et où était l'Archonte ?

Le temps pressait. Elle se retourna et se faufila par l'entrebâillement de la porte, esquiva la main d'un soldat, fit la sourde oreille aux cris du scribe. Elle se mit à courir à toutes jambes sur la route du désert, en direction de l'obscurité maussade de la Cité des Morts. Elle rattrapa son voile qui s'envolait. Son sac lui heurtait la hanche, un point de côté lui coupait le souffle, mais elle ne ralentit pas l'allure. Ce ne fut qu'une fois arrivée sous l'ombre imposante des Archontes assis sur les remparts de la Cité qu'elle jeta un coup d'œil derrière elle. Elle se tenait le flanc, haletante.

Personne ne l'avait suivie.

La porte était fermée, la route déserte. Accroupie, elle ôta brusquement son horrible voile et le fourra dans son sac. Puis, en silence, elle pénétra dans les buissons.

Le chemin courait entre les broussailles et les épineux, une piste tracée par les animaux sous les remparts de la Cité. Loin dans le ciel, les Archontes de pierre tournés vers l'orient montaient leur garde éternelle ; leurs yeux sertis de gemmes observaient par-delà le désert les premières étoiles qui pointaient à l'horizon.

Mirany scruta les alentours avant de se couler dans l'ombre du cinquième bastion. Il était dissimulé par des buissons qu'elle écarta doucement. Le mur, immense, était composé de blocs aussi gros qu'une maison, bien ajustés et envahis par la végétation, mais dans ce coin-là, une petite portion avait été dégagée. À tâtons, elle chercha le mécanisme secret, caché au fond d'une fissure.

La pierre pivota dans un grincement rauque.

Mirany s'agenouilla et se glissa dans le trou obscur. Dès qu'elle eut remis la pierre en place, les ténèbres l'enserrèrent. Sa respiration devint bruyante et les petits bruits qu'elle fit lorsqu'elle s'empara de la lampe et du briquet à amadou résonnèrent dans les espaces invisibles autour d'elle.

Quand la flamme crépita, elle vit immédiatement ce qu'elle avait redouté. L'autre lampe, celle de Rhetia, se trouvait encore là. La jeune fille n'était pas revenue.

D'une main tremblante, Mirany alluma la sienne puis se releva. Quand la lumière gagna en intensité, elle révéla le labyrinthe des momies.

Cet endroit l'avait toujours troublée. Kreon lui avait dévoilé de nombreux secrets sur les tombes. Il y avait plusieurs passages qui conduisaient hors de la Cité, et bien que celui-ci fût le plus facile d'accès, c'était le seul qu'elle n'aimait pas.

Les êtres momifiés n'étaient pas des hommes, mais des chats.

Des milliers et des milliers de chats. Impossible de deviner leur nombre. Mirany s'avança entre les paquets rigides. La plupart des momies étaient disposées dans des boîtes empilées, d'autres, mal enveloppées et rongées par les rats, perdaient leurs entrailles de sciure, d'autres encore, aux bandelettes entrecroisées de manière complexe, telles des poupées de cire ou d'argile, une petite tête aux yeux en cristal vert, avec des moustaches et le nez dessinés. Ces corps desséchés entassés jusqu'au plafond peint reposaient dans des bières, des cercueils ou des basques en bois de santal sculpté. Beaucoup – sans doute les chats du Temple –, ornés d'amulettes et de scarabées, avaient été placés dans des boîtes en or, dont les flancs étaient gravés du bateau de la Reine des Pluies.

Tenant sa lampe à bout de bras, Mirany parcourut les allées et les caveaux de ces petits morts lointains tandis que, devant ses pieds, s'esquivait l'ombre des animaux vivants réfugiés chez les morts. Des chatons miaulèrent. Un instant, sa lampe se refléta dans les yeux d'un magnifique chat écaille et blanc qui portait une boucle en or.

Au bout se trouvait un escalier. Elle le descendit et ouvrit la porte qui n'était pas verrouillée. La clef pendait encore au mur et Mirany ne s'en préoccupa pas, tellement elle était pressée de gagner les niveaux inférieurs et d'échapper à cette atmosphère confinée et oppressante.

L'obscurité ne l'incommodait plus. Ici, dans le royaume des ombres de Kreon, elle s'était habituée à ne plus voir le soleil, à deviner l'heure en fonction du souffle léger d'une brise souterraine, des mouvements du sable, du pas des vivants à la surface. Mais là, alors qu'elle dévalait les marches menant au Troisième Niveau puis au Quatrième, elle sentait ses vieux doutes l'envahir à nouveau, concernant le dieu, concernant Seth. Pourquoi se rendait-il auprès d'Argelin ? Que lui était-il arrivé ? Que leur était-il arrivé à tous dans les Montagnes de la Lune ?

Pendant deux mois, depuis ce jour funeste où le fleuve avait repris son cours et où Hermia était morte, elle n'avait pas entendu un seul mot du dieu. Juste le silence, les échos et l'obscurité... jusqu'à aujourd'hui. Peut-être avait-elle imaginé ces mots, entendu ce qu'elle voulait entendre ? Parce que Seth ignorait sûrement qu'elle avait sauvé sa sœur et son père. Peut-être Argelin lui avait-il fait miroiter des récompenses trop tentantes ?

Et s'il avait tué Alexos ?

Elle resta pétrifiée, puis secoua la tête. Non, c'était impossible.

Impossible.

À la porte de la chambre des copies, elle se frotta le visage et tapa le signal secret. Pendant un instant, personne ne répondit. Puis elle entendit la démarche légère et claudicante de Kreon, suivie du trottinement aérien de Telia.

« C'est Mirany », chuchota-t-elle.

La porte s'ouvrit. Les yeux pâles de l'albinos se plissèrent. Il masqua la lampe.

« Mirany ! » Derrière lui, Telia dansait de joie. « Tu ne devineras jamais...

— Où est Rhetia ? s'inquiéta Kreon.

— Je n'en sais rien. »

Mirany entra... et vit Oblek. Assis, les pieds sur la table, il buvait de l'eau. Tandis qu'elle demeurait bouche bée, il éclata de son grand rire guttural. Derrière lui, une voix irritée s'adressa à elle.

« Je t'avais dit qu'on reviendrait, Mirany. Je ne comprends pas pourquoi tu te mets toujours dans tous tes états ! »

Elle fit volte-face.

Alexos était allongé sur le ventre, les pieds en l'air, des briques miniatures appartenant à Telia empilées devant lui.

Et derrière eux, affalé sur un divan en faux acajou, le Chacal la lorgnait de son regard étrange.

Il ose entrer dans la tanière de l'animal blessé

Seth marcha jusqu'au Port entre deux soldats. Ignorant s'ils l'escortaient ou s'ils le conduisaient en prison, il garda la tête haute et avança d'un pas confiant. Le jeu des faux-semblants commençait là, l'avait prévenu le Chacal. Il n'était plus question de revenir en arrière.

Sa rencontre avec Mirany avait failli avoir raison de lui. La tentation de lui prendre le bras et de s'enfuir avec elle, de passer la porte qui se refermait, l'avait submergé telle une vague de chaleur. La transpiration lui avait détrempé le dos.

Il était terrorisé.

Ce matin-là, couché sous un tamarinier, il avait observé les remparts du Port avec calme et assurance. Leur plan, élaboré lors du long chemin du retour, lui avait semblé dans ses cordes – mensonges faciles, air bravache et imperturbable. Persuadé de réussir, il avait fanfaronné devant Oblek et le Chacal. Mais maintenant, sans personne à impressionner, il comprenait à quel point il s'était abusé. Il était seul. Même s'il réussissait, même si Argelin le croyait, qui savait ce qu'il se passerait ensuite ?

Les rues s'assombrissaient. Houspillés par leur mère, les gamins rentraient chez eux. La fumée pourpre des feux annonçait le repas. Il respira à pleins poumons l'odeur mêlée de citron, de légumes pourrissants, de lessive, de poisson et de cannelle qu'il avait toujours connue.

Des petits géraniums rouges fleurissaient dans un pot. Lorsque sa manche les effleura, ils exhalèrent fugacement leur parfum. Ils descendaient déjà l'enchevêtrement de ruelles sinueuses et d'escaliers raides en direction des maisons obscures.

Soudain, entre les toits, il aperçut la mer.

Sa splendeur ténébreuse lui coupa le souffle. La brise salée et le cri d'une mouette lui firent monter les larmes aux yeux. Au fil des jours brûlants dans le désert, il avait rêvé tout éveillé de la mer, il avait trébuché sur des visions de son eau bleue, de son flux et son reflux, de ses poissons, de ses dauphins. Et là, tandis qu'il dévalait une rue qui menait au Port, sa puanteur d'algues l'étonna. Il glissa sur des écailles, sur un filet laissé par un pêcheur.

Le soldat lui jeta un coup d'œil et vite, il se redressa.

Les quartiers généraux d'Argelin avaient changé. Pour commencer, ils étaient entourés d'une nouvelle structure défensive – quelques bastions de pierre construits à la hâte, une guérite, trois trébuchets et une catapulte installée sur une plate-forme, face à la mer. Dans le Port, une immense chaîne, plus grosse que tout objet en métal qu'il eût jamais vu, s'égouttait au-dessus de l'entrée. Les bateaux de pêche étaient éclipsés par les carcasses à moitié construites de sept – non, huit – énormes trirèmes[1] où s'activaient encore des ouvriers, à la lumière de torches vacillantes. Une ligne d'étranges vaisseaux à la proue en forme de dragon étaient au mouillage.

Et il y avait des mercenaires partout.

Des étrangers de haute taille, venus des pays froids au-delà de l'Empire, aux yeux bleus et aux cheveux de paille. Fasciné, Seth observa leurs épées, leurs drôles de cuissardes, les serpents enroulés qu'ils portaient en guise de broche. Ils parlaient une langue composée de mots brefs. Les voir écrits, les imaginer retranscrits en hiéroglyphes et en langue vulgaire aurait peut-être chassé sa peur.

Il dut argumenter une demi-heure avant d'approcher Argelin. Il recourut une fois aux menaces, soudoya par deux fois les gardes grâce aux quelques statères que lui avait donnés le Chacal. Les habitudes avaient la vie dure. On le fouilla à deux reprises avant de le pousser dans une petite cellule où on l'enferma avec une folle et un homme qui grommelait, la tête entre les mains.

Seth ne s'assit pas. Il fit les cent pas dans le cachot et réfléchit à son discours qu'il ne cessait de modifier. Au final, quand un soldat empressé vint le chercher, il avait les idées tellement embrouillées qu'il se persuada qu'il n'y arriverait jamais.

---

1. Navire de guerre à trois rangs de rames. *(N.d.T.)*

Argelin sentirait ses mensonges comme du fumier au soleil.

Ils le conduisirent auprès du sous-officier dont se souvenait Seth, un petit homme gris surmené, un peu plus important semblait-il, vu les quelques arabesques qui décoraient sa cuirasse en bronze et la tête de gorgone en son centre.

« Toi ! s'exclama le sous-officier. Je te croyais mort !

— Pas encore. » Seth s'humecta les lèvres. « Le Général sait-il que je suis là ?

— Sa Sainteté le Roi Archonte, notre Lumière, le Fils du Scorpion, a été informé de ta présence.

— Sa Sainteté ? »

Malgré lui, Seth déglutit avec horreur. Le sous-officier haussa les épaules avec lassitude.

« Tu es parti trop longtemps, scribe. Notre monde est sens dessus dessous. »

Comme en écho à ses paroles, un rugissement de rage jaillit derrière la porte fermée. Un objet se brisa en mille morceaux. L'air lugubre, le sous-officier marmonna :

« Pour ton bien, j'espère que tu apportes de bonnes nouvelles.

— Les meilleures qui soient. »

Il frotta son menton rugueux, sentit les grains de sable sur sa peau.

La porte s'ouvrit.

Deux hommes du Nord traînaient un esclave dont les pieds raclaient le sol. Son visage ruisselait de sang. Lorsqu'il passa devant lui, Seth l'entendit murmurer des bribes de phrases étranges entre deux sanglots.

« Attends ici. »

Le sous-officier entra. Seth profita de cet instant de calme pour examiner le couloir éclairé par la flamme vacillante d'une torche qui crachotait dans sa niche. Elle avait remplacé la statue de la Reine des Pluies.

Et s'il prenait ses jambes à son cou ? Maintenant. Demi-tour et au revoir. La peur au ventre, sur le point de vomir, il fit un pas à l'instant où le sous-officier revenait.

« Entre. »

L'homme parlait d'une voix sans timbre et quand Seth examina son visage, il ne lut rien d'autre qu'une parfaite maîtrise de soi. Seth bomba le torse et franchit la porte.

La pièce était plus ou moins telle que dans son souvenir – les divans somptueux, la coupe en majolique émaillée remplie de citrons sur la table ronde, les luxueuses draperies, les grands vases décorés de silhouettes rouges. Suspendues au plafond, les lampes dont les flammes se reflétaient dans le bronze et l'or éclairaient chaque coin sombre. Cependant, il y régnait un désordre sans nom. Des rouleaux de papyrus étaient empilés par centaines, leurs étiquettes emmêlées. Des stèles couvertes de lettres cunéiformes dégringolaient des boîtes. La peau de tigre, tachée, piétinée, disparaissait sous une pyramide d'armures rouillées. Il y avait des cartes géographiques partout, épinglées aux murs, calées entre les bras des statues, cachant les vestiges de repas à peine touchés qui moisissaient sur des assiettes en étain.

Penché au-dessus de l'une d'elles, Argelin traçait une ligne avec son doigt. Quand il tourna la tête et vit Seth, un éclat fébrile s'alluma dans ses yeux.

« Je commençais à croire que tes os blanchissaient dans quelque oued asséché. »

Il se redressa, s'adossa contre la table. Il portait un plastron de cuirasse en cuir sur une tunique rouge et sale. Ses bras nus étaient musclés et couverts de cicatrices.

« Le voyage a été long, déclara Seth.

— Je vois. » Le Général eut un sourire glacial. « Tu en portes les marques. »

Vous aussi, pensa Seth. La lueur, dans ses yeux, lui donnait des frissons. Alexos lui avait raconté comment Hermia avait péri. Maintenant, il se demandait si Argelin n'avait pas tué autre chose en même temps.

« Je suppose que ce petit fou d'Archonte est mort. Tu ne serais pas ici si tu avais échoué.

— Il est mort. »

Il mentit avec aisance. La fermeté de sa voix le réjouit.

« L'or ?

— Nous n'en avons pas trouvé.

— Et le Puits magique ? »

Seth haussa les épaules.

« Nous avons atteint les Montagnes. Le garçon n'avait qu'une obsession : les escalader. Au sommet du plus haut pic, il y avait une grotte avec une mare. Il nous a obligés à boire. L'eau était froide et avait un goût de métal. »

Il s'interrompit, s'approcha d'un divan à rayures et s'assit. Il étendit les jambes sous le regard d'Argelin qui ne pipa mot.

« Nous avons essuyé une tempête cette nuit-là. Éclairs, énormes nuages chargés de pluie. Le garçon chantait et dansait sous l'averse. Il semblait croire qu'elle tombait grâce à lui. Des ruisseaux se sont mis à couler, le lit du Draxis a débordé. Vous connaissez la suite. »

Quelque chose d'étrange se passa. Le flegme d'Argelin s'envola quelques instants. Seth se dépêcha de reprendre le fil de son discours.

« Le lendemain, nous avons effectué une descente à la corde, j'étais le dernier. La falaise était à pic. Disons que le garçon est tombé.

— Tu as coupé la corde ? »

Seth sourit avec aigreur.

« Vous aviez raison, c'était plus facile que je ne le croyais.

— En effet. Il semble que tu aies vaincu tes scrupules sans difficulté. »

Seth ne parvint pas à garder le sourire.

« Je n'avais pas le choix. »

Argelin le dévisagea avant de hocher la tête.

« Et les autres ?

— Deux hommes que le garçon avait dénichés je ne sais où. Un ivrogne et un voleur. Je les ai laissés à l'oasis de Katra.

— Ils en savent trop.

— Ils savent que s'ils ouvrent la bouche, ils en répondront devant vous. » Il haussa les épaules. « Un meurtre me suffit. »

Seth essaya de mettre une angoisse cachée dans ses paroles, un zeste de remords, un soupçon de peur.

Peut-être réussit-il ? Argelin l'observa un long moment, puis s'empara d'une carafe en argent et versa deux coupes de vin. Il en tendit une à Seth.

« À la mort du dieu. »

Seth prit la coupe. Bien qu'effrayé jusqu'au tréfonds de son âme, il la leva sans trembler.

« À la mort du dieu. »

Le vin aigre eut beau lui piquer la gorge, il lui en fut reconnaissant. Il fallait qu'il arrête de penser que le pire était passé, puisque le plus compliqué restait à venir.

« Bien sûr, affirma Argelin qui fouillait dans la masse de papyrus, il y a toujours un choix. Je présume que tu as découvert que ton père et ta sœur ont échappé à leur... captivité. Connaîtrais-tu leur cachette ? »

Là, il lui fut difficile de ne pas se trahir. Ses lèvres se contractèrent.

« Maintenant, oui. À ce moment-là, non.

— Dis-moi où ils se trouvent.

— Chez des amis.

— Des amis. » Argelin sourit. « Comme c'est pratique. Tu veux ta récompense. »

Il sortit un rouleau, jeta un coup d'œil à l'étiquette, puis l'étala sur la table. Seth constata qu'il était couvert de lettres cunéiformes entrecoupées çà et là de cartouches entourant les hiéroglyphes bleu or du dieu et de la Reine des Pluies.

« Nous avions parlé d'une charge de questeur, je crois. » Argelin s'empara d'un style posé sur la table et le trempa dans l'encrier. Ses yeux parcoururent le document. Il barra d'un trait rageur les noms sacrés qu'il remplaça par le sien. La plume éclaboussa le papyrus. « Je tiens mes promesses. Je pourrais ordonner ta mort, mais tu me seras peut-être utile. L'argent achètera tout aussi bien ton silence. La première fois que je t'ai vu, j'ai su qu'on pouvait facilement te corrompre. »

Argelin ne prit pas la peine de cacher son mépris.

Seth se leva et posa sa coupe. Elle cliqueta sur la marqueterie salie de la table.

« Je ne veux pas de votre questure », déclara-t-il calmement.

Le style s'interrompit. Argelin tourna la tête. Il fit un pas en arrière et dégaina une longue lame avant que Seth ne puisse ajouter un mot.

« Non... Non... Ce n'est pas ce que je veux dire ! »

En deux enjambées, le Général l'avait rejoint. Il approcha son couteau du visage de Seth. Les dents aiguisées de la lame en bronze capturaient la lumière, sa pointe se trouvait à trois centimètres à peine de l'œil droit de Seth.

« Un scribe aveugle est un scribe inutile. »

Sa voix était étonnamment oppressée, ses articulations blanches sur le manche.

Un instant, Seth fut pris de vertige, comme si le sol avait bougé, le monde pivoté sur son axe. La folie d'Argelin s'était transformée en un bourdonnement qu'il pouvait entendre, en un goût salé sur ses lèvres. Elle étouffait l'air sombre.

Soudain, une goutte d'eau tomba du plafond. Elle s'écrasa sur le poignet du Général qui poussa un halètement. Tel un fou, il se frotta la peau et hurla en direction du plafond dallé.

« Toi ! C'est encore toi ! »

Seth bondit en arrière, ce qu'Argelin ne parut pas remarquer. Sur la défensive, il brandissait son couteau, se tournait, les yeux levés.

« Où es-tu ? dit-il avec hargne. Tu peux t'écouler, t'égoutter, je te trouverai. Ne crois pas que ma vengeance a commencé, batelière, catin, sorcière ! Je détruirai et brûlerai toutes tes statues, j'effacerai ton nom d'un million de stèles, je déchirerai les papyrus qui respirent ton nom ! Non seulement tu n'existeras plus, mais tu n'auras jamais existé. Les hommes apprendront que je leur ai offert l'eau, que mes ouvriers l'ont canalisée pour irriguer, qu'elle est contrôlée par les écluses et les pompes que j'ai conçues. Il n'y a pas de Reine des Pluies. » Il abaissa son couteau. Tout à coup, sa voix devint un sifflement. « Je suis le seul et unique dieu ici. »

La pièce fut plongée dans le silence. Au Port, parvenaient vaguement les coups de marteau des charpentiers.

Argelin, en nage, avait le visage cendreux.

Alertés par le bruit, le sous-officier et ses trois hommes se tenaient sur le seuil de la porte. Mal à l'aise, l'arme au poing, ils jetèrent un rapide coup d'œil dans la pièce.

Seth se décolla du mur du fond.

« Vous voulez quoi ? » demanda Argelin d'une voix rauque.

Le sous-officier transpirait.

« Quelqu'un a crié, monseigneur. J'ai cru... »

Argelin laissa échapper un rire creux. Quand il s'aperçut qu'il tenait un couteau à la main, il le jeta sur la table.

« Sortez d'ici ! »

Pendant un instant, le sous-officier dévisagea Seth.

Puis il marmonna quelque chose et les hommes reculèrent.

Argelin passa la main sur sa barbe. Elle était taillée à la perfection, ce qui sembla le calmer. Il but une gorgée de vin et quand il reprit la parole, sa voix était glaciale, comme s'il ne s'était rien passé.

« Pas de questure... Quoi, alors ? »

Le cœur de Seth tambourinait encore dans sa poitrine. Une boule était restée coincée au fond de sa gorge. Il parvint à l'avaler.

« Pas d'argent. Du pouvoir.

— Personne ne me fera chanter, scribe.

— Non... C'est juste... » Il haussa les épaules, fit un pas en avant. « J'ai aidé Alexos parce que je croyais qu'il serait puissant et que je deviendrais quelqu'un. Mais c'était juste un garçon stupide et capricieux. Mon père m'a toujours dit que j'aurais dû rejoindre votre état-major, parce que, un jour, vous détiendriez le pouvoir dans les Deux-Terres. Il avait raison. Là-bas, dans le désert, j'ai vu qu'il avait raison. »

Des filets de sueur lui coulaient le long du dos. Il ferma le poing puis le rouvrit.

« Je veux travailler pour vous et vous seul. Je veux des responsabilités. Vous avez besoin de quelqu'un – regardez-moi ce désordre dans ces papiers ! Je ne compte pas croupir le restant de ma vie dans les tombes. Cela ne m'intéresse pas de persécuter des vieilles dames en échange de quelques pièces. Je veux être au cœur de l'action. »

Silence.

En avait-il trop dit ?

Argelin tapota un citron du bout du doigt. Il était couvert de moisissures vertes, remarqua Seth.

« Au cœur de l'action. Comme c'est intéressant.

— Vous avez besoin d'un collaborateur efficace. » Seth s'enhardit. « Les gens sont indisciplinés, les négociations avec l'Empereur complexes. Le fleuve doit être maîtrisé si vous souhaitez en tirer des profits. Il faut établir des plans, créer des digues, rédiger des contrats pour les travaux d'irrigation. Il faut armer des navires, recruter des équipages, payer vos nouveaux mercenaires.

— J'ai déjà une centaine de scribes.

— Qui vous font des centaines de rapports. Vous perdez votre temps avec ces considérations insignifiantes et pénibles. Votre rôle est de superviser la flotte, les défenses. Votre métier, c'est la guerre. Le mien, c'est l'intendance. »

Le Général sourit.

« Très tentant, déclara-t-il d'une voix sereine. Mais je ne suis pas idiot au point d'ignorer que des années de pots-de-vin et d'autorité feront de toi un homme dangereux. Je serai peut-être obligé de regarder par-dessus mon épaule.

— Je serai loyal.

— Je n'en doute pas. J'y veillerai. »

Argelin fit les cent pas. Seth attendait. Il avait abattu toutes ses cartes. Un mot, un mouvement de plus serait un mot, un mouvement de trop. Il avait la gorge sèche, les jambes en coton. Il mourait d'envie de s'asseoir. Enfin, Argelin se retourna.

« D'accord. Tu seras mon Secrétaire personnel. Tu auras tes appartements ici et tu ne connaîtras d'autorité que la mienne. Tu seras à mon service à n'importe quelle heure du jour et de la nuit. Tu recevras mille statères par an. J'ajoute que ton père et ta sœur vivront dans la maison de mon choix. Ils n'auront pas l'autorisation de quitter le Port. Si tu manques à tes devoirs, ils seront exécutés. »

Les yeux durs, il s'approcha de Seth.

« Parce que je sais qu'il faudra te surveiller, Seth. Le gros musicien est mort, la fille est morte, l'Archonte est mort – apparemment. Il ne reste plus que toi.

— Je n'ai qu'un camp : le mien, rétorqua Seth dans un haussement d'épaules.

— Espérons-le », souffla Argelin, le sourcil levé.

Dehors, il rêvait de s'effondrer par terre, de respirer à pleins poumons. Alors qu'il était au bord de la suffocation, le sous-officier réquisitionné par Argelin l'observait. Il se laissa donc conduire dans un réseau de couloirs et d'escaliers poussiéreux jusqu'à un dédale de réserves, de chambres et de casernes.

« Il me jette en prison ? marmonna-t-il.

— Les cellules se trouvent deux étages plus bas. » Le sous-officier s'arrêta, ouvrit une porte branlante et jeta un coup d'œil à l'intérieur. « C'est ici. »

Une chambre. Petite. Privée d'air. Obscure. Un lit dur et une seule couverture. Un bol craquelé en bois sur une table. Seth examina les lieux.

« Bien, déclara-t-il. Je veux que le sol soit balayé. Je veux deux tapis, une chaise, des draps neufs en coton, de quoi écrire et autant de lampes que tu pourras en trouver. Une bassine en argent, quelques coupes, deux étagères ici. Je veux que quelqu'un nettoie cet endroit chaque matin. De la nourriture et de l'eau. Et, nom d'un chien, quelle est cette odeur ?

— Patchouli.

— Quoi ?

— Une sorte d'huile parfumée fantaisie. Le Prince Jamil se faisait masser le dos par ses esclaves presque tous les jours.

— Sa cellule est près d'ici ?

— Une cellule ? » Le sous-officier, prêt à cracher, se retint. « Une suite, oui ! Le précieux neveu de l'Empereur est la plus belle carte dans la manche d'Argelin, sans oublier ces fichus éléphants. Tu savais qu'ils étaient sacrés ? Si Jamil n'était pas retenu en otage, l'Empereur aurait réduit le Port en cendres voilà des semaines. »

Seth hocha la tête. Malgré lui, il s'effondra sur le lit.

« Qu'on aille chez moi et qu'on me rapporte mes affaires, marmonna-t-il. Maintenant. »

Le sous-officier sortit.

« Un autre scribe pourri qui nous traite avec arrogance... »

Et cette fois-ci, il cracha.

Seth se retourna et resta immobile. Épuisé, il laissa tomber son sac par terre. Il ferma les yeux et fut submergé par l'obscurité.

Le loup était enfermé dans la bergerie.

Il avait réussi.

Oblek avait juré que c'était impossible ; le Chacal avait insinué qu'il n'aurait pas assez d'aplomb. L'un et l'autre s'étaient trompés.

Il était au cœur de l'action.

Quand il ouvrit les yeux, il vit un scarabée courir le long du mur et disparaître dans un trou. Il revit la porte et la manière dont la fille au voile noir l'avait regardé, à la fois étonnée, contente et sur ses gardes.

Il revit comment elle s'était enfuie par la porte sans se retourner.

« Oh, Mirany ! murmura-t-il au silence. Qu'ai-je fait ? »

DEUXIÈME ARCHE
Les Cendres

Il existe neuf arches sur la route qui mène au Jardin de la Reine des Pluies. C'est ce que les gens aiment raconter. Chacune est un obstacle et un test, un danger et un délice.

Seuls les morts et le dieu peuvent emprunter ce chemin qui s'égoutte et s'écoule comme le lit d'une rivière.

Le Jour du Scarabée, tous les ans, ma statue et celle de la Reine parcourent les rues, passent les portes fabriquées par le peuple. Autour de moi, les gens s'agglutinent telle une nuée d'insectes, grouillent comme autant de poissons, tendent leurs mains vers moi.

Je ne peux leur parler puisque mes lèvres sont de marbre, mais je souris parce qu'ils me paraissent si petits, si faibles, parce qu'ils ont tant besoin de moi.

J'éprouve quelque chose qui ressemble à la peur.

Si tant est qu'un dieu connaisse la peur.

Elle voit le soleil souterrain

« Pourquoi ne l'en avez-vous pas empêché ? »

Mirany fit face au Chacal. Elle était partagée entre le soulagement et l'incrédulité.

« C'était son idée, votre Sainteté.

— Il rivalise d'idées stupides ! s'exclama-t-elle avant de s'asseoir, abasourdie, sur l'un des trônes aux ailes déployées de Kreon.

— Qu'avez-vous cru qu'il faisait ? demanda le Chacal sur un ton narquois.

— Je ne sais pas ! »

Elle ne le savait que trop bien. Elle ne voulait pas y repenser, mais le pilleur de tombeaux la scrutait de ses yeux d'animal et souriait.

« Vous avez cru qu'il nous trahissait. Il me semble que tous les actes héroïques de notre jeune ami suscitent toujours des soupçons. »

Il parlait d'une voix moqueuse, Mirany lui tourna le dos.

« Archonte ! Tu aurais dû l'en empêcher ! »

Les briques empilées par Alexos atteignaient une hauteur critique. Les sourcils froncés par la concentration, il en plaça une de plus au sommet.

« Les dieux ne peuvent empêcher les gens de faire ce qu'ils veulent, Mirany. Et puis il nous fallait une taupe. »

Impuissante, au bord des larmes, Mirany regarda Oblek. Le colosse se pencha en avant. À sa grande surprise, sa voix ressemblait à un grognement empli de gentillesse.

« Ce qu'ils ne vous disent pas, ma fille, c'est que Seth a accepté de prendre ce risque à cause de la Sphère.

— La Sphère ? répéta Mirany, déconcertée.

— Oui, cela remonte au jour où vous la lui avez remise. Durant notre voyage du retour à travers le désert, par une nuit étoilée, alors que nous seuls étions éveillés, il m'a tout raconté. Il m'a confié qu'il voulait la Sphère, qu'il mourait d'envie de la posséder. Il vous l'a arrachée des mains et vous vous en êtes aperçue. Ensuite, il a eu honte. Il souhaite que vous pensiez du bien de lui, Mirany. »

Elle demeura paralysée. Quand Kreon plaça une coupe de lait chaud entre ses mains, elle la but d'une traite. Quelque chose de froid semblait s'être installé en elle, un tesson de terreur.

« Il court à sa perte. S'il le croit, Argelin le réduira au silence, murmura-t-elle.

— Peut-être que non. »

Le Chacal étendit avec paresse les jambes sur le divan. Le courant d'air qu'il créa renversa la pile de briques. Consterné, Alexos poussa un long gémissement. Un léger tremblement ondula à travers les murs et le plafond.

Inquiet, Oblek inspecta la pièce.

« C'était toi, mon vieil ami ? »

Alexos contempla sa pile renversée d'un air renfrogné.

« Je suis désolé, Oblek. Je ne recommencerai plus. »

Tandis qu'il arrangeait à nouveau les briques, le colosse et le Chacal échangèrent un regard. Avec mille précautions, le Chacal posa les pieds par terre.

« Comme je le disais, Argelin est fourbe. Il pourrait chercher à tirer parti de Seth. Surtout s'il le soupçonne. Voilà une corde extrêmement raide, mais le scribe est un bon funambule. Seth a un instinct de conservation très développé. »

Il prit une petite gorgée de vin de Kreon et fit la grimace.

« Bien, que se passe-t-il ici ? Depuis combien de temps vous impose-t-on ce couvre-feu ?

— Deux mois. » Mirany croisa les doigts autour de la coupe incurvée. « Depuis la mort d'Hermia, Argelin fait régner la terreur. Il détruit chaque représentation du dieu et de la Reine des Pluies et les remplace par la sienne. Il s'est proclamé roi, a fermé temples et théâtres et arrêté tous ceux qui s'opposaient à sa volonté. Les impôts ont augmenté, les marchands sont refoulés. Le peuple est en colère, mais il a trop peur de se rebeller, à cause des mercenaires – un peuple du Nord, des gens arrogants et brutaux. Il y a eu des exécutions, des mutilations publiques, des confiscations de biens. Nous obtenons ces nouvelles grâce aux contacts de Kreon – des femmes de ménage, des scribes et des esclaves – , parce que Rhetia et moi n'osons pas nous aventurer dans la Cité après la tombée de la nuit. Le Port est trop dangereux. Je n'y suis allée que deux fois.

— Et la guerre ? » marmonna Oblek.

Elle haussa les épaules.

« C'est l'impasse, semble-t-il. Selon la rumeur, la flotte de l'Empereur occuperait les Callades, Mylos et les îles. » Une seconde, elle pensa à son père et posa sa coupe. « Le Port est bloqué. Personne n'entre ni ne sort. Ce sera bientôt la famine.

— Aucun commerce et des milliers de mercenaires à payer ! » L'air pensif, le Chacal sirota son vin. « Argelin doit être au bord de la banqueroute. » Il regarda Kreon. « Pendant que l'Ombre attend dans le noir.

— Comme il l'a toujours fait. » L'albinos s'accroupit, croisa ses genoux efflanqués. « Parce que l'Ombre garde les tombeaux, ces lieux de sommeil. Et oui, les tombeaux sont la prochaine étape d'Argelin. »

Oblek se renfrogna derrière sa coupe. Mirany fut surprise de constater qu'il ne buvait que de l'eau.

« Il ne sera pas assez fou pour dépouiller les morts ? »

Le Chacal lui lança un regard aigre.

Kreon sourit du coin des lèvres.

« Des richesses incommensurables gisent sous nos pieds. Il a renié les dieux et a soif de vengeance. Le courroux des Archontes ne le dissuadera pas. » Il jeta un regard oblique à Alexos. « Mais maintenant que mon frère est de retour, Argelin comprendra ce qu'est la colère d'un dieu.

— Un plan ? » demanda doucement le Chacal.

Kreon haussa les épaules.

« Certaines... dispositions ont été prises. Pièges, guets-apens, percement de tunnels, constructions... Les hommes d'Argelin s'apercevront que les cartes essentielles manquent ou les induisent en erreur. Tous ceux qui s'en serviront pour pénétrer dans les tombes se perdront. La rumeur court déjà que la silhouette fluette et mortelle de l'Ombre du dieu rôde.

— Et le fleuve ? s'exclama soudain Alexos qui se releva, ses cheveux bruns dans les yeux. Mon fleuve ! J'ai dit que je le ramènerais et j'ai tenu ma promesse ! »

Kreon lança un regard à Mirany.

« Les soldats d'Argelin patrouillent sur les berges, l'informa la jeune fille. Dans certains endroits autorisés, les gens doivent payer l'eau. Il fait construire une espèce de système d'irrigation, mais nous n'en savons pas plus.

— Il ne devrait pas, grogna Alexos. Et mes statues, Mirany... Si vieilles, un travail d'une telle qualité... »

Sa voix se répercuta dans les coins sombres de la chambre. Une fine poussière se souleva, un objet glissa et se brisa par terre.

« Mon vieil ami, le réconforta Oblek, nous lui ferons payer cet affront.

— Comment ? demanda Mirany qui s'était levée et arpentait la pièce. Aucun de nous ne peut défier son armée ! Nous sommes en sécurité ici, mais s'il apprenait que nous sommes vivants... Et Rhetia ! Où est-elle ?

— Risque-t-elle de parler ? s'enquit le Chacal.

— Bien sûr que non.

— Se peut-il qu'elle soit allée lui soumettre un plan de son cru ? »

Mirany hésita à répondre. Nul ne savait jamais ce que mijotait Rhetia. Son séjour de deux mois dans les tombes l'avait rendue quasiment folle. Elle était allée seule dans la Cité par deux fois et avait refusé de dire où exactement. Et aujourd'hui, elle avait été si impatiente de se rendre au Port.

« Peut-être, répondit-elle à contrecœur. Mais jamais elle ne nous trahirait.

— En tout cas, déclara le Chacal en s'asseyant, j'ai fréquenté ce Royaume des Toiles d'Araignée trop longtemps. Il est temps que le Chacal retourne dans sa tanière et le Seigneur Osarkon dans son palais en ruine. Vous êtes peut-être tous morts et enterrés, mais autant que je le sache, moi pas. » Il se pencha en avant, ses cheveux blonds pendaient, ses yeux en amande les dévisageaient tour à tour. « Laissez-moi d'abord vous confier mon plan.

— Qu'est-ce qui te fait croire que tu diriges les opérations ? grommela Oblek.

— Silence, Oblek. » Alexos croisa les jambes. « Je veux écouter.

— Tu ferais bien, petit dieu. Notre but est de rétablir l'Oracle, l'Archonte et les Neuf. De mettre Argelin hors d'état de nuire à jamais. D'accord ? »

Tous acquiescèrent sans mot dire.

« Tout d'abord, nous devons retrouver le restant des Neuf. Les miens partiront à leur recherche.

— Il se peut qu'elles soient mortes », marmonna Oblek.

Le Chacal l'ignora.

« Ensuite, il faut porter secours au Prince Jamil. Ça, c'est le travail de Seth. Nous devons nous montrer prudents – lui porter secours ne signifie pas le libérer. Comme Argelin, nous avons besoin de lui en tant qu'otage contre l'Empereur. Pendant ce temps, dans le Port, voleurs et pickpockets, escrocs et faussaires seront à pied d'œuvre. Ils voleront des armes, réuniront munitions et lances. Argelin sera dévalisé à son insu. » Il s'empara d'une brique d'Alexos et la lui tendit avant de l'escamoter. « Comme par magie. »

Alexos sourit.

« Et ensuite ? » intervint Mirany.

Le Chacal approcha son visage anguleux du sien.

« Ensuite, nous reprenons l'Île et tenons bon contre lui. Nous nous rebellons, Votre Sainteté. »

Elle soutint son regard.

« En tant que Porte-Parole, je m'y oppose. Ou promettez-moi qu'il n'y aura pas de bain de sang. »

Oblek renifla. Le Chacal garda le cap.

« Vous demandez un miracle. Mais j'essaierai. »

Elle hocha la tête, sachant que face à Argelin et ses troupes c'était sans espoir.

« Pourquoi ? se contenta-t-elle de demander.

— Pourquoi ?

— Oui. Pourquoi faites-vous cela ? » Elle fixa ses amis interloqués. « Pourquoi Oblek n'est-il pas ivre ? Pourquoi ne projetez-vous pas de vendre les armes d'Argelin, de profiter du rationnement, d'organiser un racket d'eau de contrebande ? Que vous est-il arrivé ? »

Nul ne répondit. Le Chacal haussa les épaules avec élégance. Oblek prit un air maussade.

« Ils ont bu l'eau du Puits des Chansons, Mirany », expliqua Alexos qui empilait des briques.

S'il s'agissait d'une réponse, elle n'en comprit pas le sens. Mais Kreon lui sourit et dans la chaude obscurité, elle sentit le dieu pénétrer son esprit et murmurer : *Je te raconterai un jour.*

« Quel rôle vais-je jouer dans ce grand projet ? demanda Oblek.

— Tu surveilleras l'Archonte et la Porte-Parole et vous resterez sous terre jusqu'à ce qu'on vienne vous chercher. Interdiction de gagner la surface. » Le Chacal se leva et toisa Mirany. « En fait, Votre Sainteté, j'ai l'intention de prospérer. J'ai l'intention d'être le Seigneur Osarkon à part entière, de récupérer mes terres et de laver l'honneur de ma famille, de rappeler à Argelin le sang de mes frères et l'extrême chagrin de ma mère. » Un nuage passa sur son visage ; puis lorsqu'il se pencha au-dessus de la bougie, l'ombre s'envola. Soudain, il se tourna vers les profondeurs en désordre de la chambre. « Qui est là ?

— C'est moi. »

Entre les tas de meubles factices émergea un homme mince et grisonnant qui tenait une fillette par la main. Ses cheveux et son visage étaient couverts de poussière, ses bras étaient sales jusqu'aux coudes. Tandis qu'il se débarrassait de ses outils, Telia courut vers Mirany et lui enlaça la taille.

« Ma fille m'a dit que vous étiez revenus. » Pa se redressa avec difficulté. Il lança un regard furieux à Oblek, dévisagea Alexos. « Vous devez être l'Archonte.

— C'est exact », répondit Alexos gravement.

Pa grogna, examina le Chacal, Kreon puis les recoins sombres de la pièce.

« Où est Seth ? Où est mon bon à rien de fils ? »

Plus tard, allongée sur son lit de parchemin qui craquait et bougeait chaque fois qu'elle se tournait, Mirany repensa à l'impassibilité du visage de Pa quand Kreon lui avait expliqué la situation. Il était demeuré absolument immobile, comme si le moindre mouvement, le moindre mot allait briser son sang-froid.

Telia avait affiché sa contrariété, elle.

« Seth avait promis qu'il me rapporterait un cadeau. »

Ses paroles avaient déchiré le silence comme autant de coups de couteau.

Pa avait disparu dans l'amoncellement de meubles sombres sous le regard d'Oblek qui avait marmonné :

« Il ne t'a pas oubliée, petite. Patience. »

Les yeux grands ouverts, Mirany ne trouvait pas le sommeil. Il faisait chaud dans le royaume des morts où la température ne variait jamais. Le silence était absolu.

Elle roula sur le dos et fixa le plafond en pierre. D'après Oblek, Seth faisait tout cela pour elle. Oui, elle avait lu un éclair de cupidité dans son regard, et il s'en était aperçu. De là à courir un tel risque ! Avait-il réussi ? Était-il déjà mort ? Cette terrifiante pensée la fit s'asseoir dans son lit. Elle serra le drap rêche entre ses doigts.

« Dis-moi ? Est-il mort ? » demanda-t-elle au dieu.

L'obscurité s'empara de ses mots, les fredonna, les chuchota. Ils résonnèrent dans les fissures et les crevasses. Au loin, les ronflements d'Oblek s'interrompirent avant de reprendre, comme si, dans son sommeil, il les avait entendus.

« Pas lui. »

D'abord, elle crut que le dieu lui avait répondu. Puis elle vit Pa.

Il se trouvait de l'autre côté du rideau que Kreon avait suspendu pour elle, un voilage pourpre en lambeaux.

« Approchez », murmura-t-elle.

De la poussière tourbillonna lorsqu'il souleva le rideau. Il s'assit sur le lit qui craqua sous son poids. Mirany posa les pieds par terre et prit ses mains dans les siennes. Elles étaient calleuses – pendant de longues heures, Kreon et lui avaient installé leurs pièges secrets.

« Vous n'auriez pas dû entendre.

— Je pense comme vous. » Il parlait d'une voix morne. « J'ai interrogé Alexos. Il m'a répondu que Seth se trouvait là où il voulait être, au cœur de l'action. » Il leva les yeux. « Ce garçon est l'Archonte... Je...

— Oui, l'interrompit Mirany. Il doit savoir. »

Le visage de Pa était livide, comme si les mois passés loin du soleil avaient drainé toute sa vigueur. Ses cheveux gris étaient tondus, sa peau tannée et desséchée.

« Le musicien prétend que Seth fait cela pour vous, Mirany. Ce n'est pas la seule raison. » Il haussa les épaules. « Mon fils et moi n'avons jamais été proches. À la mort de sa mère, il a fallu s'occuper de Telia, un petit bout de rien, un bébé malade. Nous avons vécu des moments difficiles. Je suis tombé d'un échafaudage et j'ai dû quitter mon travail – j'étais maçon,

Votre Sainteté, un bon maçon. Seth a dû subvenir à nos besoins. » Il haussa les épaules. « J'avais de l'ambition pour lui. Obtiens un poste auprès d'Argelin, lui disais-je. Vise le sommet. Quand il a choisi la Cité, je l'ai méprisé. Quatrième assistant de l'archiviste dans une fourmilière de scribes et de gratte-papier. Quel gâchis ! Nous nous disputions chaque fois qu'il rentrait à la maison, tant et si bien qu'il ne rentrait plus. »

Mirany déchira le bord du drap.

« Il vous ressemble. »

Pa leva la tête. Il semblait surpris.

« Vous trouvez ?

— Oh oui ! Une vraie tête de mule. Il croit tout mieux savoir que tout le monde. »

Elle essayait de lui remonter le moral, mais sa voix sonnait faux. Elle se racla la gorge.

« Mon père est pareil. Il a comploté et graissé des pattes pendant des années pour m'envoyer sur l'Île. Il doit être mort d'inquiétude à l'heure qu'il est. » Elle essayait de ne pas penser à leur grande maison pleine de courants d'air au-dessus du port de Mylos, aux vieux domestiques, à son père dans sa bibliothèque remplie de manuscrits. « J'aimerais tant lui faire parvenir un message. Lui dire que je suis vivante.

— Impossible à cause du blocus. » Pa passa sa main rugueuse sur son visage, produisant un bruit de râpe. « Voilà, j'étais simplement venu vous rassurer. Ce n'est pas votre faute. Mon fils est arrogant et l'a toujours été.

— Mais vous l'aimez », répliqua-t-elle tranquillement.

C'était presque une question. Pa inspira.

« Je l'aime quand il est loin de moi, grommela-t-il. S'il était ici, je le traiterais de fou. »

Ses paroles arrachèrent un sourire à Mirany. Soudain, Pa se tourna, comme s'il avait pris une décision.

« Votre Sainteté, je veux vous montrer quelque chose. Maintenant. Pendant que les autres dorment. Je suis tombé dessus hier, alors que j'étais seul dans les tombeaux de la Sixième Dynastie. Vous m'accompagnez ? »

Déconcertée, elle fit oui de la tête. De toute manière, elle n'arrivait pas à dormir.

Il attendit qu'elle s'habille puis sur la pointe des pieds, ils se frayèrent un chemin entre les meubles factices et déverrouillèrent la porte du Royaume de Kreon. Celui-ci était parti en quête de nourriture. Oblek ronflait près du feu. Alexos dormait en chien de fusil dans le lit. Telia devait être dans la chambre indépendante que Pa lui avait aménagée derrière des cercueils empilés.

Pa moucha la lampe et la devança le long du dédale de couloirs et d'escaliers.

Mirany le suivit, la main plaquée contre la paroi.

Il descendit plusieurs volées de marches jusqu'aux niveaux inférieurs, puis tourna dans un couloir qui s'ouvrait sur sept autres. Il choisit une galerie qu'elle n'avait jamais explorée. La lumière de la lampe lui montra qu'elle avait autrefois été peinte en blanc. À mesure qu'ils avançaient, ils rencontraient de vastes édifices de marbre et de pierre qui s'élevaient dans le vide sombre du plafond. Lorsqu'elle passait en dessous, elle sentait leur poids, entrapercevait des statues, des yeux de chats – étaient-ils en cristal ou vivants ? –, une myriade d'hiéroglyphes retraçant des histoires perdues. Soudain, à un angle abrupt, le couloir amorça une pente. À certains endroits, des morceaux de rampe demeuraient fichés dans le mur. De gros blocs de pierre leur barrèrent le passage plus d'une fois, comme s'ils s'étaient écrasés là plusieurs siècles auparavant.

Entre le troisième et le quatrième édifice, Mirany fit une pause et regarda derrière elle. Une obscurité totale se refermait derrière elle, tel un élément solide. Un murmure caverneux s'en éleva.

« C'était quoi ? »

Pa se retourna.

« Qui sait ? À la surface, les ouvriers nomment ce bruit "l'Ombre". Kreon prétend qu'il s'agit de la respiration des morts, mais quand je lui ai demandé comment les morts pouvaient respirer, il m'a répondu par son éternel haussement d'épaules. Il revient souvent, ce murmure. La première fois que nous sommes descendus ici, il m'a terrifié. Je le guettais, tendant l'oreille... je suppose qu'on s'habitue à tout. Maintenant, je n'y prête même plus attention. »

Il existait neuf édifices différents, plus imposants les uns que les autres. On y avait sculpté des arbres dorés, avec des babouins dans leurs branches. Mirany et Pa paraissaient minuscules sous ces arches imposantes. Pa l'aida à traverser une fissure dans le sol. Sous ses pieds, elle sentit crisser les pétales desséchés que personne n'avait foulés depuis plusieurs millénaires.

Pa se baissa.

« Attention à votre tête, l'accès est bas de plafond. »

Au début, elle crut que le couloir se terminait en cul-de-sac. Puis elle vit une petite ouverture au niveau de sa taille. Pa se mit à quatre pattes et rampa à l'intérieur. Comme il portait la lampe, Mirany se retrouva un instant complètement seule dans le noir. Elle eut l'impression que l'obscurité l'étouffait, la prenait à la gorge. La terreur qu'elle avait ressentie lorsqu'elle avait été enfermée dans la tombe scellée la parcourut tel un frisson moite.

Elle se dépêcha de s'agenouiller et de le suivre.

Le tunnel était plus long qu'elle ne s'y attendait. Il semblait bizarre que cet immense couloir ne conduise qu'à cette minuscule ouverture, pensa-t-elle, tandis que de gros grains de sable s'enfonçaient dans la paume de ses mains et lui blessaient les genoux. Jusqu'à ce que Pa tourne la tête avec difficulté et murmure :

« Ça va ?

— C'est encore loin ?

— Nous y sommes. » Il agita la lampe devant elle. « Voyez-vous sur quoi vous avancez ? »

Ce n'était pas du sable, mais des pierres précieuses.

Le tunnel était jonché de pierreries – onyx, opale, jaspe, fragments de turquoises, éclats de calcédoine. Elle demeura bouche bée devant les parois étoilées. La roche avait disparu, les facettes de milliards de diamants transformaient la faible lumière en un arc-en-ciel éblouissant.

Elle marchait au cœur d'une fortune qui lui éraflait le dos. Quand elle leva la tête, ses cheveux s'accrochèrent aux améthystes incrustées. Sous ses ongles, la poussière de rubis était aussi coupante que du verre.

« Incroyable !

— Attendez de voir ce qu'il y a au bout. » Il poursuivit son chemin. Sa voix lui parvenait déformée et étouffée, la lumière de la lampe étincelait. « Comment ils l'ont apporté ici dépasse mon entendement... c'est impossible. La tombe a dû être construite autour. »

Soudain, Pa se volatilisa.

Devant elle, le tunnel explosa en un flamboiement doré. Elle aperçut une entrée carrée et au-delà, un éclat qui l'obligea à fermer les yeux, comme si le soleil venait de se lever dans cette pièce souterraine. Un rayonnement doré lui éclaira les mains et le visage, transforma le tunnel de pierreries en une rivière de cristal chatoyante.

Mirany pénétra dans la salle. Debout sur le sol couvert de pétales, elle leva les yeux.

Il était gigantesque. Un immense disque d'or martelé, parfait, intact, un soleil souterrain suspendu au plafond. Il s'empara de la pauvre lumière de Pa et la métamorphosa en une douce chaleur à couper le souffle qui remplissait l'air telle la note d'un gong.

« Quelle délicatesse ! » chuchota Pa.

Aussitôt, ses mots bourdonnèrent, carillonnèrent autour du disque, le long de sa surface concave avant de se dissoudre en syllabes et en formes sinueuses.

Ébahie, Mirany contourna le disque. Aussi fragile qu'une coquille d'œuf, le métal avait été aplati puis si bien lissé qu'il ne comportait aucune marque, aucune bosse. La perfection. Pa avait raison, il n'avait pas pu être transporté par le couloir, encore moins le minuscule tunnel. Comment était-il arrivé là ?

Il s'est levé ici, Mirany. Comme le soleil se lève.

La voix du dieu était si proche et si nette qu'instinctivement elle regarda Pa. Mais ce dernier scrutait le disque, son visage semblait en or.

« Cela n'explique pas... »

Le vrai soleil est bien plus grand. Plus grand que le désert, plus large que la mer. Le monde tiendrait dans le soleil, Mirany, et pourtant, je le pousse à travers le ciel d'un seul doigt. En chacun de nous, il y a un soleil. Enfoui dans les ténèbres, comme celui-ci. Ardent et doré.

Elle voulait lui demander des nouvelles de Seth, mais Pa s'adressait à elle :

« Si Argelin voyait ça ! Il existe des merveilles ici-bas dont il ne rêve même pas. Mirany, jamais il ne doit s'en emparer. Selon Kreon, nous nous trouvons dans un gigantesque labyrinthe rempli de tombes, il faudrait plusieurs vies pour les explorer tous. Je me demande souvent quel âge a l'albinos. Depuis combien de temps il vit ici. » Il leva la lampe. « Je voulais que vous voyiez cela. D'après Seth, vous entendez le dieu. Je veux que vous lui disiez, Mirany, que mon fils est à son service à présent et qu'il doit prendre soin de lui à ma place. Pouvez-vous le lui demander, Mirany ?

— Il vous entend, répondit-elle d'une voix douce.

— Oui, mais que dit-il exactement ? » Il lui fit face. Elle lut alors, sous la lumière dorée, sa terreur, la peur extrême révélée par la brillance du disque. « Vous êtes la Porte-Parole désormais. Vous devez me répéter ce qu'il dit. »

Les dieux ne font pas de promesses. La voix semblait mal à l'aise. *Croit-il que les événements du monde tournent autour de ses préoccupations ? Vous autres humains êtes si égocentriques, Mirany.*

Elle se mordit la lèvre.

« Le dieu a entendu votre requête, affirma-t-elle.

— Et ?

— Il veillera sur Seth. »

Reconnaissant, Pa hocha la tête.

Dans son oreille, le dieu éclata de rire.

Tu commences à comprendre ce qu'a vécu Hermia. Explique-moi, Mirany, la différence entre le mensonge et le tact...

Fâchée, elle fit volte-face. Là, elle poussa un hurlement et bondit en arrière.

Les parois de la salle étaient couvertes d'insectes iridescents. Des millions et des millions de scarabées, de perce-oreilles, de lucanes, de xylophages qui rampaient, chatoyaient. Un amas grouillant cramponné au plafond qui tombait et remontait, dont la carapace émeraude et noir scintillait sous la lumière dorée du disque.

Mirany posa les mains sur sa bouche et frissonna.

« La lumière doit les attirer », remarqua Pa.

Elle ne répondit pas. Poignardée par le remords, elle venait de se rappeler la broche de Manto.

Elle avait complètement oublié le bijou.

Elle avait surtout oublié d'en parler au Chacal.

Il demande à voir un prince fardé

Ce matin-là, le soleil resplendissait dans le ciel d'azur.

Alors qu'il arpentait les rues, Seth prit le temps de s'arrêter à l'ombre d'une loggia et d'essuyer la sueur sur son visage du revers de la main. Il faisait plus frais ici. Sa coûteuse tunique neuve lui collait au dos malgré une brise provenant de la mer. Il déplaça le rouleau qu'il tenait sous le bras et scruta l'horizon par-dessus les toits.

Rien. Aujourd'hui, les navires du blocus étaient hors de vue.

C'était une bonne et une mauvaise nouvelle. L'absence d'échanges commerciaux affamait le Port, mais l'Empereur n'avait pas attaqué et il ne donnerait probablement pas l'assaut tant qu'Argelin détenait son cher neveu prisonnier. D'après la rumeur, un émissaire déguisé en marchand de chameaux était venu négocier la libération du Prince Jamil, mais si c'était vrai, Seth n'avait vu aucune trace de lui.

Un buisson couvert de fleurs roses grimpait sur les arches de l'arcade. Mirany aurait su son nom, elle. Des abeilles bourdonnaient au-dessus des fleurs odorantes. Il en effleura une. Trop d'heures passées entre les livres et les manuscrits. Trop d'années à croupir dans les tombes.

Plus loin, dans les espaces ouverts de la palestre [1], des hommes, des garçons et quelques filles s'entraînaient. Tandis qu'il marchait sous l'arcade fraîche, il les regarda pratiquer la lutte. Leurs corps huilés brillaient, leurs muscles étaient fermes. Des cris et des jurons fendaient l'air chaud, des halètements et des gloussements résonnaient. Près des thermes, des hommes plus grands s'exerçaient au combat. Il regarda les épées en bronze qui miroitaient, reconnut la langue gutturale des Nordiques.

Seth avança à grands pas sous la chaleur accablante et traversa la piste d'athlétisme, alors que le soleil brûlait ses bras nus.

« Hum ! » toussa-t-il.

Le mercenaire assis sur le banc en pierre le regarda. Il buvait de l'eau à même une cruche. Lorsqu'il la reposa, des gouttelettes s'écrasèrent dans la poussière.

« Tu parles notre langue ? » demanda Seth sur un ton brusque.

L'homme haussa les épaules, puis se leva. Seth recula d'un pas. Le Nordique était tout en muscles et gigantesque.

---

1. Dans l'Antiquité, gymnase ou lieu public où l'on s'adonnait à la lutte, la gymnastique, etc. *(N.d.T.)*

Seth s'humecta les lèvres et s'adressa à lui d'une voix égale :

« J'ai des ordres du Gén..., de Sa Sainteté le Roi à ton chef... » Seth parcourut son rouleau. « ... Ingeld. Tu sais où il est ? »

L'homme blond croisa les bras.

« Je suis Ingeld. »

Il avait un accent tellement bizarre que Seth eut du mal à le comprendre. Et un instant, il hésita à le croire. Mais le regard de l'homme était bleu et clair.

« Bien... Bon... Voilà qui nous fera gagner du temps, je suppose. » Seth plongea la main dans le tas de rouleaux. « Le Seigneur Argelin envoie ceci. Des détails de son projet d'irrigation des champs de la rive sud. Les travaux de la Draxis sont en cours, mais... »

Le mercenaire s'empara du rouleau qu'il jeta par terre.

« Je n'ai pas conduit mes guerriers ici pour creuser dans de la boue », déclara-t-il calmement. Il jaugea Seth. « J'ai entendu parler de toi. Les gens racontent que tu ferais n'importe quoi pour accéder au pouvoir. »

Seth inspira à fond.

« Vraiment ? » Il lorgna le rouleau tombé sur les pierres brûlantes et le ramassa. « On ne vous demande pas de creuser. Les esclaves sont là pour cela. Argelin vous ordonne de surveiller le travail. Il y a des éléments dissidents dans le Port qui comptent voler l'eau. »

Le Nordique éclata d'un rire guttural et se rassit.

« Des vieilles femmes, des gamins avec des seaux. » Il lui montra les lutteurs qui grognaient et s'éreintaient au soleil. « Ce sont des hommes d'honneur. Argelin nous a promis de l'or et la guerre. Nous n'avons vu ni l'un ni l'autre, ou très peu. À la place, nous engraissons dans un luxe d'olives, de figues, de jus de fruits glacés et de cannelle. Nous brisons des statues. Nous montons sur les remparts d'où nous voyons soit le désert, soit la mer. En mer, nul navire. Dans le désert, nulle armée.

— Les armées viendront bien assez tôt, affirma Seth sur un ton acide.

— Tu crois ? » Ingeld le fixa de son regard d'azur. « Alors qu'Argelin séquestre le prince étranger ? Et pendant ce temps, ton Général fait la guerre à ses dieux. Cela ne nous plaît pas beaucoup. » Il lui arracha le rouleau des mains et le tourna à l'envers. « Encore des jolies marques sur du parchemin. Ton peuple est doué en dessin. » Son gros doigt toucha un cartouche bleu. « Ça. Qu'est-ce que ça signifie ?

— Fils du Scorpion.

— Ah ! d'accord. »

Il réfléchit quelques instants puis examina Seth. Celui-ci détourna le regard avant d'aboyer :

« Où est Jamil ?

— Aux thermes. Son Excellence n'aime pas la lutte.

— Qui le surveille ?

— Nous. » Ingeld plissa les yeux. « Ils disent que tu as tué le dieu sur terre. L'Archonte. »

Seth ne répondit pas.

« Un garçon de dix ans. On en parle avec un respect craintif. Pour moi, c'est d'une grande lâcheté. »

Il lui lançait un défi, à la fois plaisant et mortel. Seth ne bougea pas d'un pouce. Il ne tiendrait pas trente secondes face à cet homme deux fois plus grand que lui et en pleine forme physique.

« Nous obéissons tous aux ordres du Seigneur Roi, rétorqua-t-il calmement. Nous sommes tous à sa solde. Ce garçon était le dieu. »

L'ombre d'Ingeld s'étirait sur le sol brûlé par le soleil. Il ne cachait pas son mépris.

« Voilà bien le geste d'un fou », conclut-il.

Il cracha sur les pieds de Seth, lui tourna le dos et lança un ordre à ses hommes avant de regagner dignement la colonnade.

Seth souffla. Il essuya la sueur qui lui glaçait le visage et le cou, puis se dirigea d'un pas pressé vers les thermes. Mieux valait que les gens le méprisent. Cela faisait partie de son poste de Secrétaire d'Argelin. Et quel poste !

Tandis qu'il franchissait le seuil en marbre, il passa en revue sa première semaine. Il lui avait fallu deux jours de travail acharné pour venir à bout de la montagne de rouleaux et de stèles. Ordres, factures, listes. Mandats d'arrêt et d'exécution. Rapports d'espions qu'il n'aurait pas dû voir, mais le chaos était tel que des paniers entiers atterrissaient dans son bureau. Paiements des soldes. Argelin avait promis une fortune en or aux Nordiques, fortune qu'il ne possédait pas. Une recherche rapide, tard un soir, dans son courrier privé, lui avait appris que le Général avait envoyé une expédition dans les Montagnes de la Lune afin d'extraire de l'or. Depuis, plus de nouvelles. Sous la lumière vacillante, Seth avait secoué la tête. Il connaissait assez bien la route pour ne pas être surpris. Les

Animaux les avaient-ils dévorés ? Ou bien les hommes-oiseaux ? Le désert avait-il demandé son dû ?

Quant aux Neuf... ou plutôt les Sept restantes... deux d'entre elles, Tethys et Persis, avaient été arrêtées quinze jours auparavant. Elles essayaient d'acheter leur traversée dans une caravane de sel. Depuis, elles étaient retenues quelque part au quartier général. Seth s'autorisa un petit sourire. Peut-être les autres – Chryse, Ixaca, Callia, Gaia et la nouvelle – s'y trouvaient-elles aussi ?

Ignorant l'esclave posté devant la porte, il parcourut le dédale de pièces surchauffées et de salles de massage tout en toisant les groupes d'hommes qui jouaient de l'argent, se faisaient frictionner, transpiraient. Dès qu'il arriva dans le hall principal, il jeta un coup d'œil prudent aux alentours.

C'était la première fois qu'il parvenait à sortir seul. Argelin lui avait ordonné de se faire escorter par des soldats, mais aussitôt dans la rue, il les avait remerciés. Il prenait un gros risque. Assassin notoire de l'Archonte, il représentait la cible idéale des mécontents.

Le hall immense renvoyait l'écho. Sur le mur opposé, l'image délavée de la Reine des Pluie écartait les bras au-dessus des nageurs, des algues humides la recouvraient, du lichen poussait sur sa robe. Son visage avait été récemment détérioré. De la condensation s'écoulait de ses ongles et les petits lézards verts qui logeaient dans le mur regagnaient la canicule extérieure par des trous dans la paroi.

La piscine était en marbre, son eau chaude et limpide. Aussitôt que le fleuve s'était mis à couler,

Argelin avait fait creuser des canalisations, même s'il ne venait jamais se baigner. Seth en était arrivé à cette conclusion au bout de quelques jours d'observation et avait décidé que c'était l'endroit rêvé où entrer en contact.

Jamais plus Argelin ne toucherait d'eau.

C'était dément mais vrai. Cette information lui fut confirmée par une enquête discrète auprès d'esclaves et d'officiers. Depuis la mort d'Hermia, Argelin ne buvait que du vin et du lait, et se lavait avec du jus de citrons verts et jaunes exclusivement. Aucune goutte d'eau n'était autorisée dans ses appartements. Il avait déclaré une guerre totale à la Reine des Pluies.

Seth s'avança sur le dallage mouillé. Des nageurs s'éclaboussaient, s'interpellaient et dans les halls voisins retentissaient les rires et les cris aigus des femmes. Sous la colonnade blanche qui courait le long du bâtiment, un groupe d'hommes jouaient avec des pièces et des cartes autour d'une table, sous l'œil de leurs domestiques. Derrière eux, deux hétaïres en robe blanche contemplaient les nageurs.

Seth fronça les sourcils. Où se trouvait Jamil ?

Une grosse vague éclaboussa les dalles et lui trempa les pieds. L'air renfrogné, il fit un pas en arrière et longea la colonnade qui abritait une rangée de sphinx. Encore combien de temps avant qu'ils n'arborent les traits d'Argelin ? Sous ses pieds, une mosaïque complexe reproduisait les grands Animaux du désert – le Lion, le Scarabée, le Singe. Une fierté secrète grandit en Seth. Il les avait vus, de ses yeux vus. Ils l'avaient autorisé à passer. Il avait bu l'eau du Puits des Chansons. Il était Seth. Il devait se raccrocher à cela.

Les joueurs se tournèrent. Il les fixa, puis s'arrêta.

Au nombre de six, bien nourris, le corps huilé, ils portaient des tenues coûteuses. Celui du fond avait les cheveux blonds.

Il s'agissait de personnes riches et privilégiées. D'anciens dirigeants. Maintenant, ils apparaissaient aux fêtes données par Argelin, applaudissaient ses processions. Tiraillé entre le mépris et l'envie, Seth croisa les bras.

« Je cherche le Prince Jamil, messeigneurs. Est-il encore ici ? »

Le plus proche de lui, un tas de bourrelets débordant d'un peignoir, secoua une main couverte de bagues sans lever le nez de ses cartes.

« Essaie la Salle des Roses, scribe. »

Seth demeura parfaitement immobile.

« Mon titre est Secrétaire Personnel du Roi Archonte. »

Sa phrase les secoua. L'un d'eux bondit sur ses pieds, accroché à sa serviette. La plus jolie des hétaïres tira un voile léger sur son visage avant de scruter Seth.

Le gros homme était blême.

« Je vous prie d'accepter mes excuses. J'ignorais...

— Vous vous en souviendrez la prochaine fois, Seigneur...

— Malchus. »

Sa réponse résonna tel un plop moite et réticent dans le hall immense.

« Où est cette Salle des Roses ? »

Seth s'adressait au grand blond en peignoir vert. D'élégants traits de khôl lui soulignaient les yeux – des yeux étranges et impénétrables que Seth avait appris à connaître.

« Je crois, répondit le Seigneur Osarkon d'une voix traînante, qu'elle se situe par là-bas.

— Conduisez-moi. »

Après une infime hésitation, l'homme de haute taille se leva et tendit le bras avec courtoisie. Seth avança à côté de lui.

« Je vous félicite pour votre promotion, Secrétaire. J'espère que vous trouvez votre travail intéressant.

— Très. »

Comme personne ne les accompagnait, le Chacal profita du plongeon bruyant d'un nageur pour le sermonner.

« Pourquoi t'es-tu adressé à moi ?

— Je vis dans la terreur depuis une semaine. Quel soulagement de pouvoir enfin parler à quelqu'un. Est-il gardé ?

— Nuit et jour. Par deux hommes seulement.

— Et Mirany ?

— Elle va bien. Elle s'inquiète pour toi. » Le Chacal emprunta un couloir. « Argelin te surveille certainement. Ne prends plus de risques. Entre en contact avec Jamil. Puis attends la visite d'un homme roux qui vend du vin. Il s'occupera des messages. Ne m'adresse plus la parole et ne te rends pas dans le Port sans garde du corps.

— Il retient deux des Neuf, ajouta Seth. Tethys et Persis. Les autres aussi, peut-être.

— Où ?

— Je l'ignore.

— Renseigne-toi.

— Il ne sort jamais seul. Sauf qu'il l'a fait à deux reprises, au milieu de la nuit. Sans garde. Destination inconnue.

— Nous devons enquêter.

— Autre chose. » Seth se mordit la lèvre. « Il compte détruire la statue du dieu. Celle du Temple. Prévenez Mirany. »

Le Chacal lui décocha un regard de travers.

« Merci, Secrétaire, se borna-t-il à dire. Voici la Salle des Roses. »

Il ouvrit la porte et esquissa une élégante révérence. Avant que Seth n'ait eu le temps de marmonner un mot de plus, le Seigneur Osarkon avait disparu.

Des lances lui barrèrent le passage.

Patiemment, Seth sortit ses nouveaux papiers d'identité et les tendit. Le cartouche bleu comportant le nom d'Argelin était clair. L'un des soldats parla dans sa langue gutturale, l'autre vérifia que Seth ne portait pas d'armes puis les lances s'écartèrent.

Devant lui s'étendait une chambre des merveilles, treillissée de chèvrefeuille et de rosiers grimpants. Les arbustes escaladaient trois murs, couvraient le plafond. Le parfum de leurs fleurs écarlates était si fort qu'il semblait palpable, laissant un goût velouté dans la bouche. Le quatrième mur ouvrait sur un jardinet. Les rayons du soleil éclairaient le bassin peu profond parsemé de pétales et la table en bois sur laquelle était allongé un homme. À plat ventre, il s'abandonnait au massage d'un petit homme énergique.

Seth s'approcha.

« Seigneur Jamil ? »

Engourdi, Jamil tourna la tête.

« Oui ? »

Sur ses gardes, il jeta un coup d'œil aux guerriers nordiques postés derrière Seth. Celui-ci parla d'une voix monocorde.

« Sa Sainteté le Roi Archonte m'envoie. Peut-être pourrions-nous converser seul à seul ? »

Le Prince le regarda de la tête aux pieds avant de donner l'ordre au masseur de disposer.

« Merci, Malek. Ce sera tout. »

Quand il se redressa, Seth constata qu'il était lourd et empâté, mais néanmoins musclé. Incapable de vélocité cependant, s'aperçut Seth. Après que le masseur l'eut enveloppé dans un peignoir de brocart et eut tiré sa révérence, Jamil s'avança vers la table, prit une carafe de jus d'orange et emplit deux coupes. Il ajouta de la cannelle et de la glace puis fit signe à Seth d'approcher.

Autour du bassin courait un banc recouvert de mosaïque bleue et bordé d'un motif en forme de clef. Seth s'assit et but avec plaisir le breuvage sirupeux, presque écœurant, mais il avait très soif.

« Merci.

— Tu es le Secrétaire. » Jamil se pencha en arrière et s'accouda sur le marbre. « Je me souviens de toi.

— Prince Jamil, écoutez-moi, je vous prie, l'interrompit Seth qui jouait avec la coupe. Souhaitez-vous être libre ?

— La réponse me semble évidente.

— En effet. » Seth jeta des regards inquiets autour de lui. La pièce était vide, le jardin paisible. Même si les soldats ne comprenaient pas leur langue, il baissa la voix. « Une solution pourrait être envisagée. »

Jamil ne répondit pas.

« Vous devez vous rallier à nous.

— Nous ?

— Les opposants à Argelin.

— Tu travailles pour Argelin.

— J'ai infiltré son quartier général. »

Soudain, il douta de la sagesse de ses aveux. Jamil risquait-il de le trahir ? Apparemment impassible, le prince vida la carafe jusqu'à la dernière goutte et cria qu'on lui en apporte une autre. Comme si elle guettait ses ordres, une servante la remplaça prestement et disparut dans le jardin.

Jamil se servit avant de déclarer :

« Échanger une prison contre une autre, ce n'est pas être libre.

— Une fois qu'Argelin sera renversé, vous serez libre de partir.

— Tu sembles sûr de la réussite de votre entreprise.

— Très sûr.

— Ah oui ! Il détient le pouvoir, l'Oracle est détruit, l'Archonte est mort. »

Seth se mordit la lèvre avant d'enchaîner :

« Non, il n'est pas mort. »

La porte derrière lui s'ouvrit en grand.

Seth bondit sur ses pieds, Jamil se leva lourdement. Escorté par ses hommes, Ingeld s'encadra sur le seuil. Ils portaient leur casque en bronze aux étranges méplats. Les yeux d'Ingeld étaient d'un bleu glacial.

« Il est temps de partir, Prince. »

Jamil se drapa dans son peignoir avec dignité avant de se tourner vers Seth.

« J'y réfléchirai. Nous en reparlons. »

Tandis que les soldats l'escortaient vers la sortie, le prince ne se retourna pas, contrairement à Ingeld qui lui lança un regard acéré.

Dans la salle vide, Seth s'assit sur le banc et poussa un soupir. Le Nordique l'avait-il entendu ? Tremblant d'émotion, il s'empara de la coupe et but le reste du liquide douceâtre. Au moment où il se resservait, il découvrit le billet.

Il devait être destiné à Jamil. Le bout de parchemin crasseux avait été collé à la hâte sous la carafe avec, semblait-il, du miel. Tout en jetant des coups d'œil dans le jardin vide, il l'arracha et le déplia. Dans les thermes avoisinants, le vacarme des nageurs qui s'éclaboussaient couvrit sa longue inspiration.

MÉFIEZ-VOUS DU SCRIBE, disait le message. IL NOUS A TRAHIS. NE LUI DITES RIEN.

Signé... RHETIA.

Il est condamné au silence

« Je me moque comme du pet d'un chien que ce soit dangereux ou non, enragea Oblek. Je me fiche que dix mille mercenaires munis de haches et de cimeterres[1] soient alignés derrière la porte. Je ne resterai pas un jour de plus enfermé dans cette antichambre de l'enfer ! »

Les bras croisés, Kreon le fusillait du regard.

« Tu étais bien content de t'y réfugier pourtant !

— Je le suis encore, mais il faut que je bouge. Tu comprends ? »

Mirany l'avait senti venir. Depuis une semaine, Oblek arpentait les tunnels d'un pas de plus en plus frustré. L'imprudent se rendait dans la Cité un peu trop souvent. Le billet de Seth avait fait déborder le vase.

Assise en tailleur au milieu d'un tas d'esclaves en bois miniatures, elle le relut.

1. Sabre à lame large et recourbée. *(N.d.T.)*

IL COMPTE DÉTRUIRE LA STATUE DEMAIN. SIX DES NEUF SONT ICI. RHETIA EN CONTACT AVEC JAMIL. PA ET TELIA DOIVENT VENIR. IL LES DEMANDE.

On ne pouvait faire plus court. Que signifiait son allusion à Rhetia ? L'avait-il croisée ? Mirany aurait voulu en savoir davantage, comment il allait... C'était idiot. En dessous, le Chacal avait griffonné : *Nous ne sommes pas prêts à passer à l'action. J'ai peur qu'il faille sacrifier la statue. Envoyez son père à la surface et restez où vous êtes.*

« Comment l'as-tu eu ? marmonna-t-elle.

— Quelqu'un me l'a glissé dans la main, répondit Kreon avec un haussement d'épaules. Je balayais sous les Arches des fabricants d'oushebtis quand un groupe d'esclaves est passé. Cela aurait pu être n'importe lequel. » Il lui sourit du coin des lèvres. « Le pilleur de tombeaux est bel et bien un Seigneur du Monde Souterrain. Vous êtes sûre qu'il s'agit de l'écriture de Seth ?

— Certaine. »

Mirany replia le message d'un air absent. Les mauvaises nouvelles s'accumulaient... Persis, Tethys et les autres étaient en captivité. Pire : Argelin s'apprêtait à profaner le Temple.

« Nous sommes pieds et poings liés...

— Balivernes !

— Il dit...

— Oubliez ce qu'il dit ! » Oblek poussa une pile de jouets que Telia avait posée sur la table. Au moment où il s'assit, le bois émit un craquement si alarmant qu'il se releva illico. « Ce soir, nous sortons. Moi, toi, l'homme de l'Ombre et vous, Mirany. Nous franchissons une des portes secrètes, nous traversons le Pont...

— Le Pont est gardé, remarqua Kreon.

— Eh bien, nous nagerons. Jusqu'à l'Île. Nous subtiliserons la statue afin de l'emmener en lieu sûr. »

Kreon faisait les cent pas.

« Le Chacal a raison, intervint-il. Et pourtant, je dois admettre que nous devons prendre ce risque. Allez-y tous les deux. Pas question que je quitte les tombeaux. C'est mon royaume et je dois le surveiller. Je dois aussi penser à mon frère.

— Inutile. »

La voix étouffée d'Alexos surgit de derrière un splendide paravent orné de nénuphars.

Oblek poussa un juron.

« Oui, Oblek. Je suis là. Depuis le début. J'ignore comment tu peux envisager d'accomplir tout ceci sans moi, mon fils. »

Il s'assit sur la table. Les jambes pendantes, il dévisagea le colosse d'un air triste.

« Je vous accompagne.

— Ce sera un NON absolu et définitif ! » rugit Oblek.

Alexos soupira. Son beau visage se tourna vers Mirany.

« Le peuple ne pense pas ! Il ne sait pas. Tu es la Porte-Parole. Explique-lui, Mirany.

La Porte-Parole...

Elle se souvint des doigts glacés d'Hermia appliquant le masque sur son visage, son regard dur et vengeur. Hermia la détestait. Maintenant, Hermia se trouvait parmi les morts, toute-puissante. Cette pensée lui donna des frissons. Elle s'assit à côté d'Alexos.

« Asseyez-vous, Oblek. »

Il refusa. Comme il se contentait de la foudroyer du regard, elle poursuivit.

« Il a raison. Il faut que l'Archonte soit présent. D'abord, vous dites qu'il faut mettre la statue à l'abri, mais vous êtes l'un des rares à l'avoir vue. Vous devriez avoir une idée de la difficulté que cela représente. Elle est en marbre, grandeur nature. Un plan pour la déplacer ? »

Sa remarque le laissa pantois. Il marmonna entre ses dents, tandis que Kreon souriait. Du bout du pied, l'albinos poussa une chaise vers lui. Oblek s'effondra dessus.

« Continuez.

— Puis nous l'emmenons en lieu sûr, c'est bien cela ? Aujourd'hui, aucun lieu n'est sûr, Oblek. La statue ne peut pas quitter l'Île et par ailleurs, nous ignorons quelle est la situation là-bas. Il existe des refuges possibles dans la Maison Haute ou sur les falaises, mais il faudra l'aide du dieu tout-puissant.

— Alexos est censé être mort, s'obstina l'entêté Oblek. Si quelqu'un le voit et le dénonce à Argelin, le Général en déduira que Seth lui a menti. Seth sera torturé et mourra. Vous vous en rendez compte, Mirany. »

Oui, elle s'en rendait compte. Cette pensée était telle une écorchure dans son esprit ; si elle la touchait, la plaie la brûlait. Elle en fit le tour avec prudence.

« Personne ne me verra ! s'impatienta Alexos, le menton posé sur les genoux. Je dois regagner la surface, Oblek. Il le faut. Ce n'est pas bien que le dieu soit sous terre. Ma place est en plein air, dans le ciel bleu, comme le soleil. Les choses vont déjà assez mal dans le monde. Les insectes se rassemblent dans le désert. Les Animaux sont inquiets, les oiseaux tournoient en criaillant. Au fond des océans, les poissons, les baleines et les tritons sentent que les courants sont perturbés. Il est impossible que le soleil soit enterré, Oblek. Il doit se lever et jaillir des ténèbres. »

Une lumière apparut.

Une douce lueur dorée. Dans l'obscurité. Tout autour de lui.

Mirany pensa aussitôt à l'immense disque solaire au cœur du tombeau. Il devait briller, même dans le noir. Soudain, Oblek se gratta et prit son air maussade.

« D'accord. D'accord. C'est toi le dieu, mon vieil ami. Tu es le mieux placé pour savoir. On part quand ?

— Ce soir. » Mirany se releva péniblement. Les figurines glissèrent et se renversèrent. Elle tenait le mot de Seth serré entre ses doigts. À regret, elle ajouta : « Après que j'en aurai informé Pa. »

Alexos prit un air triste. Oblek s'empara de la cruche et se versa les dernières gouttes d'eau, si précieuses.

« Je peux lui parler si... intervint Kreon.

— Non. » Elle ôta la poussière et les toiles d'araignée accrochées à sa robe. « Non, je m'en occupe. »

Pa mangeait avec Telia dans leur chambre isolée par un paravent.

Mirany passa la tête entre les rideaux.

« Je peux entrer ?

— Oh oui ! Assieds-toi à côté de moi, Mirany. » Les cheveux de Telia avaient poussé depuis qu'elle vivait sous terre. Ils étaient longs, sa frange raide lui masquait presque la vue. La fillette était beaucoup plus brune que Seth.

Mirany préféra s'asseoir sur un coffre, l'une des créations en parchemin de Kreon qui avait peint sur les côtés des plumes de paon, vertes et bleues, irides-centes sous la faible lumière.

« Nous avons reçu des nouvelles de Seth », déclara simplement Mirany, les mains entre les genoux.

Pa posa son couteau.

Son silence la rendait nerveuse.

« Grâce au Chacal. Le message indique que les Neuf sont vivantes et que... » Elle lissa les plis de sa robe légère et leva les yeux. « Il dit que vous devez le rejoindre. Tous les deux. Argelin veut savoir où vous êtes. »

Les yeux gris de Pa ne cillèrent pas.

« Chouette ! s'écria Telia. J'aime bien Kreon, mais j'en ai assez du noir. »

Mirany regardait Pa. Pa regardait Mirany.

« Il y aura d'autres enfants ? » Telia avala une grosse bouchée de riz. « Nous aurons une grande maison avec plein de fenêtres ?

— Je suis sûre qu'elle sera très confortable, affirma Mirany. Seth gagne certainement beaucoup d'argent. »

Elle priait pour que Pa dise quelque chose. N'importe quoi. Qu'il jure, se lève, tape du pied. Il ne bougea pas. Il poussa juste un petit soupir inaudible avant d'éclater de rire.

Un rire amer et sec.

« Tiens donc... » murmura-t-il.

« Ce sera tout, maître ? » demanda le rouquin.

Seth fit un pas de côté pour éviter les mercenaires qui traversaient le couloir d'un pas lourd, puis il examina le compte.

« Oui. La prochaine fois, oublie cet infect Chian. Je veux davantage de rouge. »

Le marchand de vin acquiesça, chargea les deux amphores vides sur ses larges épaules et prit le chemin de la sortie en marchant de biais. Sur le seuil de la porte, il fut arrêté et fouillé. Seth observa l'homme poser les amphores, lever les bras et se tourner avant d'être expédié dehors *manu militari*. Seth regagna sa chambre et s'assit sur son lit.

Coincés avec de la cire sous la lie, les billets transitaient dans la plus petite amphore. Depuis peu, Seth utilisait un langage codé. C'était plus sûr et le Chacal saurait les déchiffrer. Il s'allongea et, avec lassitude, il repensa au message qu'il avait découvert, à moitié brûlé, dans la chambre d'Argelin – celui qu'un esclave baraqué lui avait apporté et qui avait poussé le Général à partir en chasse sur-le-champ.

N'oubliez pas ce que je vous ai promis. Les neuf Arches que le scarabée franchit avec le soleil.

Il l'avait fait suivre, tout en ignorant sa signification. Et le nom de son expéditeur.

Tous trois partirent dès que Kreon leur apprit que la nuit était tombée.

Cette fois-ci, ils choisirent de passer par la trappe qui s'ouvrait sous le Pouce d'Assekar, un Archonte disparu depuis si longtemps que personne ne s'en souvenait. Le Pouce était le seul vestige d'un colosse qui devait autrefois dominer les portes de la Cité. Aujourd'hui, il gisait, oublié de tous derrière le Pylône Ouest, doigt poussiéreux plus gros qu'un palais.

Oblek se pencha en avant et aida Alexos à sortir, puis il agrippa Mirany par la main. Pa leur tendit un sac d'outils si léger qu'Oblek le regarda de travers.

« Bonne chance, lui souhaita le musicien.

— Je survivrai, rétorqua Pa avec un haussement d'épaules.

— En cas de problème, se hâta d'ajouter Mirany, tâchez de rejoindre le Chacal.

— En cas de problème, répliqua Pa, un sourire sinistre aux lèvres, je doute d'en avoir le temps. »

En contrebas, dans le noir, Kreon n'était qu'une ombre, une chevelure pâle et miroitante. Il articula quelques syllabes étranges dans la langue des dieux et Alexos lui répondit. Les sons murmurés s'envolèrent dans les grands espaces venteux du désert.

Puis la trappe fut refermée.

Oblek plaqua Alexos contre la paroi en brique des Remparts. Loin au-dessus de leurs têtes, entre les Archontes assis, les sentinelles effectuaient leur ronde.

« Attention. Restons dans l'ombre. »

Ils portaient les toges noires qu'avaient confectionnées Pa et Kreon, grâce à de l'encre volée dans la Salle des Archives. Mirany avait l'impression de transporter les ténèbres avec elle. Cependant, la brise était chaude. Elle inspira à pleins poumons le parfum âcre des plantes du désert. Plus loin à l'ouest, au-delà des sommets fourchus des Montagnes de la Lune, le soleil évanoui avait laissé derrière lui une touche de rouge que le crépuscule effaçait peu à peu.

Les étoiles brillaient – les grandes constellations qui enjambaient les Deux-Terres, le Chasseur et le Scorpion, la Messagère, la Lyre et le Chat Pelotonné. Ces éclatantes têtes d'épingles étincelaient au-dessus du désert gris, du palais de l'Archonte – cette énorme masse blanche –, des entrées et de la muraille du Port. L'éclat de ces millions d'infimes fragments de quartz transformait la route en un chemin de lumière.

Mirany leva les yeux au ciel.

« Quel est ce bruit ? chuchota-t-elle.

— C'est le désert », répondit Oblek.

D'abord un faible murmure, puis un festival de chuchotements, de légers craquements. Comme si, tout autour d'eux, le globe se décontractait après une journée caniculaire, comme si de minuscules créatures émergeaient et leurs pattes microscopiques délogeaient des miettes de sol. Comme si les insectes glissaient, dérapaient, zigzaguaient, la cosse des graines éclatait, les carapaces se craquelaient, les fleurs s'ouvraient. Comme si la terre inspirait et se réveillait.

Alexos leva la tête.

Forces obscures dans l'obscurité.

Un esclave secoua Seth assoupi.

« Quoi ? Quoi ? marmonna-t-il, à demi éveillé.

— Le soleil est couché, Secrétaire. Le Roi vous demande. »

Seth frotta ses joues rêches. Éreinté, il grappillait des minutes de sommeil dès qu'il le pouvait. Consumé par sa soif de vengeance, Argelin ne semblait jamais se reposer. Seth enfila ses sandales, s'aspergea le visage d'eau et, d'un pas pressé, enfila les couloirs.

Il croisa des prisonniers et leurs gardiens, des esclaves et des scribes empressés, un éphèbe qui courait.

Pourquoi un tel remue-ménage ?

Quand il ouvrit la porte des appartements d'Argelin, il demeura pétrifié.

Ingeld se tenait aux côtés du Général. Armé jusqu'aux dents, le Nordique portait un plastron de cuirasse dont les armoiries émaillées représentaient une créature féroce aux allures de dragon. Une épée luisait contre sa cuisse, un grand bouclier ovale était posé près de la porte.

Une vague de terreur submergea Seth. Argelin lui fit face.

« Il était temps ! On n'attend pas... On agit.

— On agit ? » répéta-t-il, abruti par l'angoisse et le manque de sommeil.

Argelin lui lança un sourire acéré.

« La rumeur court que j'ai l'intention de détruire la statue. Si nous attendons demain matin, nous risquons une stupide tentative d'émeute. » Il s'avança d'un pas. « Une idée de la manière dont cette information a filtré, scribe ? »

Secoué par cette insinuation, Seth esquissa un haussement d'épaules.

« Les gens parlent. En quoi cela vous incommode-t-il, Seigneur Roi ? »

Le regard d'Argelin le transperça. Il avait les yeux bordés de rouge, sa peau olivâtre d'habitude lisse était rêche, sa barbe légèrement hirsute.

« En rien. Viens. »

Il passa devant Seth. Celui-ci fit volte-face.

« Vous voulez que...

— Mon Secrétaire m'accompagne. » Il s'arrêta sur le seuil de la porte. « J'ai débarrassé le Port de la Femme des Pluies, et maintenant le petit dieu va être réduit en poussière dans son propre sanctuaire. Je ne veux aucun autre dieu que moi. Une fois cette tâche terminée, je lancerai l'assaut contre l'Ombre. »

Il s'enveloppa les épaules dans sa cape rouge foncé et s'éloigna, le menton levé.

Seth lança un regard oblique à Ingeld.

Le Nordique fronça les sourcils.

« T'as entendu ».

Comme ils s'y attendaient, le Pont était gardé.

Deux hommes d'Argelin étaient affalés contre un abri de fortune dans le désert, l'un était endormi, l'autre remuait les pieds de crainte de s'assoupir.

« Laisse-le-moi ! s'écria Oblek.

— Non, Oblek, le gronda Alexos. Il ne faut pas qu'ils détectent notre présence. Patience. Il va bientôt s'endormir. »

Ils patientèrent.

Le soldat s'assit, but, se cura les ongles, secoua la tête, se redressa, but encore. Accroupi, Oblek marmonna :

« Tu ne peux pas utiliser ta magie sur lui, mon vieil ami ? »

Alexos ôta du sable de ses cheveux.

« Ce n'est pas juste, Oblek. Un dieu se doit d'être juste. Il n'y a pas tant de sommeil dans le monde. Si je lui en donne, il faut que j'en prenne à quelqu'un d'autre. »

Pendant qu'Oblek méditait ses paroles, Mirany intervint.

« On peut y aller. »

Recroquevillé, le soldat piquait un somme près du feu mourant. Sans bruit, ils passèrent devant lui, traversèrent un nuage de moucherons et de moustiques, tandis que les sandales de Mirany projetaient du sable.

Ils franchirent le Port telles des ombres, alors que le bruit quasi imperceptible des planches sous le poids d'Oblek était terrifiant.

« Par ici. »

Mirany courut le long du chemin. La route processionnelle lui sembla plus étroite, jusqu'à ce que la lumière des étoiles lui révèle que les buissons empiétaient sur le sentier. Le bois de santal et le myrte épineux s'enchevêtraient devant elle. Mirany n'en revenait pas que les mauvaises herbes aient poussé si vite en quelques mois. Des lézards se faufilaient entre ses pieds. Un scorpion contourna les orteils nus d'Alexos avant de dégringoler dans un trou.

Sur le seuil de l'Oracle, elle s'arrêta.

« J'attends ici, déclara Oblek sur un ton bourru.

— Je veux que tu nous accompagnes, Oblek. »

Mais Mirany n'avança pas. Sous le grand linteau de pierre s'étaient rassemblés des papillons de nuit. Une odeur de bois brûlé flottait dans l'air – le fruit de son imagination, se dit-elle. Elle ne voulait pas bouger. Elle avait peur du spectacle qui les attendait.

Une petite main se glissa dans la sienne.

« Viens, Mirany, dit gentiment Alexos. Ce sera mieux quand on saura. »

Il la conduisit le long du chemin sinueux. Les pierres lisses n'avaient pas changé et, un instant, elle crut que sa peur était irraisonnée, mais dès qu'ils émergèrent sur la plateforme dallée, elle poussa un cri et pila net, la main sur la bouche.

C'était pire que dans ses cauchemars.

Les chacals et autres animaux nocturnes avaient éparpillé un gros tas de cendres et de bois brûlé. La chaleur intense du brasier avait craquelé et fendu les dalles. Le monolithe penché qui se trouvait là depuis des siècles était brisé en trois morceaux dont le plus gros avait basculé en bas de la falaise. Des branches carbonisées avaient été jetées au fond de la fosse autrefois nommée Oracle. Tandis que Mirany marchait à petits pas au milieu du désastre et que le sable crissait sous ses pieds, son ombre s'abattit sur l'ouverture aux bords craquelés. L'Oracle était rempli de pierres qui l'étranglaient, de terre qui l'étouffait. Le dieu ne se servirait plus de cette bouche pour parler. On l'avait bâillonné.

Comment se faisait-il alors qu'elle entendait son murmure par-delà la mer ?

Mirany. Le désert a des yeux et il regarde dans notre direction.

Oblek poussa un juron. Mirany pivota aussitôt.

Le long de route venant du Port, des hommes s'avançaient. Des torches luisaient dans leurs mains.

Seth réfléchit à toute allure. Il ne pourrait pas sauver la statue. Ils avaient quasiment atteint le Pont. Sur le siège opposé de la litière, Argelin fermait les yeux, comme s'il dormait. En vérité, chaque muscle de son visage trahissait sa tension et au moindre cahot sur la route, il jetait un coup d'œil par les lamelles des stores.

Seth tailla l'extrémité de son style. Cette activité lui occupait les mains.

« Je veux un inventaire du contenu des coffres du Temple, déclara soudain Argelin. L'or et le blé ont disparu, mais il doit rester des papiers, des manuscrits. Je veux absolument tout ce qui se réfère à la Reine des Pluies, son jardin, les neuf Arches, tous les exemplaires du Chemin d'Orientation. Tu en seras personnellement responsable. Je veux que tout soit mis en caisse et apporté au Port. Compris ? »

Intrigué, Seth hocha la tête.

« On pourrait vendre la statue.

— Non. » Le Général retira ses gants noirs. Lorsque Seth leva les yeux, il le fusilla du regard. « Le débat est clos. »

Les portes du Temple étaient ouvertes. Lorsque Mirany entra à toute allure, elle huma une odeur familière d'encens. Son imagination ne lui jouait pas des tours. Quelqu'un était venu. Oblek passa à côté d'elle. À sa grande surprise, elle vit des restes de fleurs séchées, un éparpillement de pétales de roses, d'iris et de chèvrefeuille autour de la statue.

Elle leva les yeux.

Le visage en marbre blanc du dieu lui renvoyait son sourire triste. Bien que la guirlande dans ses cheveux fût fanée, ses bras et ses mains lisses étaient propres et entretenus. Il portait une tunique en lin blanc, propre elle aussi. En guise d'offrande, une coupe de vin et des fruits gisaient à ses pieds. Perplexe, Mirany s'approcha. Pas de pain frais, mais quelques figues sèches.

« Qui a déposé ceci ? murmura-t-elle.

— On n'y arrivera jamais. » L'air désespéré, Oblek fixait la statue. « Il nous faudrait une poulie et un treuil, plus six hommes au moins. Elle n'est pas immense, mais elle est lourde. » Il se tourna. « Je suis désolé, Mirany. Cette nouvelle a été trop soudaine. La statue est perdue. » Le pas lourd des soldats et le cliquetis de leurs armes retentissaient déjà sur le chemin processionnel. Il la prit par le bras. « Nous devons partir avant qu'ils ne nous découvrent ici. Alexos ! »

Autour d'eux, le temple plongé dans l'obscurité était vide. De grands piliers soutenaient le toit. Par la porte ouverte, la brise apportait de la poussière qui ondulait tel le sable dans le désert.

« Archonte ? »

Rien ne remua dans ce lieu parfumé.

« Mais où est-il passé, bon sang... » siffla Oblek.

La voix d'Alexos lui parvint avec une grande clarté.

« Je suis là-haut, Oblek ! »

Il se trouvait sur le socle. Un bras autour des genoux de la statue, il se redressait. Le marbre sembla bouger.

« Alexos ! gémit Oblek. Descends ! »

Concentré, vacillant à peine, l'Archonte se tenait droit. Les mains dans les siennes, il scrutait son propre visage.

« Comme je suis beau ! » s'exclama-t-il.

Seth ne s'était jamais rendu sur l'Île.

C'était interdit. Au fur et à mesure que la litière était hissée le long de la route sacrée, il sentit une colère mystérieuse se refermer sur eux, une chaude réunion de senteurs et de rêves, de présages et de secrets. Ils pénétraient dans la maison du dieu, l'Enceinte des Neuf, un lieu pétri de mots sacrés et de rituels ancestraux qu'ils profanaient par leur simple présence.

S'il le remarqua, Argelin ne le montra pas. Aussitôt que la litière s'arrêta, il bondit au-dehors. Devant lui, Seth vit la façade du Temple, une grande lueur blanche sous les étoiles. Les immenses portes en bronze avaient été forcées, l'une tenait à peine sur ses gonds. Au-delà s'élevait une rangée de colonnes cannelées.

La nuit était silencieuse.

Même la mer ne respirait plus. Soudain, depuis leur proche enclos, l'un des éléphants poussa un barrissement bizarre. Les hommes d'Ingeld s'arrêtèrent. Leur malaise était perceptible derrière les fentes de leur masque.

Ils palpèrent d'étranges amulettes, marmonnèrent quelques mots à leurs dieux étrangers.

« Je veux que la statue soit renversée avant l'aube, ordonna Argelin.

— Ce dieu. Son pouvoir est-il brisé ?

— Son pouvoir m'appartient. »

Puis il s'adressa sur un ton sec à Seth : « Suis-moi ! » et ensemble, ils gravirent les marches envahie par les herbes.

Seth fourra son style dans le panier rempli de parchemins et le chargea sur son épaule. Le parfum des armoises était lourd, presque écœurant. Il avait la nausée.

« Fais quelque chose, supplia-t-il en silence. Fais quelque chose ! »

Un moment, alors qu'ils pénétraient dans le temple sombre, il crut voir le dieu, au loin, qui lui lançait un sourire peiné. Seth s'arrêta.

La voix d'Ingeld, tel un écho guttural, résonna dans l'obscurité.

« Quelque chose ne tourne pas rond.

— Aurais-tu peur, homme du Nord ? » demanda Argelin.

Aussitôt, le bâtiment ondula. Un mouvement le traversa. Un son grave venu des pierres et des dalles. Seth sentit le sol bouger sous ses pieds, vibrer. Il écarta les bras pour ne pas perdre l'équilibre. Quelque part dans le noir, un bloc dégringola dans un fracas énorme.

Peu à peu, les échos se turent. Le monde semblait incliné, l'air rempli de poussière. Ingeld se reprit et parla. Sa voix possédait une étrange platitude, comme si l'acoustique du bâtiment s'était fêlée.

« Quand la terre tremble, les immortels nous envoient un message. Nous quittons ces lieux, Seigneur Roi. »

Argelin était vert de rage.

« Les tremblements de terre sont fréquents par ici, cela ne veut rien dire ! Je vous ordonne de m'obéir. Je vous ordonne de fracasser ce stupide visage béat ! »

Il se tourna, leva les yeux au ciel et, malgré son calme apparent, Seth poussa un halètement.

Le socle était vide.

TROISIÈME ARCHE

La Faim dévorante

Les portes qui mènent à la mort sont petites et s'ouvrent soudainement.

Elles se cachent dans les crochets du serpent, la queue du scorpion, un aconit, le jet d'une lance. N'importe qui peut les franchir, n'importe quand.

La mort est simple alors que les hommes la rendent complexe. Ils conçoivent des routes pour l'atteindre, se chargent de biens. Ils créent des mythes sur des rois, des sorciers, des bébés.

Partout dans le désert, des créatures meurent. En silence, par milliards, chaque heure, chaque seconde, sans histoires. Les hommes n'y pensent pas.

J'ai été un insecte, un chat, un babouin. La nuit dernière, je suis devenu une souris emportée par un faucon. Je n'ai pas eu le temps de crier, j'étais déjà dévoré. L'endroit où je me suis rendu était sombre et rouge.

Je leur dirais, s'ils me le demandaient.

Je leur dirais que personne ne revient du Jardin.

Sauf l'élu.

La terre tremble sous leurs pieds

Tous entendirent le rugissement de colère d'Argelin, même dans la Maison Basse.

Mirany ouvrit une porte et poussa Oblek.

« On descend dans les cuisines ! »

Il la rejoignit au bout de quelques secondes, il tenait dans ses bras Alexos dont le visage était flasque et livide. Mirany nettoya un banc jonché d'os rongés sur lequel ils allongèrent le garçon. Sa tête roula sur le côté.

« On fait quoi ? » grommela Oblek.

Elle n'en avait aucune idée. Quand ils l'avaient vu grimper sur le socle et enlacer la statue au point de se fondre en elle, quand la pierre s'était dissoute dans sa peau, quand il avait adressé un sourire serein à Mirany, c'était comme s'ils avaient interverti leur place. Elle avait été pétrifiée.

Soudain, la terre avait tremblé et le petit être fripé était tombé dans les bras désespérés d'Oblek.

Elle lui toucha les lèvres, le front. Il respirait, ses joues étaient chaudes.

« Alexos !

— Ils fouillent le Temple, s'exclama Oblek.

— Ils comptent dépouiller le sanctuaire... Il y a des centaines de réserves.

— Quelle direction ?

— La Maison Haute ! Vite ! » souffla-t-elle.

Alexos remuait. Il toussa, marmonna, ouvrit les yeux. Un instant, ses pupilles bleues restèrent voilées, comme si la mémoire du marbre les avait glacées. Puis il leur lança un sourire triste.

« Porte-moi, Oblek. Je suis si fatigué. »

Le colosse poussa un juron de soulagement avant de le soulever. Dans la tête de Mirany, la voix continuait de parler.

De la pierre, Mirany. Si dense, si sombre. Si froide dans ses interstices ! Ce ne doit pas être très différent de la mort.

Bruit de porte brisée à l'extérieur. Mirany prit Oblek par le bras.

« Par là. »

Au pas de course, ils traversèrent les cuisines désertes et l'office jusqu'à la cour, puis se rendirent dans les jardins desséchés où la lune pâle éclairait la façade blanche de la maison des Neuf. Mirany gravit deux à deux les marches menant à la loggia supérieure. Derrière elle, Oblek cherchait son souffle. Elle courut le long du couloir, passa devant la beauté froide des anciennes Porte-Parole et se dirigea vers la pièce située à son extrémité. Sur la porte étaient gravés le Scorpion et le mot PORTEUSE. Sa chambre.

Elle ouvrit la porte en grand.

La pièce n'avait pas changé – un petit lit, un tabouret, deux fenêtres bordées par le clair de lune. Il devait sûrement rester quelques-unes de ses robes dans le coffre. Soudain, Mirany se figea.

Une fille était assise sur son lit. Terrorisée, elle étreignait un couteau à pain à la lame émoussée.

Au même instant, Oblek se précipita dans la pièce.

« Au nom du ciel, qu'est-ce qu'elle fabrique ici ? »

D'une main tremblante, la fille porta le couteau à sa gorge. Le clair de lune brillait sur la lame.

« Ne vous approchez pas ! hurla-t-elle. Ou je me tue ! »

Le cœur de Mirany bondit dans sa poitrine.

« Chryse ? » chuchota-t-elle, stupéfaite.

Seth se tenait immobile.

Il ne l'avait jamais vu dans une telle colère. Furieux, Argelin avait arpenté le Temple en frappant tout sur son passage, même les murs. Il avait hurlé, blasphémé, menacé, tapé du pied, crié en direction de l'immensité vide du toit.

Puis, aussi soudainement qu'elle avait commencé, sa crise passa. Le Général respirait fort, les bras croisés devant le socle vide du dieu.

Seth jeta un coup d'œil à Ingeld. Le visage du mercenaire était figé.

« Sortez ! exigea Argelin, la voix éraillée. Sortez et trouvez-moi cette statue ! »

Le Nordique s'éclipsa. Argelin lança un regard froid et reptilien à Seth.

« Ils étaient au courant. Il a dû falloir beaucoup de

temps pour la déplacer. Et de l'équipement. Je connais le responsable.

— Vraiment ? »

Seth parvenait à grand-peine à masquer la peur dans sa voix.

« C'est cet homme. La rumeur parle souvent de lui. Mes informateurs ont mentionné son nom. Un pilleur de tombes, un brigand de bas étage, une créature crainte par les mendiants. Cet être mi-homme mi-bête rôde dans le Port et la Cité. On l'appelle le Chacal. »

Argelin s'empara d'une lampe qu'il alluma. Sa voix devint aussitôt neutre.

« Tu as lu les rapports. Le crime sévit dans le Port. Hier, un arrivage d'armes en provenance de Milonos a été dérobé sous le nez de mes soldats. Les récépissés étaient des faux. Tous les espions que j'ai engagés pour infiltrer les fumeries d'opium et les bordels ont été quasiment battus à mort dans une ruelle. Maintenant, ils sont trop terrifiés pour parler. Qui que soit ce Chacal, il existe. Il est organisé. Il devient de plus en plus téméraire. »

Il se mit à faire les cent pas, grattant la pointe effilochée de sa barbe.

« Que sais-tu ?

— Seulement ce que j'en ai lu. »

Seth s'humecta les lèvres.

« Et tu n'as pas jugé bon de me le signaler ?

— Mon rapport est prêt, Seigneur Roi. Il se trouve sur votre bureau. » Seth l'avait délibérément placé sous la plus haute pile de cartes qu'il avait pu trouver. Afin de dissiper tout soupçon, il ajouta : « Pourquoi ce voleur s'emparerait-il de la statue ?

— Comme tu l'as souligné, elle est monnayable. C'est un complot... pour me faire tomber. »

Quand Argelin se tourna, Seth n'avait jamais vu son visage aussi calme et amusé. À grands pas, il se rendit vers les vastes portes pour observer la fouille systématique et bruyante de l'Enceinte.

« Aide les Nordiques à s'organiser. Prends tous les documents et objets de valeur et emporte-les dans mon quartier général. Puis envoie Scarpia ici, ainsi qu'une phalange supplémentaire et quelques charrettes. »

Son regard se porta par-dessus les oliveraies sur la silhouette sombre de la Cité des Morts, rempart contre le désert.

« Dieux ou voleurs, quelle importance ? Je me vengerai de tous. »

« Je n'hésiterai pas à me tuer ! Je le jure ! »

Elle était sale. Ses cheveux emmêlés autrefois d'un blond éclatant avaient foncé et étaient attachés tant bien que mal par un ruban bleu. Seuls ses habits étaient aussi voyants qu'avant, même si sa robe en soie jaune citron semblait trop grande. Mirany reconnut l'une des tenues de Persis.

« Chryse ! Chryse ! Écoute. C'est moi. Mirany. »

Lentement, comme pour ne pas effrayer davantage un oiseau terrifié, elle défit son voile noir et le posa.

Alors qu'elle s'attendait à un soupir de soulagement, le cri que poussa Chryse fut si aigu qu'Oblek jura de colère.

« Impossible ! Mirany, tu es morte ! Et le garçon aussi !

— Je ne suis pas morte. » Elle fit un pas en avant,

prête à bondir sur le couteau. « Tu m'enterres toujours aussi vite, Chryse... Mais qu'est-ce que tu fiches ici ?

— Plus tard, les explications, les interrompit Oblek. Nous devons descendre par la falaise. »

Il s'approcha de la fenêtre et commença à arracher les planches clouées. Alexos alla s'asseoir à côté de Chryse.

« Bonjour ! » lui lança-t-il, à moitié endormi.

Elle le dévisagea un long moment puis, sans bruit, malgré elle, elle se mit à pleurer. Les larmes coulèrent le long de ses joues, entre ses doigts qu'elle plaquait sur son visage. Mirany s'empara du couteau et le donna à Alexos avant de s'asseoir et de la prendre dans ses bras. Chryse pleura sur son épaule.

« Oh ! Où étais-tu pendant tout ce temps, Mirany ? J'ai attendu, attendu, mais personne n'est venu. J'ai mangé toutes les provisions. Il ne me reste plus que des baies et du blé. J'ai porté les robes des autres jusqu'à ce qu'elles soient sales...

— Tu es demeurée cachée ici ? Seule ?

— Depuis le jour terrible où il a tué Hermia. J'ai couru, Mirany. Nous nous sommes toutes enfuies, mais je ne savais pas où aller parce que je n'ai qu'une tante et elle est tellement prétentieuse qu'elle m'aurait remise à Argelin sans hésiter afin de sauver sa précieuse oliveraie et ses colliers de jaspe ! Alors je suis venue ici, parce que les hommes d'Argelin n'aiment pas cet endroit. Il n'y a que les gardiens des éléphants qui montent. Dès qu'ils venaient, je me dissimulais. Les cachettes sont nombreuses. Ils étaient effrayés et nerveux. Alors je faisais du bruit et ils partaient en courant. J'avais tellement peur, Mirany ! Toutes ces nuits, seule... »

Mirany se recula. Elle examina la peau pâle de sa compagne, ses yeux dessinés au khôl.

« Où étais-tu ? lui demanda-t-elle calmement.

— Tu ne me crois pas ? s'exclama Chryse, ses grands yeux bleus écarquillés.

— Non, ce n'est pas...

— Si, Mirany. Tu ne crois pas un mot de ce que je t'ai dit. Tu penses que jamais je n'aurais pu rester ici, seule. Non, pas cette enfant gâtée de Chryse. Tu crois que je suis allée chez Argelin, qu'il m'a ordonné de venir ici et de t'attendre. Eh bien, tu as tort ! »

Elle se leva. Mirany n'avait jamais vu un visage aussi rouge de colère.

« C'est ta faute, Mirany ! Ne le vois-tu pas ? Nous étions heureuses, Hermia, Rhetia, les autres et moi. Nous vivions ici, nous étions les Neuf... Je savais qu'Argelin était un tyran, mais cela ne nous concernait pas ! Puis tu as mis ton nez où il ne fallait pas. Tu as trouvé ce garçon. Et le scribe, et le gros là-bas. Tu as remué ciel et terre, prétendu qu'Hermia mentait. Tu as déclenché une guerre, Mirany, une guerre ! Et maintenant Hermia est morte, l'Oracle est détruit, aucune de nous n'est plus en sécurité. Par ta faute ! Je n'arrive pas à croire que tu aies pu faire tout ça ! Et pour rien ! »

Dans la chaleur de la chambre plongée dans le noir, seuls les voilages du lit s'agitaient sous la brise venue de la mer.

Même Oblek demeura immobile quelques instants.

« Allons-y, Mirany », déclara-t-il d'un ton bourru.

Elle était paralysée. Comme si les mots lui avaient cloué les pieds et les mains. Car un moment elle sut que Chryse disait la vérité, elle avait bel et bien ouvert une crevasse dans le monde, imaginé une voix qu'elle prétendait être celle du dieu.

Sans ménagement, Oblek la tira par le bras et la poussa par la fenêtre.

« Vous n'êtes pas idiote, ma fille. Aucun de nous n'a voulu cela. Ce n'est pas le moment de perdre vos moyens ! Dehors, et vite ! »

Un claquement le stoppa.

En bas, dans la Maison Basse, les portes s'ouvraient.

Il y avait plus de réserves que Seth ne l'aurait cru et toutes les pièces étaient pleines. L'Île était remplie de documents, comme la retranscription de chaque déclaration de l'Oracle depuis mille ans. Seth se frotta la tête avant de donner quelques ordres expéditifs. Il avait cinq scribes à disposition et il en attendait davantage.

« Sarvo, les pièces du fond. Toi, et toi, commencez dans les chambres du trésor. »

Il les abandonna et gravit les marches en pierre quatre à quatre.

La litière n'avait pas bougé ; Argelin était donc encore là, quelque part.

Il se dépêcha de retourner dans le Temple. Il faisait nuit noire. Le bâtiment était simplement éclairé par une petite lampe à huile qu'Argelin avait laissée. Seth s'en empara et s'approcha du socle.

Poussé par la curiosité, il s'agenouilla et examina la poussière autour de sa base. Il cherchait des traces de frottement, la présence d'un treuil. Rien. Rien excepté quelques empreintes de pas qui auraient pu appartenir à n'importe qui. Comment le Chacal avait-il pu arriver là à temps ?

Par hasard, il aperçut une inscription. Les lettres étaient minuscules, serrées et très anciennes. Il souffla le sable qui les dissimulait et lut à la lumière de la lampe.

Ci-dessous, les neuf Arches que le scarabée franchit avec le soleil.

Tous les sens en alerte, il scruta les ombres du bâtiment. Puis il se tourna et posa le pouce sur le petit renfoncement que le pied du dieu cachait.

Il s'enfonça. Une dalle pivota, grinça dans la poussière. Il regarda à l'intérieur et découvrit une boîte.

Elle était simple, mal peinte, écaillée par les années. Avec mille précautions, il plongea les bras dans la cavité et la souleva. Elle était lourde. Quelque chose se glissa à l'intérieur. Le souffle court, Seth la posa par terre à côté du socle.

Un courant d'air lui effleura la joue.

Il leva la tête et éteignit la lampe en hâte.

Le Temple était noir. Un rai de lune filtrait à travers les piliers. Des grains de poussière flottaient dans l'air et, chaque fois qu'il inspirait, il les sentait au fond de la gorge. Mélange de poussière et de peur.

« Seth... » chuchota une voix.

Frappé de terreur, il crut que le dieu lui parlait. Puis il la vit. Elle se cachait derrière le pilier le plus éloigné, enveloppée dans une cape foncée.

« Mirany ! »

Il jeta un rapide coup d'œil derrière lui avant de la rejoindre en courant.

« Qu'est-ce que tu fabriques ici ? Argelin est dans les parages !

— Je sais. Oblek m'accompagne. Alexos aussi. »

Son regard terrorisé effraya Mirany.

« Alexos !

— Nous devions sauver la statue. Nous avons reçu ton message. »

Elle était pâle. Comme si quelque chose l'avait anéantie. Peut-être le tremblement de terre. Il l'attrapa par le bras et l'attira dans l'ombre.

« Comment vous y êtes-vous pris ?

— Je ne peux pas t'expliquer. Nous devons quitter l'Île, Seth, mais il y a des soldats partout. Ils...

— Ils débarrassent les lieux. Ordre d'Argelin. »

Elle en avait les larmes aux yeux. À sa grande surprise, il l'entendit murmurer :

« Tout est ma faute, Seth ? Si l'Oracle est détruit, si tout est perdu... Chryse dit...

— Cette petite chatte ! Tu l'as trouvée ?

— Elle se cachait ici.

— N'importe quoi ! » Alors qu'il serrait ses mains dans les siennes, il se rendit compte qu'il la connaissait si peu, que tout les séparait. « C'est l'œuvre d'Argelin. N'oublie pas que tu es la Porte-Parole, Mirany. Tu entends le dieu ! Nous agissons selon sa volonté. »

Elle le dévisageait avec une espèce de distance, comme si elle s'était mise en retrait. Tandis qu'il lui tenait encore les mains, il s'aperçut de son geste et avec maladresse, les lâcha.

Ils détournèrent le regard.

« Je voulais te parler à la Porte Nord, commença Mirany. Ce que tu fais... est trop dangereux, Seth. »

Il ne put lui répondre. Soudain, il la prit par la main et l'entraîna au pied de la statue

« Emporte ceci. » Il déposa la boîte entre ses bras et referma la cavité dans la pierre. « Conduis les autres dans la cour. Près des charrettes.

— D'accord. Dis... ce n'est pas... ma faute ? »

Il esquissa un haussement d'épaules d'une arrogance familière.

« Bien sûr que non. Pourquoi serait-ce ta faute ? »

Elle préféra se taire. Comme il savait qu'elle ne répondrait pas, il poursuivit :

« Restez cachés et attendez mon signal. Que personne ne voie Alexos ! »

Elle regardait la boîte. Quand elle leva les yeux, elle insista :

« Je suis désolée de t'avoir mêlé à cette histoire.

— Pas moi.

— Tu ne le penses pas. C'est juste pour frimer.

— Exact. »

Elle se força à sourire.

« Pa et Telia sont en partance pour le Port. »

Un frisson de terreur descendit le long du dos de Seth. Il préféra l'ignorer.

« Je fais confiance au dieu, Mirany. »

Elle se tourna vers le socle vide.

« Vraiment, Seth ? Autrefois, je croyais qu'il n'existait pas. C'était plus facile alors. Mais aujourd'hui, je le connais, c'est une personne, et comme tout le monde, il est... imprévisible. Il agit à sa guise.

— Il est de notre côté, non ? Il ne nous laissera jamais tomber. »

Elle lui sourit, comme à un enfant qui aurait posé une question innocente. Un instant, il eut peur qu'elle ne nie et il fut content qu'elle reprenne sur un ton nostalgique :

« Cela a dû être merveilleux, de boire l'eau du Puits.

— Oui. »

Elle tira la cape noire sur son visage. Dehors, la nuit était de plus en plus pâle.

« Au revoir, Seth. »

Et elle disparut.

Il tourna les talons et s'avança dans l'aurore. Il ignorait d'où lui venaient cette colère et cette peur. Pendant dix minutes, il aboya ses ordres à des scribes apeurés et déroutés, à des esclaves qui transportaient des ballots, tête baissée, dos courbé. Alors que les charrettes étaient à moitié remplies, il aperçut Argelin qui sortait de la Maison Haute et scrutait la mer de la terrasse. Le visage du Général était austère et dur.

À l'horizon, le soleil dardait ses rayons rouges à travers les voiles de brume.

La première charrette se tenait prête. Allongée sous les buissons de santal, Mirany vit Seth sortir et crier un ordre. Derrière lui, un esclave portait une grosse balle de tissu. Elle reconnut la soie jaune que les marchands de Jamil avaient apportée quelques mois plus tôt et déposée aux pieds d'Hermia en guise de présent. Sans ménagement, l'esclave la jeta dans la charrette.

« Ça suffit. Va chercher une bâche.

— On peut en rajouter, seigneur, protesta l'esclave.

— J'ai dit : ça suffit !

— Écoutez-le, lui chuchota Oblek à l'oreille. Cela lui va bien de donner des ordres.

— Tu es injuste, Oblek, intervint Alexos.

— Une expérience à laquelle un homme peut s'habituer, Archonte, grommela le colosse. C'est tout. »

Mirany ne s'en mêla pas.

« Pourquoi serait-ce ta faute ? » avait-il dit. Elle s'était sentie si bête. Au fil du temps, elle s'était aperçue qu'il se montrait toujours présomptueux quand il se croyait menacé.

L'esclave apporta une couverture grossière et recouvrit la charrette.

« Maintenant retourne là-bas et rapporte-moi le sphinx. » Seth vérifiait sa liste ; son style émettait de légers grattements. « Celui en onyx. Vite ! »

Après s'être essuyé le front, l'esclave se précipita dans le Temple.

Seth regarda autour de lui.

« Mirany ! »

Ils se glissèrent dans la brume matinale. Oblek hissa l'Archonte, Chryse se faufila si rapidement sous la couverture que Seth eut à peine le temps de dire : « Surveillez-la.

— Compte sur nous. » Oblek souleva la boîte, puis Mirany. « Vite, ma fille ! »

Sous la bâche, il faisait une chaleur insupportable et cela puait la cannelle. Quand vint le tour d'Oblek, la charrette vacilla et un craquement retentit sous l'essieu. Le musicien poussa un juron et le visage de Seth apparut brièvement par l'ouverture.

« Taisez-vous. Ne bougez plus. Si on vous trouve, on se battra. Il y a... »

Il se recula et serra les attaches.

Une voix essoufflée : « Vous oubliez ceci.

— Je le garde avec moi, répondit Seth à l'esclave. Monte et prends les rênes. »

Plusieurs bruits. L'ébrouement étouffé d'un bœuf. Une embardée.

Puis du mouvement.

Mirany avait le visage appuyé contre un sac contenant quelque chose de métallique. Dans son dos, Chryse pesait sur elle de tout son poids. Alexos était recroquevillé à ses pieds. L'atmosphère était étouffante, quasi irrespirable.

La charrette oscillante descendit la colline. Elle savait qu'ils avaient atteint la route cérémoniale menant au Pont. Il fallut des siècles avant que les roues ne s'engagent sur le bois. Une oreille plaquée contre les planches, Mirany était assommée par le grondement. Par une minuscule fissure, elle aperçut la route dont les gravillons projetaient leur longue ombre dans les rayons horizontaux du soleil levant.

Une pause. Des voix. Seth rétorqua quelque chose et le grondement de la charrette reprit sur la couche grinçante de sable qui recouvrait la route.

Ils avaient passé le Pont. Comment parviendraient-ils à pénétrer dans le Port ? Elle voulait interroger Oblek, même si le moindre mouvement était dangereux. Profitant des craquements du bois, elle hasarda un chuchotis.

« On saute ?

— Impossible. » Le souffle guttural d'Oblek s'élevait à sa gauche. « À moins de tuer l'esclave. »

Une ombre.

Elle s'abattit sur la bâche. Des cris. La charrette fit une violente embardée avant de s'arrêter dans un crissement. Étranglée par la peur, Mirany ne respirait plus. Ils n'avaient pas atteint l'entrée du Port. Pas encore.

Soudain, un bruit de déchirement fit hurler Chryse. La pointe d'un couteau venait de s'enfoncer à quelques centimètres des yeux de Mirany. Une main finit de déchirer le tissu.

Le soleil pénétra par la brèche.

Un œil froid se posa sur Mirany.

La pyramide souterraine

« Ligotez-les ! Et en vitesse ! » hurla le voleur.

Deux des cinq hommes qui menaçaient Seth et l'esclave rengainèrent leur cimeterre et attrapèrent des cordes. Tiré au sol, Seth s'écrasa par terre dans un bruit sourd.

« C'est un scandale ! rugit-il. Le Seigneur Argelin...

— Qu'il aille se faire voir ! »

Un bâillon sale l'étouffa. Les bras plaqués dans le dos, il donna des coups de pied et se débattit. Du moins, quand l'esclave le regardait.

Poussé dans un taillis, il les injuria. Plus il se tortillait, plus les épines s'enfonçaient dans sa chair. Tout à coup, une grande ombre se posa sur lui. L'œil unique du Renard l'examina derrière son visage masqué.

« Confortable ? » demanda-t-il.

Furieux, Seth se tordait en tous sens.

« Oui, scribe. Continue. Dis-moi, ils sont intéressants les passagers que tu transportes ! L'esclave est dans le coup ? »

Seth fit non de la tête, puis la secoua de manière urgente. Le Renard jeta un œil aux alentours avant de se baisser et de desserrer le bâillon. Seth cracha.

« Conduis-les au Chacal, chuchota-t-il. Je ne sais pas ce que Mirany a fait de la statue du dieu. Dis-lui que la boîte a un rapport avec les Neuf Arches.

— Nom d'un chien, qu'est-ce que cela signifie ?

— Argelin sait, lui. Je vais me renseigner. Je t'en prie, ne me laisse pas dans ces ronces.

— Désolé, lança le Renard avec une grimace. Faut que ça ait l'air authentique, gratte-papier. »

Avant qu'il ne puisse intervenir, Seth était de nouveau bâillonné. Il eut beau grogner, le Renard le poussa du bout de sa botte un peu plus loin dans le fourré.

Le poignet, la cuisse et le torse transpercés, Seth siffla entre ses dents.

Il ne voyait rien d'autre que du sable, mais il entendit du tapage près de la charrette, une bagarre, des murmures, des affaires déchargées à la hâte. Les voleurs étaient silencieux et efficaces. Puis il y eut un bruit de sabots, un murmure qui semblait provenir de Mirany. Finalement, le silence revint et les insectes du désert reprirent leur plainte, regroupés en essaim au-dessus de sa tête. Tandis qu'il se contorsionnait pour éviter les morsures, les épines le piquaient de plus belle.

Il lança au Renard de longues insultes aussi silencieuses que venimeuses.

Les yeux bandés, ils marchèrent longtemps. Chryse ne cessait de s'accrocher à elle, s'obstinait à tirer sur sa jupe. Mirany devina qu'ils longeaient un tunnel. Récemment creusé, à l'inverse de ceux des tombeaux. Un raccourci pour les voleurs où régnait une odeur d'ail et de fumier. À un certain point, ils durent passer sous la muraille du Port, parce que le Renard l'attrapa par le coude et d'une voix rocailleuse lui dit : « Il faut ramper, Votre Sainteté. À quatre pattes », tout en gardant une main sur sa tête. Elle comprit que le plafond était très bas.

Derrière, Oblek souffla et dut se faire tout petit.

« Je suppose qu'ils n'ont pas de gros costauds dans leur bande, Oblek, le consola Alexos.

— Merci, Archonte, grommela le musicien.

— Le garçon a raison, renchérit le Renard. Les voleurs sont agiles, maigres et athlétiques. Nécessairement. Vous seriez parfait, Votre Sainteté. »

Alexos semblait enthousiaste.

« Non ? Vraiment ? Tu entends ça, Mirany ! »

Bien qu'elle hochât la tête, elle pensait à Seth, ligoté là-bas dans cette chaleur infernale. Peut-être le Renard le devina-t-il, car il approcha son visage rêche de son oreille et murmura :

« Ne vous inquiétez pas pour le scribe, ma Dame. Argelin lui passera un savon, mais il n'aura pas le moindre soupçon. Nous dévalisons le Port au nez et à la barbe du Général depuis des jours. »

Il l'aida à se relever. Derrière elle, Chryse poussa un cri perçant.

« Oh, mon Dieu ! Une bête poilue vient de me frôler !

— Un chat. » Le Renard sembla amusé. « Par ici, honorables invités du Chacal. »

Il les conduisit le long d'une surface empierrée, avant de leur faire franchir une porte qui donnait dans une cour. Mirany sentit brièvement la chaleur du soleil, puis une brise légère et une odeur de lessive.

« Vous pouvez nous enlever nos bandeaux, s'écria Chryse avec humeur. Nous ignorons où nous sommes et nous n'en parlerons à âme qui vive.

— Ce sont les Règles de la Tanière. » Le Renard se suçota les lèvres. « Par ailleurs, je ne suis pas certain que vous soyez digne de confiance, jolie dame. » Et, avec un regard mauvais, il ajouta : « Dites-vous que c'est mieux que d'avoir les yeux arrachés. »

Chryse en demeura bouche bée.

Quelques marches. De nouveaux couloirs, un passage en pierre, trois portes. Devant la dernière, un coup et des mots prononcés à voix basse. Le Renard prit Mirany par le bras, ils tournèrent au coin, passèrent sous une arche peu élevée. Des bruits couraient autour d'elle – une cacophonie de voix, un martèlement, des échos parmi des émanations de cuisine et l'odeur suave de l'opium.

« Nous y voilà, Votre Sainteté. »

Dès qu'on lui enleva son bandeau, elle cligna des yeux et n'en revint pas quand sa vue fut moins trouble.

Une pyramide de lumière !

Telle fut sa première pensée – elle se trouvait dans une vaste pyramide d'air et de soleil. Son sommet s'élevait si haut qu'elle ne voyait pas le toit à cause de la fumée. Et en bas, la foule paraissait minuscule.

Il y avait des centaines de personnes. À côté d'elle, Oblek poussa un juron de surprise et Chryse s'exclama : « Mais qui sont tous ces gens ? » Mirany reconnut tout de suite les pauvres hères du Port – mendiants, pickpockets, charlatans, jongleurs, hétaïres et blanchisseuses, ivrognes et drogués, prestidigitateurs et illusionnistes opérant au coin des rues. Dans les vastes espaces bruyants de la salle, ils buvaient, discutaient, dormaient, échangeaient leurs meilleurs boniments et les cibles les plus faciles à escroquer. Non loin, elle aperçut un homme qu'elle avait croisé des centaines de fois au marché, un cul-de-jatte avec une misérable gamelle en étain devant lui pour récolter des piécettes. À présent, il avait les deux pieds sur la table et buvait du vin. Il y avait des scribes, un groupe de femmes qui se dessinaient des plaies au henné, des bandes de gamins sales, et dans un coin, toute une ménagerie de faucons, de ouistitis apprivoisés et de hiboux coiffés d'un chaperon. Dès qu'il les vit, Alexos poussa un cri de joie.

Dans les chaudrons, les vapeurs de viande mijotée montaient jusqu'au toit où pendaient des filets et des cordes, où serpentaient des promenades compliquées. Un escalier zigzaguait le long d'un mur pentu composé de solives qui avaient dû être volées dans les tombeaux, car leurs sculptures colorées étaient encore visibles – les dieux et les Archontes devenus fous avançaient la tête à l'envers.

« Suivez-moi », cria le Renard.

Ils descendirent une volée de marches, contournèrent des bancs et une forge devant laquelle des hommes en sueur martelaient des bouts de métal. Oblek en prit une poignée et siffla.

« Vous fabriquez de la fausse monnaie ?

— Et toutes les pièces portent le visage d'Argelin. Dernier modèle, avec sa couronne. »

Le Renard passa sous des égouttoirs couverts de cuir. Alexos bondit à côté de lui.

« Regardez ! Des chats ! s'exclama-t-il.

— Je déteste les chats », rétorqua Chryse en frissonnant.

Partout, des boules de fourrure dormaient sur les tables, sous les chaises, dans des corniches escarpées en haut des murs. Il fallait les enjamber, les contourner et, chaque fois, leurs yeux minuscules s'ouvraient et leurs oreilles percées frémissaient de colère.

« L'ennui, avec les voleurs, c'est qu'ils sont superstitieux. » Le Renard agita la main. « Il paraît qu'ils portent bonheur... Le Chef s'en accommode, même si parfois leur odeur l'incommode. Il doit être là. »

Devant eux s'ouvrait une des innombrables petites embrasures carrées dont les murs étaient truffés, comme si chaque côté de la pyramide donnait sur un labyrinthe de pièces et de caves.

« Comment se fait-il qu'on ne voie rien de dehors ? demanda Oblek.

— Nous sommes très loin en dessous des rues du Port et seule l'extrémité est visible. Elle a l'air différent de là-haut. Vous l'avez déjà vu. C'est... » Il s'interrompit. « ... Peu importe ce que c'est. »

Oblek le regarda de travers, Mirany s'était déjà enfoncée dans l'embrasure.

Une salle en bronze.

Épées, cimeterres, sabres, lances. Des lames de toutes formes étaient accrochées aux murs ou empilées tant bien que mal. Des armures débordaient des coffres

– jambières, plastrons... – la plupart vieilles et rouillées, quelques-unes neuves et décorées, de style étranger. Dans un vacarme terrible de pierres à aiguiser, tel un chœur intolérable, vingt hommes polissaient, affûtaient, lubrifiaient, affilaient.

Derrière eux, le Renard ouvrit un rideau qui dissimulait une autre ouverture.

« Surprise pour vous, Chef ! » lança-t-il sur un ton bourru.

Mirany s'avança.

Le Chacal était appuyé contre une table, les bras croisés. Il regardait une silhouette débraillée qui ressemblait à un prisonnier.

« Pas maintenant, Renard ! » gronda-t-il.

Quand il vit à qui il avait affaire, une lueur d'étonnement s'alluma dans ses yeux étranges.

Mais c'était la fille qui se tenait derrière lui que tout le monde fixait. En haillons, crasseuse, des mèches de cheveux pendant dans son cou, les mains attachées par une corde. Et malgré cela, d'une arrogance manifeste.

La fameuse arrogance de Rhetia.

Après l'explication bredouillée de Seth, Argelin ne pipa mot.

Son silence était déstabilisant. Seth avait les yeux rivés sur la peau de tigre qui le contemplait de ses yeux de verre.

« As-tu eu le temps d'examiner les papiers ? finit-il par demander.

— Très brièvement. Impôts perçus par le Temple, anciennes prophéties, retranscriptions de l'Oracle, rien qui puisse intéresser des voleurs.

— Tu sembles sûr de toi.

— Ils cherchaient un trésor...

— Et ils l'ont emporté », l'interrompit Argelin, glacial. Il se leva, s'empara d'une aiguière et se versa un jus de citron qu'il but d'un air pensif. « Je t'avais dit de prendre des hommes avec toi. » Comme il semblait préoccupé, Seth se contenta de hausser les épaules. « Tu n'as rien trouvé sur le Jardin ? »

Seth sentit un fourmillement dans sa colonne vertébrale.

« Le Jardin ?

— Le chemin... Enfin... Il paraît qu'il y a des manuscrits dans le Temple, de très vieux manuscrits qui parlent d'un chemin... d'une route... »

Argelin croisa le regard de Seth et se tut. Il posa brusquement sa coupe sur la table.

« Nous devons nous occuper de ce Chacal. Viens avec moi. »

À grands pas, il longea le couloir, suivi d'un Seth empressé qui était à la fois soulagé, assoiffé et importuné par les piqûres de moustique qui le démangeaient encore. Argelin passa la tête dans la salle du sous-officier.

« Deux hommes. Discrètement armés. Exécution !

— À vos ordres. »

Le sous-officier dévisagea Seth avant de sortir à la hâte.

« Vous ne prenez pas la litière ? s'enquit prudemment Seth.

— Non, va chercher une cape. »

Seth obtempéra aussitôt. Son cœur battait à se

rompre. Excité, crispé, il allait enfin participer aux mystérieuses excursions d'Argelin.

Dès que les soldats furent prêts, Argelin s'enveloppa le corps et le visage dans sa cape rouge foncé et les fit sortir par une petite porte donnant sur le côté du quartier général. Il était presque midi, une fournaise insupportable planait au-dessus d'eux, la puanteur des poissons qui s'élevait des quais n'avait jamais été aussi âcre. Dans la baie, les esclaves épuisés et les équipes qui se relayaient au son de la corne continuaient de travailler sur les trirèmes.

Le Général marchait d'un pas leste. Il les conduisit le long des ruelles, son silence et son air pressé dégageaient la voie. Quelques badauds les regardèrent. Personne ne parla.

À mi-chemin, au milieu du Quartier des Tisserands, il lâcha sans se retourner :

« Ton père et ta sœur sont arrivés ce matin. »

Seth ne trébucha pas, même si son sang ne fit qu'un tour.

« Où sont-ils ?

— Dans une maison. »

Seth évita du linge qui séchait.

« Pourrais-je les voir ?

— Ils ne sont pas prisonniers. »

Argelin lui lança un regard oblique.

Ils atteignaient les ruelles blanches les plus hautes et les plus pentues quand ils abordèrent une paisible petite place. Des maisons la cernaient sur trois côtés, le quatrième était fermé par un mur en terre surplombé par des oliviers.

« Vous autres, restez là ! ordonna Argelin. Ne montez sous aucun prétexte ! »

Dès que le Général eut le dos tourné, Seth surprit les soldats qui échangeaient un clin d'œil. Leur attitude l'intrigua jusqu'à ce qu'il voie Argelin en train de frapper doucement à une porte.

Ce devait être une hétaïre, cette fille au visage fardé. Ses vêtements étaient si vaporeux que Seth, rouge de confusion, détourna le regard. Était-ce là le secret du Général ?

Sans un mot, Argelin entra. Au bout d'une seconde, Seth le suivit dans une antichambre tendue de soie rouge et empestant le parfum bon marché. La fille ferma la porte derrière eux. Elle n'avait rien dit, comme si elle le connaissait et, à l'évidence, Argelin était un habitué puisqu'il gravit l'escalier et fit irruption dans une pièce sans frapper.

Par-dessus son épaule, Seth observa la scène.

Un homme baraqué avait aussitôt bloqué le passage, un couteau courbe à la main. Derrière lui, debout devant un miroir qui déformait sa silhouette, une femme attendait. Dans le métal voilé, ses yeux, petits et noirs, les examinaient avec calme. Comme si elle était au courant de leur venue.

Argelin entra majestueusement dans la pièce.

« Renvoie ton singe, Manto, exigea-t-il avant de s'asseoir sur une chaise sculptée près de la fenêtre. Il faut qu'on parle. »

« As-tu la moindre idée du souci que je me suis fait ? tempêta Mirany.

— Vous la connaissez ? s'enquit le Chacal.

— Bien sûr ! Je vous présente Rhetia. Celle qui...

— ... A déclenché la guerre ! » Les longs yeux du Chacal se plissèrent. « C'est donc elle. Quel plaisir de vous rencontrer enfin, Votre Sainteté. »

Rhetia le fusilla du regard.

« Détachez-moi ! Sur-le-champ ! »

Il ne bougea pas. Mirany se tourna vers lui.

« Depuis quand est-elle là ?

— Mes hommes l'ont amenée ce matin. Elle les espionnait dans la palestre. »

Rhetia se tenait droite comme un I.

« Mirany, j'ignore qui sont ces pouilleux, mais s'ils ne me libèrent pas tout de suite, je...

— Oh ! La ferme, Rhetia. »

Soudain, Mirany ressentit une grande lassitude. Elle s'assit, comme vidée de toute énergie. Le Chacal l'observa avant de hurler au Renard :

« À manger ! Vite ! »

Recroquevillé sur un banc, la tête sur les genoux d'Oblek, Alexos s'était endormi. Un petit ouistiti apporté du zoo jacassait tout en l'épouillant.

Les mains jointes, Mirany s'efforçait de réfléchir. Oblek lui tendit un fruit, qu'elle eut beaucoup de difficulté à avaler.

« Pourquoi n'êtes-vous pas dans les tombes ? » l'interrogea le Chacal.

Pendant qu'Oblek lui parlait de la statue, Mirany lançait des regards furieux à Rhetia qui les lui rendait bien. Les hommes dévisageaient le garçon endormi.

« Nous savons que tu as pris contact avec le Prince Jamil, affirma Mirany.

— Il fallait que j'agisse, affirma Rhetia dans un

haussement d'épaules. À quoi bon attendre un enfant déséquilibré et un scribe ? On perdait du temps. J'ai décidé d'appliquer mon plan. »

Silence.

« Quel plan ? demanda Oblek qui cracha un pépin dans un pichet en métal.

— Je ne dirai pas un mot de plus tant que vous ne m'aurez pas détachée.

— Votre Sainteté, vous ne semblez pas comprendre qui commande ici », intervint le Chacal.

Elle lui lança un regard impérial.

« Le dieu commande. Pas vous. »

Il lui adressa son sourire le plus glacial. Puis il secoua la tête, le Renard s'empara d'un couteau et coupa ses liens. Rhetia se frotta les poignets.

« Je me suis procuré du travail. Dans la palestre.

— Toi ? l'interrompit Mirany, interloquée.

— Pourquoi pas ? Je sais me mettre à genoux et frotter par terre, si nécessaire. »

Assise dans l'encadrement de la porte, Chryse étouffa un gloussement. Incrédule, la grande prêtresse la fixa.

« Cette petite catin est donc de retour ! Si seulement cette nouvelle pouvait me réjouir... » Ignorant l'air renfrogné de Chryse, elle se tourna vers Mirany. « Jamil se rend aux bains presque tous les jours. C'est le seul endroit où nous avons une chance de l'intercepter. Argelin n'y va jamais. Il a cette haine de l'eau. Il paraît qu'il n'en boit plus. La soif le rendrait fou.

— Mais... commença Mirany.

— Laisse-moi finir. J'ai parlé au Prince des Perles. Il a confiance en moi. Il croit que je vais lui fournir un bateau qui le sortira du Port et le conduira jusqu'à la flotte de son oncle qui se trouve au-delà des îles. » Elle leur lança un sourire satisfait. « Je me suis arrangée pour être prévenue quand il reviendra. Et là, je le capture. »

Mirany regarda le pilleur de tombes, mais ce fut Oblek qui grogna :

« Toute seule ?

— J'ai un allié. Puissant.

— Qui ?

— Je n'ai pas l'intention de dévoiler son identité à un gros ivrogne et à une bande de voleurs. » Elle s'empara d'une tranche de viande, la renifla, l'air soupçonneux, avant de la reposer. « Mes plans sont bien élaborés. »

Mirany lui lança un regard furieux. La disparition de Rhetia était un sujet d'inquiétude, mais son retour rendait les choses encore plus compliquées.

« Seth est de notre côté », annonça-t-elle sur un ton las.

Alors qu'elle saisissait une pêche, Rhetia s'immobilisa.

« Je l'ignorais. »

Malgré la platitude de sa voix, le Chacal l'examina avec soin.

« Votre plan l'expose à un grand danger.

— Je ne vois pas pourquoi, commenta-t-elle avant de mordre dans la pêche avec appétit.

— Mirany s'est éprise de lui, intervint sournoisement Chryse.

— C'est faux ! »

Silence. Oblek grogna, le Chacal les observa tour à tour.

Soudain, elle eut honte, comme si elle l'avait trahi. Comme si elle s'était trahie.

« Je ne veux pas qu'il soit blessé, chuchota-t-elle.

— Moi non plus. » Le Chacal se leva et s'approcha de Rhetia. « Et c'est pourquoi Jamil ne s'évadera pas. Pour plus de sécurité, vous demeurerez ici, Dame Rhetia. Vous êtes mon invitée.

— Vous ne pouvez pas me retenir prisonnière. » Presque aussi grande que lui, elle ne baissa pas les yeux. « Et qui êtes-vous d'abord ?

— Je suis le Chacal, lui répondit-il avec un sourire. Je mène l'armée de la résistance de la Porte-Parole.

— Ces voleurs de bas étage ?

— Oui, exactement. Ces malandrins qui enlèveront le Prince des Perles au nez et à la barbe d'Argelin et le feront disparaître aussi aisément qu'un dauphin plonge dans les eaux sombres. Vous, ma Dame, ne serez pas autorisée à ruiner ce plan avec votre héroïsme aussi amateur que stupide. »

Furieuse, elle lança un regard glacé à Mirany.

« Tu es folle de faire confiance à ce ramassis de brigands. »

Mirany leva les yeux.

« Ce sont mes amis. »

Je ne pense pas qu'elle sache ce qu'est l'amitié, Mirany, lui glissa le dieu à l'oreille.

« Reste le problème des autres prêtresses. » Le Chacal regarda le Renard qui lui apportait la boîte du Temple. Lorsqu'il la posa sur la table, des petits nuages de poussière s'échappèrent par les fentes. « Seul Seth peut les sortir de là.

— Et son message ? demanda le Renard à Mirany.

— Quel message ? » marmonna Oblek.

Mirany s'approcha de la boîte. Les yeux posés sur le couvercle peint, elle répéta les mots qu'il lui avait murmurés et pour la première fois de sa vie, tandis que la vérité sortait de sa bouche, elle se sentit vraiment Porte-Parole.

Les neuf Arches que le scarabée franchit avec le soleil.

Alexos cria dans son sommeil. Ses yeux s'ouvrirent, il poussa un grand halètement de peur. Oblek le secoua.

« Archonte ! Tout va bien.

— Non, Oblek. Non. »

Tremblant comme une feuille, il se leva avec peine. Ils furent choqués de voir ses yeux sombres se remplir de larmes qui roulèrent sur ses joues.

« La Reine des Pluies veut contre-attaquer. L'heure de sa vengeance approche ! »

Loin au-dessus de leurs têtes, à la pointe de la pyramide et sur ses flancs, les petits crépitements s'amplifièrent. Oblek posa ses lourdes mains sur les épaules du garçon.

« Un peu de pluie ne peut pas faire de mal, mon vieil ami !

— Il pleut peut-être, mais il ne tombe pas de l'eau, Oblek », chuchota Alexos.

Un cri retentit à l'extérieur. Le Chacal s'approcha d'une porte creusée dans le mur. Quand il l'ouvrit, de la lumière se déversait dans la coursive. Une lumière mouchetée, terne, d'une inquiétante couleur cuivrée.

Alors qu'il scrutait le ciel, la lumière s'estompa et une pénombre semblable à la nuit s'abattit sur son visage.

Il paraissait épouvanté.

Dans l'oreille de Mirany, le dieu poussa un très léger soupir.

S'il te plaît, ne me blâme pas, Mirany. Argelin a détruit ses statues. À quoi s'attendait-il ?

Il entrevoit joie et chagrin d'amour

Dès que l'esclave à l'œil mauvais fut sorti, Manto se retourna.

Elle portait une robe sombre et un collier de scarabées bleus d'une valeur inestimable. Ses cheveux coupés très courts surprirent Seth, car la plupart des femmes les gardaient longs et auraient teint cette chevelure poivre et sel.

Elle le scruta à son tour.

« Voici donc le jeune Secrétaire des Tombeaux.

— Peu importe. » Argelin se pencha en avant. « Suis-je face à une insurrection ? »

Un sourire aux lèvres, la sorcière s'empara d'un miroir et jeta une pincée de poudre sur la bougie disposée à côté. La poudre grésilla, exhalant une senteur de santal et de résine. Seth jeta un coup d'œil aux rangées d'objets sur l'étagère – il en eut la chair de poule. Morceaux d'animaux momifiés, pattes, une tête de singe. Des pierres vertes et une main séchée. Un crâne en cristal. Quand il s'aperçut qu'elle l'observait dans le miroir, il s'adossa au mur et, les bras croisés, prit un air arrogant.

« Vous devez savoir, Seigneur Roi, que votre politique vous attire de nombreux ennemis. » Pensive, la femme regardait le disque de bronze. « Je sens de nombreux troubles dans le Port, beaucoup d'agitation. Quelqu'un enfonce un bâton dans notre fourmilière.

— Quelqu'un... Le Chacal. »

Seth ne bougea pas d'un pouce. Manto sourit.

« Oui, oui... c'est cela... le Chacal.

— Qui est-il ?

— Nul ne le sait. Ou bien ceux qui le savent choisissent de se taire.

— Renseigne-toi ! » lui ordonna Argelin, les sourcils froncés.

La femme lui fit face. Pendant quelques instants, elle se contenta de tapoter le miroir du bout des ongles.

« Je me renseignerai à son sujet. Il est malin. Ses hommes sont organisés, mais j'apprendrai son nom. Je suis persuadée, Seigneur Roi, que vous le côtoyez. Il a une double personnalité, l'une étincelante, l'autre sombre... »

Son regard se posa sur Seth, puis elle sourit calmement.

« Ton prix ? demanda Argelin.

— Vous le connaissez. Je veux devenir Porte-Parole. »

Elle s'approcha des persiennes. Des rais de lumière ardents la frappèrent, l'odeur de musc qui embaumait la pièce se transforma en une brume légère qui prit

Seth à la gorge. La nervosité lui donnait une sérieuse envie de tousser.

« Et pour prouver ma loyauté, laissez-moi ajouter que j'ai vu l'une des Neuf. »

Argelin écarquilla les yeux.

« Impossible. Je les ai toutes capturées. Où ?

— Ici même. » Ses yeux noirs le fixaient. « Pas très grande, les cheveux bruns. À la fois vive et nerveuse. On aurait dit qu'elle n'entendait pas ma voix, mais une autre venue de l'au-delà. »

Seth prit une profonde inspiration, ce qu'Argelin ne remarqua pas. L'air menaçant, il fixait Manto.

« Mirany serait vivante ? »

Elle haussa les épaules.

« J'ignore son nom. Sa peur, elle, était indéniable.

— Et tu l'as laissée partir !

— Elle m'a affirmé qu'elle connaissait ce Chacal, alors je l'ai fait suivre. Elle s'est rendue à la Porte du Désert où elle a failli être appréhendée, mais elle a réussi à s'échapper. Elle doit se cacher dans les tombes. Avec lui, sans aucun doute. »

Tous deux assistèrent à sa colère silencieuse. Les mains jointes, il hocha la tête.

« Demain, j'emmène mes hommes là-bas. Ils dépouilleront la tombe de chaque Archonte jusqu'à Sthretheb. Et que les Morts réagissent comme ils le peuvent. »

Un bébé cria quelque part dans la demeure. Un calme étrange régnait au-dehors. Seth s'aperçut que la clameur habituelle des mouettes s'était tue.

Argelin se pencha au-dessus de la table.

« Est-ce que notre autre... affaire avance ?

— J'ai consulté de vieux parchemins et conversé avec les démons que j'évoque. C'est réalisable. »

Elle l'observait avec attention. Elle et Seth virent soudain une lueur passer sur le visage du Général, une lueur d'espoir.

De ses gros doigts, Manto lissa sa robe.

« Réalisable, mais complexe. Du sang devra être versé, animal et humain...

— Le sang ne coûte pas cher, rétorqua Argelin. Quoi d'autre ?

— Certains ingrédients plus onéreux... de l'or en poudre, des diamants, de l'ambre gris[1], des épices rares. Des organes d'animaux. Pour la Quatrième Arche, du venin de scorpion. Pour la Cinquième, une peau de dauphin. Pour la Sixième, un embryon de lièvre...

— Je me fiche des détails, s'impatienta Argelin. Je te fournirai l'or et les diamants. Mais, femme, es-tu certaine de réussir ? »

Le ton désespéré de sa voix glaça Seth. Manto s'approcha de lui.

« Seigneur Roi, Votre Sainteté, je vous jure que je vous la ramènerai. Par les neuf Arches, je l'aiderai à revenir vers vous, malgré la colère du dieu et de la Reine des Pluies. Secrets et interdits, il existe des moyens de quitter le Jardin, de revenir de la mort. Apportez-moi ce que je vous demande et je le ferai. »

Seth transpirait, ses mains tremblaient. Il espérait que nul ne lisait l'horreur extrême sur son visage.

---

1. Substance sécrétée par l'intestin des cachalots entrant dans la composition des parfums. *(N.d.T.)*

Parlait-elle sérieusement ?

Argelin avait l'air hagard. Un instant, il parut à bout de forces, comme si un souvenir insupportable ne cessait de le tourmenter.

« Elle me rend visite dans mon sommeil. Une image floue. Je ne peux ni la voir, ni la toucher. Elle me sermonne, me dispute... » Il buta sur un mot. « Il est plus facile de ne pas dormir.

— Je pourrais vous la montrer », déclara la sournoise Manto derrière lui.

Quelque chose obscurcissait le ciel, peut-être ce nuage d'encens, peut-être ces voilages rouges qui ondulaient autour de la pièce. Argelin se raidit. Lorsqu'il se retourna, son regard avait changé. Il était empli d'un farouche étonnement.

« Maintenant ? murmura-t-il, la voix rauque.

— Pourquoi pas ? » Manto s'adressa à Seth : « Ferme la porte à clef. »

Seth obéit avant de s'adosser contre le bois chaud et rassurant. La peur gagnait sa poitrine. Il suffoquait.

« Vous êtes sûr que c'est bien ? » marmonna-t-il.

Argelin ne l'entendit pas. Manto lui avait pris les mains et l'avait entraîné vers le miroir. Avec soin, elle le plaça à un certain angle. Il était soumis, immobile. Ses yeux inquisiteurs et inquiets étaient rivés sur le bronze poli.

« Patience. »

Manto ferma les volets. Dans l'obscurité feutrée, elle se déplaçait avec légèreté. Un craquement. Le reflet d'une lueur sur du métal. Autour de son cou, les scarabées émettaient un éclat iridescent. Elle enfila une robe noire, saisit un petit bâton surmonté d'un croissant de lune et revint.

« Maintenant, ne bougez plus, ne parlez plus. Ne respirez plus. Il est impossible de la toucher et de s'adresser à elle. Grâce à moi, vous l'entreverrez, rien de plus.

— Je ne mérite pas tant. »

La peine lui troublait la voix. Manto lui lança un regard en coin, Seth surprit un petit sourire amusé, moqueur, sur ses lèvres.

« Plus un mot. Nous commençons. »

Rien ne se passa. Seth eut le temps de sentir que ses muscles étaient noués et douloureux. Dans le noir, il s'obligea à relâcher les épaules quand soudain il se figea.

Un tintement dans l'air. L'obscurité palpable se referma sur lui, se solidifia, tel un objet crépitant. La terreur s'empara de lui. Il voulait s'enfuir, mais ses jambes ne lui obéissaient pas.

Dans le miroir, une image se forma, distante, un frémissement à peine éclairé. Elle nagea, sinistre, comme issue des profondeurs aquatiques, bataillant pour sortir de l'obscurité et s'avancer vers eux. Elle ondula, se métamorphosa, grandit, se matérialisa. Elle devint une femme aux cheveux bruns coiffés avec sophistication. Les bras nus, elle portait une robe blanche plissée.

Seth étouffa un cri. Il connaissait cette démarche hautaine et sûre d'elle, ce visage anguleux.

Argelin lâcha un murmure de pure angoisse.

« Hermia... »

Son regard se tourna vers lui. Parmi les courants d'air et la nappe de brume, elle leva la main vers lui et entrouvrit les lèvres.

« Trouve-moi, chuchota la voix d'Hermia. Trouve-moi ! »

D'un geste désespéré, il tenta de l'empoigner, mais ses doigts se heurtèrent à la surface métallique et aussitôt, comme par sa faute, le miroir se remplit de sang. Un filet courut le long du bronze sur sa robe blanche, ses mains, les siennes.

« Non ! » rugit-il.

Accompagnée d'un hurlement qui transperça Seth comme un couteau, l'apparition se volatilisa.

« Hermia ! »

Dans une colère noire, Argelin jeta par terre le miroir poisseux et vide avant de bondir tel un chat.

« Montre-toi ! Dis-moi que tu me pardonnes, Hermia ! S'il te plaît ! »

Seth était pétrifié. L'ombre silencieuse de Manto observait la scène.

« Elle est partie, Seigneur Roi. Je vous avais prévenu que ce serait bref. »

Argelin mit un long moment avant de reprendre son sang-froid. La sorcière s'approcha de lui et, au grand étonnement de Seth, elle lui mit les mains dans le dos et posa sa tête tondue contre ses omoplates.

« Je sens votre douleur, Votre Sainteté. Elle court au plus profond de vous. Faites-moi confiance. Je vous la ramènerai. Je vous demande simplement la charge de Porte-Parole en échange. Ce sera l'avènement d'un nouvel Oracle, ténébreux. »

De petits coups contre les volets brisèrent le silence. Argelin repoussa la sorcière.

« Si c'est l'un de tes mauvais tours, rétorqua-t-il, je te découperai en morceaux de mes propres mains.

— Et je ne vous en voudrai pas. Ce n'est pas une ruse. Vous l'avez vue, non ?

— Découvre l'identité de ce Chacal. Et prépare le sortilège. Je t'enverrai tout ce dont tu as besoin. »

Il se dirigea à grands pas vers la porte. Au même instant, quelque chose tomba entre les lattes des persiennes et émit un grésillement particulier en s'écrasant sur le sol. Seth y jeta un coup d'œil. Il s'agissait d'un gros insecte aux pattes arrière jointes, aux mandibules qui s'agitaient. Dégoûté, il s'apprêtait à l'écraser quand le Général le retint par le bras.

« Attends. »

Lentement, Argelin s'agenouilla et examina la créature. Puis il se tourna vers les volets.

Ils crépitaient. De légers martèlements retentissaient à l'extérieur.

« Ouvrez-moi cette fenêtre ! »

Manto fit un pas en avant, mais Seth fut plus rapide. Avide de lumière et d'air frais, il ouvrit en grand les volets mais n'eut ni l'un ni l'autre. Il poussa un hurlement de terreur et recula brusquement. Couvert d'insectes grouillants, pris de frénésie, il se grattait le cou et se frottait les cheveux, pendant que les gros criquets se ruaient à l'intérieur, percutaient les murs, s'accrochaient au plafond et s'écrasaient sur la table.

Argelin se leva.

Dehors, la pluie meurtrière assombrissait les cieux.

Tandis qu'il dévalait les rues, Seth entendit enfler la panique. Dans les hurlements, les jurons, les sanglots. Les mères enfermaient leurs enfants, les passants cognaient aux portes pour qu'on les laisse entrer. Tourbillonnant dans les étroites fissures entre les maisons, l'essaim n'était qu'une masse vivante qui obscurcissait le ciel, oppressait l'atmosphère par son crépitement strident. Une pluie d'insectes s'abattait sur eux, rebondissait sur les murs, s'amoncelait sur la moindre plante. Les arbustes étaient dépouillés de leurs feuilles, les oliviers dévorés en quelques secondes. Les chiens hurlaient à la mort, brisaient leurs laisses, devenaient fous à mesure que pleuvaient les amas pullulants. Caché sous la cape qu'il avait dérobée à Manto, emmitouflé jusqu'aux yeux, Seth courait à perdre haleine derrière Argelin. Sous leurs pieds crissait une couche épaisse d'insectes articulés et frémissants. Les deux hommes dérapaient sur les corps sales et luisants, s'agrippaient aux murs couverts d'ailes collantes.

Les criquets dévorèrent feuilles et fruits, dépouillèrent les jardinières, grignotèrent les tissus. Au marché, Seth se fraya avec peine un chemin entre les marchands qui blasphémaient, juraient et enrageaient au milieu du tumulte, tandis que l'essaim s'abattait sur les grenades et les raisins, mâchonnait les fruits jusqu'au trognon. Les gens se terraient sous les étals dévastés, déchiraient des étoffes pour s'en couvrir, recrachaient des insectes, trébuchaient sur les chats qui cherchaient un abri.

Alors qu'il se jetait sous une arche, Seth se heurta à une patrouille de mercenaires étrangers. Les yeux écarquillés, épouvantés, ils assistaient au déluge destructeur.

Argelin en attrapa un par le col.

« Rendez-vous au système d'irrigation. Chassez ces démons des cultures !

— Seigneur Roi...

— Obéissez ! »

Ils partirent en courant. Argelin fit face à Seth, mais avant qu'il ne puisse parler, une femme paniquée se rua sur lui.

« C'est votre faute ! hurla-t-elle. Nous sommes maudits à cause de vous ! Ennemi des dieux ! »

Il la jeta à terre et attira Seth au coin de la rue.

« Les navires ! » s'écria-t-il.

La pluie mordante empêchait Seth d'entendre. Mais quand ils atteignirent les dernières marches qui descendaient au Port, il se cogna au Général immobile et comprit.

Partout au fil de l'eau, dans le cratère du volcan englouti, l'air grouillait. Il n'y avait plus de ciel, plus de mer. Seuls demeuraient quelques mouettes prises de folie et une couche hideuse de créatures verdâtres sur les vagues et les quais. Au-delà, à l'endroit où flottaient les navires le matin même, des morceaux de bois croulaient sous une nuée d'insectes affamés. Des millions de mandibules rongeaient et mastiquaient. Sous les yeux de Seth, les cordes claquèrent, les mâts et les longerons tombèrent sans une éclaboussure dans la mer étouffée. En quelques secondes, les voiles ne furent qu'une multitude de trous, un tas de lambeaux. Les hommes plongeaient, hurlaient de peur, se débattaient et suffoquaient dans l'écume frémissante.

Argelin observa le désastre en silence.

Jusqu'à ce que le dernier pont à moitié construit fût réduit en poussière.

Puis il se précipita dans le bâtiment.

La nuée de criquets sévit durant trois jours.

Nul ne sortait à moins d'être à court d'eau. Dans le Port, les rues étaient à la merci des insectes rassasiés et seuls les hommes d'Argelin, le visage bien enveloppé, continuaient leur patrouille. De leur côté, les voleurs ne perdirent pas leur temps. Le Chacal organisa deux raids éclairs, l'un dans l'armurerie près de la Tour de Daron, l'autre dans un entrepôt très bien gardé dans le Quartier des Potiers où Argelin conservait son stock de cordes et du bois pour l'artillerie.

Le Renard avait installé les trois prêtresses dans des chambres séparées et Mirany fut heureuse de pouvoir enfin dormir et se laver. Tandis qu'elle se coiffait et examinait son visage dans le morceau de verre qui lui servait de miroir, Chryse passa la tête à la porte.

« Ah ! Tu es là ! » Elle entra et scruta la chambre miteuse d'un air mélancolique. « Comme la mienne. Absolument rien de joli. Ils ont pourtant dû voler des bijoux, des parfums... Je vais jeter un œil. »

Tout à coup, avant que Mirany ne puisse l'en empêcher, elle s'empara du scarabée accroché à sa poitrine.

« Quelle broche ravissante !

— Elle n'est pas à moi, déclara Mirany qui la lui reprit.

— Dis, ces gens sont-ils dignes de confiance ?

— Je le pense.

— Jamais ils ne vaincront Argelin. » Chryse se

frotta la lèvre inférieure. « Tu ne crois pas que nous devrions nous échapper et le rejoindre ? Nous lui dirions où ils sont, nous lui parlerions de Rhetia. Il pourrait...

— Disons que je n'ai rien entendu, Chryse. Allez, viens. »

Elles se rendirent auprès du Chacal. Elles ne croisèrent aucun soldat dans la Tanière, si bien que Mirany frappa et entra.

Le Chacal essayait de forcer la boîte. Il en étudiait le dessous à l'aide d'un instrument métallique. Des outils et des sondes parsemaient le sol. Il leva les yeux vers Mirany et jeta sa lame avec dégoût.

« Mirany, j'ai eu affaire à de nombreux dispositifs diaboliques conçus par les Archontes, mais celui-ci les surpasse. Cela fait des heures que je m'échine dessus. Pas de serrure, pas de compartiment secret, juste un bloc solide. Et pourtant, quelque chose bouge à l'intérieur. »

Épuisé, il s'effondra sur un tabouret et croisa les bras.

Chryse toucha la boîte par curiosité.

« Elle est peut-être magique ? »

Le Chacal renifla.

« Chryse, et si tu allais chercher Oblek ? suggéra Mirany.

— Cet ivrogne ? Oh ! Mirany ! Il sent mauvais !

— Il ne boit plus. Et les musiciens ont reçu la grâce divine. Va ! »

Chryse s'attarda sur le pas de la porte. Elle semblait mal à l'aise.

« Ces gens horriblement sales...

— ... ne toucheront pas un seul cheveu de ta petite tête vide. »

Poliment, le Chacal se leva. Avec fermeté, il la poussa dehors et ferma la porte avant de s'y adosser.

« Est-elle si vide que cela ? Vous ne lui faites toujours pas confiance, Mirany ? »

Son ton sec la surprendrait toujours.

« Elle prétend être restée tout le temps sur l'Île. Je ne sais que penser.

— Vous aimeriez qu'elle dise la vérité. »

Au lieu de répondre, elle décrocha sa broche, traversa la pièce et la déposa dans sa main. Le visage du Chacal s'assombrit.

« J'aurais dû vous la remettre dès votre retour, s'excusa Mirany. La personne qui me l'a donnée...

— Je sais qui vous l'a donnée. » Sa voix était glaciale et dure. Il leva les yeux. « Comment vous a-t-elle contactée ?

— Elle ne m'a pas contactée. C'était un accident. »

Rapidement, elle lui parla de la destruction de la statue, comment elle avait trouvé refuge dans le Palais des Délices. Il claqua la langue une fois, atterré, mais il ne l'interrompit pas. Dès qu'elle eut fini, il posa la broche sur le banc et lui lança un regard sinistre.

Son silence la pétrifia.

« Cette femme est-elle si mauvaise ?

— Pire. Son message ?

— Elle vous extorquera bientôt le paiement de votre dette. »

Le Chacal ramassa ses outils et les rangea dans une mallette en cuir. Ses doigts fins opéraient avec une grande agilité.

« C'est bien ce que je craignais. »

Soudain, il posa les outils et la regarda droit dans les yeux.

« Comme vous, j'ai rencontré Manto par accident, voilà plusieurs années. Avec deux autres, j'ai fait la tentative malavisée de pénétrer dans l'un des tombeaux de la Cinquième Dynastie. Mais on nous a surpris en train de creuser et les hommes d'Argelin nous ont pourchassés dans le Port. Nous nous sommes séparés, trois des soldats m'ont suivi. Je me suis engagé dans une ruelle et là, j'ai découvert qu'il s'agissait d'une impasse. » Il haussa les épaules. « J'ai dégainé mon épée, prêt à me battre, prêt à mourir. Il n'était pas question que je me rende. » Silence. Il s'assit sur la table, posa les pieds sur le tabouret. Il lui lança un regard oblique. « Il m'est arrivé de tuer, Mirany. Je connais bien la mort, mais je n'ai jamais torturé personne et je déteste la cruauté. Tels des vautours, les esclaves de Manto sont apparus de nulle part, ils ont désarmé les soldats et les ont terrassés. Puis elle est arrivée. Vêtue de noir, elle tenait un bâton surmonté d'un croissant de lune.

« “Je t'ai vu dans mon miroir magique, Prince des Voleurs. Ta vie m'appartient, maintenant.” »

Il secoua la tête, ses cheveux blonds brillaient.

« Je ne connais pas la peur, Votre Sainteté, mais à ce moment-là, je l'ai ressentie. Devant mes yeux, elle les a lentement assassinés et je vous épargnerai les détails de leur agonie. Sa magie demande du sang et de la douleur. Son âme aussi, je suppose.

— Vous n'êtes pas intervenu ? demanda Mirany, immobile.

— Me suis-je comporté en lâche ? C'est cela ? En fait, j'ai insisté pour qu'elle arrête, mais j'aurais été une mouche sur un mur qu'elle ne m'aurait pas plus prêté attention. Ils m'avaient mis hors d'état de nuire. Quand elle eut fini, elle s'est approchée de moi et comme mon visage était caché, elle a enlevé ma capuche et vu ma haine et mon dégoût. Elle a affirmé dans un sourire : “Tu es mon débiteur. Paie-moi.” »

Il donna une pichenette au scarabée.

« Cette broche était dans ma poche. Le seul objet que j'avais trouvé dans le sable, sur les marches menant au tombeau. Alors je la lui ai donnée. » Il secoua la tête. « Mon offrande ne lui a pas suffi. Ils m'ont immobilisé, pris quelques gouttes de sang, des cheveux, une rognure d'ongle. Pendant toutes ces années, j'ai redouté qu'elle ne s'en serve. Je ne vais pas tarder à découvrir de quelle manière, on dirait. »

Mirany le dévisageait, ne sachant que répondre. Il reposa le scarabée.

« Elle a dû vous faire suivre.

— Comment ? s'exclama-t-elle, paniquée. Impossible ! Moi seule ai franchi le barrage.

— Tant mieux. » Le Chacal se leva dès qu'il entendit la lourde voix d'Oblek derrière la porte. « N'en parlez pas aux autres. C'est mon problème. »

La porte s'ouvrit en grand. L'Archonte sur les épaules, Oblek entra. Sur la tête d'Alexos trônait le ouistiti de la pyramide qui jacassait joyeusement. Alexos sauta à terre quand Oblek s'effondra sur un siège.

« Alors ? Que contient cette boîte ? demanda le colosse.

— À toi de me le dire », marmonna le Chacal.

L'aigreur de sa voix surprit Oblek. Soudain, Alexos s'empara de la boîte et fit courir ses petites mains sur le bois peint.

« Je m'en souviens ! Elle m'appartenait quand j'étais Hastris ! Cela remonte à quand, Oblek ?

— Aucune idée, mon vieil ami. Des siècles, probablement. »

Alexos sourit. Il posa la boîte et mit les mains sur les hanches.

« Ouvre-toi, boîte. C'est le dieu qui te l'ordonne. »

Un cliquetis et le couvercle peint s'ouvrit.

Le Chacal s'autorisa un petit grognement.

QUATRIÈME ARCHE

Le Cimeterre

Autrefois, paraît-il, la Reine des Pluies a aimé un homme.

Son nom est à jamais perdu. Même moi je ne m'en souviens pas.

Elle était folle de lui, elle lui a fait don de sa sagesse, elle lui a montré les vergers florissants et les fontaines cristallines de son paradis.

Je crois que l'homme s'y est senti un peu seul. Parce qu'il a pris le chemin du retour.

Elle a pleuré des orages pour lui. Puis elle l'a foudroyé parce qu'il en avait trop vu.

Elle ne pardonne pas. Tempêtes et déluges connaissent-ils la pitié ?

Comment peuvent-ils savoir ce que c'est de se noyer ?

Elle perce la chaleur du soleil

La maison était grande. Sûrement confisquée. Le garde appuyé contre le mur extérieur se redressa très vite quand Seth sortit de la litière et s'enfonça jusqu'aux chevilles dans les couches desséchées de criquets morts. Toutes les rues auraient dû être balayées, mais les journaliers n'avaient apparemment pas atteint le haut de la ville. Seth avait été obligé de donner l'ordre lui-même, car Argelin n'était presque pas sorti de ses appartements depuis des jours.

Seth inspecta le soldat.

« Rien à signaler ?

— Non, seigneur. »

Au lieu de le harceler de questions, il s'éloigna de la litière entourée d'esclaves et sortit de sa poche une petite bourse remplie de statères. D'un geste insouciant, il versa les pièces dans sa main. Les disques d'or tintèrent. Les yeux avides du soldat se posèrent sur elles. Seth jeta un coup d'œil aux esclaves. L'un d'eux risquait de rapporter son geste à Argelin ; il ne voulait pas être vu. Il lança un regard insolent au soldat.

« Donne-moi de ton eau ! »

Il s'agissait de la maigre ration de l'homme et après une légère hésitation, il plongea sa coupe et la lui tendit. Seth but. L'eau était chaude et saumâtre, elle devait dater de plusieurs jours. Discrètement, il déposa cinq statères au fond du gobelet sans que les autres le voient. Quand il le lui rendit, il parla d'un ton sec.

« Que personne n'importune mon père et ma sœur. S'ils se plaignent, je serai vite mis au courant et ta tête sautera. D'accord ?

— Oui, Seigneur.

— En cas de besoin, tu seras là pour les protéger. Compris ?

— Compris, Seigneur. »

L'homme était baraqué, son visage hâlé et impassible. Seth soupira, lui fit signe de se pousser et entra dans la demeure. Son geste était probablement inutile. Il ne pouvait rien faire d'autre.

La maison était bien ventilée. Le long des murs blanchis à la chaux, des fenêtres ouvertes laissaient entrer la brise. Sur la terrasse en marbre coloré, il s'aperçut qu'il avait vue sur le Port, ses rues affairées, et par-delà, la rade. Les trirèmes étaient déjà en cours de réparation, même si les dégâts étaient énormes. Il restait si peu de bois que les quais avaient été démontés pour en fournir. Sur les ordres d'Ingeld, après une dispute orageuse avec le Général. À l'évidence, Argelin ne pensait plus qu'à Hermia. Son obsession le dévorait vivant.

« Te voilà enfin ! »

Pa se tenait sous la vigne qui courait sur le mur. Seth lui fit face. Il fut surpris de constater que l'homme devant lui était gris et ratatiné, qu'il avait le visage pâle par manque de soleil.

« Pa, tu as bonne mine.

— Menteur. Toi, tu as bonne mine, Seigneur Seth. »

Il le savait. Ses cheveux étaient oints, bouclés. Il portait une tunique neuve, écarlate et bordée d'or. La faim dévorante du désert avait disparu. À présent, il mangeait son content. De fines chaînes en or pendaient à son cou.

Il haussa les épaules. La balustrade en marbre s'enfonçait dans son dos.

« Où est Telia ?

— Elle dort. »

Pendant un moment, ils s'affrontèrent en silence, puis la tension qui marquait le visage de son père sembla s'effriter. Las, il s'assit sur un banc.

« J'espère que tu sais ce que tu fais, fils. »

Seth s'assit à côté de lui.

« On peut nous entendre ?

— Non. Dès que nous sommes arrivés, j'ai cherché des passages et des cachettes. Argelin avait prévu une esclave, mais je l'ai renvoyée. Elle avait sûrement pour mission de nous espionner. Pour l'instant, personne n'est venu. Il nous laisse tranquilles. Il n'y a que ce soldat dehors. Au fait, tu as gaspillé ton argent. La sentinelle change chaque semaine. Il ne veut pas qu'ils s'attachent à Telia, au cas où ils devraient lui trancher la gorge. »

Cette remarque lui glaça les sangs. Pa baissa la tête.

« Le vendeur de saucisses au coin de la rue qui porte un tablier sale, c'est un homme du Chacal. Quelqu'un d'autre garde un œil sur nous... Comment nous sommes-nous retrouvés impliqués dans cette histoire ? Cette fille...

— Le dieu, Pa. Le dieu, et non Mirany. »

Son père fronça les sourcils.

« Vous avez changé. Le colosse, le voleur et toi. Que s'est-il passé dans le désert pour que tu t'endurcisses ainsi et deviennes un homme ? »

Que lui répondre ?

« Le soleil. Il n'y avait rien d'autre. Le soleil et nous... Je suis désolé. C'est moi qui ai eu cette idée et j'aurais dû prévoir que mon plan vous ferait courir un tel danger. »

Pa éclata d'un rire amer.

« Dire que je t'ai toujours harcelé pour que tu entres au service d'Argelin ! »

Le soleil brûlait le bras nu de Seth. Ce silence était nouveau. Il s'était attendu à une hostilité froide. Soudain retentit un cri de joie.

« Seth ! » Telia courut à lui et lui sauta dans les bras, plus lourde que jamais, encore à moitié endormie. « Où est mon cadeau, Seth ? Tu m'avais promis !

— Je tiens toujours mes promesses. »

Il posa un paquet emballé sur le sol et sourit lorsqu'elle s'agenouilla et défit le tissu.

« Il vient du Palais de l'Archonte ? »

Le Palais ne devait être qu'une coquille vide désormais.

« D'un palais des délices. »

En vérité, il avait acheté son présent à une femme du marché, l'une des dernières qui avait quelque chose à vendre, à un prix assez exorbitant.

Telia écarquilla les yeux.

« Regarde, Pa ! »

Une guirlande de singes finement sculptés tomba du sachet. Leurs pattes étaient jointes de curieuse manière. Dans les mains de Telia, ils dansaient et faisaient la culbute, se démêlaient et s'emmêlaient comme si leurs doigts de bois étaient vivants. Leurs drôles de faces avaient des yeux qui coulissaient et une bouche qui s'ouvrait. Au tréfonds de leur corps, de minuscules crécelles s'entrechoquaient.

Pa observait la fillette fascinée.

« Compte-t-il se rendre dans les tombeaux ?

— Bientôt. Il est ruiné. Tout son argent a servi à payer les mercenaires et ils en réclament davantage. Il n'y a plus de taxes portuaires et comme la flotte de l'Empereur est amarrée dans les îles, le commerce est inexistant. Il a besoin d'hommes, de vaisseaux. Les tombeaux représentent un trésor fabuleux. »

Les singes se rangèrent en une longue ligne avant de se télescoper et former soudain un tas compact. Telia gloussa.

« Fais attention si tu l'accompagnes, le prévint Pa sur un ton acerbe. L'Ombre veille.

— Je suis obligé de l'accompagner, Pa.

— Tu avais le choix. »

Tandis qu'une mouette criait au pied de la terrasse, il se leva et scruta la mer. Au loin, à peine visibles contre l'horizon miroitant de chaleur, les navires de l'Empereur étaient au mouillage, telle une ligne menaçante.

« Tu as trouvé Jamil ? »

Seth regardait sa sœur et les singes. D'ici le soir, elle s'en serait lassée, pensa-t-il.

« Oui. Le problème, c'est que Rhetia aussi. »

La boîte en contenait une autre. Et une autre. Soit un total de neuf, de plus en plus petites. Après le bois peint, du lapis bleu. Puis de l'albâtre, du papyrus, de l'argent, de fines couches de jade. Et au cœur, un cube d'ébène, complètement noir, qu'Alexos fendit en deux pour découvrir une boîte en peau d'alligator. La dernière, petite et parfaite, était en cristal de roche.

« Ouvre-la », chuchota Mirany.

Alexos souleva le couvercle. Aussitôt, son visage fut illuminé par une lueur qu'ils ne pouvaient confondre. Le Chacal sourit.

« Serait-ce de l'or, mon vieil ami ?

— Oui, Oblek. Un grand trésor. »

Il s'en empara aussitôt. Mirany vit un disque plat en or martelé. En son centre brillait une pierre rouge, une cornaline peut-être ou un rubis d'un éclat inhabituel. Sous la pierre, un scarabée déployait ses ailes. Émanaient de ce soleil neuf rayons en or qui se terminaient par un hiéroglyphe.

C'était tout. Sa perfection les laissa pantois.

« Joli, grommela Oblek.

— Joli ? » Le Chacal le déroba à Alexos. « C'est une pièce unique. Pendant des années, j'ai retourné des tombeaux et je n'ai jamais rien vu de tel.

— Moi si. » Comme tous les regards étaient rivés

sur elle, Mirany expliqua : « Dans les tombes. Très loin sous terre. Un immense soleil, enfoui dans les profondeurs. Où Seth se l'est-il procuré ?

— Grâce à moi, déclara Alexos, assis sur un tabouret, les genoux ramassés sous le menton, les bras autour des jambes.

— Toi, Archonte ? demanda Oblek qui avait croisé le regard interrogateur du Chacal.

— Ma statue, Oblek. Nous ne faisons plus qu'un maintenant. Il l'a trouvé sous mes pieds. Je ne me souviens pas quand je l'ai caché là, mais le disque a été fabriqué par un homme que la Reine des Pluies a aimé. Il voulait montrer aux autres les secrets du Chemin. Celui qui le possède est capable de prodiges.

— Par exemple ?... s'enquit le Chacal, l'air de rien.

— Eh bien... traverser les murs. Trouver sa route dans le noir. Se rendre au Jardin et revenir. »

Le pilleur n'en croyait pas ses oreilles. Le disque en main, il se dirigea vers le mur le plus proche et le heurta doucement.

« C'est le rêve de tout voleur. Mais j'ai peur que tu ne te méprennes, Archonte. »

Alexos sembla fâché.

« Une minute, intervint Mirany. Quel jardin ? »

L'air bougon, il croisa les bras. Mirany s'approcha de lui et lui prit la main.

« Quel jardin ? Dis-moi ?

— Tu sais quel jardin, Mirany.

— Celui de la Reine des Pluies ?

— Bien au-delà de ce monde. Où l'eau s'égoutte des arbres. »

Mirany scruta les autres.

« Insinuerais-tu, mon vieil ami, hasarda Oblek, que celui qui possède ce disque peut traverser... peut mourir... et revenir ? »

Alexos laça sa sandale avec une concentration infinie.

« C'est ce que j'insinue.

— Qui serait assez fou pour vérifier ? demanda le Chacal, les sourcils froncés.

— Le billet de Seth... » commença Mirany.

Soudain, la porte s'ouvrit avec fracas sur le Renard et Chryse, les joues roses et un sourire satisfait aux lèvres.

« Chef ! Elle est partie !

— Qui ?

— La prêtresse. Elle a embobiné Moret et est sortie par-derrière.

— Rhetia ! s'exclama Mirany. Elle compte rejoindre Jamil.

— Elle va tout gâcher. » Le Chacal jeta le disque dans la main de Mirany et saisit sa toge. « Oblek, Renard, suivez-moi. Votre Sainteté, restez avec l'Archonte. »

Avant qu'elle ne puisse protester, ils avaient disparu.

Dans le silence abrupt qui s'ensuivit, Alexos balança ses jambes sous la table.

« Pas besoin d'être fou, tu sais, Mirany, remarqua-t-il sur un ton pensif, comme si rien ne s'était produit. Il suffit seulement d'être très très malheureux. »

La palestre était paisible.

Quand il entra, Seth aperçut des mercenaires qui nettoyaient leurs lances à l'ombre. Mis à part deux d'entre eux qui luttaient sans but, il n'y avait personne aux alentours. Il se rendit directement dans la Salle des Roses, mais lorsqu'il ouvrit la porte, elle était déserte. Des pétales de fleurs gisaient sur le sol, quelques criquets égarés bruissaient sur le mur.

Il continua ses recherches.

Le sauna. Alors qu'il longeait à grands pas le couloir, un chat le dépassa, la queue levée, et il se demanda pourquoi les soldats avaient disparu. Il s'arrêta pour mieux entendre. Aucun bruit d'éclaboussure. Où étaient-ils tous passés ?

Soudain, il se sentit nerveux. La porte du sauna était chaude, son loquet en bronze verdi avait été usé par le temps. Quand il posa son oreille contre le métal, il entendit une voix de basse. Puis celle d'une femme.

Sans crier gare, il poussa la porte et entra. Près de la petite fenêtre, la fille fit volte-face et le fusilla du regard. Grande, elle était vêtue comme une esclave, mais Seth ne la connaissait que trop bien. Il avait déjà lu sa raideur arrogante derrière son masque d'Échanson.

« Rhetia ! »

La prêtresse se renfrogna. Le Prince Jamil semblait mal à l'aise.

« Il est avec nous ?

— Apparemment. Va-t'en, scribe. Je n'ai pas le temps de t'expliquer. Je dois agir maintenant et je n'ai pas besoin de ton aide. Va-t'en avant qu'Argelin ne croie que tu es impliqué. »

Son insolence le mettait hors de lui.

« Est-ce là la seule notion de sécurité du Chacal ? s'enquit-il.

— Le Chacal n'a rien à voir avec cette entreprise, rétorqua-t-elle.

— Je risque ma vie...

— Alors pars ! Maintenant ! »

Comme il ne bougeait pas, elle le bouscula et jeta un coup d'œil dans le couloir.

« Allons-y, Prince. Vite ! »

Jamil fit un pas en avant. Son corps musclé était drapé dans une toge brodée, raidie par des centaines de perles. Il lança un regard oblique à Seth.

« Viens avec nous, lui demanda-t-il.

— Je ne peux pas.

— Ta vie...

— Appartient au dieu. Ne lui faites pas confiance. Ce n'est pas ce qui était prévu.

— Y aurait-il des dissensions ? Une évasion demeure une évasion. »

Dans un geste désespéré, Seth l'attrapa par le bras.

« Et les soldats dehors ? Les mercenaires ? »

Sur le seuil de la porte, Rhetia lui jeta un sourire acerbe.

« Je crois qu'il n'y a pas lieu de s'en inquiéter. »

Alexos descendit négligemment de la table.

« Je veux y aller, moi aussi, Mirany. Je n'aime pas qu'Oblek affronte le danger seul. Il gronde, crie et se bat avec trop d'insouciance. »

Elle reposa le disque en or dans la boîte de cristal et leva les yeux vers lui, surprise.

« Le Chacal a dit...

— Le Chacal est très intelligent, mais c'était idiot de te demander de veiller sur moi. Parce que je suis beaucoup plus âgé que toi, Mirany. » Il la prit par la main. « Et Seth est en danger. »

Un instant, elle ne bougea pas. Puis elle ouvrit la porte et examina la pyramide fourmillante. Trois hommes étaient assis sur un banc à l'extérieur. L'un lui fit un léger signe de tête. Depuis l'évasion de Rhetia, ils avaient redoublé de vigilance et elle n'avait pas le temps de se lancer dans des débats passionnés. Elle pivota, courut jusqu'à la petite porte qui donnait dehors et tira fort.

Fermée.

Furieuse, elle martela le bois.

Alexos l'observait.

« Fais quelque chose, lui ordonna-t-elle.

— C'est toi qui l'as rangé », répondit-il patiemment.

Un instant, elle ne comprit pas sa remarque. Puis elle ouvrit la boîte et s'empara du disque solaire.

« Ça ? Mais que...

— Contente-toi de marcher. » Il parlait d'une voix triste. « Oh, Mirany ! Le chemin qui conduit aux Arches ne requiert que du courage. »

Sa petite main s'empara de celle de Mirany. La porte était gainée de cuivre, poussiéreuse et hantée par les araignées. Elle posa la paume contre la surface lisse, elle savait qu'elle ne s'ouvrirait pas, quels que fussent les pouvoirs qui lui seraient conférés. Elle brandit le disque.

Aube. Une lumière pâle grandit dans la pièce, s'intensifia jusqu'à ce que sa chaleur devînt celle du soleil à midi, la fournaise infernale du désert brûlant. La porte métallique, blanche et incandescente, brûla, dégoulina, perdit ses rivets. Sa silhouette se transforma en mirage tremblotant.

Une ouverture dorée fondit en son cœur.

Ils sortirent dans la rue.

Abasourdi, Seth comprit.

Seul dans la pièce après leur départ, il se rendit compte que jamais le bâtiment n'avait été aussi silencieux et que seuls les mercenaires interdisaient l'accès aux importuns. Ingeld faisait-il partie du complot ? Était-ce possible ?

Il ouvrit la porte et leur courut après, tête baissée, pris de panique. Ses certitudes s'effondraient.

C'était un piège et Jamil servait d'appât.

La fraîcheur régnait dans les couloirs en marbre. L'humidité brillait à peine sur les murs. Au pas de course, il dépassa les suites thermales et les vestiaires, les pots de géraniums rouges flétris, franchit les rais de soleil ardent qui striaient les carreaux. Alors qu'il entrait en trombe dans la palestre, il stoppa net.

Suivie de Jamil, Rhetia se précipita vers Ingeld qui attendait. Le Prince des Perles s'arrêta, l'air confus et circonspect.

« Tout va bien, lui lança Rhetia.

— Ce sont les hommes d'Argelin.

— Plus maintenant. Ils travaillent pour moi.

— Vous les avez payés ?

— Ils craignent le dieu. Ce sont des hommes simples. Je leur ai dit...

— Quelle folie ! »

Elle rougit de colère. Quant à lui, il était submergé par un même courroux froid et massif.

« Ils se sont joués de vous, prêtresse. » Il examina Ingeld. Le grand mercenaire portait son casque en bronze. Sur ses joues, le métal découpait son visage en facettes anguleuses. Ses yeux de glace étaient braqués sur eux. « Ne voyez-vous donc pas ? »

Ingeld brandit son épée.

« Le Prince a raison, ma Dame. Dites-nous où sont les autres... »

« Pourquoi ne pas entrer directement ? »

Oblek posa le pied dans les mains jointes du Renard et se hissa. Les tuiles de la suite thermale étaient tellement brûlantes qu'il gémit avant d'enrouler ses mains dans sa cape.

« Parce que cet endroit est bien trop silencieux », répliqua le Chacal.

Le pilleur de tombes glissa avec agilité jusqu'au pignon et jeta un coup d'œil par-dessus le mur. Seuls ses yeux étaient visibles derrière l'étoffe sombre qui lui enveloppait le visage.

« Venez. »

Il donna le signal. Ses hommes, postés sur le toit opposé, disparurent. Oblek avança sur les tuiles qui craquaient sous son poids. Le Renard fermait la marche, prudent, couteaux prêts.

Les bâtiments étaient plongés dans le silence. Sur les toits plats et les corniches en tuile, le Chacal les devançait, mince silhouette à l'ombre minuscule sous le soleil de midi. Ils contournèrent les cours désertes, les citernes destinées à recueillir la précieuse eau de pluie. Le plomb ramolli leur brûlait les mains. Les lézards s'enfuyaient sur leur passage, les serpents qui se doraient au soleil sifflaient. Sous la botte d'Oblek, un scorpion noir le menaça de son aiguillon. Quand ils atteignirent le fronton, le Chacal s'arrêta et s'accroupit.

« Écoutez ! »

Ils entendirent au loin les bruits du Port apportés par la brise. Et plus près, des voix. Lentement, tandis que le vent séchait leur sueur, ils escaladèrent le parapet en pierre et regardèrent en contrebas.

« Il n'y a personne d'autre ! » Rhetia se redressa. Dans ses yeux luisait une haine farouche. « Vous croyez que je n'ai pas pu planifier sa libération seule ?

— Les femmes ne savent pas planifier », répliqua Ingeld.

Ignorant sa colère, il lorgna par-dessus l'épaule de Rhetia en direction de la loggia et ses colonnades. Aussitôt, Seth recula dans l'ombre.

Résigné, Jamil croisa les bras.

« Elle a raison. Je n'ai vu aucun complice.

— Peut-être, Prince, mais sachez qu'il est impossible de faire confiance à l'une des Neuf. » Argelin sortit de l'alcôve où il se cachait et s'approcha de Rhetia. Il la toisa avec soin et froideur. « J'étais persuadé que Mirany et vous étiez mortes. Je constate que cette odieuse Reine des Pluies vous a épargnées. Elle et moi menons une guerre à travers de petits mortels tels que vous, des êtres qui croient avoir de l'importance. Maintenant que je vous tiens, il n'y aura plus d'évasion possible. »

Rhetia blêmit. Elle devait être dévastée, mais Seth admira son calme glacial.

« Alors tuez-moi comme vous avez tué Hermia, le défia-t-elle. Parce que jamais je ne cesserai d'œuvrer contre vous. »

Argelin ne bougea pas, ne respira pas. Soudain, il tendit la main dans laquelle Ingeld déposa une épée. Seth se raidit. Il devait agir. Le visage du Général laissait entrevoir une intention qui le terrorisait. Au moment où il s'apprêtait à bondir, il aperçut Mirany.

Et Alexos.

« Non, siffla-t-il entre ses dents. Partez ! »

Mirany tenait un petit disque entre ses mains.

« Je croyais que tu courais un grand danger, lâcha-t-elle, hors d'haleine.

— Maintenant, oui. Emmène-le loin d'ici ! »

Trop tard. Argelin avait entendu l'écho de leurs voix et aboyé ses ordres. À présent, Ingeld et lui se précipitaient vers les colonnes, tandis que les soldats se répartissaient de chaque côté. Seth poussa un juron tout en s'adossant au pilier rond.

« Va-t'en, Archonte. Je t'en prie. S'ils découvrent que tu es vivant, nous sommes perdus tous les deux. »

Le garçon était au bord des larmes. Il recula.

« Désolé, Seth. J'avais oublié. »

Cependant, ses mots prononcés dans l'oreille de Mirany furent différents.

Descelle l'Oracle.

Consternée, Mirany se tourna.

« Toutes ces pierres... »

Non, Mirany. Porte ma parole.

« Et leur montrer que je suis en vie ? Pourquoi ? »

On ne remet pas un dieu en question.

« Seth ? » aboya Argelin.

En toute hâte, Mirany saisit Seth par la main et se tordit le bras dans le dos.

« Capture-moi. Maintenant !

— Mirany...

— C'est la seule solution. » Avant qu'il ne puisse répondre, elle hurla et courut tout en lui donnant force coups de poing et de pied. Abasourdi, il s'accrocha à elle pendant qu'Argelin contournait le pilier. Il attrapa Mirany par le menton et leva son visage pour mieux l'observer. Il débordait d'une joie sinistre. Mirany se débattit.

« Laissez-moi partir ! hurla-t-elle. Laissez-moi partir ! »

Seth entendit alors sa propre voix. Présomptueuse et contente d'elle. Une voix qu'il détestait.

« Regardez donc qui vous espionnait, Seigneur Roi ! »

Du sang pour un maléfice

Il s'ensuivit un chaos indescriptible.

Un ordre fut donné du toit. Tandis que les mercenaires levaient la tête, des filets plombés s'abattirent sur eux, les mailles s'écartèrent en tombant. Des cordes dégringolèrent. En descendirent des mendiants et des voleurs armés jusqu'aux dents, vêtus de haillons, dont seuls les yeux étaient visibles.

Argelin tira Mirany en arrière.

« Emparez-vous de Jamil », rugit-il.

Ingeld courut vers le Prince, cria dans sa langue gutturale, mais ses hommes entravés par les filets se balançaient déjà au-dessus du sol, épées, jambières et lances tels des dards émergeant des ballots bringuebalants. Sous les yeux de Seth, le Renard glissa le long d'une corde et empoigna le Prince des Perles ; Rhetia déroba une épée tombée sur le dallage et, tout en reculant, battit l'air devant elle avec énergie.

« Mirany ! hurla-t-elle. Suis-moi ! »

Mirany ne bougea pas d'un pouce. Le souffle court, elle ne tenta rien. Argelin la tenait avec fermeté par les cheveux.

« Sage décision », lui siffla-t-il à l'oreille.

Seth jeta un regard derrière lui. L'ombre des piliers était déserte. Alexos s'était envolé.

Experte, l'armée de voleurs terrassa les derniers soldats. Une rangée d'épées et de fers de lances pointus tenait Ingeld à distance. Le Nordique s'empara d'une petite corne dans laquelle il souffla trois notes impérieuses. Derrière les piliers de la colonnade, Seth assista à l'évacuation de Jamil et se demanda comment le Chacal parviendrait à promener la silhouette familière du Prince dans les rues du Port.

Vert de rage, Argelin scrutait le toit. Très calmement, il marmonna dans sa barbe : « Enfin ! »

En équilibre stable sur le fronton de pierre, le Chacal surveillait les combats. En plein vent, quelques mèches de cheveux longs et blonds flottaient entre ses écharpes sombres. Son regard animal était rivé sur Mirany et le Général en contrebas. Sous ses pieds, de vieilles sculptures représentaient les Neuf pendant leurs rituels – une procession de joueurs de flûtes, des fillettes portant des fleurs, des prêtres venus de la Cité qui avançaient le long de la frise, sur la pierre silencieuse.

Pendant un long moment, le pilleur de tombes et le Roi se dévisagèrent. Soudain, Argelin jeta Mirany dans les bras d'Ingeld et fit un pas en avant.

« Qui es-tu ? »

Le Chacal croisa les bras. Au bout de quelques instants, sa voix fendit l'air, claire et moqueuse.

« Ton ombre. Tout dieu devrait en avoir une. »

Des bruits, des cris, des pas pressés.

Va-t'en ! lui intima Seth désespérément. En vain. Le Chacal ne bougea pas.

« Et si nous trouvions un terrain d'entente ? »

Argelin éclata d'un rire aigre.

« La fille reste ici. Et j'éventrerai chaque masure du port jusqu'à ce que je vous retrouve, cette garce de Rhetia et toi. Ta tête, voleur, ornera bientôt la Porte du Désert.

— Écoute ! Tu n'iras pas dans les tombes. Le dieu l'interdit. La mort guette tout homme qui pénètre dans le refuge de l'Ombre. La vengeance des défunts dépasse les pires horreurs, elle dépasse les cauchemars des hommes, Seigneur Roi. » Il éleva la voix. « Vous, guerriers du froid, écoutez-moi. Vous a-t-il prévenus que sous vos pieds il existe des millions de tunnels dans lesquels un homme peut errer jusqu'à ce qu'il prie pour mourir de soif, un labyrinthe de salles et de passages, de pièges et de traquenards mortels ? L'Ombre veille sur son royaume en compagnie de créatures rampantes et d'insectes qui dévorent les hommes vivants. Leurs hurlements résonnent à l'infini là-bas, ainsi que les geignements de ceux qui se sont perdus et qui n'ont jamais trouvé le Jardin. Mais surtout il y a cette obscurité, inchangée depuis que le dieu est né. Cette obscurité signifie la folie. Ne vous aventurez pas dans les tombes, hommes du Nord. »

Une demi-phalange se précipita dans la palestre.

« Tuez-le ! » hurla Argelin.

Aussitôt, vingt lances sifflèrent dans les airs, mais le fronton était vide et elles rebondirent sur les pierres brûlantes.

Argelin demeura immobile quelques instants puis se tourna vers Mirany avec une inquiétante lenteur. La jeune fille lui fit face. Pas une fois elle ne regarda Seth derrière lui.

Le Général croisa ses bras balafrés. Son armure en bronze était dépolie, sa cape écarlate crasseuse, ses yeux cernés. Ses rides naissantes étaient grises de poussière.

« Il est donc possible de revenir d'entre les morts... » remarqua-t-il froidement. Puis il s'empara du disque et l'examina avec soin. « Qu'est-ce ? »

Mirany esquissa un sourire forcé.

« Un cadeau que vous envoie le dieu, Seigneur Argelin. »

Alors qu'il le regardait, un petit insecte surgit de sous l'objet, une sorte de moucheron bleu, gros comme une tête d'épingle.

Il lui mordit la main.

« Je dois le retrouver ! »

Oblek ficha un couteau dans sa ceinture.

« Tu as entendu Argelin, rétorqua le Chacal. Il va mettre le Port sens dessus dessous. Nous évacuons la pyramide. »

Le Repaire fourmillait telle une ruche renversée. Ce ne devait pas être la première fois, en déduisit Oblek, puisqu'ils démontaient même les meubles autour de lui. Ils déménageaient les armes, mettaient dans des caisses leur attirail de faux-monnayeurs, abaissaient les filets remplis de biens volés qui passaient de main en main avec une certaine efficacité. Il avait couru en hurlant à travers les rues, poussé tous ceux qui se trouvaient sur son chemin, fouillé la pyramide de fond en comble, crié le prénom du garçon, essuyé les insultes et les regards indifférents. Alexos n'était pas là.

« Il reviendra, affirma le Chacal qui jeta des papiers dans le feu.

— À quoi bon si nous sommes sur l'Île ? Je dois prendre soin de lui.

— C'est le dieu. » Le Chacal lui fit face. « Il peut prendre soin de lui.

— Alexos est un garçon de dix ans qui doit être terrorisé. »

Pendant un instant, ils demeurèrent silencieux malgré le brouhaha. Jusqu'à ce qu'Oblek s'effondre sur un tabouret et grommelle :

« Bon sang ! À quoi pensait-il ? À quoi pensait Mirany ?

— Elle a agi pour le bien de Seth. » Rhetia venait d'entrer, talonnée par Chryse. « C'est évident. »

Les deux prêtresses semblaient différentes. Chryse traînait un grand sac apparemment rempli de robes provenant du pillage des tombes. Des soies écarlates et des colliers de pierres s'en échappaient ; elle avait de fines chaînes en or et en malachite autour du cou et de minuscules barrettes brillaient dans ses cheveux. Rhetia portait une simple tunique rouge, une épée au ceinturon et un arc sur l'épaule. L'air sévère avec ses cheveux tirés en arrière, elle exhalait le mépris de soi. Elle s'approcha du Chacal.

« Je suis désolée. J'ai déclenché tout ceci, alors que vous n'étiez pas prêts. Jamil avait raison. J'étais folle de faire confiance à Ingeld.

— Cette erreur nous coûte très cher, répliqua le Chacal, l'air lugubre.

— Donnez-moi ma chance. Laissez-moi me battre.

— Il n'y aura pas de combat. »

Elle le dévisagea, consternée.

« Bien sûr que si !

— J'ai promis à Mirany de prendre l'Île sans effusion de sang. » Il leva les yeux. « Il y a une chose que vous pouvez faire, par contre, si vous en avez le courage.

— Dites !

— J'ai besoin que quelqu'un rejoigne la flotte de l'Empereur. Jamil rédigera un message.

— J'irai ! s'exclama-t-elle, les yeux brillants.

— Et qui dit qu'elle ne déchirera pas la lettre et qu'elle ne lui dictera pas ses exigences ? intervint Oblek. C'est-à-dire la guerre et la charge de Porte-Parole. »

Le Chacal examina Rhetia.

« Personne. Je compte qu'elle respecte les souhaits du dieu.

— Je ne l'accompagne pas, s'empressa d'intervenir Chryse. Je vais sur l'Île. Je déteste les bateaux. »

Un énorme fracas résonna quelque part dans le bâtiment. Oblek se redressa.

« Ils ne sont pas loin. » Il se dirigea vers la porte. « Je retrouverai Alexos. Ne m'attendez pas. Prenez l'Île et terrez-vous là-bas.

— Vous avez un bateau ? demanda Rhetia.

— Le port en est rempli, Votre Sainteté. Pour en voler un... »

L'air hautain, elle sourit.

« Ne vous inquiétez pas. Je me débrouillerai. »

Une fois qu'elle fut partie, le Chacal fronça les sourcils.

« Oui, marmonna-t-il, je n'en doute pas. »

Soudain, la pyramide fut vide, seuls les rayons du soleil transperçaient la pointe en cristal.

« Il ne reste plus que nous », gloussa Chryse, nerveuse.

Le Chacal hocha la tête, s'assit à côté d'elle et la dévisagea.

« Allez ! s'écria-t-elle, les yeux écarquillés. Qu'est-ce qu'on attend ? »

Il se contenta de se gratter la joue avec son index délicat.

« Expliquez-moi pourquoi j'emmènerais une espionne en lieu sûr ?

— Je ne suis pas une espionne !

— Mirany le craignait. Je la comprends. Vous n'êtes pas restée deux mois seule sur l'Île, Votre Sainteté. »

Une porte s'ouvrit dans un bruit assourdissant. Deux mercenaires chargèrent, leurs haches balayant tout sur leur passage. Dès qu'ils virent l'espace immense, ils furent pétrifiés par l'étonnement. Le Chacal prit Chryse par la main et l'attira dans ses appartements avant d'en barrer l'entrée.

« Je vous abandonne ici à moins que vous ne me disiez la vérité. »

Le joli visage de Chryse rougit et se flétrit, au bord des larmes. Dans un haussement d'épaules, le Chacal se dirigea vers la sortie.

« Attendez ! gémit-elle. D'accord ! D'accord ! C'est vrai. Je me suis livrée à Argelin.

— Il vous a gardée prisonnière ?

— Dans ces horribles quartiers généraux. Vous saviez qu'il était fou à lier ? Il est obsédé par Hermia. Il ne pense qu'à la ramener. » Nouveau fracas. Terrorisée, elle scruta la porte. « Ne me laissez pas avec ces hommes, le supplia-t-elle dans un souffle.

— Comment compte-t-il la ramener ?

— Grâce à la sorcellerie. Il m'a envoyée sur l'Île au cas où Mirany revienne. Ou il se serait servi de mon sang.

— Du sang ? haleta-t-il. Pour un maléfice ?

— Oui. Une sorcière appelée...

— Manto, compléta-t-il, blême.

— Si vous le saviez déjà ! s'indigna Chryse. Bon, écoutez ! On y va, oui ou non ? Manto est magicienne. Il m'a emmenée là-bas, mais elle lui a dit que je ne faisais pas l'affaire. Elle veut le sang d'une Porte-Parole afin de créer une Porte-Parole. Mirany s'est peut-être échappée de l'Île, mais maintenant il l'a capturée. » Elle esquissa un haussement d'épaules un tantinet satisfait. « Je suis vraiment, vraiment désolée, bien sûr, mais Mirany a toujours été si... »

Il traversa la pièce et la saisit par le bras. Elle en eut le souffle coupé.

« Elle savait que Mirany était vivante ? Cette Manto voit-elle autre chose dans son miroir ? Seth ? Est-elle au courant pour Seth ?

— Je l'ignore ! »

La porte trembla. Elle la fixa, livide. Une seconde plus tard, le Chacal était devant la porte menant à l'extérieur. Il la déverrouilla et se demanda soudain comment Mirany avait réussi à sortir. En quatrième vitesse, ils remontèrent la ruelle et se faufilèrent dans le dédale de voies et d'escaliers jusqu'à ce que Chryse soit perdue et hors d'haleine. Au détour d'une rue, le Chacal scruta les alentours. Il poussa un juron, fit volte-face et regarda le sac.

« Ouvrez-moi ça !

— Pardon ?

— Videz-moi ce sac ! »

Cinq minutes plus tard, un grand seigneur en toge verte titubait dans la rue, ivre mort, suivi par une esclave qui portait un bagage à moitié vide. Chancelant devant une patrouille de mercenaires, le Chacal bredouilla : « Bonjour, mes braves. »

Des yeux aussi bleus que la glace derrière les fentes du masque en bronze, le plus grand d'entre eux demeura en arrière.

« Regagne ton foyer, prince déchu, si tu en as un. Ce soir, nous mettons le quartier à sac. » Il toisa Chryse. « Jolie petite esclave ! »

Chryse se contracta. Le Chacal le regarda de travers.

« Crois-moi, mon ami, c'est une langue de vipère. »

Alors qu'il faisait une embardée, le Nordique se posta devant lui, examina ses cheveux blonds. L'ombre d'un doute s'insinuait à peine en lui que le Chacal lui assena un coup à couper le souffle. Un second sur la nuque à l'aide des deux poings le laissa K-O dans l'encadrement d'une porte. Tout en guettant la patrouille disparue, le Chacal le dépouilla de son épée et de son couteau.

« Prenez ! » Il donna le couteau à Chryse qui se dépêcha de le fourrer dans le sac. « Partons d'ici !

— Vous a-t-il reconnu ?

— Peut-être.

— N'auriez-vous pas dû le tuer ? »

Il lui lança un regard étrange.

« Autrefois, je l'aurais envisagé. »

Au virage suivant, ils se faufilèrent dans une ruelle transversale.

« Ce n'est pas la route de l'Île ! s'exclama Chryse.

— Par là d'abord. »

Grande silhouette dans la ruelle ombragée, il se dirigea vers une porte en bois derrière un taudis et frappa.

« Vite ! Vite ! » s'écria-t-elle.

De la fumée et un inquiétant nuage de moucherons bleus s'abattaient sur la rue. Au loin, des maisons devaient brûler. Des cris et des clameurs s'élevèrent près de la Porte Nord. Une femme hurla de terreur.

Le Chacal recula et flanqua un coup de pied dans la porte peu solide. Par-dessus son épaule, Chryse aperçut la boutique d'un marchand de vin remplie d'amphores poussiéreuses. Le marchand aux cheveux roux gisait sur le sol parmi des débris de poterie. Une mare sombre s'étalait sous lui...

On lui avait tranché la gorge.

D'un geste désespéré, Seth se passa la main dans les cheveux. Il n'avait aucune idée de l'endroit où Mirany avait été emmenée ni de ce qui se passait dans le Port. Mais il pouvait deviner.

Depuis le toit du Quartier Général, il scruta les rues blanches et abruptes. La fumée brouillait les étoiles, son odeur âcre s'élevait en colonnes noires au-dessus du Port. Les toits des riches palais aristocratiques étaient en feu ; les rues étaient envahies par les hommes d'Ingeld qui transportaient de l'or et d'autres butins, détruisaient les devantures barrées des marchands de vin afin de piller leur contenu. À ses côtés, le sous-officier observait dans un silence dégoûté.

« Est-il au courant ? marmonna Seth.

— S'il le sait, il s'en contrefiche.

— J'espère... que mon père et ma sœur...

— Ils disposent d'un garde, scribe. Contrairement à la plupart des commerçants et des marchands... » Le sous-officier se mâchonna le coin de la bouche. « Ces pilleurs mijotent leur coup depuis des semaines. Maintenant, ils ont une excuse. Ingeld pourrait s'emparer du Port s'il le souhaitait, comme une pêche mûre qui lui tomberait dans la main. Et crois-moi sur parole, il n'hésitera pas à se servir. Tu as vu le Général. Il sombre dans la folie. »

Seth fut parcouru de frissons.

« Où est-il ?

— N'y pense même pas. Quand il est dans une humeur noire, ce n'est pas la peine de l'approcher. Je l'ai vu tuer des hommes qui ont eu l'audace de le déranger. » Le sous-officier se gifla la joue. « Maudits moucherons. Encore une plaie envoyée par la Reine des Pluies ! »

Seth dévala l'escalier, le sable crissait sous la semelle de ses bottes. Les couloirs du Quartier Général d'Argelin étaient étrangement silencieux, l'affairement habituel des scribes et des soldats étrangement sobre. À certains endroits, les lampes s'étaient éteintes, comme si personne n'avait pris la peine de les remplir, et les quelques serviteurs que Seth croisa baissaient la tête ou brandissaient une épée. Le pouvoir du Général s'amenuisait. Il sentait la peur et l'incertitude suinter des murs comme de la bave d'escargot. Pendant des années, Argelin avait été le maître ici et tous avaient détesté son emprise tyrannique. Aujourd'hui, une nouvelle menace avait surgi, une menace qui pesait sur lui et les Deux-Terres. Une armée étrangère se trouvait déjà dans les murs. Incontrôlable, elle pillait et assassinait à tour de bras.

Il s'était procuré un double des clefs deux jours plus tôt. Alors qu'il courait dans la rangée la plus basse de cellules, il découvrit que les vigiles s'étaient eux aussi éclipsés, peut-être pour se joindre aux pillages. La porte était miteuse et basse, mais on parlait de l'autre côté. En toute hâte, il la déverrouilla et entra.

Les prêtresses, assises ou adossées contre les murs, le fixèrent. Elles avaient l'apparence figée des prisonniers qui ont perdu espoir. Mirany ne se trouvait pas parmi elles. La plus proche – Persis, selon lui – bondit sur ses pieds.

« Je te connais ! » siffla-t-elle.

Il leur jeta les clefs.

« Sortez ! Rendez-vous à la Porte Nord. Trouvez un homme dénommé le Chacal. Il vous conduira sur l'Île. Dites-lui que je pars à la recherche de Mirany. »

Elles obtempérèrent. À mi-chemin, Persis lâcha :

« C'est une rébellion ?

— Seulement en cas de réussite. »

À l'extérieur de la chambre d'Argelin, la niche vide de la Reine des Pluies n'était qu'un trou obscur. Seth lui adressa une prière avant d'ouvrir la porte avec mille précautions.

« Seigneur Roi ? » chuchota-t-il.

La pièce était plongée dans le noir. Seule la flamme d'une petite veilleuse vacillait sur sa table couverte d'ordres et de contrordres, tas confus qu'il affrontait jour après jour. La coupe de fruits en or terni, pleine de grenades moisies, masse grise et moelleuse en décomposition, se reflétait dans l'œil vitreux du tigre.

Seth avança sur le sol jonché de détritus. Dans le noir, un murmure le figea sur place. Le marmonnement d'un homme fiévreux. Il contourna le divan en peau de zèbre et découvrit l'origine du bruit.

Il y avait une petite porte dans le mur opposé qu'il n'avait jamais vue ouverte. Il avait présumé que le Général dormait dans cette chambre. Et là, il s'aperçut qu'elle était entrebâillée, un rai de lumière frappait le mur à côté de lui, une lumière rouge et inquiétante, la lumière d'un feu.

Seth s'approcha en silence. Il posa la main contre le bois, sentit sa robustesse, la double épaisseur des barres en métal qui la protégeaient. Puis, respirant à peine, il jeta un coup d'œil à l'intérieur.

Un rideau de flammes.

Tous les murs étaient d'un rouge flamboyant. Le placage était parsemé de rubis. Le sol était rouge, lui aussi, couvert de l'étrange sable couleur sang des Carrières de Kalessar, poudre d'os monstrueux plus ancienne que les montagnes.

Argelin était accroupi par terre. Il tournait le dos à Seth. Le murmure provenait de lui, il oscillait légèrement tandis qu'il parlait, tête baissée, les bras serrés. Le mantra qu'il psalmodiait se composait d'un unique mot. Il le prononçait avec une telle douceur qu'on aurait dit un son délavé, une vague paisible qui lécherait une plage dévastée.

« Hermia, chuchotait-il. Hermia. Hermia. »

Elle était là, autour de lui, éclairée par un millier de chandelles. Des représentations de toutes tailles, en pierre, en terre cuite, en ivoire, en bois de santal qui le toisaient d'un air à jamais accusateur. Sculptée dans le jais, le visage bleu gravé dans le lapis, vert dans la malachite, Hermia le contemplait depuis les étagères et les tables de la pièce rougeoyante. Debout, marchant à grandes foulées dans le marbre blanc, assise sur des trônes peints, les bras de bois tendus au-dessus de la mer, masquée et royale devant l'Oracle. Dans le vacillement de la bougie, elle devint un regard coléreux qui miroitait, une toge ondulant sous la brise.

Seth demeura paralysé. Il n'osait reculer. Il était persuadé de ne faire aucun bruit, mais son cœur lui martelait la poitrine et sa respiration semblait disproportionnée dans cet endroit affligé.

Argelin cessa sa prière, leva la tête. Seth fit un pas en arrière. Trop tard. Lentement, avec une maîtrise parfaite, Argelin se retourna.

La lumière rouge jouait sur lui. Il ne dit rien.

Seth aurait aimé bredouiller une excuse, demander pardon. Le silence, lourd de menace, était irrespirable. Le Général se leva, s'empara d'un cimeterre en bronze posé sur une table et, avec un coup délibéré, il plaqua

Seth contre le mur et appliqua l'extrémité de sa lame contre son cou.

Au bord de la suffocation, pris de vertige, Seth se tint immobile. Il sentit la pointe s'enfoncer dans sa chair, le sang chaud couler.

« Je n'en parlerai à personne », promit-il.

Les yeux d'Argelin étaient noirs.

« Tu ne parleras plus à personne. »

La lame était immense. Il ne pouvait plus respirer. Les ténèbres lui tendaient les bras. Il voulait s'abandonner à elles, mais un courage dont il ignorait l'existence le poussa à dire :

« Les hommes d'Ingeld saccagent le Port. Des gens meurent.

— Tant pis pour eux. »

Voilà... C'en était fini.

Il ferma les yeux pour amortir la douleur et s'adressa au dieu.

« Aide-moi. »

Il fut estomaqué quand une voix lui répondit. Ce n'était pas celle du dieu. Elle était froide et moqueuse.

« Mon cher Seigneur Roi, il semblerait que vous vous soyez trompé de victime. »

Lentement, Argelin le relâcha.

Seth s'effondra, la douleur palpitait dans ses épaules et son crâne. Il porta la main à son cou ; le sang s'écoulait entre ses doigts. Recroquevillé au pied du mur, en état de choc, il leva les yeux.

Son bâton orné d'un croissant de lune à la main, vêtue de sa grande robe noire, Manto souriait avec calme à Argelin qui se tourna vers elle. Il ne dit rien, mais elle hocha la tête en guise de réponse.

« Oui, Monseigneur, l'heure est venue. Tout est prêt. »

Tel un enfant, il demanda :

« Serons-nous bientôt... réunis ?

— Oh oui ! » Elle posa sa grosse main sur la manche d'Argelin. « Cela ne saurait tarder. Je vous le promets. »

Ils connaissent la nature de leurs ennemis

T*u pourrais me répondre, Mirany. Ce n'est pas comme si tu ne m'entendais pas.*

Elle était assise, immobile, le dos contre le mur.

Bouder n'est pas digne d'une Porte-Parole.

Le mur était rugueux et chaud. Du tuf probablement. Le Port avait été construit dans cette pierre tendre extraite au plus profond du volcan éteint. Argelin l'avait enfermée dans la prison la plus solide.

La voix semblait contrariée, à présent.

Je comprends. Tu crois que je devrais m'excuser.

Elle sourit dans le noir.

Aimerais-tu un peu de lumière, Mirany ? Je peux t'en fabriquer.

« Inutile. »

Pendant un long moment, si longtemps qu'elle le crut parti, elle n'entendit aucun bruit. Puis, loin dans les recoins sombres de la cellule, s'éleva le murmure contrit d'un enfant.

D'accord. Je suis désolé.

Elle ne bougea pas.

« Non, tu ne l'es pas, déclara-t-elle en secouant la tête. Être désolé signifie souhaiter que cela ne soit jamais arrivé. » En colère, elle scruta l'obscurité. « Dis-moi pourquoi je suis là. Est-ce l'un de tes caprices, un jeu avec nos vies comme Alexos joue avec ses animaux de compagnie et ses soldats de plomb ? »

Elle l'avait vexée, elle le savait, mais elle s'en moquait.

« Tu m'as menti ! Seth ne courait aucun danger avant que nous ne le rejoignions. Si tu es désolé, eh bien sors-moi de là. Détruis le monde, abats ces murs et soulève-moi dans ta main. Tu es le dieu, non ? Tu en es capable ? »

Sa voix résonnait contre la voûte de la cellule. Une souris passa la tête par une fissure. La petite chose tremblante de peur vint s'asseoir près de son genou.

Je sais que c'est effrayant d'être possédé par un dieu. Regarde à quel point cette créature est morte de peur. Je sens son petit cœur, Mirany, qui bat à toute allure. Je sens le tien aussi. Et celui de Seth.

« Seth ? »

Elle se redressa.

Il arrive. N'aie pas peur. Fais-moi confiance.

Des bruits de pas. Pas seulement les siens, mais ceux d'une autre personne. Des marmonnements. Puis le glissement d'une chaîne rouillée. La porte gonflée s'ouvrit.

Une lampe à huile tenue par une ombre s'avança. Au début, la lumière était si forte qu'elle dut se couvrir les yeux.

« Debout ! »

C'était Seth, mais la rudesse de sa voix lui indiqua de ne pas parler. Elle se releva avec difficulté, épousseta le sable sur ses mains et ses habits. Il s'approcha et la saisit par le bras.

« Ne tente rien », lui chuchota-t-il.

Elle se laissa conduire à la porte. Sur le seuil, elle aperçut l'autre homme. Gigantesque, le crâne rasé, il portait un cimeterre en bronze dont la lame était méchamment aiguisée. Il ressemblait à un bourreau et un instant, cette effrayante pensée lui glaça les sangs. Soudain, elle se rappela où elle l'avait déjà vu.

Chez Manto.

Manto ?

Ils se hâtèrent le long des couloirs déserts et des escaliers obscurs. Elle voulait demander où était tout le monde, mais elle en fut incapable. Elle posa donc la question au dieu qui répondit sur un ton préoccupé et quelque peu soucieux.

J'ai peur que nous ayons eu du sable dans les yeux, Mirany. Nous avons été aveugles.

Devant l'embrasure d'une porte, l'esclave passa le premier. Seth lui murmura à l'oreille : « Prends ceci. »

Un morceau de métal froid glissa entre ses doigts. Elle introduisit le couteau dans sa manche.

Ils traversèrent d'un pas pressé une pièce remplie d'objets luxueux pêle-mêle, puis entrèrent dans une salle rouge sang qui l'emplit de terreur.

Argelin et Manto l'attendaient. Derrière eux apparaissait un millier d'images de la Reine des Pluies dont le visage avait été soigneusement remplacé par celui d'Hermia. Hermia et ses traits fiers et rusés que Mirany avait si bien connus.

« Que se passe-t-il ici ? » s'exclama-t-elle, horrifiée.

Argelin ne parla pas. Les bras croisés, il semblait tendu. Manto fit signe à l'esclave d'approcher. Du bout de son bâton au croissant de lune, elle effleura la joue de Mirany.

« Ceci est ta chambre mortuaire, mon trésor », lui répondit-elle.

Oblek descendit le long du mur et s'accroupit dans le jardin desséché.

Les fontaines étaient taries, les broussailles craquaient sous la chaleur. D'étranges moucherons d'un bleu éclatant lui rampaient sur la peau ; il les écrasa avec irritation. Puis il dégaina son épée et se faufila dans la cour intérieure.

« Archonte ? » chuchota-t-il.

Le Palais n'était plus qu'une ruine blanche. Tous les objets de valeur avaient dû être dérobés depuis des mois. Tandis qu'il errait à travers le labyrinthe de portes brisées et de loggias, il trébucha sur les cages vides des animaux de l'Archonte, les vestiges piétinés de ses jouets. Dans la chambre sauvage, les arbres avaient triplé de volume, quelques perruches égarées bavardaient, notes de couleurs arc-en-ciel dans la verdure. Quant aux singes, ils avaient dû descendre dans le Port à la recherche de nourriture et seul un chat écaille et blanc dormait paisiblement dans une salle déserte.

« Archonte ! »

Le garçon devait être là. Où serait-il allé sinon ? Oblek avait dû user de violence et de menaces pour se frayer un chemin dans les rues du Port à feu et à sang. Il avait même cassé le nez à un soldat.

Dans les cuisines, les rats dévoraient le blé éparpillé. Dans la Chambres des Saphirs, les pierres précieuses qui ornaient les murs avaient été arrachées, laissant la brique nue. Oblek s'arrêta sous une fenêtre. Il reconnut le petit coffre aux scorpions peints, basculé sur le côté. Il le redressa et, sans beaucoup d'espoir, il l'ouvrit.

La lyre s'y trouvait encore.

Pas assez précieuse pour être volée, visiblement.

Il s'en empara, ôta le linge huilé et tourna les chevilles. De petites notes hésitantes bourdonnèrent entre ses doigts. Il posa l'épée et s'assit lourdement par terre. Dès qu'il l'eut accordée, il se mit à jouer.

La Porte Nord ressemblait à un champ de bataille.

Traversant le chaos au pas de course, le Chacal vit que les hommes du Renard avaient réussi à relever les herses. L'armée de voleurs s'écoulait déjà par là, alors que les hommes d'Ingeld, en nombre croissant, abandonnaient leur butin et se jetaient dans la bataille. Il prit Chryse par le bras et lui dit : « Utilisez ce couteau si nécessaire », avant de l'entraîner dans les échauffourées. L'effet de surprise et des réflexes impitoyables les entraînèrent à mi-chemin. Ensuite, les hommes du Renard les encerclèrent tel un bouclier humain. Hors d'haleine, le Chacal essuya la sueur sur son visage.

« Oblek est là ? demanda-t-il.

— Non, et on ne peut pas attendre. Presque tout le

monde est sorti. D'après Sifa, ils occupent l'Île et sont en train de couper le Pont. »

Le Chacal hocha la tête. Il poussa Chryse vers la porte.

« Allez sur l'Île, Votre Sainteté. »

Son joli visage était sale, ses cheveux blonds emmêlés, et elle se cramponnait encore à son sac à moitié vide.

« Et les autres ? Le reste des Neuf ? Vous disiez qu'elles seraient là...

— La mission de Seth. C'est trop tard.

— Vous devez les attendre ! »

Le Renard esquiva une lance.

« Ma Dame, nous ne pouvons tenir dix minutes de plus.

— Il le faut, s'énerva Chryse. À quoi servira l'Oracle sans les Neuf ? Sans Porte-Parole ? »

Le sourire du Chacal était presque admiratif.

« Oh ! Je suis sûr que vous trouverez vite une remplaçante à la Porte-Parole, Votre Sainteté. »

Il la poussa sous l'arche mugissante. L'armée de voleurs évacuait des chariots bourrés de nourriture et d'armes. Des mendiants et des hétaïres, des gamins des rues et des femmes trop fardées couraient. Parmi eux, des familles terrifiées fuyaient le saccage de leur ville.

Des commerçants se hâtaient avec leurs biens – sacs de blé, pots, amphores remplies de cette eau si précieuse. Les ânes poussaient des braiments, les esclaves transpiraient sous leurs lourds fardeaux. La route était parsemée d'objets abandonnés et piétinés. Au-delà, de l'autre côté de l'impitoyable désert, leur apparaissaient la Cité menaçante, ses sombres Archontes aux sourcils froncés, ses portes verrouillées, ses murailles défendues par des serviteurs des Morts armés à la hâte.

Un homme de grande taille, vêtu d'un manteau en loques, fut discrètement escorté vers la sortie. Étonné, il se retourna.

« Votre Sainteté ?

— Seigneur Jamil ! s'exclama Chryse, les yeux ronds.

— Emmenez-la avec vous. » Le Chacal poussa Chryse. « Vite.

— Mais...

— Nous attendrons aussi longtemps que possible. » Il examina les rues en effervescence. « Si elles ne viennent pas bientôt, elles ne viendront jamais.

— Pour sûr, chef. » Le Renard cracha puis leva la tête. Il plaça son visage couturé face au vent, comme si quelque chose de doux voyageait entre le fracas du bronze et les relents de transpiration. « Vous entendez la musique ? »

On la conduisit à une chaise. Les jambes en coton, elle apprécia de s'asseoir. Manto se tenait à ses côtés.

La femme avait enfilé un masque sur ses cheveux gris et courts. Mirany frissonna car les yeux de la sorcière brillaient à présent derrière le regard mortel et figé d'un Sphinx. La multitude de minuscules tresses brunes qui l'ornaient provenait d'une douzaine de cadavres. Sur le front, un scarabée bleu et or écartait les ailes. De petits croissants d'argent tintèrent et cliquetèrent quand la femme se tourna.

D'une voix résonnante, le masque dit à Argelin :

« Qu'on lui coupe la gorge. »

Mirany déglutit, lança un regard désespéré à Seth, une ombre dans l'obscurité.

Argelin hocha la tête.

« Sors ! » ordonna-t-il à l'esclave.

Ce dernier interrogea sa maîtresse du regard.

« J'ai besoin de lui, murmurèrent les lèvres hideuses.

— Alors, qu'il agisse, vite ! »

Manto eut l'air de sourire.

« Vous exigez le retour d'Hermia du royaume des morts. Vous devez lui trancher la tête, Seigneur Roi. »

Mirany le regarda droit dans les yeux. Il était inutile d'implorer sa pitié, elle le savait, tellement il était empêtré dans le tourment de son remords. Il la tuerait comme un animal, froidement.

Est-ce là ton désir ? hurla-t-elle à l'intention du dieu.

« C'est de la folie, cria-t-elle à voix haute. Vous l'en croyez vraiment capable ? Personne ne peut ramener les morts !

— Tiens-la », ordonna Argelin à Seth.

Seth s'approcha, passa derrière Mirany et lui mit les mains dans le dos. Afin que le couteau glisse le long de sa manche, il étreignit son poignet et le secoua à peine. Il avait la main chaude et moite.

Argelin prit le cimeterre. À ce moment-là, l'esclave se trouvait derrière lui. Manto secoua la tête, Mirany serra son couteau. Elle se battrait. Elle vendrait cher sa peau, elle le jura.

Soudain, l'ordre du dieu tonna dans son oreille, fit trembler la pièce et le Port, brisa toutes ses certitudes.

Pas Argelin. Sauve Argelin.

Étonnée, incrédule, elle regarda l'esclave, sa lame

étincelante, et dans un cri de désespoir agonisant, elle hurla : « Derrière vous ! »

Malgré lui, Argelin fit volte-face. Seth tomba à la renverse, les bras musclés de l'esclave se refermèrent sur le Général. S'ensuivit un terrible corps à corps. Ils rugissaient, enrageaient, bataillaient, les meubles furent renversés mais l'esclave tenait bon. Et tandis que Seth se remettait de sa chute, il vit Manto soulever l'épée, prête à transpercer le cœur d'Argelin.

Les yeux de la femme scintillaient dans les fentes du masque, elle exultait.

« Transmettez mes amitiés à Hermia, Seigneur Roi ! »

Manto se pétrifia. À tel point qu'elle ne semblait plus respirer.

Mirany appuyait doucement la pointe de son couteau sous le masque, au niveau de l'oreille.

Oblek jouait une chanson.

Un chant de bataille, de mort et de trahison. Il chantait les exploits éternels des Archontes, leurs amours et leurs peurs. La musique flottait dans les salles et les pièces désertes, entre les rais de lune sur les sols dévastés. Elle ronronnait et résonnait en bas des escaliers. Dans les cours, les araignées se glissaient sur le bord de leurs toiles, les souris se hasardaient dehors, tremblotantes, pour mieux entendre. Pendant qu'il la faisait sienne, il tissa des mots dans cette chanson. Il ferma les yeux et laissa sa voix grave s'élever, créer une beauté incongrue à partir des lèvres, de la gorge et des doigts de ce gros homme en sueur, roussi par le soleil, balafré par la violence. Sa chanson était celle du dieu, un rêve de pluie, de son doux bavardage dans le désert, de petits cratères surgissant dans le sable. Elle calmait la chaleur et les démangeaisons, étanchait la soif, courait et tombait goutte à goutte, formait des mares sur les sols en marbre.

Oblek savait que tout le palais l'écoutait. Il entendit les ondulations des serpents qui quittaient la fraîcheur de leurs refuges, l'infime bagarre des scorpions qui se précipitaient maladroitement vers lui. La musique attirait ces minuscules êtres enfiévrés du dieu. Tandis qu'il chantait, il sentit la porte grincer à peine, la mince silhouette sombre qui se glissa dans la pièce et se tint, hésitante, derrière lui.

Il continua de jouer. Le temps que le garçon s'approche à petits pas et s'assoie à côté de lui, son corps chaud contre le sien. Le temps que la chanson se termine, meure dans un ruissellement de son, telle une source bouillonnant dans le désert. Puis, dès que les douces cordes se furent tues, il leva la tête et dit :

« Je savais que je te trouverais ici, Archonte. »

Ce n'est pas sûr que j'y sois, chuchota Alexos.

« Nous devons nous rendre à la Porte, mon vieil ami. »

Le petit être triste soupira. Il glissa son bras menu sous le coude épais d'Oblek.

Les neuf Arches nous attendent, répliqua-t-il. Il tendit la main et immobilisa les cordes. Dans le silence soudain, il demanda :

« As-tu peur de mourir, Oblek ?

— Tous les hommes ont peur, Archonte.

— Mais si je te le demandais, tu viendrais, n'est-ce pas ? Tu me suivrais dans le Pays des Morts ? »

Le colosse passa le bras autour du garçon et le serra fort.

« Je te suivrais dans l'Au-Delà, mon vieil ami. »

« Hé ! Vous ! »

Le Chacal se retourna. Il vit une jeune fille brune qui aidait un vieillard.

« C'est vous. Seth nous a envoyées...

— Renard ! » hurla-t-il. Sans reprendre son souffle, il demanda : « Où sont les autres ?

— Elles arrivent. »

Traversant la place d'un pas vif, il vit un petit groupe de prisonniers, parmi eux six filles.

« Laquelle êtes-vous ?

— Persis. L'Observatrice des étoiles.

— Alors franchissez la porte, Votre Sainteté. » Ses grands yeux inquiets passèrent la place en revue. Il la prit par le bras. « Où est Seth ?

— Parti chercher Mirany. » Nerveuse, elle secoua la tête. « Écoutez ! Ingeld mobilise ses troupes dans le Port. Vous devez faire sortir vos hommes et barricader la Porte Nord. Si vous agissez maintenant, vous aurez peut-être encore le temps de regagner l'Île. Sinon, vous serez tués jusqu'au dernier. »

Le Chacal acquiesça. Aussitôt, elle courut à la suite de ses amies.

Le fracas des armures était assourdissant. En parallèle, grandit un nouveau roulement sinistre, le pas lourd d'une armée, le pas typique d'un millier d'hommes en mouvement. Le Chacal hurla un ordre. Immédiatement, la bande de voleurs interrompit les combats et recula, mélange hétéroclite de lances hérissées. À l'autre bout de la place, les ruelles et les rues n'étaient plus qu'une masse de bronze étincelante.

« Tout le monde dehors ! »

Le Chacal grimpa quatre à quatre les marches des remparts et jeta un coup d'œil lugubre par-dessus la rangée de têtes pourries.

« Où sont-ils ? demanda-t-il dans un souffle.

— Même s'ils venaient, Chef, déclara le Renard avant de cracher, seul un dieu pourrait les faire traverser. »

Un instant, le Chacal hésita. Le vent emmêlait ses cheveux blonds, un nuage de moucherons turquoise voletait au-dessus de lui.

Il leva la tête.

« Barricadez l'entrée », ordonna-t-il.

« Manto complote avec Ingeld. » Sous l'effet de la panique, Seth parlait à toute allure. Il s'efforça au calme. « Elle comptait vous assassiner pendant qu'Ingeld s'emparait du Port. Vous comprenez ? Elle s'est servi de... de votre désir de revoir Hermia.

— Et maintenant, jamais plus je ne la reverrai. »

Argelin fit volte-face et avec une furie aussi soudaine que sauvage, il enfonça son épée dans le ventre de l'esclave. L'homme recula avant de s'effondrer. Il poussa un halètement lourd et étrange, chargé d'étonnement et de douleur. Son corps pris de convulsion baignait dans le sang. Mirany, horrifiée, porta ses deux mains à la bouche.

Manto demeura parfaitement immobile. Ils lui avaient pris son couteau et son bâton. Argelin se précipita sur elle et lui arracha son masque. Elle avait les joues rouges, mais ses yeux noirs étaient remplis de froideur et de mépris.

« Général ! sourit-elle avec calme. Quel imbécile vous êtes. Vous faire mener ainsi par le bout du nez, être piégé par des miroirs et de l'encens. Oui, je vous aurais tués, la fille et vous. Je serais devenue la Porte-Parole d'un nouvel Oracle, sous un nouveau Roi qui est en train de conquérir votre royaume parce vous ne pensez qu'à Hermia, votre propre victime depuis longtemps dévorée par les requins. »

Elle fit un pas en avant, ignorant la colère frémissante d'Argelin, la lame maculée de sang.

« On ne revient pas des Morts, Seigneur Roi. Vous l'avez assassinée et jamais vous n'oublierez son cri. Le désespoir vous fera sombrer dans la folie. Votre vie durant, pendant des mois, des années, vous souffrirez, hanté par le remords qui s'écoulera comme du venin de serpent dans votre esprit jusqu'à ce qu'il ronge votre raison, corrode vos pensées et vos souvenirs, empoisonne chacune de vos nuits. Vous deviendrez un vieillard tourmenté, ratatiné, méprisé des gens, détesté des dieux. »

Elle se tenait très près de lui, ses petits yeux rivés aux siens.

« Faites cesser ce cauchemar, Argelin. Retournez cette épée contre vous et rejoignez-la vite. À quoi vous sert ce royaume, ce peuple qui se soulève, cet or distribué à des soldats qui vous ont trahi ? Personne ne vous aime ici, Argelin, personne ne prend soin de vous. Bientôt, ils ne vous détesteront même plus. Vous serez la risée du pays. »

Dans la chambre écarlate et silencieuse, le visage du Général était enflammé. Il leva les yeux, la regarda.

« Seth... commença-t-il dans un soupir.

— Oui ! répondit celui-ci au moment où Manto éclatait de rire.

— Même votre Secrétaire vous a trahi. Qui a donné le couteau à la fille, d'après vous ? Saviez-vous qu'il espionnait pour le Chacal ? »

Argelin demeura coi. Alors qu'il levait son épée, Mirany traversa la pièce en courant, s'empara du disque solaire en or posé sur la table et le lui tendit.

« Attendez ! N'utilisez pas cette épée. Prenez ceci. »

Il regarda l'objet comme s'il était flou.

« Qu'est-ce ? » demanda-t-il d'une voix éraillée, rauque.

Elle l'ignorait, mais sa réponse ne se fit pas attendre.

« Le chemin qui mène à Hermia. Le dieu vous l'envoie. Voilà ce qu'il dit : *Entre dans mon royaume, Seigneur Argelin. Si tu l'oses, rends-toi dans l'Au-Delà et trouve-la. Tu as jusqu'au Jour du Scarabée. Franchis les neuf Arches. Défie la colère de la Reine des Pluies et ramène Hermia. Vivante.* »

Elle se sentait bizarre, sa bouche prononçait les mots du dieu, mais ce n'était pas sa voix. C'était celle d'un garçon, haute et pure, et tous l'avaient entendue. Ils se retournèrent et le regardèrent émerger d'un coin sombre de la pièce. Alexos dans sa tunique d'un blanc sale, une croûte sur le genou, l'Archonte revenu du désert, le jeune dieu magnifique descendu de son piédestal dans le Temple.

Argelin écarquilla les yeux avant de fusiller Seth du regard.

« J'aurais dû me douter que tu mentais. »

Il prit le disque solaire des mains de Mirany et le soupesa.

« Un autre traquenard ?

— Non.

— Alors, montre-moi comment on s'en sert, Archonte. »

Mirany comprit alors que son vœu émis dans la prison s'était réalisé, parce que Alexos écarta les bras et le monde se fendit en deux, les murs de la pièce flamboyante se fissurèrent et éclatèrent. Ils s'ouvrirent sur un large tunnel menant dans les ténèbres, et sans un mot, sans se retourner, Argelin l'emprunta tandis qu'Alexos courait à ses côtés.

Une silhouette sortit de l'ombre et prit Mirany par le coude.

« Venez, Votre Sainteté, lui intima Oblek. Notre place est avec l'Archonte. »

Il la conduisit dans le passage obscur. Sur le rebord, elle se tourna.

« Seth...

— Ne partez pas sans moi ! » Terrifié, Seth plongea en avant. « Attends-moi, Mirany. Attends ! »

Il tendit le bras et vit le reflet grotesque de son visage dans la pierre écarlate du mur. Il tapa avec ses paumes contre la paroi, utilisa ses poings, ses pieds, la heurta à coups d'épaule, fou de désespoir et de douleur.

« Mirany ! Archonte ! »

Le mur était solide. Il ne s'était jamais ouvert. Il n'avait jamais pu s'ouvrir.

Le cœur battant la chamade, il pivota.

Manto s'était enfuie. Dans les rues résonnait la cacophonie d'une cité ravagée.

Le Chacal attendait. Seul sur le Pont, il scrutait la Route du Désert. Au loin, les haches martelaient la porte, des colonnes de flammes s'élevaient au-dessus du Port incendié.

De chaque côté, le désert, ténébreux sous les étoiles, était envahi par des moucherons turquoise. Il voyait les nuées voler au-dessus du Port, imaginait leurs morsures, l'irritation, le second fléau de la Reine des Pluies.

« Là ! » s'écria le Renard.

Une silhouette. Épuisée, elle courait, tombait, se relevait, courait de nouveau. Venue du Palais où les défenses avaient cédé. Derrière elle, dans un déversement soudain de bronze noir, la porte lâcha. Une troupe de soldats s'éparpilla en rugissant.

« Coupez les cordes ! » ordonna le Chacal.

Il jeta son épée et courut, aussi vite qu'un tigre des sables, le long de la route, et souleva Seth. Le bras du garçon sur son épaule, il le traîna alors que les flèches s'abattaient autour d'eux, se fichaient dans le sable. Hors d'haleine, presque aveugle, Seth titubait, le Pont tremblait sous ses pieds, le bois creux ondulait alors qu'ils le traversaient, tremblait de plus en plus fort... Au moment où Seth s'effondra sur l'escarpement vert de l'Île, il entendit un craquement terrible. L'immense construction de bois s'écroula derrière eux, dégringola dans les vagues en soulevant une quantité d'eau effroyable.

Plié en deux, le Chacal reprenait son souffle.

« Où est le garçon ? fut obligé de demander le Renard. Où est Mirany ? »

Seth secoua la tête. Éreinté. Perdu.

« Partis », fut sa seule réponse.

CINQUIÈME ARCHE

Le Chien aux Trois Visages

Un jour, je suis entré dans une fourmilière. Les créatures étaient très occupées. Elles se dépêchaient, s'affairaient – un million de fourmis pressées d'apporter de la nourriture, de pondre des œufs, de guerroyer, de réparer. Elles couraient autour de moi et sur moi comme si je n'étais pas là.

Les hommes se comportent comme elles la plupart du temps, mais ils vont se coucher et ils rêvent. Quand ils rêvent, ils s'évadent du monde pressé. Ils voient des sirènes, des naïades, des monstres. Ils comprennent la complexité de la vie et sont satisfaits.

Cela ne dure pas. Seuls les poètes et les fous rêvent le jour et parfois ils passent des vies entières à chercher les mots pour expliquer leurs songes.

Un dieu n'explique pas.

Ce serait bien trop fastidieux.

Les hommes doivent se tirer d'affaire seuls.

Il est choisi pour entendre la voix de la peur

Contrairement aux criquets, les moucherons turquoise ne tombaient pas du ciel. Ils naissaient dans les fissures des briques, sortaient des égouts, des puits de vidange, des tuiles des toits. La fumée des maisons incendiées semblait les stimuler, car ils se déplaçaient en nuages, émergeaient de la moindre lézarde. Leurs morsures étaient vite irritantes. Un léger grattement et le bras ou la jambe devenait rouge, douloureux. Bientôt les plaies brûlaient.

Pa tapota la cheville de Telia avec quelques gouttes d'eau et marmonna dans sa barbe. Puis il l'entoura d'un bandage propre en soie.

Derrière sa frange brune, elle lui lança un regard plein de ressentiment.

« Ça fait mal.

— Ne gratte pas. Joue avec tes singes, plutôt. »

Merci au dieu pour le jouet. Pendant cette terrible nuit et le jour qui suivit le saccage du Port, ils s'étaient cachés dans la cave de la maison après en avoir barricadé la porte. Dehors, la terreur régnait. Les bras serrés autour de sa fille, il avait entendu les bruits de fracas, les hurlements, les fuites au pas de course. Telia avait câliné les singes, les avait renversés, décrochés, raccrochés de manière obsessionnelle. Pour finir, elle s'était endormie avec eux.

Plus tard, dans la nuit, il avait déverrouillé la porte et, tenaillé par la peur, il était monté sur le toit d'où il avait vu le Port en flammes, la rade cachée par la fumée, d'étranges lumières luisant sur l'Île. La maison avait été pillée, toute la nourriture quasiment volée par les mercenaires ou des inconnus. Il avait redressé une chaise renversée et prié pour Seth, se souvenant de la promesse de Mirany. Un dieu ne mentirait pas. Son fils était sous sa protection, quoi qu'il advienne.

C'était pour Telia et lui-même qu'il devait s'inquiéter désormais. Le garde avait disparu aux premiers signes d'émeute. Pa fronça les sourcils à la pensée des pièces d'or gaspillées. Il leur restait trois amphores d'eau à la cave, ce qui leur permettrait de tenir deux semaines. Il ignorait ce qui se passait aux puits publics, mais loin de lui l'idée d'enquêter. Il entrebâilla la persienne de la chambre du haut et jeta un coup d'œil par l'interstice.

La rue bouillante était déserte. Des mouettes se disputaient un rat mort. Mis à part leurs cris, il n'y avait aucun bruit. L'air sentait le bois roussi. Il entrouvrit la fenêtre un peu plus et vit le port où les trirèmes gisaient en morceaux, et au loin en mer, l'Île, masse verte et brumeuse. Il aperçut un scintillement de bronze, probablement près du Pont.

En contrebas, un mouvement dérangea les mouettes. Il s'agissait d'une fille, enroulée dans une cape noire, ombre furtive qui remontait la rue. Pendant un instant, son cœur bondit à la pensée que ce fût Mirany. Quand elle leva les yeux, il vit sa silhouette mince, son visage famélique, ses yeux peints au khôl noir. Ce genre de fille... Il se recula, mais elle lui cria :

« De l'eau ! S'il vous plaît ! Avez-vous de l'eau ? Mon enfant... »

Pa se renfrogna. Elle s'était placée sous la fenêtre et levait la tête. Il se maudit.

« S'il vous plaît. Une petite goutte. Un gobelet.

— Va-t'en, lui ordonna-t-il de sa voix sèche.

— Nous sommes désespérés...

— Rentrez chez vous. Les rues ne sont pas sûres.

— Je peux payer. J'ai de l'or. » Elle tendit vers lui la main sale et fine. « Ou si vous préférez...

— Non ! » Horrifié, il se détourna, mais par chance Telia ne se trouvait pas avec lui. Il poussa un soupir et se maudit à nouveau. « Attends-moi là. »

Il descendit à la cave, emplit une petite jarre d'eau saumâtre puis remonta. Avec mille précautions, il défit les barricades et ouvrit la porte assez pour que le récipient passe.

« Voici ! »

Elle la lui arracha des mains.

« Que le dieu vous bénisse, vous et votre famille. Que la Reine des Pluies prenne soin de vous. »

Un petit baiser chaud fut posé fiévreusement dans sa paume. Il secoua la main, embarrassé.

« Ce n'est pas ce que je veux. Il me faut des nouvelles. Que se passe-t-il ? »

Elle s'approcha de l'entrebâillement. Il entendit un bruissement de soie, sentit son doux parfum.

« Les hommes du Nord ont pris le Port. Ils ont tué, brûlé, saccagé. J'ai tellement peur ! Les gens prétendent que le quartier général regorge de trésors volés, qu'ils ont assassiné Argelin. »

Un frisson glacial lui courut le long de l'échine.

« C'est vrai ?

— Personne ne l'a revu. Nul ne sait où il se trouve.

— Et ses serviteurs ? Ses employés ?

— Morts ou en fuite. »

Pa se mordit la lèvre.

« Une résistance s'est mise en place. » La fille parlait avec calme. « Autour d'un homme qui se fait appeler le Chacal. Vous en avez entendu parler ? »

Pa fit un signe de tête plein d'amertume.

« Il paraîtrait qu'il s'est emparé de l'Île, que les neuf prêtresses sont avec lui. On dit qu'il compte rouvrir l'Oracle et parler au dieu, mais l'armée d'Ingeld l'encercle et bien qu'ils les tourmentent, les moucherons ne mordent pas les habitants de l'Île.

— Pa ! Qui c'est ? » À moitié endormie, Telia tirait sur sa tunique. « C'est Seth ?

— Non. »

Mais elle avait entrebâillé la porte un peu plus, avant que Pa ne puisse l'en empêcher et l'hétaïre vit son visage et celui de Telia.

« Rentrez chez vous, maintenant, grommela Pa, ennuyé. Et ne revenez pas. »

Il claqua la porte, la verrouilla, plaça la barre en biais et ajouta d'autres meubles brisés devant la sortie.

« Elle était jolie », remarqua Telia.

Pa dévisagea sa fille puis la prit par le bras et la reconduisit dans le cellier.

L'hétaïre but l'eau au coin de la rue. Elle jeta la petite jarre par terre, s'enveloppa dans son manteau et courut d'un pas agile le long des rues étroites, se penchant sous les arches, passant devant les portes fracassées des bâtiments en ruine, évitant avec adresse le moindre bruit de pas. Au détour d'une rue, elle croisa un Nordique blond qui sortait d'une fumerie d'opium et qui la prit par la taille. Elle le mordit. Tandis qu'il hurlait de douleur, elle fit un pas en arrière et leva la main. Elle lui montra le signe du scarabée, parce qu'ils étaient stupides, ces hommes des glaces. Forts, mais stupides.

Les yeux écarquillés, il marmonna quelque chose dans sa langue. Sans attendre, elle s'enfuit, se faufila dans les ruelles dévastées du Quartier des Fouleurs, traversa la place où les vestiges de la statue de la Reine des Pluies gisaient encore, et atteignit la petite porte dans le mur. Elle frappa le signal convenu et fut admise à l'intérieur. Au premier, la pièce était obscure et enfumée. Manto regardait par la persienne.

« Alors ? » demanda-t-elle sur un ton aigre, sans se retourner.

L'hétaïre ôta son voile et arrangea sa coiffure.

« Je les ai trouvés. À l'endroit que vous aviez indiqué. »

Manto hocha la tête.

Puis elle sourit.

« C'était une illusion. Un tour de magie.

— Je vous répète que non ! Je l'ai vue. J'ai vu Hermia. Elle lui a parlé, elle a dit : “Viens me chercher.” »

Le Chacal secoua la tête.

« Demande à Phaedro de monter », ordonna-t-il au Renard.

Ils patientèrent en silence. Seth était épuisé. Alors qu'il avait dormi des heures dans une des chambres des serviteurs, il avait l'impression que la tension accumulée pendant son séjour dans l'asile d'Argelin s'était abattue sur lui d'un coup, que ce fardeau de misère et de terreur l'avait écrasé de tout son poids. Mirany était partie, elle s'était rendue dans l'Au-Delà, lieu qui dépassait son imagination. Elle était entrée dans un tunnel qui était apparu dans un mur de pierre avant de disparaître ! Il écarta une mèche de cheveux et dévisagea le Chacal, droit comme un I sur la terrasse de la Maison Haute.

De l'autre côté de la rade, le Port était plongé dans le silence, blanc sous le soleil. Nul ne bougeait sur ses quais ou dans ses rues. Seules quelques volutes de fumée s'élevaient encore entre les bâtiments. Tel un reflet dans le ciel bleu et ardent, une myriade de moucherons chatoyants dansaient au-dessus des maisons en train de rôtir.

Le Renard revint, accompagné d'un petit homme crasseux vêtu d'une tunique bleue.

« Raconte-lui », exigea le Chacal.

Et Seth narra à nouveau son histoire, la vision d'Hermia créée par Manto dans le miroir, l'obscurité de la pièce, le sang qui avait rempli la glace.

« Alors ? » s'enquit le Chacal une fois qu'il eut fini.

Phaedro émit un bruit de suçotement.

« Rien de plus banal, Chef. Elle le place à un certain endroit et lui ordonne de ne pas bouger, pas vrai ? »

À regret, Seth acquiesça.

« Elle s'est servie de miroirs déformants et de lumières, derrière un rideau très certainement. La vision nécessitait une complice, sûrement masquée, le visage fardé. Le sang devait se trouver dans une petite vessie sous le cadre du miroir. Les bougies, les odeurs, tout cela contribue à terroriser les gens crédules avant de commencer. Je dirais que ça ressemble à un tour élégant d'une diseuse de bonne aventure.

— Merci, mon ami, déclara le Chacal. Comment fonctionnent tes illusions au niveau du Pont ?

— Oh ! Nous pouvons leur faire croire que nous sommes plusieurs centaines, Chef. Tant qu'ils ne nous attaquent pas. »

L'homme descendit l'escalier. L'air lugubre, Seth fixait son dos.

« C'est un expert. » Le Chacal versa de l'eau dans une coupe et la lui tendit. « Il a travaillé dans un théâtre pendant des années et a dirigé presque tous les escrocs de la partie orientale du Port. » Alors que Seth s'emparait de la coupe, la main du voleur ne la lâcha pas tout de suite. « Manto est une femme dangereuse, Seth, mais elle ne peut pas évoquer les morts. Nous devons en être persuadés. » Un instant il ne parut pas sûr de lui, mais soudain ses grands yeux le toisèrent. « Argelin pouvait croire ce qu'il voulait, Seth, mais toi, je pensais que tu serais plus clairvoyant.

— J'étais pétrifié de peur. » Seth leva les yeux vers lui. « Vous ne comprenez donc pas ? Chaque minute. Chaque seconde. Vous ignorez comment il se comporte ! Je marchais sur des œufs. Un mot de travers, un lapsus et il me réduisait au silence. Par deux fois il a failli me tuer. Et maintenant, il est avec Mirany. Et Alexos ! Et Oblek ! »

Cette pensée le remplit d'effroi.

Le Chacal croisa les bras.

« Peut-être le dieu est-il un être tout aussi imprévisible. » Il regardait l'entrée du Temple. « Ah ! Les voilà ! »

Elles n'étaient que sept mais elles demeuraient impressionnantes. Alors qu'elles ne disposaient que de très peu d'eau, elles avaient passé des heures à se laver selon leur rituel. Elles avaient trouvé quelque part des robes blanches et des masques souriants en or, ornés de boucles en lapis-lazulis et de disques en cristal. L'Observatrice des étoiles, Persis, avait pris la tête des Neuf. Elle avait ordonné que le Temple soit purifié avec des fleurs et de l'encens, si bien que toute la nuit les filles avaient balayé et nettoyé de leurs propres mains. Pour finir, elles avaient déposé sur le socle vide du dieu des roses, du lait et des grenades.

À présent, elles venaient s'asseoir sur la terrasse et tandis que les masques tombaient, leur sérénité s'envolait elle aussi, révélant des visages rougis, las. Chryse se précipita sur les restes de nourriture, Gaia écarta une mèche de cheveux qui lui barrait les yeux.

« Vous avez terminé ? s'enquit le Chacal.

— Le Temple est pur, mais vide », répondit Persis avec un haussement d'épaules.

Elle le dévisagea puis examina les tentes de fortune installées dans les jardins, la foule de voleurs, les hordes de réfugiés et leurs feux de camp, leurs caches d'eau, les ânes qui mangeaient les plantes grimpantes en fleurs de la Maison Haute. Pour couronner le tout, de l'autre bout de l'Île s'élevait le barrissement mécontent d'un éléphant assoiffé.

« Combien de temps pouvons-nous tenir ici, Seigneur Osarkon ? » demanda-t-elle dans un soupir.

Le Chacal éclata de rire.

« Votre Sainteté ! Jusqu'à ce qu'Ingeld construise un nouveau pont. Nous n'avons aucun moyen de résister à son armée. » Il s'assit sur la balustrade en marbre, posa les pieds sur le banc en dessous. « Mais je ne pense pas qu'il nous attaque. Pas encore. Nous ne représentons pas un danger pour lui. Apparemment, son dessein est de pénétrer dans les tombeaux. »

Silence.

« Ces gens du Nord sont affreusement superstitieux, hasarda Chryse. Ne croyez-vous pas...

— Je crois que leur cupidité les conduira là-bas. Après tout, Ingeld ne s'intéresse pas à l'Oracle. Contrairement à Manto. Il veut de l'or, beaucoup d'or, et partir avant que l'Empereur ne finisse par perdre patience et découvre que son neveu est hors de danger.

— La Cité est solide.

— Elle a l'air solide. Mais elle est défendue par des eunuques obèses, des artistes, des esclaves et des scribes. » Il se tourna vers Seth. « Combien de temps tiendront-ils ?

— Environ dix minutes », ironisa Seth.

Dans le silence qui suivit, seul le piaulement des oiseaux retentit – le cri de milliers de passereaux venus à tire-d'aile du désert pour engloutir le milliard de moucherons. Alexos les aurait adorés. Avec une étrange consternation, Seth s'aperçut que la curiosité du garçon lui manquait. Ce fut Persis qui posa la question qui brûlait les lèvres de chacun.

« Qu'est-il arrivé à Mirany ? »

Tous les regards se braquèrent sur Seth. Exaspéré, il haussa les épaules.

« Je vous ai déjà raconté ce qu'il s'est passé ! Vous croyez que je mens ? Vos Saintetés ? Le dieu les a emmenés. Argelin, Oblek, Mirany. Dans l'Au-Delà, pour ramener Hermia. »

Les regards – bleus, gris, noirs – l'étudièrent, s'étudièrent. Finalement, Persis se mit debout.

« Nous avons discuté de la situation et nous avons décidé d'essayer l'Oracle. Peut-être le dieu parlera-t-il à l'une d'entre nous là-bas. Nous voulons que vous deux nous accompagniez. »

Seth n'en croyait pas ses oreilles. Le pilleur de tombes leva la main.

« Votre Sainteté, je ne me sens absolument pas digne de...

— Vous défendez cette enceinte, Seigneur Osarkon. Les hommes sont interdits d'habitude, mais en cas d'urgence, il est arrivé que des hommes complètent le chiffre Neuf. » Persis interrogea les autres. « D'accord ? »

L'une après l'autre, elles acquiescèrent. Chryse étouffa un gloussement. Le Chacal regarda Seth puis se leva.

« Ce sera un honneur. »

C'était la deuxième fois que Seth voyait le sentier menant à l'Oracle. Là, alors qu'il foulait les dalles usées par les pas des suppliants et des Porte-Parole depuis des milliers d'années, il avait l'étrange impression d'être un intrus, maladroit et ignorant. Un linteau de pierre représentait l'entrée. Le sentier passait dessous et montait à travers les armoises qui lui fouettaient les jambes et libéraient leur essence aromatique, les lavandes dans lesquelles bourdonnaient des milliers d'abeilles somnolentes. Devant lui, le Chacal avançait à grands pas, ses longs cheveux flottaient au vent. En tête, pieds nus sur les dalles brûlantes, les prêtresses progressaient dans leurs tuniques blanches. Ils grimpèrent malgré la chaleur, les mouches et les moucherons. Alors qu'ils atteignaient soudain une plateforme lisse et circulaire balayée par une brise rafraîchissante, Seth demeura bouche bée devant l'ampleur du monde qui s'étendait devant lui. Au loin, sur la mer bleue, les navires bloquant le Port apparaissaient, immobiles et fantomatiques, au-dessus de leur parfaite réflexion. Jusqu'à l'horizon, la mer était bleu-vert. Il se tourna et vit le Port, blanc, escarpé, ramassé sur lui-même, puis au-delà, le désert, étendue sauvage de sable et de pierre, et les Montagnes qui se dressaient au bord du Monde et qu'il avait récemment escaladées. Plus près, la Cité des Morts culminait – ombre sinistre, forteresse sombre bordée d'Archontes assis d'une taille colossale.

« C'est affreux », murmura Chryse.

Il fit volte-face et découvrit l'étendue des dégâts. Des poutres brisées, des briques carbonisées, des tas de gravats. Autrefois, au centre de cette plateforme, l'Oracle devait être béant, mais aujourd'hui son pourtour était fendu par la chaleur et les pierres levées étaient fracassées.

Le Chacal poussa une branche calcinée.

« J'obtiendrai de l'aide pour nettoyer tout ceci...

— Non. » Tethys s'avança. « Personne d'autre ne viendra ici. Nous nettoierons.

— Si vous le dites », déclara le Chacal, alors que Chryse semblait consternée.

Les prêtresses se regardèrent avant de joindre les mains. Chryse esquissa un sourire timide à l'intention de Seth et tendit les doigts. Mal à l'aise, Seth lui prit la main. Avec Gaia de l'autre côté et le Chacal incongrûment grand dans la moitié opposée du cercle, ils encerclèrent l'Oracle détruit et bouché.

D'abord, les filles chantèrent. Les mots étaient inconnus de Seth, même s'il reconnut des fragments d'une ancienne écriture qu'il avait vue dans les tombeaux. C'était une chanson lente, sinistre et tandis qu'elle s'élevait, l'après-midi caniculaire sembla ralentir sa course. Des papillons vinrent se poser sur les pierres, abaissèrent leurs ailes éclatantes. Dans un bruissement et un grattement qui donnèrent la chair de poule à Seth, un serpent vert surgit d'un morceau de bois calciné et se chauffa au soleil. Seule sa queue remuait très légèrement. Tous les sens en alerte, il observait les scorpions jusqu'à ce qu'il remarque le regard amusé du Chacal de l'autre côté du cercle.

Le chant se termina.

Dans le silence, les buissons autour de lui craquaient sous la canicule. Au loin, le doux clapotis des vagues s'apaisait au pied de la falaise. De légers bruits de marteau retentissaient près du Pont.

« Notre Lumière, voici notre offrande », annonça Persis.

Chryse lâcha la main de Seth, s'accroupit près du fagot de bois brûlé et déposa une poignée de blé. Puis elle prit deux petites cruches et versa de l'huile puis du vin. Gaia disposa une couronne de laurier au-dessus. Enfin, elles reculèrent et regagnèrent leur place.

Seth lécha ses lèvres desséchées. Des gouttes de sueur perlaient sur son front, mais il ne pouvait les essuyer. Un caillou le gênait dans sa botte.

« Notre Lumière, Dieu-Souris, Pilote du Soleil. » Persis parlait d'une voix cristalline qui résonnait sur la plateforme. « Écoute-moi, maintenant. Guide-nous. Parle-nous, toi qui voyages à travers les Arches. Ne nous quitte pas, Seigneur, sans nous conseiller. Parce que ceci est ton Oracle et que nous sommes tes serviteurs. »

La brise jouait avec ses cheveux. Elle faisait onduler les bords plissés des tuniques blanches, touchait Seth comme des doigts toucheraient une peau brûlante.

À quoi s'attendaient-ils ? Il existait déjà une Porte-Parole. Toutes se dévisageaient, Chryse de manière sournoise, Gaia alerte, Tethys apeurée. Laquelle entendrait le dieu dans son esprit, cette voix qui devait ressembler à la foudre qui s'abat ? Cette pensée donna des frissons à Seth. Quel effet cela faisait-il de parler avec un dieu ?

Mais tu le sais déjà, Seth.

Il demeura parfaitement immobile.

Puis, les lèvres à peine entrouvertes, il murmura : « Non ! »

Chryse écarquilla les yeux, ce que le Chacal remarqua.

Tu as déjà entendu ma voix. Peut-être as-tu confondu avec du sable qui glisse, de l'eau qui coule goutte à goutte. Une plume qui file sur du parchemin, le murmure des hiéroglyphes. Peut-être as-tu cru qu'il s'agissait de toi, en train de réfléchir ?

Il lâcha la main de Chryse.

« Non... Ce n'est pas... S'il te plaît... Ce ne peut pas être moi. »

Pourquoi pas ? Les dieux ont des caprices, comme tout le monde.

Tous le dévisageaient à présent. Chryse recula, interdite. Persis s'avança, le Chacal la suivit.

« Seth ? » s'exclama le pilleur de tombeaux.

Éclaircis ma voix, Seth. Ouvre ma bouche pour que je puisse parler. Parce que le monde de l'Ombre et celui du Soleil sont très proches. N'aie pas peur. Mirany n'a pas peur, elle qui te trouve toujours si déterminé.

Seth n'en revenait pas. Soudain, il poussa le Chacal sur le côté et entreprit de soulever les branches à demi brûlées.

« Enlevons tout cela ! ordonna-t-il. Vite ! Maintenant ! Tout le monde. Dégageons le passage. »

Il ne voulait pas réfléchir, il voulait chasser tout vide en lui que la voix pourrait investir. Il poussa le bois, le souleva, le jeta sur le côté, les nuages de cendres qui s'élevaient les prenaient à la gorge. Au bout d'une seconde, Tethys se joignit à lui, puis le Chacal. Soudain, toutes se mirent au travail, même Chryse.

Agiles et empressées, elles déblayaient les débris. Le serpent partit en sifflant, les scorpions déguerpirent. Entre leurs mains, le bois calciné n'était plus que suie et échardes. Les filles ne tardèrent pas à maculer leurs tuniques, à se salir les mains. Elles arrachaient les vestiges de la colère d'Argelin. Seth souleva une énorme branche.

« Venez m'aider », les implora-t-il.

Il fallut quatre paires de bras pour la rouler avant qu'elle ne retombe dans un craquement.

L'Oracle était désormais une crevasse dans le dallage. Il ne s'attendait pas qu'il soit si grand. Il s'était imaginé une petite fosse, un trou noir.

« Ce n'est plus le même ! s'écria Persis.

— Expliquez-vous, Votre Sainteté. » Le Chacal s'accroupit, ses mains fines tapotaient les bords craquelés. « Ceci est récent.

— Le tremblement de terre ! » Elle dévisagea le restant des Neuf. « Le tremblement de terre ou l'incendie ! Quelque chose a élargi l'Oracle. »

Le Chacal lança un regard triomphant à Seth.

« Voyons cela ! Peut-être pourrons-nous nous rendre dans l'Au-Delà, nous aussi. »

Dans l'oreille de Seth, le dieu semblait amusé.

Bien joué, Seth. Mirany serait très fière de toi.

Tous les dangers se reflètent dans son miroir

Ils se trouvaient dans un couloir menant à un monde divin.

Mirany le savait parce que les parois étaient si lisses, il n'y avait aucun jalon, aucune embrasure de porte. La perfection de ses murs incurvés lui faisait penser au tunnel boursouflé qu'un gros insecte aurait fabriqué au fil de milliards d'années, à force de rouler une sphère rougeoyante. Mirany ignorait depuis combien de temps elle déambulait dans ce couloir. Peut-être des jours. Ou à peine quelques minutes.

Il faisait sombre, mais pas complètement nuit. Argelin progressait devant elle et dans son dos, Oblek se traînait, ombre bossue transportant l'Archonte. Elle attendit qu'ils la rattrapent.

Surgit à côté d'elle son murmure étonné qui résonna contre les murs.

« Où sommes-nous, Mirany ?

— Nulle part. » Elle sourit. « Cependant, je suis contente que vous soyez là, Oblek. »

Dans un grommellement, il plissa les yeux.

« Il s'est arrêté. »

Argelin s'était posté devant une structure massive. Mirany le rejoignit en courant, une grande entrée montait jusqu'au plafond, le Général avait posé les mains contre ses portes en bronze.

Lorsqu'il les entendit, il se tourna.

Pendant un instant, Oblek et lui se fixèrent, puis l'Archonte assoupi murmura à l'oreille d'Oblek : « Pose-moi par terre », et la silhouette bosselée se divisa en deux, une forme mince posa le pied par terre en bâillant et en se grattant.

« Bien, déclara calmement Argelin. Est-ce un cauchemar ou un sortilège ?

— Ni l'un ni l'autre, répondit Mirany.

— Je ne suis pas mort ? Parce que je croyais que vous l'étiez tous ! » Il éclata d'un rire discordant. « Je présume qu'il ne faut pas avoir trop peur de la mort. Ce qui me rassure, c'est que le gros musicien n'essaiera pas de me trancher la gorge à chaque coin de rue.

— Ne me tentez pas », grogna Oblek.

Argelin esquissa un sourire. Sa barbe était en bataille, ses yeux vitreux de fatigue. Il se plaça face à la porte et brandit le disque solaire, telle une lampe.

« Elles sont fermées. »

Mirany s'approcha de lui. L'entrée de l'Au-Delà était en os – une pile d'ivoire composée de fémurs et de tibias entrecroisés, comme si tous les habitants d'une tombe perdue avaient été empilés là, morceau après morceau, afin de former une structure branlante sur laquelle fixer les portes cuivrées. L'ensemble aurait dû être fragile, mais quand Argelin donna un coup de pied dans les colonnes, elles ne s'ébranlèrent pas. Au sommet, la rangée de crânes aux orbites sombres les observait.

« Les portes de la mort, commenta Argelin. Hermia a dû passer par ici, ces portes ont dû s'ouvrir en grand devant elle. Le disque magique ne fonctionne pas, gamin.

— Avez-vous frappé ? »

Alexos se faufila devant lui, leva le poing et frappa une fois, puis deux, sur le cuivre martelé. Le petit son creux résonna de manière étrange et, un instant, Mirany eut peur qu'il n'y ait rien derrière la porte, si ce n'était un vide terrible parsemé d'étoiles. S'ensuivit un craquement soudain et assourdissant qui la fit sursauter et s'accrocher au bras d'Oblek.

Les portes s'entrebâillèrent.

De la poussière tomba. Oblek éloigna Alexos. Seul Argelin ne bougea pas.

Tremblantes, les portes s'ouvrirent sur eux. Aussi hautes que le tunnel, légèrement grinçantes, elles raclèrent le sol noir et lisse. Le triangle de lumière derrière elles devint de plus en plus brillant, plaqua au sol leurs longues ombres fluettes. Mirany porta la main à sa bouche, Oblek murmura un juron.

Ils aperçurent une grotte, la lumière venait de ses profondeurs. Chaude et ardente, comme si une fournaise s'offrait à eux. Alors qu'Argelin faisait un pas en avant, Oblek le rattrapa par le bras.

« Attendez ! »

Furieux, le Général brandit son épée en bronze, mais en dépit de la pointe sur son torse, Oblek ne recula pas.

« Utilisez votre cervelle, Général. Souvenez-vous du Chemin d'Orientation. L'entrée de l'Au-Delà est toujours gardée. » Il interrogea Alexos : « Pas vrai, mon vieil ami ?

— Bien entendu, Oblek. Il y a toujours un chien à trois têtes. Il existe dans toutes les histoires que j'ai lues. Sinon tout le monde essaierait de récupérer son amour perdu. »

Argelin le fusilla du regard. Avec plus de précaution, il examina la grotte.

« Sors ! rugit-il. Monstre, lamie[1], serpent, cyclope ! Peu importe ton nom, rôdeur ! Sors ou laisse-nous passer ! »

Nul mouvement. Mirany ne vit qu'une brume ocre se lever.

Soudain, dans un grattement de griffes et un bruit de galets, quelque chose remua dans son sommeil puis se réveilla. Ils l'entendirent se lever péniblement, panteler.

Argelin souleva son arme.

« Êtes-vous armé, le gros ? »

Oblek cracha par terre.

« D'une lyre, grand roi !

— Je suis sûr que vous dissimulez autre chose. Fillette ?

— Un couteau, bredouilla Mirany, mais...

— Visez les yeux et la gorge. »

Il se tourna au moment où une ombre surgissait dans l'entrée, vaste, comme magnifiée par la sinistre

1. Être fabuleux à tête de femme et corps de serpent qui dévorait les enfants. (*N.d.T.*)

lumière. La chose renifla ; un grognement assourdi par la brume glaça les sangs de Mirany. Elle serra fort son couteau.

« Archonte ? »

Caché derrière Oblek, Alexos regardait.

« Je suis sûr que ce ne sera pas trop horrible, Mirany », chuchota-t-il.

Le chien se dandina autour des rochers.

Mirany écarquilla les yeux. Oblek fronça les sourcils. Argelin se redressa.

Le Général faisait face à un dogue hargneux, couleur ébène, aux dents jaunes et dégoulinantes. Sa tête touchait le plafond de la grotte. Il fixait Argelin de ses yeux brillants, sa queue tortueuse fouettant l'air derrière lui. Il poussa un nouveau grognement, méchant cette fois-ci, une menace terrifiante. Il s'aplatit sur le sol, prêt à bondir, des petits ronds ténébreux s'élevaient de sa peau gelée comme de la fumée.

« Tenez-vous prêts, lança Argelin, impassible.

— Contre lui ? » Mirany fit une grimace de dégoût. Il fut sidéré de la voir ranger son couteau dans sa ceinture, s'accroupir et tendre la main. « Approche, mon pépère. Allez ! Viens ! »

Le chiot se précipita sur elle. Il était petit, couleur sable, et très joueur. Il lui mordilla les doigts avant de s'éloigner en jappant.

« Pour l'amour du dieu ! » rugit Oblek.

Le chien ne payait pas de mine, mais Mirany aurait dû se méfier de ce bâtard du désert, mystérieux et sournois, à demi mort de faim. Il en avait croisé des dizaines de ce genre. Il devait avoir des puces et sa morsure devait être infectieuse. Mieux valait tuer l'animal sur-le-champ. Il sortit son couteau incurvé. Le chien baissa la tête et recula.

« Oblek ! s'indigna Mirany.

— Votre Sainteté... commença-t-il, étonné.

— Ce n'est qu'un chiot.

— À peine...

— Quand allez-vous vous taire ? »

La question d'Argelin était lourde de tension. Sous ses yeux, le monstre montra les crocs, poussa un affreux grognement et essaya de le mordre. D'un geste agile, Argelin fendit l'air avec son épée dont la lame aiguisée effleura les mâchoires de l'animal. Sa salive dégoulina tel de l'acide sur le sol lisse.

« À quoi jouez-vous ? » s'indigna Mirany.

Le chiot gémit et s'assit. La petite boule de poils tremblotait de tout son corps. Elle fit un pas en avant mais Oblek et sa poigne de fer la retinrent.

« Que voyez-vous, Votre Sainteté ?

— Pardon ?

— J'ai dit : que voyez-vous ? »

Elle repoussa une mèche de cheveux.

« Un chien, mais...

— Le même chien ? » Il se tourna vers Argelin. « Parce que moi, je vois un charognard du désert, efflanqué et couvert de gale. »

Le Général ne quittait pas la créature des yeux. Arcbouté tel un homme prêt à se battre, il brandissait son épée dont la pointe suivait le chien fuyant.

« La vision illusoire d'un ivrogne. Laisse-moi te dire ce qui est vraiment là, le gros. Une créature sortie d'un cauchemar. Un dogue de la Reine des Pluies, à la mâchoire immense, à la queue aussi frétillante qu'un nid de vipères. Si nous ne le tuons pas, il nous dévorera tous.

— Ce n'est qu'un pauvre petit chiot », soupira Mirany.

Le musicien demeura silencieux, bien qu'il lançât un regard accusateur au garçon. Le visage parfait d'Alexos rougit.

« Je vous avais dit qu'il avait trois têtes.

— Tu aurais pu nous prévenir. Dis-nous laquelle est la bonne. »

Alexos prit un air malheureux.

« Je n'en sais rien. Enfin si... je sais. Les trois. »

Mirany retint son souffle au moment où Argelin abattit son épée. Le chiot jappa.

« Elles ne peuvent pas toutes être vraies.

— Bien sûr que si, Mirany. »

Contrarié, il s'assit sur le sol rocailleux, les coudes sur les genoux.

« Voilà à quoi les dieux sont tout le temps confrontés, déclara-t-il sur un ton boudeur. Chacun voit les choses à sa façon. Tu te rends compte à quel point ce peut être difficile. »

Il défit le lacet de sa sandale et entreprit de le refaire, patiemment. Mirany lançait des regards désespérés à Oblek qui se tenait derrière lui.

« Il faut le tuer, ma Dame, affirma-t-il, le cœur lourd. Nous n'avons pas le choix.

— Cette mort ne plaira pas à la Reine des Pluies, marmonna Alexos, tête baissée.

— La Reine des Pluies et moi sommes ennemis, aboya Argelin.

— Eh ! Utilise ta lyre, Oblek ! » Alexos se pencha

en arrière, posa les mains à plat derrière lui et croisa les jambes. « Joue-leur une berceuse. Voilà la solution. »

Les yeux écarquillés, le musicien attrapa la lyre qui pendait dans son dos et la sortit. Il l'accorda en vitesse, les notes sinueuses vibrèrent dans l'immense grotte rougeoyante.

« Dépêche-toi, marmonna Argelin entre ses dents. La créature grossit. À présent, son dos frôle le plafond. »

Redoublant de vigilance, il fixait une monstruosité que Mirany ne parvenait pas à imaginer.

Elle regarda le chiot se coucher en boule et se lécher la queue, pendant que la douce musique envahissait la grotte.

« Qu'est-ce que cela indique sur mon caractère ? » demanda-t-elle au dieu.

Cela signifie que tu es différente d'Argelin, lui répondit-il avec espièglerie.

La musique était mélodieuse. Plus qu'un air, il s'agissait d'une agréable sélection de notes qui s'égrenaient isolées les unes des autres. Chacune s'apparentait à une lente chute d'eau, une goutte tremblante de musique qui éclaboussait l'oreille de Mirany avant de tomber sur le sol en pierre, telle une minuscule couronne d'harmonies.

Elle regarda le chiot se pelotonner, l'air satisfait, puis s'endormir. Elle s'assit à côté de lui et frotta son ventre chaud et un peu rebondi, sa queue d'une taille ridicule. Il somnolait sous la pluie de sons infimes, le délicat déluge de musique. La grotte s'obscurcit, ses parois rougeoyantes se ternirent, comme si la chanson éteignait les feux qu'elle ne pouvait voir. Une voix s'éleva. Était-ce celle d'Oblek ? Réconfortée par la voix, elle posa la tête sur son bras et ferma les yeux pour mieux l'entendre. Mais la voix continua, en elle, s'écoula dans ses veines, dans les battements de son cœur. C'était l'eau qui chantait, une mélodie qui se poursuivait à jamais dans les entrailles du monde, pénétrait dans ses profondeurs, tournoyait, virevoltait, l'emportait dans un tourbillon de sommeil.

Mirany.

Elle soupira, se retourna. La fenêtre de sa chambre était ouverte, elle entendait les serviteurs au-dehors. Ils installaient les assiettes bleues et jaunes pour le déjeuner sur la terrasse. La brise soulevait les voilages, jouait avec une abeille piégée entre les taffetas.

Mirany, réveille-toi, s'il te plaît.

Elle grimpait les marches de l'Oracle, sous la chaleur grésillante, suivie de près par une procession de lézards. Chacun portait un petit masque or et rouge. Leurs langues reptiliennes sortaient par la bouche du masque, gobaient des mouches.

L'Oracle était ouvert. Quelqu'un avait enlevé tous les débris. Il y avait une grande fissure à la place maintenant, et elle savait que cet espace grandirait à travers le monde, que la terre serait coupée en deux demi-cercles qui ne se rencontreraient plus jamais. L'un des lézards monta sur sa sandale, ses petits pieds lui grattaient la peau. *Mirany*, s'inquiétait-il. *Il y a quelqu'un.*

Elle ouvrit les yeux.

La grotte était plongée dans l'obscurité. La lumière rougeoyante avait disparu. Une fumée froide s'élevait.

Oblek était affalé sur un rocher, la lyre à ses côtés, Alexos recroquevillé contre lui. Au-delà, une masse noire – Argelin – gisait comme s'il était tombé, une main tendue, l'épée loin de ses doigts tâtonnants.

Le chiot ronflait. Ce fut là qu'elle aperçut l'étranger.

L'homme mince les observait. Quand elle se redressa, elle le vit s'avancer dans la grotte. Ses cheveux étaient aussi noirs que la nuit, il portait une tunique sombre bordée d'argent qui lui arrivait aux genoux. Son masque la fit frissonner. Il représentait un chacal, avec ses grandes oreilles, son long museau. Dans l'ombre, à travers les fentes, ses yeux pétillaient.

« Oblek », murmura-t-elle.

Ce n'était qu'un murmure mais il se réveilla en sursaut. Les cordes de la lyre ondulèrent lorsqu'il se leva.

« Qui êtes-vous ? » grommela-t-il.

La silhouette sombre ne répondit pas, mais de son index surmonté d'une griffe en argent, elle leur fit signe d'approcher.

Chancelante, Mirany se mit debout et entendit le grattement du bronze derrière elle. Dès qu'Argelin ouvrit les yeux, sa main agrippa la poignée côtelée. Il se leva tant bien que mal et regarda autour de lui. On aurait dit que son sommeil avait été si profond qu'il avait oublié où il se trouvait.

« Que se passe-t-il ?

— Parlez moins fort, lui ordonna Oblek. Il semblerait que nous ayons un guide. »

Argelin fixa froidement l'étrange silhouette puis il s'avança. Sous les yeux de Mirany, il prit soin de contourner le chiot endormi. Apparemment, le chien de la mort lui donnait l'impression d'une immense créature allongée et, un instant, Mirany se demanda si elle ne voyait pas, elle aussi, une masse sombre et fumante.

« Je vous ai déjà rencontré... murmura Alexos.

— Plusieurs fois, Votre Sainteté », répondit le masque.

La silhouette pivota, jeta un coup d'œil pour s'assurer qu'ils le suivaient et les conduisit dans les profondeurs de la grotte.

La caverne au plafond occulté par la brume se dressait au-dessus d'eux. À chaque enjambée, Mirany déplaçait des petits galets. Elle entendait la respiration bruyante d'Oblek, le pas d'Argelin, mais aucun bruit en provenance de l'être masqué à la démarche immatérielle. Il les fit passer sous une arche vrillée parsemée de malachite, puis ils pénétrèrent à nouveau dans l'obscurité embrumée où ils entendirent un petit bruit d'éclaboussure.

Argelin stoppa net.

« Peur de l'eau, Général ? » marmonna Oblek.

Argelin l'ignora. Il scruta le guide masqué.

« Quelle sorte de piège est-ce là ?

— Nul piège, seigneur. Vous devez traverser le fleuve. Tout le monde doit traverser le fleuve. »

Sans attendre de réponse, il poursuivit sa route. Mirany le suivit. Au bout de trois pas, la brume s'écarta, se dissipa et le masque du chacal se tourna vers elle.

« Ne touchez pas l'eau à moins que vous ne souhaitiez oublier, fit sa voix, une voix amusée, argentine. Car ceci est le fleuve de l'oubli. Il ôte douleur et angoisse, amour et désir, joie et inspiration. »

Devant eux s'étendait une vaste mer écarlate. Mirany écarquilla les yeux, car elle crut d'abord que le liquide était du sang, puis elle réalisa que la surface entière était recouverte d'une couche épaisse de pétales de coquelicots. Leur parfum capiteux, doux et opiacé, embaumait l'air et lui donnait le tournis.

La voix d'Oblek qui s'apparentait à un grognement de mécontentement la rassura.

« Comment sommes-nous censés traverser ? À la nage ?

— Il y a un bateau.

— Je n'en vois aucun.

— Il arrive. Préparez votre obole, car c'est la seule manière de se rendre dans le pays des morts, musicien. »

Alors qu'Oblek fronçait les sourcils, Alexos s'écria soudain :

« Là-bas ! Regarde, Oblek ! »

Dans la brume s'avançait un bateau noir. Sa proue était haute, sculptée en forme de serpent aux yeux de calcédoine. Assis en son centre, le dos tourné, un homme ramait avec énergie ; ses rames s'enfonçaient dans les pétales rouges, se soulevaient et parsemaient d'éclaboussures les eaux noires cachées.

Leur guide au visage de chacal recula dans l'ombre.

« Je reviendrai quand vous aurez besoin de moi, déclara-t-il.

— Attendez ! »

Le Général le saisit par le bras, mais sa main heurta un pilier de granit brut piqueté de quartz. Il poussa un juron et lança des regards éperdus autour de lui. L'étranger avait disparu.

Oblek s'approcha de lui par-derrière.

« Il faudra vous y habituer, Général. Dans ce pays, rares seront ceux qui feront vos quatre volontés. »

Argelin le repoussa et se rendit à grands pas sur la grève où se tenait déjà Mirany. Elle regardait le bateau noir qui s'approchait majestueusement. À leurs pieds, le remous apportait des rebuts de pétales. Après les avoir examinés, il décida de reculer.

« Vous pourriez vous laisser effleurer, suggéra Mirany. Et ainsi vous l'oublieriez. »

Pendant un instant, il ne bougea pas et demeura silencieux. Son visage était menaçant, ses yeux assombris par des tourments dont elle n'avait pas idée. Quand il leva la tête, son regard la médusa.

« Il n'existe aucun pouvoir dans l'univers qui m'y contraindra. »

Alexos poussa un gémissement. Il s'assit sur la plage de galets et porta la main à sa bouche. Il émit un petit cri étouffé.

« Archonte ? » Oblek s'accroupit à côté de lui. « Que se passe-t-il ? Ça ne va pas ?

— C'est moi, Oblek ! C'est moi ! »

Le rameur tourna la tête et leur fit un signe de la main. Mirany demeura bouche bée. Elle fit un bond en arrière au moment où la quille du bateau crissait avec force sur la plage. La coque en ébène, vieille et burinée, arborait un grand œil peint sur sa proue. Le rameur semblait un peu raidi quand il escalada les sièges, mais il bondit avec agilité sur la plage et écarta les bras en grand.

« Mon cher Oblek ! Comme c'est merveilleux !

— Archonte ? »

Pendant quelques instants, Oblek demeura sans voix. Soudain, le vieil homme le serra fort dans ses bras et l'embrassa sur les joues, le visage radieux.

« Oui, Oblek, oui, c'est moi ! Ah ! Voici le Général Argelin. Bonjour, Seigneur... et la fille de Mylos qui a lu mon billet il y a si longtemps. Tu sembles avoir mûri, ma chère. » Il lui prit la main et ils se regardèrent un long moment. « Je suis tellement désolé de t'avoir mêlée à tout ceci. » Mirany esquissa un sourire. Il lui lâcha lentement les doigts. « Et... oui, en effet : le nouvel Archonte ! »

Il s'approcha d'Alexos. Celui-ci se leva pour le rencontrer. Le vieil homme souleva le menton du garçon avec un doigt et examina longuement son visage. On aurait dit qu'il contemplait son reflet dans l'eau ou dans un miroir. Le garçon soutint calmement son regard, ses yeux noirs étudiaient le front ridé, les yeux enfoncés, la peau rendue rugueuse par le sel.

« Nous nous rencontrons comme nul mortel ne devrait en rencontrer un autre, commenta le vieil Archonte. Jeunesse et vieillesse, vie et mort. L'un l'autre et nous-mêmes. »

Il se pencha en avant et, avec tendresse, déposa un baiser sur le front du garçon.

Ils demeurèrent silencieux quelques instants. Puis il fit volte-face et leur montra le bateau.

« Montez donc, mes amis. Si... » Il parut légèrement embarrassé. « Enfin... si vous avez de quoi payer. »

Oblek plongea la main dans sa poche.

« De l'argent, mon vieil ami ? Tu sais bien que je n'en ai jamais...

— Pas d'argent. » Il lança un regard d'excuse à Mirany. « De l'or. »

La prêtresse regarda Argelin.

« Le disque.

— Certainement pas. Nous en avons besoin...

— Quand le dieu exige, expliqua Mirany avec calme, il est inutile de discuter. Voilà bien une leçon que j'ai apprise. »

Sa main plongea à regret dans sa poche intérieure. Le disque qu'il en sortit miroitait. Le scarabée sculpté à sa surface semblait vouloir déguerpir. Alors que le vieil Archonte tendait la main pour le prendre, ses doigts ne se desserraient pas. Puis, très lentement, Argelin lâcha prise.

« Je crains qu'il n'y ait un malentendu. »

Le vieil homme eut un sourire ironique.

« Autrefois, vous m'avez offert en sacrifice, Seigneur Général. Craignez-vous que j'en fasse autant avec vous ? » Il regarda Mirany. « Montez à bord. Nous devons partir. »

Elle se hissa tant bien que mal. Alexos bondit à ses côtés.

« Puis-je te demander un service, mon vieil ami ? » s'enquit l'Archonte.

Une grimace aux lèvres, Oblek tendit la lyre à Mirany et appliqua son épaule contre la quille afin de pousser l'embarcation dans l'eau écarlate. Au moment où elle flottait, il fit un grand saut pour éviter la moindre éclaboussure d'eau invisible et grimpa à bord.

« Ta main ! » demanda Argelin, échoué sur le rivage.

Pendant un instant, à la proue, Oblek hésita. Sans mot dire, il toisait le Général.

Soudain, derrière lui, deux voix s'exclamèrent en chœur :

« Obéis, Oblek. »

Mirany sourit.

Contrarié, Oblek se pencha en avant.

« Mon vieil ami, je t'aime beaucoup, mais un seul d'entre vous suffisait. »

Il agrippa la main du Général. Alors qu'Argelin se hissait à bord avec lenteur, son pied dérapa sur les planches lisses. Haletant, suspendu au-dessus de l'eau écarlate, il se cramponna au plat-bord jusqu'à ce que Mirany lui attrape le bras et ensemble, ils le hissèrent sur le bateau.

Hors d'haleine, il lui lança un regard furieux.

« Maintenant, asseyez-vous. » Le vieil Archonte s'installa à la barre. « Tu peux ramer, Oblek ? Un peu d'exercice ne te ferait pas de mal, on dirait ! Général... »

Le bateau sombre avança. Doucement, il vira de bord sur le fleuve de coquelicots, ses rames plongeaient, se levaient. Oblek soufflait fort, Argelin évitait les éclaboussures. Ils s'enfoncèrent dans la brume. Le décor flou les happa jusqu'à ce que le vieil Archonte se lève et se rende d'un pas maladroit à la proue, le disque à la main.

« Tiens, murmura-t-il. Pays des morts. »

D'un geste rapide, il brandit le disque qui scintillait et étincelait. Tout à coup, sa chaleur brûla l'air, la brume s'assécha comme si loin, très loin, un nouveau soleil s'était levé.

Le ciel était bleu, le fleuve une étendue flamboyante de coquelicots. Sur la rive opposée, Mirany aperçut l'Au-Delà.

Il est piqué par la guêpe dans le miel

Seth était adossé contre le balcon blanc.

De là-haut, il voyait le chatoiement spectral des vaisseaux impériaux, presque hors de vue. Il n'y avait qu'à midi, quand le soleil brillait de mille feux, qu'on pouvait apercevoir ces minuscules points sur l'immensité azurée. Rhetia les avait-elle atteints ? Était-elle prisonnière ? Les généraux de l'Empereur l'avaient-ils crue, et dans ce cas, combien de temps leur faudrait-il pour avertir Son Altesse que son neveu était aux mains des rebelles, sur l'Île ?

« Il viendra trop tard », se morfondit Seth.

Depuis que le dieu lui avait parlé, il discutait souvent à voix haute, parce que son esprit n'était plus un espace privé. Cette voix résolue lui avait donné une sensation de malaise, tel un choc brusque. Maintenant, il se demandait constamment s'il était seul. Il sentait une présence invisible auprès de lui et se retournait sans arrêt. Il n'avait pas réentendu la voix, mais il n'avait aucun moyen de se défendre contre elle. Elle pouvait s'adresser à lui n'importe quand, assiéger son esprit. Il était impossible de ne pas l'entendre. Cet état de fait le terrifiait. S'il y réfléchissait trop, il deviendrait fou. Comment Mirany s'en accommodait-elle ? Ainsi, tous ses rêves, tous ses fantasmes ne seraient qu'un jouet entre les mains du dieu ? Même là, en ce moment précis ?

Une ombre se glissa derrière lui. Il fit volte-face et Chryse sursauta.

« Ce n'est que moi ! » haleta-t-elle.

Elle lui apportait une gourde de vin et un bol rempli de pain dur et de dattes. Elle se hâta de les déposer sur la table bleue.

« J'ai pensé que tu aurais faim. C'est tout ce que j'ai trouvé. »

Seth la dévisagea.

« Merci. »

Il ouvrit la gourde, versa du vin blanc dans une coupe et goûta. Il fronça aussitôt les sourcils.

« Je savais que tu apprécierais, annonça béatement Chryse. Je me suis servie dans la petite réserve secrète de la suite de la Porte-Parole. Hermia a toujours aimé le bon vin. »

Il n'en avait jamais goûté d'aussi fin, même dans le Quartier Général d'Argelin.

« Comment cela se déroule ? demanda-t-il en piochant une datte.

— Eh bien, je me suis cassé tous les ongles », répondit-elle avec une grimace. Lorsqu'elle surprit son rictus, elle ajouta : « Bien sûr, cela n'a pas d'importance. Je ne comprends simplement pas pourquoi les

Neuf doivent trimer comme des esclaves. Il y a assez de gens ici.

— Il vous a fourni autant de personnes qu'il le pouvait. Et l'Oracle est...

— Oui, je sais, l'interrompit-elle avec un haussement d'épaules. C'est notre lieu sacré. Mais la fosse est remplie de gravats, à ras bord. » Un regard plein d'espoir passa dans ses yeux. « Cet homme décharné, Kreon, il doit déblayer à l'autre extrémité...

— Probablement depuis des mois, mais c'est dangereux. La pièce entière était bloquée. »

L'ordre du dieu lui avait paru un tel flash révélateur, mais le temps leur manquait. De son promontoire, il voyait les montagnes de sable que les hommes d'Ingeld élevaient à l'extérieur des murs noirs de la Cité. Impatients de découvrir une tombe, ils creusaient, sapaient l'immense structure, cherchaient des tunnels... Tôt ou tard, ils en trouveraient une et les pillages commenceraient.

Depuis les remparts, des missiles pleuvaient sur eux – flèches, pierres, poix brûlante, pots et marmites, fléchettes empoisonnées. En vain, car la Cité était le refuge des Morts et en dépit de sa multitude de travailleurs zélés, elle ne possédait ni artillerie, ni vraies armes. Excepté, bien sûr, la peur.

Une idée lui traversa l'esprit. Il cracha le noyau de la datte, en prit deux autres et lança :

« Où est le Chacal ?

— Oh ! Lui ! Près du Pont, je pense. »

Il s'éloigna à grands pas de la loggia et de ses images élégantes, mais elle lui courut après.

« Seth !

— Quoi ? »

Silence.

Il s'arrêta et se retourna.

Chryse le fixait, apparemment en colère.

« Tu as oublié de m'appeler "Votre Sainteté". »

Un instant, il demeura stupéfait.

« Je suis désolé.

— Est-ce que tu m'apprécies, Seth ?

— Bien sûr que je vous apprécie, Votre Sainteté.

— Autant que Mirany ? »

Danger. Il le sentait tel un feu ardent sur sa peau. Avec prudence, il murmura :

« Je suis honoré par l'amitié que vous me portez toutes les deux, Votre Sainteté. Je ne suis qu'un scribe...

— Exact. Tu n'es qu'un scribe, alors n'aie pas une trop haute opinion de toi-même. »

Elle croisa les bras. La colère qui teintait sa voix lui apprit qu'il aurait dû la flatter davantage.

« Tu sais, les autres ne croient pas que tu entends le dieu. Tethys m'a dit : "Quel prétentieux, ce scribe ! Il ferait n'importe quoi pour se rendre important." »

Seth lui lança un sourire désabusé et lui tourna le dos. Voilà donc à quoi était confrontée Mirany. De toute manière, la malveillance de quelques filles ne le touchait pas.

Jusqu'à ce que Chryse enchaîne :

« Tu dois être tellement inquiet pour ta sœur et ton père. »

Il s'arrêta net. Ce ne furent pas simplement ses mots, mais le ton de sa voix qui le poussèrent à se retourner. Il s'attendait presque à voir quelqu'un d'autre, une fille plus âgée, plus sévère, sarcastique et amère, et non la jolie Chryse qui lui souriait, les coudes posés sur la balustrade, sa tunique rose ondulant sous la brise.

« Que dites-vous ?

— Simplement que tu ne sais pas ce qu'il est advenu d'eux, pas vrai ? Ce doit être horrible dans le Port. Ah ! S'ils étaient ici ! »

Il lui restait une datte au creux de la main. Il la jeta par terre. Il aurait aimé l'attraper par le bras, mais elle faisait partie des Neuf.

« Votre Sainteté, se contenta-t-il de dire, je sais reconnaître une menace lorsque j'en entends une.

— Ce n'est pas une menace, Seth, minauda-t-elle. Du moins, pas encore. »

Mirany l'avait prévenu. Elle semblait si inoffensive, mais il y avait une arête tranchante sous cette niaiserie blonde et il eut l'impression d'avoir fermé la main sur une lame cachée dans la soie et de s'être tailladé les doigts.

Elle se redressa et s'approcha de lui.

« Suis-je jolie, Seth ?

— Oui, fut sa réponse forcée.

— Je suis plus jolie que Mirany. Mirany n'est pas jolie du tout, hein ?

— Qu'est-ce que j'en sais ?

— Eh bien, elle est laide. » Elle tapota sa paume du bout de son index. « Laisse-moi te dire une chose : Manto sait où ils se trouvent, Seth. Pa et Telia. Elle a découvert où ils se cachaient et elle pourrait les enlever du jour au lendemain. »

Sans hésiter davantage, il lui saisit le bras. Elle lui souriait, comme si elle avait remporté une victoire. Au lieu de se dégager de son étreinte, elle s'approcha un peu plus.

« Tu pourrais m'embrasser, Seth, si tu le souhaitais.

— Pourquoi Manto ?

— Je suppose que tu n'as jamais eu l'occasion d'embrasser Mirany. Elle est si collet monté. »

Pas question de prendre de risque. Il ne rentrerait pas dans son jeu. Il la lâcha, recula et lui lança un petit sourire froid que n'aurait pas renié le Chacal.

« Qu'est-ce que tu en sais ? »

Chryse écarquilla les yeux.

« Ce n'est pas son genre ! » Pendant un instant, son visage devint rouge de colère. « Je ne te crois pas.

— Ah non ! Vous croyiez que Mirany était une petite souris bien tranquille, mais vous vous trompiez, n'est-ce pas ? Elle est plus intelligente que vous toutes réunies. N'oubliez pas que c'est elle la Porte-Parole désormais. Ce n'est plus Hermia, ce n'est pas Rhetia, ce n'est pas vous. Quant à cette histoire à propos de Manto, je n'en crois pas un mot. Comment pourriez-vous le savoir ? » Sa voix se teinta de mépris. « Jamais une femme comme Manto se confierait à vous ! »

Tremblante de rage, elle se redressa.

« Mirany n'est peut-être pas la seule à posséder un secret. Sais-tu ce que c'est, scribe ? »

Elle leva la main. Dans sa paume, brillait un scarabée. Le petit insecte émaillé, bleu et rouge, tenait entre ses pinces un disque en or massif. Sans plus tarder, elle ferma le poing et le bijou disparut. Elle s'approcha davantage.

« C'est notre symbole. Manto trouve cela drôle d'utiliser l'un des emblèmes les plus sacrés du dieu. Elle s'en moque. Le scarabée vole entre elle, Ingeld, moi. Il transporte ses messages. Tu as vraiment cru que j'avais passé deux mois terrée sur l'Île ? » Elle rit, un peu mal assurée, et s'avança sur le balcon. Appuyée sur les poings, elle regarda la mer bleue en contrebas. « Ou dans les donjons d'Argelin ? Tu me crois si stupide ?

— Non, bredouilla-t-il.

— Bien sûr que si. Chryse, la tête de linotte, l'évaporée. Non, je ne suis pas comme ça, Seth. »

Elle lui jeta un coup d'œil en biais. Ses lèvres rougies souriaient.

« Je me suis rendue où je me savais en sécurité. Manto est ma tante. C'est elle qui m'a placée chez les Neuf. Tu serais surpris d'apprendre combien de personnes influentes une hétaïre peut connaître. »

Elle s'interrompit pour mieux l'examiner. Il savait qu'il avait l'air dévasté, la mine défaite, le dos voûté. Il eut beau se ressaisir très vite, sa déconfiture n'échappa pas à Chryse. Atterré, il secoua la tête.

« Ma sœur...

— Ah oui ! Elle est si mignonne. J'espère qu'elle aime ce petit jouet que tu lui as apporté. Il ne leur arrivera rien. » Elle fit un pas en avant. « À moins que...

— Seth ! » L'aboiement rocailleux du Renard retentit non loin. « Descends ! »

Chryse fit un bond en arrière.

« N'en parle à personne, lui conseilla-t-elle. Si je te soupçonne d'en avoir parlé au Chacal, Pa mourra. »

Aussitôt, comme convoqué par ses paroles, quelque chose traversa le ciel, lui coupa le souffle et explosa dans un fracas inouï. Poussant un cri, Chryse fut projetée contre lui. Le toit explosa en un millier de fragments incandescents. Seth fut propulsé sur le côté. Pendant un instant, le monde fut plongé dans le noir, pencha et tomba à la renverse. S'éleva une cacophonie de voix, de hurlements et de crépitements de flammes.

« Seth ! » Le Renard l'aida à se redresser. « Votre Sainteté, à la cuisine, vite ! »

Sans se retourner, Chryse disparut dans l'escalier. Le voleur borgne hurla ses ordres de droite et de gauche.

« Blessé, Seth ? s'enquit-il.

— C'était quoi ?

— Des bombes explosives. Ces sales Nordiques ont dressé une catapulte.

— Ils nous attaquent ? Mais vous disiez...

— Nous avions tort. »

Perplexe, à demi sourd, Seth courut derrière lui. L'explosion résonnait encore dans ses oreilles et sous son crâne. En prime, la jalousie de Chryse l'ankylosait le long des jardins desséchés jusqu'à la route processionnelle. Tandis qu'ils se dépêchaient, la chaleur du soleil leur brûlait la peau, des lézards se faufilaient entre leurs pieds, alors que le dôme bleu du ciel les surplombait tel un couvercle parfaitement hermétique.

Au moment où il dérapait devant l'entrée de l'Oracle, il entendit des bruits de pierres qu'on déplaçait, poussait, amoncelait. Les hommes du Chacal avaient installé un système de levier. En bas de la colline, il aperçut le Pont.

Entre ses deux extrémités brisées qui saillaient dans la mer, une vision horrible s'offrait à lui. Un groupe de mercenaires traversait à la nage. Ils s'étaient attaché de légers boucliers sur le dos pour se protéger des flèches. Sur la berge, les défenseurs se recroquevillaient sous des barricades fabriquées à la va-vite, tandis que des flammèches s'abattaient sur eux, roussissaient le sol sablonneux, embrasaient les buissons d'armoise et de myrte.

« Piétinez-moi tout ça ! »

Le Chacal était armé. Il portait un plastron sur sa tunique et deux épées luisaient dans les étuis qu'il portait en bandoulière. Il ramassa une autre arme qu'il lança à Seth.

« Il est l'heure de se battre, Seth.

— Je suis scribe, répliqua Seth qui la rattrapa d'un geste maladroit. Je ne me bats pas.

— Eh bien, si tu as d'autres suggestions, je serais heureux de les entendre. »

Il n'en avait pas d'autres. Il s'agissait d'un assaut décisif. Sur la berge du désert, la catapulte cliquetait. Rochers, boules de feu et divers projectiles sifflaient à ses oreilles, creusaient de longs sillons dans le sol sacré de l'Île. Près de Seth, un homme fut propulsé en arrière dans un hurlement de terreur. Loin de ce corps ensanglanté, les éléphants ne cessaient de barrir.

Entouré de serviteurs, Jamil descendit le sentier en courant. Il s'accroupit à côté du Chacal.

« Remontez, Prince. Il n'y a rien que vous puissiez faire ici.

— Je n'ai pas l'intention de devenir le prisonnier d'Ingeld, Seigneur Osarkon.

— Ne peut-on pas riposter ? » marmonna Seth.

Tendu, le Chacal éclata de rire.

« Avec quoi ? » Les mercenaires s'approchaient dangereusement. Ses longs yeux se posèrent soudain sur Seth. « À moins que le dieu nous aide maintenant, nous sommes perdus.

— Écoutez. » Seth déglutit. « À ce sujet... Je ne suis même pas sûr d'avoir entendu quoi que ce soit. En tout cas, je ne veux pas que ça recommence.

— Nous avons besoin de lui, Seth.

— Vous ne savez pas ce que j'endure ! Cette voix... en moi. »

Dans un fracas énorme, une explosion emporta la moitié du chariot basculé. Recroquevillé, il s'agrippa aux broussailles jusqu'à ce que la terreur cesse de l'étreindre.

« Demande-lui, déclara calmement le Chacal.

— J'ignore comment !

— Demande-lui ou meurs ! » le menaça le prince des voleurs.

Seth leva la tête et lança un regard désespéré en direction des guerriers dans l'eau, la berge desséchée sans défense, l'armée de réfugiés, de pickpockets, d'escrocs et de voleuses en haillons. Il leur tourna le dos et se cacha le visage entre les mains. Dans cette obscurité, il se sentait en sécurité. Il appréciait le crissement de ses paumes couvertes de sable contre son menton râpeux.

« Écoute, je ne suis pas le Porte-Parole. Je ne peux pas l'être, mais aide-nous. »

La voix lui répondit. Il savait que le dieu lui répondrait, car au fond de lui il sentait que la voix ne l'avait jamais quitté.

Savais-tu, Seth, que l'Au-Delà n'est pas sombre, comme le disent les manuscrits ? lui demanda la voix sur un ton pensif. *Tu devrais voir ça ! Le fleuve est rouge à cause des coquelicots, le ciel est bleu. Mirany est tellement surprise.*

« Je m'en fiche ! Aide-nous ! Déclenche un tremblement de terre, des coups de tonnerre. Provoque la terreur ! Comme savent le faire les dieux. »

Il entendit comme un rire.

Pourquoi ne le ferais-tu pas toi-même ?

« C'est ton Oracle qu'ils attaquent. »

Tu es mon Oracle.

Non, c'est Mirany !

Tu es Mirany. Ne l'avais-tu pas remarqué ? Elle et toi avez changé de place, Seth.

Étonné, il baissa les mains.

« Alors ? » s'enquit le Chacal.

Il regarda au loin puis dit :

« Tonnerre. Terreur. »

Exactement. La voix calme provenait d'un scorpion qui s'enfuyait dans un trou. *Et je n'ai même pas eu à te souffler l'idée, Seth.*

Il bondit sur ses pieds et écarta le Chacal de son chemin.

« Retenez-les. Aussi longtemps que vous le pourrez. »

Aussitôt, il prit ses jambes à son cou et, tête baissée, il gravit le sentier escarpé qui zigzaguait.

« Bon sang, mais où va-t-il ? rugit le Renard.

— Pas le temps de chercher. » Le Chacal scruta la berge. « Après tout, un homme possédé par le dieu n'est plus le même. » Il se tourna vers ses hommes. « Tenez-vous prêts ! »

Ils dégainèrent leurs épées. Certains avaient des lances, mais s'ils formaient un bouclier contre cet assaut, combien de temps tiendraient-ils ? D'un air désabusé, il examina son armée hétéroclite, cette bande de filous plus malhonnêtes, déloyaux et fourbes les uns que les autres. Le dernier prince de la Maison d'Osarkon allait mourir en bonne compagnie, semblait-il. Et quelle ironie qu'un dieu se choisisse de tels défenseurs !

« Renard !

— Chef !

— Formez une ligne. »

Au moment où il donnait cet ordre, les bombardements stoppèrent. Les mercenaires passaient à gué. Leurs jambières et leurs plastrons étincelaient. Ils avaient tiré leurs longs cheveux blonds en arrière, peinturluré leur visage. En guerriers expérimentés, ils se mirent en rang et avancèrent tout en heurtant leurs épées contre leurs boucliers. L'inquiétant battement rythmé ricochait contre les falaises, résonnait dans le Temple. Il aperçut quelques-unes des Neuf là-haut qui observaient, terrorisées.

« Notre Lumière, pria-t-il en silence. Accepte notre sang en offrande. »

Tout à coup, face au mur luisant de bronze, il entendit un autre bruit. Un cri de colère, un beuglement rauque et profond. Une partie de ses hommes se retourna.

« Serrez les rangs », ordonna le Chacal.

La terreur avait plongé sous terre, le sol sablonneux vibrait, une secousse à peine perceptible se propageait sous leurs pieds.

« Le dieu. » Le Renard s'humecta les lèvres. « Ce fichu scribe a provoqué un tremblement de terre.

— Je ne crois pas que ce soit lui. » Le Chacal grimaça. « Mais quelque chose de beaucoup plus gros. »

Il fit rapidement un pas en avant.

« Hommes des glaces ! hurla-t-il. Faites demi-tour avant que la vengeance du dieu ne s'abatte sur vous ! »

Sa mise en garde ne les arrêta pas, mais la ligne s'effilocha, comme si le tremblement de terre montait dans leurs jambes, alourdissait leurs boucliers, ébranlait leurs épées. Les percussions guerrières s'amenuisèrent. Soudain, le Chacal brandit ses deux lames en bronze.

« Écoutez ! tonitrua-t-il. Les créatures sacrées du dieu ! »

Les Nordiques s'arrêtèrent net. En effet, le long du sentier, dévalaient les éléphants, rendus fous par la chaleur, avides de liberté. Leurs cavaliers, quasiment invisibles derrière les grandes oreilles, les pressaient peut-être, mais c'était la mer qui les attirait, ses délicieuses étendues, l'odeur de ses fraîches profondeurs. Leurs immenses corps ridés étaient déshydratés, couverts de poussière. Les flancs irrités par les puces, les éléphants de l'Empereur se heurtèrent aux envahisseurs en poussant un hurlement de furie, la trompe levée, les oreilles dressées.

Les mercenaires s'enfuirent. Abandonnant boucliers et lances, ils sautèrent dans l'eau. Ceux qui étaient paralysés par la peur roulèrent sur le côté et furent immédiatement réduits en charpie par l'armée de voleurs, avant d'être piétinés par les éléphants. Au moment où le premier passait devant lui, le Chacal lut dans ses petits yeux rouges une intelligence divine. Très vite, les vestiges du mur de boucliers se retrouvèrent sous les pattes des créatures grises.

Au milieu du vacarme, coude à coude avec le Chacal, le Renard demanda confirmation :

« Seth ?

— Seth. »

Il descendait en courant le sentier sinueux.

« Pourquoi n'en chevauches-tu pas un, scribe ? s'écria Jamil. Quel triomphe ! Je suis fier de mes bêtes ! Comme leur déroute fera rire mon oncle ! »

Hors d'haleine, Seth s'accroupit. Il ne ressentait ni fierté ni joie, mais une colère sourde, une impression de dégoût. Les mercenaires qui ne s'étaient pas enfuis à la nage étaient morts ; l'armée de voleurs les dépouillait sans aucune pitié, leur coupait la gorge, les débarrassait de leurs armes. Détournant le regard, il rassembla tout son courage.

« Écoutez, bredouilla-t-il. Je dois vous parler de Chryse. »

Le Chacal n'avait pas le temps. Le regard dur et intense, il scrutait le pont brisé par-delà l'eau bleue.

La silhouette massive d'Ingeld se découpait contre le ciel, son casque en bronze brillait, ses yeux bleus comme la glace luisaient derrière les fentes. Devant lui se tenait une femme, forte, les cheveux gris, emmitouflée dans une cape noire.

« C'est elle ! s'exclama Seth. C'est Manto. »

Le Chacal ne répondit pas, contrairement au Renard qui grommela :

« Nous la connaissons. »

La femme s'approcha du bord de l'eau et cria :

« Ta ruse était maligne, prince des voleurs, mais tu n'en retireras que de la douleur. Cela fait longtemps que les miens t'ont sauvé la vie. Te souviens-tu de cette nuit, Seigneur Osarkon ? Te souviens-tu de la manière dont j'ai volé le Roi des Voleurs ? »

Elle leva la main. Dans sa paume apparut un objet si petit qu'ils ne le reconnurent pas tout de suite. Il avait l'éclat de l'or.

« Je les ai tous là. Une mèche de cheveux, des bouts d'ongle et de peau. Je te les rends si ta racaille quitte l'Île. Sinon, je lance mes sortilèges.

— Elle dit vrai ? » demanda Jamil d'une voix grave.

Le Chacal esquissa un hochement de tête lugubre.

« C'est sérieux, la haine d'une sorcière.

— Sa haine ne changera rien. »

Le prince des voleurs parlait d'une voix calme et posée. Il se rendit devant le pont brisé et la regarda droit dans les yeux.

« Trop tard, sorcière. Autrefois, je craignais peut-être ta méchanceté, mais plus aujourd'hui. Les choses ont changé. Dieu sait comment, le Chacal est redevenu le Seigneur Osarkon. Il a bu l'eau du Puits des Chansons. Qui sait si cela ne me protégera pas ? »

Ingeld marmonna quelque chose. Manto secoua la tête. Sa voix était teintée de mépris.

« Impossible. Ta mort sera longue et douloureuse. Personne n'y gagnera rien. Nous continuerons à attaquer jusqu'à la victoire. Ensuite, chaque homme et chaque femme de cette Île sera massacré, le Temple sera réhabilité et la colère du dieu apaisée par de l'or et du miel. Je serai la nouvelle Porte-Parole et j'instaurerai un nouveau régime. Et ne crois pas que le dieu me rejettera, car les dieux sont d'humeur changeante. Tu le sais bien. »

Pendant un long moment, il soutint son regard.

« Tu ne me fais pas peur », conclut-il.

SIXIÈME ARCHE

Les Représailles

Les hommes aiment jouer. Croient-ils que les dieux ne jouent jamais ?

Les hommes se bercent d'illusions, mentent, inventent des histoires.

Le monde est mon histoire. Je la fabrique à partir d'espoirs et de désirs, d'eau et de boue, et je la pousse à travers le ciel.

Les étoiles se rassemblent autour de mon récit et observent. Les tritons quittent le fond des mers.

Mais le chemin est long et même les dieux peuvent se lasser, alors je transforme le monde en orange que je pèle. Son odeur est délicieuse, son jus coule. Le long de mes doigts.

Croit-il que son amour suffit ?

À l'extrémité opposée de la rivière, la terre était sèche et sablonneuse. Avec mille précautions, Mirany descendit sur la berge et le sol transpercé de terriers de chinchillas se déroba sous ses pieds. Elle cueillit une poignée d'herbe clairsemée. Le vent était chaud.

« Ne vous éloignez pas ! lui cria Oblek.

— Qu'est-ce que c'est ? aboya Argelin.

— De l'herbe, répondit-elle. Une plaine couverte d'herbe. »

Elle s'étendait à perte de vue. Aucune colline ne pointait, aucun arbre ne poussait. Le ciel était d'un bleu impitoyable, le soleil brûlait tel un disque d'or. L'herbe qui ondulait sans discontinuer sous la brise émettait le plus doux des chuintements. Ses tiges entremêlées ployaient, s'aplatissaient. Les sourcils froncés, elle se retourna.

Argelin avait mis son épée sous la gorge du vieil homme.

« Le disque. Rendez-le-moi. »

Loin d'avoir peur, l'Archonte riait. Néanmoins, il lui tendit le disque solaire et la lumière se dissipa. Argelin le glissa sous son plastron et relâcha le vieillard.

« Les menaces étaient inutiles, Général, car je suis déjà mort. »

Sans plus attendre, Argelin sauta à terre. En toute hâte, Oblek souleva Alexos et se retourna.

« À ton tour, mon vieil ami. »

Un sourire triste passa sur les lèvres du vieil Archonte. Il hocha la tête.

« Eh non, Oblek ! Je ne vais pas plus loin. Ce n'est pas aujourd'hui que j'emprunterai la route qui mène au Jardin. J'ai des ordres. »

Il prit les rames à pleines mains et s'éloigna maladroitement.

« Tu nous abandonnes ici ? s'inquiéta Oblek.

— Oui. J'ai peur que vous ne repassiez pas par là. »

Oblek observa la proue ornée d'un œil s'enfoncer dans les coquelicots.

« Content de t'avoir revu, souffla-t-il.

— Souviens-toi de moi, Oblek. Quand tu chanteras et joueras. »

Le bateau avança lentement sur la surface rouge sang. D'ici peu, la brume l'aurait englouti.

« Les ordres de qui, vieil homme ? » cria Argelin.

Une voix assourdie par les éclaboussements des rames retentit.

« La Reine des Pluies règne en ces lieux, Seigneur Argelin. Vous venez de pénétrer dans son royaume, elle vous observe. Prenez garde à sa colère, monseigneur. »

Pendant un instant, il ne fut qu'un chatoiement parmi les fleurs rouges. Puis plus rien.

Argelin rengaina son épée en bronze dans un cliquetis.

« Et ma colère ? Elle n'a aucune importance, elle ? » grogna-t-il.

Oblek lui fit face. Les yeux dans les yeux, ils se toisèrent longuement.

« Toi et moi entretenons une querelle depuis fort longtemps, le gros. Un jour, tu as essayé de me poignarder et mon plastron de cuirasse a détourné ta lame. Peut-être devrions-nous en finir ici et maintenant ? »

Oblek croisa les bras.

« Cela vous ferait plaisir de me tuer, hein ? La fille et l'Archonte seraient sans protection... » Il grimaça, des perles de sueur luisaient sur son front. « Dites-moi pourquoi je me donnerais la peine de vous briser le cou ? Nous sommes déjà dans le pays des morts, et je doute que nous le quittions un jour.

— Tout ceci est stupide. » Alexos se tenait aux côtés de Mirany et tapait du pied, impatient. « Vous pouvez vous affronter jusqu'à la fin des temps, aucun de vous n'aimera l'autre davantage. Alors, on ne pourrait pas continuer ? Le Jardin est encore loin, Seigneur Argelin. »

Pendant quelques secondes, Mirany se dit que les deux hommes ne bougeraient pas. Soudain, Oblek partit d'un énorme éclat de rire, lui tourna le dos et quitta tant bien que mal la berge sablonneuse. Mirany fut pétrifiée à l'idée qu'Argelin sorte un couteau et l'enfonce dans le dos du musicien. Le Général se contenta de le suivre, ses mains gantées s'enfoncèrent dans le sable glissant.

Oblek hissa le fardeau de son corps au sommet de la dune.

« Par les dents de l'enfer ! grogna-t-il. C'est ça, l'Au-Delà ? Pas étonnant que les hommes redoutent la mort. »

Alexos courait déjà dans les herbes frémissantes qui lui arrivaient à la taille.

« C'est merveilleux, Oblek ! s'écria-t-il. Il y a des papillons ! »

En effet, des nuages entiers de papillons s'élevaient autour de lui. Et tandis que Mirany progressait entre les tiges raides, elle rit aux éclats face à tant de couleurs. En quelques secondes, le ciel se remplit d'ailes jaunes, bleues, blanches... Oblek grommela. Il jeta un coup d'œil à Argelin avant de la suivre.

Ils marchèrent à travers la prairie pendant des heures. Au début, l'espace et la lumière les rendaient euphoriques, mais Mirany se rendit vite compte qu'avancer parmi les herbes denses était fatigant. Elle trébuchait sur des terriers cachés, la peur que des serpents invisibles se tapissent entre les racines la ralentissait. Tout en écartant les tiges, elle regardait où elle mettait les pieds. Quand enfin elle s'arrêta et leva la tête, elle souffrait d'un torticolis. À sa grande surprise, le fleuve de coquelicots, ce miasme de lumière écarlate, était loin derrière eux. Dans le vide éternel qui s'offrait à eux, elle perçut un chatoiement.

« Qu'est-ce ? »

Perché sur les épaules d'Oblek, Alexos s'abrita les yeux de la main.

« Une porte, Mirany. »

Alors qu'ils s'en approchaient lentement, ils virent s'élever une structure grise, isolée au milieu de la prairie. S'il s'agissait d'une porte, se dit Mirany, elle devait être grande ouverte, car entre ses montants la même plaine luisait à perte de vue. Elle regretta de ne pas en savoir plus sur le Chemin d'Orientation. Seth devait l'avoir copié des dizaines de fois. Il se serait souvenu des passages qui décrivaient la route menant au Jardin. Elle repensa à son hurlement d'angoisse. *Ne partez pas sans moi ! Attends-moi, Mirany.* Son cri l'avait bouleversée. Quand elle s'était retournée, elle avait fait simplement face à un mur en pierre rougeâtre.

Avait-il cru qu'elle ne voulait pas de lui ? Loin de là ! Elle regarda Oblek qui marchait lourdement, plié sous le poids d'Alexos, puis Argelin. Seth savait comment se comporter en société. Elle non.

« Si seulement il nous accompagnait », murmura-t-il.

S'il l'entendit, le dieu ne lui répondit pas.

Quand il arriva enfin au pied de la structure, Argelin s'arrêta et l'observa. Alors qu'il tendait une main gantée, Alexos poussa un cri tonitruant et horrifié.

« Non ! N'y touchez pas ! Attendez ! »

Il descendit en toute hâte des épaules d'Oblek et partit en courant. Mirany le suivit avec difficulté.

Il s'agissait de deux piliers surmontés d'un linteau. Nulle trace de porte. Les piliers représentaient les images jumelles d'un homme grand, l'épée à la main. Tous deux arboraient le visage d'Argelin.

« Elle se moque de moi, affirma-t-il.

— La ressemblance est frappante », remarqua Oblek.

Les statues étaient composées d'une matière grise qui ressemblait à de la pierre mais bizarrement le vent parvenait à l'éroder çà et là.

« Qu'est-ce donc ? marmonna Oblek.

— Des cendres. »

Pendant quelques instants, ils examinèrent les piliers en silence. Puis Mirany posa la question que personne ne voulait poser.

« Quelles cendres ? »

Du bout de son index délicat, Alexos toucha un bloc. Une fine poussière tomba, tel un résidu gris de volcan.

« Les gens ne sont pas tous momifiés ou mis au tombeau. Je me souviens de l'époque où les héros étaient incinérés sur de grands bûchers. »

Soudain, il se retourna. Derrière lui, haut dans le ciel, de minuscules taches noires s'approchaient. Ces oiseaux allaient très vite et bientôt, le vol se sépara et descendit en piqué. De petits oiseaux noirs, des corbeaux ou des martinets, opéraient des cercles au-dessus de leurs têtes.

« Des espions, grommela Argelin, la voix tendue. Ses espions.

— Ils ne peuvent nous faire de mal. » Oblek se tourna vers les images jumelles, les contourna, apprécia leur hauteur. « À quoi servent-ils ? Ils ne gardent rien. Cette porte ne conduit nulle part. »

Les oiseaux braillèrent. Telle une pluie de cendres soudaine, ils plongèrent et se perchèrent sur les herbes courbées. Encerclés par des dizaines de paires d'yeux et d'ailes, Mirany et ses compagnons les examinèrent.

Argelin dégaina son épée.

« Ce ne sont pas des oiseaux. »

Ils avaient des tessons de verre en guise d'yeux, des ailes métalliques et iridescentes au soleil. Dans un cri, l'un d'entre eux s'envola et frôla la tête d'Oblek, si bien qu'il s'accroupit en poussant un juron et tomba à la renverse contre le bloc de cendres. Bouche bée, Mirany le rattrapa.

« Tout va bien.

— Non ! Votre bras ! Regardez ! »

À l'endroit où le bras d'Oblek avait traversé les pierres, sa main avait disparu, on aurait dit qu'elle était sectionnée au niveau du poignet. Aussitôt, comme si cette seconde d'incrédulité était le signal, les oiseaux fondirent sur eux, telle une averse métallique de becs et de serres.

Alexos poussa un soupir de consternation, Mirany s'accroupit.

« Nous devons traverser, hurla-t-elle.

— Non ! Nous ne savons pas où cela mène ! »

Argelin chassait les ennemis ailés. Un coup de bec sauvage lui déchira la manche.

Elle se tourna.

« Archonte ! hurla Mirany. Alexos ! »

Un choc la projeta dans l'herbe. Pliée en deux, la poitrine meurtrie, elle inspira à pleins poumons et cria :

« Il est parti, Oblek ! Il a traversé ! »

Sans attendre, elle fit un pas sous le linteau gris et se désagrégea dans une nappe de brouillard. En vain,

Oblek tenta de la rattraper, sa main se referma sur le néant. Il tomba de tout son long dans l'herbe, se releva et regarda autour de lui.

Son sang se figea.

Plus d'oiseaux.

Plus de statues identiques.

L'épée à la main, Argelin tournait en rond.

Tout autour d'eux, dans quelque direction que ce fût, s'étendait l'immense prairie. Émergea alors prudemment une petite tête brune à sa surface.

« Où est Mirany ? » chuchota Alexos.

Mirany se redressa.

« C'est le même endroit ! Mis à part... »

La couleur. Là, la prairie était jaune. De grands épis de blé bruissaient et dansaient sous un ciel chargé de nuages noirs. Au loin, en silence, surgissaient des éclairs.

« Archonte ? »

Elle s'aperçut soudain que le passage avait disparu. Il n'en restait nulle trace. Elle déglutit.

« Alexos, je t'en prie, arrête de te cacher. »

Il devait être accroupi, il l'observait, attachait sa sandale, jouait à cache-cache... Il allait bondir d'une minute à l'autre, la taquiner.

Non. Le champ de blé s'étendait à l'infini, bruissait depuis sa taille jusqu'aux confins de la terre, comme si elle portait une immense jupe. Au fil des secondes, elle comprit avec une froide certitude qu'il n'était pas là, qu'elle avait traversé seule.

« Notre Lumière ? »

Aucune réponse. Peut-être n'y avait-il pas de dieu en ces lieux ? Peut-être n'y avait-il personne d'autre qu'elle ? Rapidement, elle se rendit à l'endroit où les piliers s'étaient dressés, regarda autour d'elle, s'agenouilla. Elle découvrit un ancien sillon tracé dans le sol, comme si quelque chose de vaste et de lourd avait roulé ou avait été traîné ici. Elle se releva et le suivit des yeux pour voir jusqu'où il allait, à l'ouest.

Elle hésita. Si elle continuait, que se passerait-il si Oblek et les autres trouvaient un moyen de traverser ? D'un autre côté, elle était terrifiée à l'idée d'attendre là que le soleil se couche et que la nuit s'abatte sur elle. Elle se pencha et déchira un petit morceau de tissu blanc au niveau de l'ourlet et l'attacha à un épi. Puis elle recommença un peu plus loin. L'étoffe leur indiquerait la direction. Que pouvait-elle faire d'autre ?

La traversée de la prairie dorée l'épuisa. Au début, le blé était mûr, puis au fur et à mesure qu'elle avançait, accablée par la chaleur et la soif, son esprit se perdit dans des rêves éveillés. Elle eut l'impression que le blé se liquéfiait, devenait une plaine d'or fondu qui ondulait autour de sa taille et de ses poignets, que des gouttelettes chaudes glissaient et s'égouttaient, se transformaient en bracelets à ses poignets, en franges bosselées au bas de sa tunique, en bagues à ses doigts. Lorsqu'elle essuya la sueur sur son visage, elle fut barbouillée d'or ; un pollen métallique la fit tousser, se posa dans ses cheveux, sur ses lèvres où il avait le goût du miel.

Tandis qu'elle trébuchait, qu'elle avait peur de tomber et de se noyer dans ce champ visqueux, elle leva la tête et vit le soleil devant elle, juste au-dessus de l'horizon. Une ombre se dessina sur sa lumière écarlate. Le cœur de Mirany s'emballa. Peut-être était-elle revenue auprès des deux statues ? La main au-dessus des yeux, elle attendit que l'orbite solaire plonge dans les brumes et les vapeurs.

Avec la soudaineté du désert, la nuit tomba.

Elle aperçut une butte et, à son sommet, une mystérieuse silhouette.

Était-ce un bâtiment ? Elle en douta, mais quoi d'autre alors ? Elle pressa le pas.

Dans l'obscurité, la mer qu'elle foulait se métamorphosa en eau aux ondulations phosphorescentes, des poissons vacillaient sous sa surface. Elle plongea les mains dans le liquide et les porta à ses lèvres, puis elle ouvrit lentement les doigts et laissa filer l'eau.

Si elle buvait, elle risquait de ne jamais s'échapper de là.

Petit à petit, elle gravit la pente, le niveau de l'eau baissa, à hauteur de genoux, puis de chevilles. Quand la lune apparut derrière elle, elle se tourna et vit la plaine qui s'étendait en contrebas, le chemin de lumière argentée qui courait tout du long, le sentier qu'elle avait emprunté.

Elle frissonna. Sa tunique mouillée lui collait aux jambes.

Devant elle, en haut de la colline poussait un petit bois.

Les arbres étaient bas et tordus, une oliveraie peut-être, à l'abandon, très vieille. Au cœur du bois, elle aperçut une lueur rouge, un petit feu brûlait parmi les troncs noueux. À pas prudents, elle s'approcha. La brise qui soufflait la conduisit auprès des flammes crépitantes, des étincelles sifflantes, des masques tourbillonnants.

Les masques étaient accrochés aux branches. Argent, ébène, écorce de bouleau, émeraude. Sous le vent, les visages se tournaient de droite et de gauche, comme à l'écoute. Les orbites vides l'examinaient. Soudain, elle les reconnut. Ils avaient appartenu aux Porte-Parole, aux Porteuses et aux Brodeuses des habits du dieu, aux Goûteuses depuis longtemps disparues. Des milliers de visages mis au rebut, des générations et des générations de Neuf. Certains dataient tellement qu'à l'époque l'Oracle était à peine connu, les Rituels non établis, qu'un simple papyrus percé au niveau des yeux les composait. Se trouvait là aussi le masque orné de plumes d'Hermia, délicatement incisé sur les pommettes, ses nombreux disques en or cliquetant et tintinnabulant.

D'un geste mal assuré, Mirany le stabilisa.

Le masque avait la bouche ouverte.

Mirany, soupira-t-il.

Elle bondit en arrière, médusée. À nouveau libre, le masque se tortilla d'un côté, puis de l'autre.

Elle mobilisa tout son courage.

« Est-ce vous ? »

À qui souhaites-tu parler ?

Elle frotta ses mains couvertes de poussière avec nervosité.

« Notre Lumière ? »

Eh non ! Quand je me servais du masque, les mots qui sortaient de sa bouche étaient toujours les miens, souviens-toi.

Elle sut. C'était une voix de femme, irritée, ferme. Familière. Simplement pour être sûre, elle chuchota :

« Reine des Pluies ? »

Tu sembles avoir perdu courage, Mirany, seule ici. Sans le scribe et le dieu, tu n'es rien d'autre qu'une fillette apeurée. Il semblerait que j'ai eu raison à ton sujet. La Reine des Pluies ? Ce royaume lui appartient. Elle t'a vue approcher. Comme moi.

Mirany regarda autour d'elle. Le vent se levait, jouait avec les masques et les fentes obscures de leurs yeux.

« Hermia, où êtes-vous ? »

Dis-lui de faire demi-tour. Aucun mortel ne peut franchir les neuf Arches et repartir. Croit-il vraiment que son amour suffit ? Qu'il est un héros invincible ? Dis-lui que ce n'est pas l'amour mais la fierté qui le tourmente. Il m'a tuée. Que veut-il de plus ?

Les nuages s'amoncelaient à l'est, où la lune s'était levée, présageant de gros orages accompagnés d'éclairs. Mirany lança des regards inquiets autour d'elle. Le feu était un peu plus loin dans l'oliveraie, mais elle savait qu'elle ne trouverait pas le moindre abri là-bas non plus. Elle tendit la main pour s'emparer du masque et l'emmener avec elle, mais la voix cria NON !

Trop tard. Au moment où ses doigts lâchaient l'objet, la foudre le frappa. Les yeux se ramollirent et fondirent, se transformèrent en gouttelettes semblables à des larmes dorées. La bouche s'affaissa, le métal fondu par la chaleur se tordit. Le tonnerre gronda.

« Hermia ! Attendez ! Où dois-je aller ? Que dois-je faire ? »

Un soupir se faufila par les lèvres abîmées. Les

mots étaient déformés et étranglés, les voyelles inaudibles.

Le soleil...

« Quoi ? Dites-moi ! »

Le scarabée...

Soudain, il ne resta plus rien devant elle si ce n'était une gargouille dégoulinante à la beauté fanée. Les disques en or tintèrent une dernière fois en tombant des fils fondus. Mirany fit un pas en arrière. Alors qu'elle levait la tête, elle vit l'éclair une seconde avant que le tonnerre ne retentisse. L'écho assourdissant qui retentit balaya la plaine. Une rafale de vent la gifla, lui emmêla les cheveux, souleva sa robe. Les arbres gémissaient, se courbaient. Les gouttes de pluie lui cinglaient le visage comme autant d'ongles.

Elle s'enfuit en courant et se réfugia dans l'enchevêtrement des branches d'oliviers, le labyrinthe de petits arbres noueux jonché de feuilles mortes. L'averse transperçait leur ramure, le pouvoir de cette mousson sifflante lui coupa le souffle. Elle avait des difficultés à voir, le feu semblait reculer, et tandis qu'elle trébuchait sur les racines et les trous creusés par les serpents, les dryades[1] ratatinées au visage de vieille sorcière se tournaient et la regardaient passer.

Se faufilant sous une branche basse, elle leva la tête et le vit.

Assis près du feu, il lui tournait le dos. Il portait un manteau noir et quand il lui fit face, le museau de son

1. Nymphe de la forêt ou esprit des arbres. (*N.d.T.*)

masque de chacal sembla renifler sa panique. Les flammes se reflétaient dans ses yeux.

« Je suis inquiet, Mirany. » Au moment où il ôta son masque, son visage pâle miroita. « Les hommes du Nord ont ouvert une brèche dans le Second Niveau. Ils sont dans les tombes. »

Elle se nourrit de la peur des autres

« **C**'est une certitude. » Seth faisait les cent pas dans la pièce. « Ils ont arrêté de creuser le côté nord et ont concentré leurs hommes sur ce morceau de désert, près de l'affleurement de pierres, pile sous le Mur. C'est mauvais signe. »

Il leva la tête, s'attendant que le Chacal lui demande pourquoi, mais le pilleur de tombes observait un silence agaçant. Ce fut donc le Renard qui prit la parole.

« Allez ! Crache le morceau ! »

Seth s'assit sur la table.

« Ils ne sont vraiment pas loin du tombeau d'Acheroes qui est vieux et près de la surface Vous le connaissez ?

— Je crois, répondit le Chacal d'une voix traînante, que nous l'avons déjà vidé de son contenu. Ingeld ne trouvera rien là-bas. »

Il but de l'eau dans une coupe en ébène.

« Il y a des tunnels qui partent de ce tombeau, ajouta Seth. La plupart sont traîtres, ils se terminent en cul-de-sac, mais le sarcophage cache une porte secrète qui donne sur les galeries du Troisième Niveau. S'ils la découvrent, il n'y aura plus moyen de les arrêter.

— Nous sommes passés à côté ! gronda le Renard.

— Nous ne sommes restés qu'une nuit, Renard.

— Il doit y avoir des pièges.

— Ingeld enverra d'abord des esclaves. » Le Chacal se tourna vers Chryse, sagement assise dans l'encadrement de la fenêtre. « Ma Dame ? Comment progresse l'Oracle ? »

Elle frotta la poussière déposée sur l'un de ses ongles laqués.

« Eh bien, depuis que vos hommes ont installé cet engin à déplacer les pierres, c'est beaucoup plus facile. Rhetia sera furieuse quand elle apprendra qu'ils se sont rendus là-haut.

— Sa colère, répliqua le Chacal avec douceur, me terrifie. »

Il sirota un peu d'eau. Seth remarqua que le Renard l'observait du coin de son œil unique.

« Ils le dégagent, continua Chryse. Mais cela prendra des semaines !

— Nous n'avons pas tout ce temps. Nous devons avoir fini le Jour du Scarabée. » Le pilleur de tombes scruta la terrasse, à l'autre bout de la pièce. « Seigneur Jamil ? »

Adossé à l'arche blanche, le Prince des Perles examinait la flotte. Il tourna son visage sombre vers eux.

« Prince des voleurs, je ne suis qu'un prisonnier. Vous connaissez mon vœu le plus cher. Donnez-moi un bateau et laissez-moi rejoindre la flotte. À l'évidence, Dame Rhetia a échoué. Une fois là-bas, je vous ramène des hommes, nous jetons ces barbares à la mer et l'Oracle est libre. »

Le Chacal sourit. Il tapota la coupe noire avec son pouce.

« Ah oui ! Comme cela paraît simple ! »

Il posa la coupe, se leva et s'approcha du grand prince.

« Et que se passera-t-il ensuite ? Les habitants des Deux-Terres sont fatigués de la tyrannie, monseigneur. Après Argelin, Ingeld. Après Ingeld, l'Empereur. Est-ce le prix de notre faiblesse, de notre absence d'armée et de tout pouvoir mis à part les mots d'un dieu ? Autrefois, nous avions notre gouvernement, mon père faisait partie de ce Conseil, jusqu'à ce que sa tête orne la Porte du Port. L'Oracle sera libre, dites-vous ? Mais un satrape sera installé dans le palais de l'Archonte et une nouvelle armée dans les rues. » Il grimaça. « Et pour finir, ma tête ornera la Porte. »

Seth se tourna vers Chryse qui l'observait derrière ses longs cils. Il déglutit avant de déclarer sans ménagement :

« Je crois que nous devrions nous concentrer sur l'Oracle. Tout le monde devrait travailler là-haut et pas seulement les Neuf. » Il s'obligea à sourire à la prêtresse. « Avec votre respect, Votre Sainteté, les Neuf sont... ne sont pas très musclées. Nous avons des hommes costauds... »

Chryse prit un air hautain.

« Je dois en aviser les autres. »

Il se demanda si elle leur en parlerait vraiment. Le désir de révéler au Chacal qui elle était lui tenaillait l'estomac. Il se contenta de hocher la tête.

Le Chacal se versa une autre coupe. Ses doigts délicats tremblotaient sur le bois.

« Discutez-en rapidement, Votre Sainteté. »

Elle se leva et sortit. Sa jupe plissée chatouilla le bras de Seth telle une brise taquine. Aussitôt que les hommes eurent escorté Jamil à l'extérieur, il se tourna vers le Chacal. Avant qu'il n'ait le temps de dire un mot, le Renard le poussait et rattrapait son chef par le coude.

« Asseyez-vous, grommela-t-il, avant de tomber. »

Conduit à une chaise, le prince des voleurs s'effondra. Sa peau n'avait plus de couleur. Il frotta son visage d'une main tremblante. Quand il parla, sa voix était rauque.

« Verrouille la porte. Que personne n'entre. »

Seth partit en courant. Comme il n'y avait pas de verrou, il ouvrit la porte et regarda dans le couloir. Personne. Seule la Reine des Pluies le fixait derrière un rideau de gouttes cristallines. À l'intérieur, il cala une chaise sous la poignée et revint au pas de course.

« Il est malade ? »

Le Renard lui lança un regard furieux.

« C'est Manto. Elle a commencé. »

Seth frissonna. Un instant, l'odeur de l'appartement de la femme, le miasme de potions et de créatures momifiées lui picotèrent les narines.

« Comment est-ce possible ?

— Il n'a rien avalé depuis hier. » Le Renard lui versa de l'eau. « Il n'arrête pas de vomir.

— Et si c'était...

— C'est elle, scribe, crois-moi.

— Vous allez arrêter de parler de moi comme si j'étais mort ! » Le Chacal se redressa avec difficulté. Sa peau était moite de sueur. « Si elle ne m'achève pas, fais-le, Renard ! » Il sirota un peu d'eau et toussa. « Elle se nourrit de nos peurs. »

Silence. Au-dessus de l'immensité bleue de la mer, une mouette virevoltait en criant. Seth s'assit.

« Et si l'on se rendait ? demanda-t-il tristement.

— Jamais.

— Sans vous, nous n'avons pas de chef.

— Idiot ! Pour commencer, il y a toi.

— Moi ?

— Pourquoi pas ? » Le Chacal parvint à esquisser ce sourire froid qui mettait Seth mal à l'aise. « Sinon, je suis sûr que Rhetia sera enchantée de prendre le relais. De toute façon, je ne suis pas disposé à mourir. Après-demain, c'est le Jour du Scarabée qui voit le retour de l'Archonte. Si nous pouvons tenir jusque-là, qui sait si ce jeune fou ne restaurera pas le monde ? »

Pendant un moment, Seth se demanda si la fièvre ne le faisait pas délirer, puis il se décida à parler.

« Écoutez, je voulais vous mettre en garde contre Chryse... »

Le Chacal éclata d'un rire douloureux. Le Renard cracha.

« Vous êtes au courant ?

— Ce n'est pas demain la veille que je ferai confiance à cette jolie petite chatte. » Le Chacal but et prit une profonde inspiration. « Raconte-lui, Renard.

— Nous avons enquêté sur elle. Elle a passé deux mois avec Manto. Cette femme est la sœur de sa mère.

— Et elle sait où se trouve mon père, ajouta Seth. Il faut que je...

— Non. » Les yeux plissés du Chacal le scrutèrent. « Non, Seth. C'est un piège. Aucun de nous ne quitte l'Île tant que l'Oracle est rempli de gravats. Tu leur serais bien trop utile vu que tu connais le tracé des tombeaux. Ne comprends-tu pas qu'ils veulent que tu coures à leur rescousse les yeux fermés ? »

Il se pencha en avant et déclara sur un ton grave :

« Promets-moi que tu ne tenteras rien.

— Et si cette femme met la main sur Telia ? » Il frissonna et bondit sur ses pieds, incapable de supporter cette pensée. « Cette tenancière de bordel ! Cette sorcière ! »

Le Chacal et le Renard échangèrent un regard.

« Ton père est capable de s'occuper d'elle.

— C'est un vieillard ! tempêta Seth. Je l'ai laissé seul trop longtemps ! Je devrais être là-bas, avec eux ! »

Malgré le silence pesant, le Renard marmonna :

« Je pourrais emmener une petite équipe...

— NON ! tonitrua le Chacal. Pas question de livrer d'autres otages à Manto. Nous ne parlons pas de ta culpabilité, de la rancune de Chryse ou de ma mort. Nous parlons de l'avenir de l'Oracle et des tombeaux ; leur sort dépend de nous. »

Seth se rendit à grands pas vers la porte et l'ouvrit en grand. La chaise tomba lourdement. Il était rouge de honte et de colère, mais il parvint à transformer sa voix en un long grognement rempli de dégoût.

« Il n'y a que des ossements dans les tombeaux. Telia a plus d'importance qu'eux tous réunis. »

Il passa tout l'après-midi près de l'Oracle. Torse nu, il travailla là-haut avec les filles et les hommes que Persis avait autorisés à monter. Ensemble, ils retirèrent les pierres, transportèrent les plus lourdes, descendirent peu à peu dans le gouffre, attachèrent les gravats et les débris à des cordes. Ils étaient entourés de scorpions. Au début, il était trop en colère pour leur prêter attention, jusqu'à ce que l'un d'eux coure sur son pied et le fasse bondir de terreur. Cette rencontre le rendit plus prudent.

Des gouttes de sueur lui coulaient le long du dos, le soleil lui brûlait le visage et les épaules. Il supporta ces désagréments avec un plaisir pervers. Les mouches le mordaient, les nuages de moustiques le piquaient. Malgré la brise, les dalles de l'oracle réverbéraient la chaleur. Un moment, il se redressa pour soulager son dos fourbu et aperçut la mer bleue qui miroitait dans l'air tremblotant.

Il aurait dû les emmener. Il savait qu'il avait eu de la chance de sortir du Port vivant, mais les laisser là-bas... Lorsque la lumière éclatante l'obligea à fermer les yeux, le mépris de son père le submergea avec plus de force qu'à l'habitude, parce que, un instant, il était chargé d'autre chose. D'une grande clarté. Il se souvint à quel point Telia avait aimé les singes...

« Seth ? »

Chryse. Il attendit un moment puis se retourna. Elle tenait une amphore d'eau et une coupe.

« Tu as soif ? »

Il fit oui de la tête. Lorsqu'il la regarda verser le liquide, il remarqua la blancheur de ses mains manucurées. Quand il avala l'eau, sa fraîcheur lui brûla la gorge. Il lui rendit la coupe vide. Très doucement, sa main frôla les doigts de la jeune fille.

Celle-ci gloussa.

« Un peu plus ? »

Elle versa une minuscule goutte et lui tendit la coupe. Cette fois-ci, il lui prit la main sans qu'elle s'en offusque. Cependant, elle lui parla avec froideur.

« Tu es moite, Seth ! Certaines filles aiment la transpiration, moi pas. »

Il s'assit sur une marche. Elle jeta un coup d'œil aux ouvriers avant de le rejoindre.

« Ainsi, tu as décidé d'être gentil avec moi. »

Il but puis posa la coupe en équilibre sur une pierre.

« Cela me semblait sage, Votre Sainteté.

— En effet. Je t'ai toujours apprécié, Seth, depuis le début. Même si Mirany disait...

— Ne parlons pas de Mirany.

— Tu crois qu'elle va revenir, n'est-ce pas ?

— Oui.

— Personne ne revient de l'Au-Delà. C'est impossible.

— Elle est déjà revenue une fois.

— Eh bien, je ne veux pas parler de Mirany, moi non plus. » Elle lécha une goutte d'eau qu'elle avait au bout du doigt. « Seth, le Chacal est-il déjà malade ?

— Non, répondit-il froidement.

— Cela ne saurait tarder. Manto a commencé ses sortilèges. Quand il mourra – parce qu'ils meurent tous, tu sais, dans d'atroces souffrances –, toi et moi pourrons lui donner l'Oracle. Ensuite, si tu veux, nous partirons... Nous retrouverons ton père et nous irons n'importe où, parce qu'elle nous offrira un bateau, des bijoux, de l'or. Ou bien nous resterons et... »

Il lui prit la main, frotta son pouce râpeux sur ses doigts.

« Comment sais-tu qu'elle a commencé ? »

Apparemment ravie, Chryse joua les timides.

« Je te l'ai dit. Le scarabée. »

Il secoua la tête et repoussa sa main. Même s'il ne la regardait pas à dessein, il sentit qu'elle faisait la moue.

« C'est vrai !

— Je ne suis pas idiot. Comment un petit insecte...

— Il est en or. Et en plus, il... Bon, d'accord, je te montre. »

Elle plongea la main dans les plis de sa robe et sortit un bijou bleu et écarlate. Poussé par la curiosité, il le prit, le retourna et vit l'épingle en or par-dessus les plus vieux hiéroglyphes qu'il eût jamais vus, formule de l'ère prédynastique.

« Le scarabée ailé, remarqua-t-il. Signe de la renaissance du Soleil. Il vole vraiment ?

— Oui, gloussa-t-elle. Et grâce à lui, je vois qui je veux. »

Il gratta sa peau desséchée.

« Montre-moi », lui demanda-t-il d'une voix rauque.

Pendant quelques secondes, il crut qu'elle ne le ferait pas. Mais un air de vive satisfaction apparut sur les lèvres de Chryse. Elle était persuadée qu'il lui appartenait à présent, qu'il la suppliait de l'aider et elle ne pouvait résister à cette imploration.

Elle prit l'insecte, le posa sur une pierre puis s'empara de la coupe, la remplit d'eau, très lentement, tout en chuchotant de douces syllabes. L'eau était claire et pure ; deux bulles apparurent à la surface.

« Maintenant, regarde ! » Du bout des doigts, elle souleva le scarabée et, avec douceur, elle le déposa dans la coupe où il coula.

De légères rides troublèrent l'eau.

« Qu'est-ce que... » commença-t-il.

Soudain, il vit Manto.

Il s'en étrangla. Chryse le prit par le bras.

« Chut ! Seth ! Elle ne doit pas nous entendre. »

La femme leur tournait le dos. Mais comme elle se tenait devant son miroir, il vit ce qu'elle tramait. Elle était assise à sa table des sortilèges dans la pièce aux persiennes. Des rais de soleil zébraient le sol et la boîte en argent qu'elle ouvrait. Il la reconnut : c'était la boîte avec laquelle elle avait menacé le Chacal, de l'autre côté du Pont. Sous ses yeux fascinés, elle prit une fiole en verre qu'elle déboucha, puis très doucement, à l'aide d'une pince à épiler dorée, elle souleva des cheveux entortillés. Blonds.

« Il est là-bas », chuchota Chryse.

Seth leva la tête. Les deux mains appuyées sur la balustrade, la mince silhouette du Chacal se tenait sur la Terrasse de la Maison Haute.

« Nous allons voir si son sortilège marche ! » s'enthousiasma Chryse.

Seth mourait d'envie de s'écarter de la jeune fille, mais dans l'eau il vit Manto brûler les cheveux.

Elle approcha la mèche des flammes et instantanément, les cheveux se tortillèrent sur eux-mêmes.

Seth se leva d'un bond. Le Chacal poussa un cri, puis se pencha lentement, comme s'il luttait contre la douleur, les bras serrés contre sa poitrine. Soudain, il s'effondra à genoux, abandonné par ses forces. Il lâcha un gémissement.

« Arrêtez ça ! ordonna Seth. Demandez-lui d'arrêter !

— Mais je ne peux pas, Seth. » Chryse le dévisageait calmement. « C'est elle qui décide. Elle pourrait le tuer maintenant, si cela lui chantait. »

Des bruits de pas. Le Renard et d'autres qui couraient.

Il ne pouvait en supporter davantage. Il aurait aimé renverser la coupe, la piétiner, l'écraser avec son talon, laisser l'eau s'évaporer sur les pierres brûlantes. Chryse, elle, souriait.

« Ton agitation me surprend. Je pensais que tu étais capable de pire pour devenir quelqu'un, Seth. D'après Mirany.... » Elle lui prit la main. « Ce n'était que des faux-semblants ?

— Non. » Il s'approcha d'elle, l'aida à se lever, mit ses bras autour de sa taille. « J'étais... C'est juste un peu étrange. »

Elle semblait contente.

« Nous deviendrons puissants, Seth. Toi et moi. Nous serons comme Hermia et Argelin. »

Il la tenait fort contre lui tout en regardant pardessus son épaule les hommes qui entouraient le Chacal. La peur bouillonnait en lui, le désespoir tant redouté l'assaillait.

Tout à coup, au loin sur les murailles du Port, une sirène hurla. Dans l'eau, Manto redressa la tête. Elle jeta les cheveux calcinés et sortit de la vision. Elle avait dû se rendre à la fenêtre. Sur la mer bleue, Seth vit le bateau. Il était petit, sa voile claquait bizarrement, mais il se dirigeait droit sur l'Île. À la poupe se dessinait une grande silhouette qu'il connaissait bien.

Chryse la vit, elle aussi. Elle se dégagea de son étreinte avec un mouvement de colère et tapa du pied comme une furie.

« Oh ! Ce n'est pas juste ! Elle gâche toujours tout ! »

En contrebas, le Renard aidait le Chacal à se relever. Le pilleur de tombes tenait à peine debout, mais il scruta l'embarcation et la fille à la barre qui lui faisait signe de la main.

Chancelant, Seth poussa un long soupir de soulagement.

Il s'agissait de Rhetia.

Aussitôt, il se tourna et embrassa Chryse, longuement, sur les lèvres. Quand elle recula, elle avait les joues rouges, la chevelure de travers.

Elle porta la main à sa bouche, soupira « Oh ! Seth ! » entre ses doigts puis elle partit en courant dans un éclat de rire et descendit les marches de la terrasse.

Ignorant le regard incrédule du Renard, Seth la suivit des yeux. Dès qu'elle fut hors de vue, il ouvrit la main.

Dans sa paume sale reposait le scarabée, bleu et or.

Un homme qui a détruit ses images

« Ce n’est pas Mirany, déclara Oblek qui scrutait l’obscurité, l’air mélancolique.

— Il y a quelque chose.

— J’ai bien vu, Général, mais il est d’une taille immense. »

À l’aide de ses deux mains, il se souleva et s’approcha un peu plus du sommet de la dune. Du sable noir glissait entre ses doigts boudinés.

« Moi qui croyais qu’emmener un dieu serait utile », ironisa Argelin.

Alexos se contenta de renifler. Il avait le visage blafard, les yeux encore humides et gonflés. Depuis que Mirany avait disparu, il avait été inconsolable, sanglotant que c’était sa faute. Oblek avait dû le porter à travers la plaine de blé vert. À la nuit tombée, le champ s’était peu à peu transformé en un désert noir. Au loin, une silhouette étrangement emmaillotée était apparue.

« Cette chose est trop calme. » Argelin plissa les yeux. « Ce doit être une autre statue.

— Soyons prudents...

— Pourquoi ? Je me fiche des pièges de la Reine des Pluies. »

Brusquement, Argelin bascula par-dessus la crête de la dune et continua à grands pas sous le regard sinistre d'Oblek.

« La soif le rend fou. » Il éclata d'un rire bourru. « C'est le monde à l'envers ici, mon vieil ami. »

Alexos courait déjà derrière Argelin, si bien qu'Oblek dut soulever sa lourde carcasse et les suivre. Il regrettait de tout son cœur que la fille ne soit plus avec eux. Elle avait du bon sens. Il regrettait même ce parvenu de Seth qui savait lire et connaissait la vie, mais lui, Oblek, à quoi servait-il ? Mis à part ses chansons, bien sûr... Lui seul ici avait les chansons.

L'immense silhouette était enfouie sous un enchevêtrement de lierre et de houblon. Seule une main aussi grosse qu'Alexos émergeait ainsi que l'orteil d'une chaussure en bronze.

Alexos leva la tête.

« C'est un géant ! »

Dégoûté, Argelin rengaina son épée.

« S'il n'a rien à nous dire, partons !

— **Attendez.** »

Le Général fit volte-face. Pendant une seconde, ils virent la souffrance qui le consumait.

« Je ne peux pas attendre. Nous devons trouver Hermia. Je ne sais pas pourquoi je vous traîne avec moi...

— Général, l'interrompit Oblek avec prudence. Vous vous méprenez. Je n'ai pas dit un mot. »

Durant quelques instants, ils se fixèrent puis se tournèrent tous les deux vers le garçon. Alexos poussa un cri de surprise.

« Eh ! Ce n'était pas moi non plus !

— **J'ai parlé.** »

Oblek crut qu'il s'agissait du dieu. Tremblant de terreur, il tomba à genoux sur les galets. Mais le dieu parlait-il si fort, d'une voix aussi métallique ?

Le Général examina la statue. Il demeura silencieux quelques secondes avant que sa rudesse passée ne revienne au galop.

« Es-tu vivant, homme de bronze ?

— **Je l'étais, Ennemi des dieux ! Maintenant, je suis mort.** »

Tout excité, Alexos bondissait.

« Que t'est-il arrivé ? Pourquoi es-tu couvert de telle manière ?

— **Dégage mon visage, petit être. Laisse-moi respirer et je te raconterai.** »

Vite, avant qu'Oblek ne le lui interdise, Alexos sauta dans le lierre. Il grimpait vite, ses doigts agiles s'agrippaient aux branches noueuses, il faisait tomber du houblon, des baies, des feuilles mortes sur le visage bouleversé du musicien.

« Archonte ! Sois prudent !

— Tout va bien, Oblek. » La réponse préoccupée se perdit presque dans le bruissement de feuilles. « Un peu raide, mais je peux l'atteindre facilement. Regarde ! »

Des branches craquaient et dégringolaient. Une grappe de raisin noir s'écrasa sur le sol. Entre les vignes tressées, un visage commença à émerger, une oreille, un œil, de grosses lèvres en bronze, un nez aussi lisse que de l'obsidienne.

Une inspiration. Le géant avala une bouffée d'air calme de l'Au-Delà. De la poussière s'éleva. Une espèce d'orage remua dans le ciel.

Le géant ouvrit lentement un œil.

Surpris, Alexos dérapa.

« **N'aie crainte, petit dieu. Je te suis reconnaissant.** »

L'œil était blanc comme de l'albâtre, l'iris bleu lapis-lazuli. Il fixait l'obscurité.

« **Cela faisait des siècles.**

— Descendez, petit, ordonna Argelin. Nous devons continuer. » Il esquissa deux pas vifs avant de s'arrêter. « Est-ce bien la route qui mène au Jardin ? »

Le géant lui jeta un regard en biais. De lourdes branches de houblon lui masquaient le visage et maintenaient son œil fermé.

« **Le Jardin se trouve à l'ouest. Libérez-moi et je vous y conduirai.**

— Non, s'exclama Oblek qui s'approcha avec précaution du pied du géant. Archonte, descends. Maintenant.

— Personne ne décide à ma place, déclara Argelin qui fit un pas de côté, lorsque le garçon atterrit dans une pluie de feuilles.

— L'heure est peut-être venue, Général.

— Roi. Je suis roi désormais, le gros. Roi et Archonte et je fais ce qu'il me plaît. »

Il dégaina son épée et, d'un geste preste, taillada les racines de l'étouffante végétation, les gros troncs épais qui émergeaient du sol rocailleux. Sève et résine suintaient des plaies.

Oblek tira Alexos en arrière.

« Argelin, réfléchissez ! »

L'épée du Général fendait l'air, sa lame aiguisée tranchait les branchages. Le sol tremblait sous le poids des grandes lianes entremêlées qui tombaient. Un doigt de la main du géant se déploya.

« Toi ! Homme de bronze ! » La voix d'Oblek était teintée d'agressivité. « Pourquoi t'a-t-elle punie ainsi ? Que lui as-tu fait ?

— **Rien !**

— Menteur !

— **Pas grand-chose.** »

La résine coulait sur le sol. Argelin éloigna son pied d'un des petits chemins sinueux entre les galets, leva son épée et continua de tailler.

« Raconte-nous ! hurla Oblek. Aurais-tu peur de parler ?

— **Mon destin est de raconter mon histoire à ceux qui passent. Je suis l'homme qui a détruit ses images. Je les ai remplacées par les miennes.**

— Argelin ? Vous entendez ? »

Le Général avait ralenti. Il leva la tête vers le géant dont les lèvres se craquelaient.

« **Pour me punir, elle m'a transformé en homme sans peau ni os, sans cœur ni foie. Je suis une image depuis des milliards d'années. Les forêts ont poussé sur moi, ont vieilli, ont repoussé. Sans vous, jamais je ne rejoindrai le Jardin.** »

Argelin s'interrompit avant de reprendre de plus belle.

Oblek l'attrapa par le bras.
« C'est un piège !
— Il peut nous emmener là-bas.
— Espèce de fou...
— On peut errer ici jusqu'à la fin des temps, le gros. Et je... n'attendrai... pas. »
Il ponctua les derniers mots de coups surpuissants. La main du géant se libéra, s'ouvrit, se ferma. Le coude en bronze se plia. Les immenses doigts saisirent des masses de végétation qu'ils arrachèrent.
Alexos recula.
« Oblek, cela ne m'amuse plus.
— Cela ne m'a jamais amusé, mon vieil ami. » Le musicien attrapa le garçon. « Courons ! Venez si vous le souhaitez. »
Il n'avait pas fait trois pas que le sol trembla et se souleva. Oblek tomba à plat ventre. Il se contorsionna et vit le pied en bronze se tendre. Les vignes claquaient comme autant de câbles tendus. Il prit Alexos par le bras mais le garçon gémit :
« On ne peut pas le laisser !
— Je vais me gêner, Archonte.
— Mais, Oblek ! Il est coincé ! »
Alors qu'il glissait dans le sable, Oblek pivota.
La matière était jaune comme de l'ambre, poisseuse comme de la glu. Tandis qu'Argelin bataillait, elle se colla à ses bottes, durcit. Son épée en était couverte, et sous les yeux horrifiés d'Oblek, la résine se solidifia. Argelin hurla, jura, tira, mais son épée demeura coincée dans les branches.
« Mon destin était de rester ici, jusqu'à ce que quelqu'un prenne ma place. » Les lèvres de bronze

s'écartèrent un peu plus, la main arracha des vignes. **« Un homme aussi fier, aussi bercé d'illusions que moi. »**

Argelin jeta son épée. Du moins il essaya. Quand il comprit que sa main était sondée au manche, il haleta, tira encore plus fort, la tordit, alors que son pied était déjà prisonnier.

Par-delà le désert noir, il dévisagea Oblek qui le dévisagea à son tour.

« Aide-moi », le supplia Argelin.

« Si un jour, tu cherches du travail, je suis sûr qu'on pourra t'en trouver. On dirait que les scribes ont les doigts aussi agiles que les pickpockets. »

Le Chacal était pâle comme un linge à cause de l'extrême douleur, mais il se tenait droit dans son fauteuil et repoussa de la main les attentions inquiètes du Renard.

« Mangez un bout, Chef.

— La ferme, Renard. Il y a des incantations et tu ne les connais pas.

— Si. » Seth essaya de ne pas paraître trop fier de lui, mais ce n'était pas évident. « Elle a dû les apprendre par cœur, je suppose que Manto les lui a enseignées. Parce qu'elle ne sait pas lire. »

Il renversa le scarabée. Et là, ils virent les lettres cunéiformes tracées dans l'or qui formaient une spirale serrée.

« Ce ne sont pas des hiéroglyphes, constata le Chacal.

— Non, bien plus vieux. Prédynastique.

— Et tu es capable de les déchiffrer. »

Le Chacal se toucha le flanc et poussa un soupir ténu. Des gouttes de sueur perlèrent sur sa peau blême.

« Contentez-vous de regarder ! Renard, de l'eau ! » Mais quand le borgne lui apporta un gobelet, le Chacal posa rapidement la main sur le récipient. « Tu es sûr de ton coup ? Je n'ai aucune envie que quelqu'un d'autre tombe entre ses mains.

— Je sais, mais nous n'avons pas le choix. Elle vous tue à petit feu. »

Le Chacal eut l'air triste.

« La voilà », annonça-t-il.

Un instant, Seth craignit qu'il ne parle de Manto et pivota, terrifié. Mais il s'agissait de Rhetia qui grimpait les grandes marches blanches quatre à quatre, Rhetia vêtue d'un corselet argenté en fines chaînes métalliques.

« Où sont les autres ? » s'enquit-elle, hors d'haleine. Quand elle vit ses compagnes descendre en courant de l'Oracle, elle demeura bouche bée devant leurs visages épuisés et sales, leurs mains bandées. « L'Oracle est-il dégagé ?

— Pas encore, répondit Persis. Que dit l'Empereur ? »

Rhetia se redressa avant de se tourner vers le Chacal.

« Que l'on convoque Jamil. »

Pendant qu'ils l'attendaient, les filles étanchèrent leur soif. Gaia versa un peu de cette précieuse eau dans une vasque en verre et y ajouta de la myrrhe et des pétales de rose. Toutes se lavèrent les mains. Seth fut contraint de détourner le regard à cause de Chryse qui lui lançait des sourires en douce. Elle n'avait donc pas remarqué la disparition de sa broche. Il n'était pas pressé d'affronter sa colère.

Jamil apparut enfin, escorté par deux hommes du Chacal. Comme l'ascension lui avait donné chaud, il exigea de l'eau. Le Renard lui versa une coupe avec un regard acerbe.

« Je ne suis pas votre esclave, Prince.

— Tant mieux. » Jamil but avec avidité. « Je t'aurais vite revendu. Tu es tellement laid. »

Ignorant l'éclat de rire perçant du voleur, il fit pivoter son imposante carrure vers Rhetia.

« Votre Sainteté ? Avez-vous rencontré le messager de mon oncle ? »

Elle fit oui de la tête. Consciente que tous les regards étaient braqués sur elle, elle tira un petit tabouret doré et s'assit au milieu du groupe.

« Il a fallu deux jours au messager avant de revenir. Voici les conditions de l'Empereur : libérer Jamil et les éléphants. Puis le Prince commandera la flotte en accord avec la Porte-Parole. Les tombeaux seront défendus et le Port libéré. Les barbares seront...

— Jetés à la mer. » Le Chacal lança un regard noir au Prince. « Il me semble avoir déjà entendu ce petit scénario. Et après notre sauvetage merveilleusement généreux ? Un satrape ? »

Rhetia sourit.

« Non. Le dieu gouvernera à travers la Porte-Parole. »

Comme les Neuf demeuraient silencieuses, Seth intervint :

« Quelqu'un devra bien commander l'armée, diriger le Port... »

Après une brève hésitation, elle leva le menton et le regarda droit dans les yeux.

« À partir de maintenant, la Porte-Parole prend la direction des opérations. »

Les filles chuchotèrent entre elles. Seth examina le Chacal. Tous deux savaient qu'elle avait conclu un accord avec l'Empereur, qu'il n'aurait jamais accepté de laisser les Deux-Terres sans avoir la mainmise sur l'Oracle.

« Il me semble, intervint Jamil, que Dame Mirany ne fera pas une grande...

— Pas Mirany. » Rhetia le toisa. « Nous devons envisager le fait que Mirany ne reviendra pas. Personne ne revient de l'Au-Delà. Ni elle, ni Argelin, ni le musicien ne rentreront.

— Et l'Archonte ? »

Elle haussa les épaules.

« La première chose que je... que nous devons faire est trouver un nouvel Archonte, bien entendu. »

Tous avaient remarqué le lapsus. Elle le comprit à leur silence.

« Pourquoi serait-ce toi ? demanda finalement Persis.

— Je suis la plus âgée, la plus ancienne, la plus intrépide. » Elle leur lança un regard de défi. « Parce que, en de pareils moments, l'Oracle a besoin d'une Porte-Parole qui n'a pas peur de son ombre, qui est prête à prendre des risques.

— Ça, pour prendre des risques, on peut compter sur toi », marmonna Chryse.

Les autres se lançaient des regards gênés.

« Alors ? rugit Rhetia. Vous êtes d'accord, oui ou non ? »

Persis regarda Seth. Puis tout en grattant la terre sous l'un de ses ongles, elle répondit sur un ton soucieux :

« J'ai peur que la situation ait un petit peu évolué depuis ton départ. Nous devions consulter l'Oracle, Rhetia. Nous avons convoqué les Neuf et comme Porte-Parole a été choisi... Enfin... Euh... »

Lorsqu'elle croisa le regard de Rhetia, elle demeura paralysée.

« Sa Sainteté veut dire que le dieu a choisi quelqu'un de l'assemblée et lui a parlé », enchaîna le Chacal sur un ton plaisant.

Il semblait se régaler, alors que Rhetia était verte de rage.

« Qui ? »

Seth se rendit alors compte que tous attendaient qu'il prenne la parole.

« Moi », marmonna-t-il.

Un instant, elle ne parut pas comprendre. Puis soudain, l'étonnement l'assaillit. Elle le dévisagea pendant que les autres riaient doucement.

« Un scribe ? Un homme ?

— Apparemment, expliqua le Chacal, imperturbable, en cas d'urgence...

— Ridicule ! » Elle fusilla Persis du regard. « À quoi pensiez-vous donc ? »

Pourquoi ridicule ?

La voix était si douce que Seth l'entendit à peine. Son cœur bondit, et pourtant un soulagement inattendu le submergea.

« Le dieu demande pourquoi. »

Il parla d'une voix rocailleuse pour couvrir le bruit des filles qui argumentaient. Rhetia fit volte-face.

« Le dieu ! Tu as un sacré culot, scribe ! »

Demande-lui pourquoi le pouvoir l'attire tant. Dis-lui que le pouvoir est un scorpion, qu'il peut se piquer et en mourir.

Il s'humecta les lèvres.

« Je ne peux pas dire ça ! »

Répète mes mots. Si tu es le Porte-Parole.

Il n'en avait aucune envie. S'il prononçait un tel discours, elle deviendrait son ennemi, une bataille entre elle et lui s'engagerait aussitôt. Les dieux étaient censés être sages. Mirany avait-elle fait ce choix ? Quand il ouvrit la bouche, les mots sortirent malgré lui.

Votre Sainteté, attention. Seul le dieu choisit qui sera Porte-Parole et nul autre. Moi, Votre Lumière, Pilote du Char du Soleil, Dieu-Souris, Votre Bienfaiteur, je l'affirme. Ne convoite pas le pouvoir, car il te détruira. Ne cherche pas à enfermer le soleil dans ton cœur, car il te brûlera. Les voies des dieux sont impénétrables et dépassent les mortels. Tu es brave, Rhetia. Tu es forte. Que cela suffise.

Les mots résonnèrent dans la loggia et les salles blanches de la Maison Haute. Le long de la terrasse, les statues en marbre des Porte-Parole, stoïques et attentives dans leur siège, semblèrent entendre son discours. Loin dans la baie, ses mots interpellèrent une dizaine de dauphins qui bondirent et s'éclaboussèrent. Un petit serpent marron sortit d'une fissure et rampa sur le pied du Renard.

Blême de colère, Rhetia se leva. Avec une dignité glaciale, elle se dirigea vers la porte. Tous retinrent leur souffle quand elle se retourna. Avec un calme absolu, elle déclara :

« L'Empereur a passé un accord avec moi et moi seulement. Si vous voulez son aide, je dois devenir Porte-Parole. Le choix est entre vos mains. Plus les heures passent, plus les barbares dépouillent les Archontes. »

Dès qu'elle fut partie, Seth s'effondra sur un banc. Tout le monde poussa un soupir de soulagement.

« La garce ! » s'exclama Chryse.

Persis regardait le Chacal.

« Nous lui parlerons, mais elle ne...

— Essayez, Votre Sainteté, l'interrompit le pilleur de tombes, la main levée. Essayez donc. »

Les prêtresses s'en allèrent une à une. Chryse ferma la marche.

Le Chacal se prit la tête entre les mains et grommela :

« Seth...

— Il m'a obligé ! Vous ne savez pas ce que c'est. Il est tellement... »

Puissant, acheva la voix avec espièglerie. Seth demeura silencieux.

« Oui, bon. Je suppose que nous devons continuer comme prévu. » Le Chacal s'adossa à son siège. « Surveille la porte, Renard. »

Il jeta l'eau sale par terre, en versa de la propre dans la coupe et scruta Seth.

Celui-ci prit le scarabée. L'insecte bleu et or luisait dans sa paume. Un instant, Seth crut qu'il allait s'envoler, si bien qu'il le serra entre ses doigts.

« Qu'est-ce ? »

Ils avaient oublié que Jamil se trouvait encore avec eux. Le Chacal fronça les sourcils.

« De la sorcellerie, Prince. J'espère que cela ne vous dérange pas.

— Vous êtes malade, Seigneur Osarkon, répliqua Jamil, les yeux écarquillés.

— Oui. » Le Chacal se frotta le visage d'une main tremblante. « Vas-y. »

Seth déposa le scarabée sur l'eau. Pendant qu'il flottait, il scanda les mots qu'il avait lus sur son ventre, les étranges syllabes murmurées. Il se demanda si le dieu approuvait ou désapprouvait, s'il serait terrassé pour la peine. En tout cas, si le dieu était là, il ne dit rien. Les mots bourdonnèrent, des bulles s'élevèrent du scarabée, et au moment de prononcer le nom du cartouche, Seth le modifia.

L'eau se brouilla. Il vit une petite pièce éclairée par une lampe à huile. Une silhouette passa la porte, s'arrêta et, stupéfaite, fixa la clarté dans l'air. Ses yeux bleus étaient remplis d'incrédulité.

Seth eut un sourire désabusé.

« Oui, Pa, chuchota-t-il. C'est moi. »

SEPTIÈME ARCHE

Le Crocodile

Il est vrai que les hommes désobéissent aux dieux. Quels idiots de croire qu'ils en savent plus que nous !

Pendant mes longues vies, j'ai entendu l'histoire de ces hommes, le récit de leur punition. Sur les places de marché, les badauds écoutent les conteurs, hochent la tête, prennent un air satisfait puis donnent des piécettes au singe enchaîné vêtu d'un manteau vert. Ensuite, ils rentrent chez eux et désobéissent aux dieux.

Je ne suis pas rancunier. Un être de lumière et de jeunesse ne rumine pas. Mon frère, dans son univers obscur, rêve de silence et d'un monde qui ne contiendrait rien, ce qu'un dieu ne connaîtra jamais.

La Reine des Pluies ?

Elle est l'eau, la terre, la colère.

Elle est différente.

Mourir sous ses yeux

« Comment es-tu venu ?

— Je garde les tombeaux. » Kreon lui sourit du coin des lèvres. « Et ils mènent ici.

— Est-ce que l'Oracle...

— Il est en partie bloqué. »

Ses yeux évitaient la lumière des flammes. Son visage pâle se tourna vers elle.

« Mirany, vous devez revenir. L'Oracle est menacé par bien pire que des barbares.

— Mais je ne peux pas ! » Elle jeta un regard nerveux à la lune entre les arbres agités. « Comment se rendra-t-il au Jardin sans nous ? »

Il haussa les épaules.

« Les voies de la Reine sont un mystère. Jamais Argelin ne la persuadera de relâcher Hermia. Vous comprenez. Sa folie est un cadeau qu'elle lui a fait. Il lui permet de le tirer vers le bas. Cette folie vous détruira tous à la fin. Retrouvez Alexos, Mirany, et obligez-le à vous ramener. » Puis il ajouta doucement : « Ou venez seule. Avec moi. »

Elle croisa les doigts, les yeux fixés sur le feu. Elle voulait s'en aller. Elle était la Porte-Parole, elle devait rentrer, elle s'inquiétait pour Seth, le Chacal, Manto. D'un autre côté, jamais elle ne pourrait abandonner l'Archonte et par ailleurs...

« Le dieu m'a demandé de venir. Je l'avais supplié de...

— D'abattre les murs du monde. » Un sourire tordu passa sur les lèvres de Kreon. « Ne demandez jamais rien au dieu, Mirany. Il pourrait répondre à vos souhaits d'une manière inattendue.

— Il y a toujours une chance ?

— Une chance qu'Hermia vive à nouveau et redevienne Porte-Parole ? Comme avant ? Vous le souhaitez vraiment ? »

Son ton était doux, mais ferme et teinté de désespoir. Si les dieux ressentaient du désespoir, se demanda Mirany, quel sort attendait les mortels ?

« Les hommes ont toujours rêvé de revenir du pays des morts. » Il scruta l'oliveraie éclairée par la lune. « Voilà pourquoi ils préservent le corps des Archontes, les couvrent de bijoux, les enveloppent dans du lin et du natron. Parce que, un jour, quelqu'un trouvera une route, le chemin qui quitte le Jardin. Sachez qu'il n'y a pas de route du retour, Mirany, car dans ce cas le temps s'effilocherait, les monstres seraient libérés, le Chaos s'abattrait à nouveau sur nous. Si vous restez, ce doit être votre mission. Vous comprenez ? Ne l'aidez pas, mais stoppez-le.

— Le dieu...

— Mon frère est jeune, l'interrompit-il, un sourire triste aux lèvres. Il sera toujours jeune. Il aime le soleil, les animaux lumineux, la mer étincelante. Que sait-il de la peur, Mirany ? De la descente dans l'obscurité, de la vieillesse, du déclin ? Que sait-il de la douleur ? Tous composent mon royaume.

— Les gens le savent. »

Elle repensa à l'épée cinglante, au sang versé par Hermia dans sa chute, à ce sang qui maculait les mains d'Argelin, à son angoisse lorsqu'il avait essayé de le contenir.

« Alors les gens en savent peut-être plus long que les dieux. » Il se tut un instant. « Quelle est votre décision ? »

Elle en avait pris une, mais ignorait comment.

« Je dois poursuivre.

— Vous avez pitié de cet homme.

— Jamais je ne l'aurais cru, répliqua-t-elle avec un haussement d'épaules. Il a détruit l'Oracle. Mais peut-être l'Oracle est-il en nous ? En lui ? Comment trouvera-t-il le Jardin, Kreon ? Où est la route ? »

Il examina les branches secouées par le vent, ses cheveux blancs flottaient.

« Avez-vous gardé le scarabée en or ? »

Elle se demanda de quoi il parlait. Puis elle se souvint du minuscule insecte que lui avait remis Manto. Il était épinglé dans les plis de sa tunique. Alors qu'elle l'effleurait, elle se souvint de la manière dont il l'avait trahie à la porte. Elle le décrocha.

« Ceci ? Mais il appartient à la sorcière...

— C'est ce qu'elle croit. Posez-le par terre, Mirany. »

Elle le déposa sur un lit de feuilles mortes. Kreon se pencha en avant et le toucha du bout de son doigt blanc. Aussitôt, la broche trembla, miroita, remua. L'insecte devint gros comme un poing, un scarabée de cœur[1] qui prit une couleur turquoise, puis dorée, puis brun cuivré. Il écarta brièvement les ailes avant de les plaquer sous sa lourde carapace. Bruissant, il s'enfuit dans le noir.

Les yeux de Kreon se posèrent sur Mirany.

« Suivez sa piste. C'est celle du soleil. Plus vous avancerez, plus elle sera facile à suivre. Ne vous détournez pas de cette route, quoi qu'il arrive. Faites de votre mieux, même si cela signifie qu'aucun d'entre vous ne revienne. Y compris mon frère. »

Elle secoua la tête.

« J'ignore si je pourrai stopper Argelin. »

Il ne répondit pas. Quand elle se tourna vers lui, il avait disparu.

« Kreon ? »

Elle scruta les alentours. Avait-il seulement été là ? Mirany aurait-elle discuté avec son ombre, puisqu'il n'y avait aucun être vivant à la ronde, mis à part elle ?

Il faisait nuit noire dans ce pays désert. À l'est, le disque lunaire était suspendu au-dessus d'une grande plaine qui remuait et murmurait. Cet isolement la fit frissonner.

Soudain, partant de ses pieds, elle vit la trace. Il s'agissait d'un petit sillon, comme si un gamin avait roulé un ballon dans la boue. Il conduisait vers l'ouest,

---

1. Talisman accompagnant le défunt dans l'Égypte antique. (*N.d.T.*)

entre les oliviers, et quand elle dégagea les débris de branches à coups de pied, elle vit qu'il se dirigeait droit dans la forêt. Elle le longea. Arrivée à l'orée du bois, elle se retourna.

Des ombres vacillaient au bord du feu.

« Je ferai de mon mieux », promit-elle.

« Tire ! » hurla Argelin pour la dixième fois.

Lâchant un juron amer, Oblek changea sa prise et souleva. La main du Général se détacha de l'épée avec une telle force qu'ils faillirent tous deux tomber. Oblek dut s'accrocher à l'armure d'Argelin pour ne pas basculer. Au-dessus de leur tête, le géant se libérait de ses liens. Un bras immense s'abattit sur eux, les rata, recommença. Oblek tira le Général vers lui, tandis que la résine jaune les retenait par les talons. Une goutte éclaboussa Oblek dont les doigts collaient.

« Mon épée ! cria Argelin.

— Laissez-la !

— Ne sois pas idiot ! »

Alors qu'Argelin cherchait à l'atteindre, Oblek l'entraîna en arrière.

« Touchez-la à nouveau et vous serez coincé ici à jamais ! Je prends le garçon et je m'en vais » !

Une haine farouche les consumait. Tout à coup, Argelin dégagea son pied couvert de résine et oscilla.

« Archonte ! Non ! » hurla Oblek, horrifié.

Le menton en l'air, le garçon se tenait sur un orteil de l'homme en bronze. Une pluie verte tombait autour de lui. Son magnifique visage demeurait imperturbable.

« Je peux te libérer si tu le souhaites. »

Le géant se calma. Oblek grommela.

« **Comment un enfant pourrait-il me libérer ?** »

Alexos éclata d'un rire joyeux.

« Comme ceci ! »

Il plongea sa petite main dans le houblon noueux, jusqu'à l'épaule, et dut atteindre la surface polie du grand pied. Ensuite, il se mit à chanter, d'une voix haut perchée, discordante, aussi aiguë qu'un sifflement d'oiseau. La chanson ne comportait aucun mot, mais débordait de chaleur. De l'endroit où il tentait de se dépêtrer de la résine ambrée, Oblek sentit cette chaleur s'immiscer dans ses os et son corps. Au début, elle le réconforta, puis elle devint ardente, brûlante. Il recula.

« Mon vieil ami... »

Reste où tu es, Oblek. Il ne te sera fait aucun mal.

Erreur. L'éclat lui arracha des larmes. Il se couvrit les yeux, Argelin poussa un halètement. Leurs ombres ruisselaient derrière eux, parce que la chaleur s'était transformée en incandescence, le corps du géant en cuivre chatoyait. Sous leurs yeux, il se teignit en rouge. Les buissons prirent feu autour d'eux, ils virent un homme en fusion qui les surplombait, un colosse de feu. Une goutte de métal brûlant aussi grosse qu'un rocher tomba de son doigt.

La goutte s'écrasa dans le désert, à côté d'Alexos, et rebondit, lentement, de manière inquiétante. Les gouttelettes tremblotaient, se durcissaient, heurtaient les galets avec un bruit sourd. De petites sphères de bronze roulèrent en bas des dunes.

« Il fond. »

Oblek eut du mal à reconnaître le coassement d'Argelin. Le Général s'approcha de son épaule.

« Regarde son visage. »

Chauffé à blanc, le géant était devenu un dieu. Ses traits incandescents brûlaient comme si le soleil habitait les interstices de son corps. Il s'était métamorphosé en créature solaire, en Archonte vêtu d'or et de lumière pure. Le houblon s'enflammait autour de son sourcil. Il approcha ses mains de son visage, elles bougeaient comme bougent des mains de chair, aussi facilement que celles d'un homme. Les yeux écarquillés, il fixa Alexos.

« Il y en aura d'autres, déclara-t-il.

— Je les libérerai tous. Dis-le-lui.

— Elle le sait déjà, soupira le géant.

— Et Mirany ? La vois-tu ?

— Les marécages. »

Ses paroles se distordaient elles aussi, les sons s'échappaient, dégoulinaient, le feu en lui s'échappait par les rivets et les soudures, par ses ongles et ses oreilles. Sous leurs yeux ébahis, il devint en quelques secondes un brasier blanc, debout, les bras écartés face à la lune, puis un sifflement, un tas de pièces bouillantes qui se froissa et se mélangea avant de s'écraser sur le sable.

Argelin tira Alexos en arrière et lui serra la main.

« C'est le sort que j'ai réservé à ses statues ! commenta le Général.

— Votre geste tenait de la vengeance, expliqua-t-il surpris. Moi, je l'ai libéré. » Il baissa les yeux. « Maintenant, lâchez-moi, s'il vous plaît. »

Argelin lui étreignit la main très fort.

« Pas avant d'avoir atteint le Jardin, répliqua-t-il d'une voix tendue.

— Vous l'avez entendu ? Lâchez-le. »

Le rugissement d'Oblek retentit derrière lui. Sans perdre une seconde, Argelin pivota et enfonça son poing dans le ventre d'Oblek. Puis il lui assena un coup violent sur la nuque. Oblek s'effondra sur le sol avec un haut-le-cœur. Il ne bougea plus.

Alexos fut dans l'incapacité de courir le rejoindre. Il eut beau se débattre, donner des coups de pied, sa main était scellée à celle du Général. Argelin l'empoigna.

« Cessez de résister, Archonte. Vous êtes avec moi maintenant. » Il souleva leurs mains jointes. De la résine à moitié durcie suintait de leurs paumes. Après avoir dégainé son épée, il poussa le garçon devant lui.

« Avance. Tout de suite.

— Et Oblek ? »

Argelin ne se retourna pas. La lune illumina son visage hagard, ses lèvres craquelées. Son manque de raison transparaissait dans sa voix, il était d'humeur lugubre.

« Nous sommes tous déjà morts. Vous. Moi. Hermia. Quand je trouverai qui a assassiné Hermia... »

Il marchait à vive allure, Alexos qui trottinait à côté de lui le regarda prudemment.

« Mais c'était vous, Général. »

Argelin fixa l'horizon.

« Elle m'a obligé », murmura-t-il.

Des souris.

Au début, elle avait cru qu'il s'agissait de rats. Cette pensée l'avait terrorisée car autrefois, à Mylos, les rats avaient apporté la peste. Elle en frissonnait encore.

Non. Ces souris étaient des créatures du dieu.

Tandis qu'elle grimpait le long de la piste rocailleuse, elles sortaient vite de leurs trous, des pierres et des rochers. Derrière elle, par-delà le sommet de la falaise, une grande lueur illuminait l'horizon, grandissait autour d'elle, passait du rubis à un chatoiement flou. L'air était humide. Elle le sentait sur ses lèvres. Le soleil s'était-il levé ? Avait-elle marché une nuit entière dans l'Au-Delà ?

Elle distinguait à peine les souris. Brunes, discrètes, elles se déplaçaient en petits groupes, leurs pattes minuscules bruissaient sur le lit de feuilles. Tandis que la lumière pâlissait, sa qualité la surprit. Elle grimpait dans une brume que ses yeux ne parvenaient pas à pénétrer, une brume qui se serait amoncelée dans une immense cavité. Des tourbillons vaporeux, des vrilles d'air opaque la frôlèrent. Un moment, Mirany glissa sur la pierre abrupte et se rattrapa à des feuilles charnues et épaisses dont le bord était parsemé de petits polypes que ses doigts écrasèrent. Le parfum qui s'en dégagea la fit éternuer.

Les souris s'étaient arrêtées. Elle entendait encore leurs couinements, mais elles ne la suivaient plus. Elles étaient restées sur les rochers, et maintenant elle regrettait de ne pas les avoir imitées, parce que la brume l'enveloppait. Et plus elle escaladait cette espèce de nuage, moins elle voyait la piste et le reste.

Elle s'arrêta. Une lumière nacrée l'entourait. Il n'y avait ni haut ni bas, seulement du flou. Une odeur de moisi. Quand elle tendit les mains, elles étaient couvertes de gouttelettes argentées. Sa tunique lui collait au corps. Elle tremblait.

Soudain, dans un craquement d'ailes, quelque chose l'éclaboussa avant de s'envoler et de voleter près de sa tête. Bouche bée, elle se baissa, fit un pas en avant.

Et tomba dans le marécage.

Il était chaud et embué. Elle poussa un cri étouffé et tendit les bras, terrifiée à l'idée de basculer sous la surface. La boue lui arrivait à la taille. Soudain, elle sentit quelque chose de solide sous ses pieds. Elle pataugea pour recouvrer l'équilibre dans ce liquide qui n'était pas de l'eau, mais un mélange de fougères et d'algues flottantes, une soupe de verdure. Paniquée, elle tenta de courir, de s'extirper de là, mais la lune s'était cachée et elle ignorait quelle direction elle avait prise. Quand elle se tourna, le marécage clapota, plaqua ses manches contre sa peau, s'éleva et retomba en vagues épaisses qui lui maculaient les bras.

Avec un effort intense, elle commença à barboter. Quelque chose lui heurta le flanc, elle haleta, la boue ruisselant entre ses pieds remua et fit un bruit de succion. À chaque pas, elle était persuadée de s'enfoncer un de plus.

« Où es-tu ? » pensa-t-elle.

« Où es-tu ? » demanda-t-elle à voix haute.

Nul ne lui répondit excepté les moustiques, une nuée qui s'emmêla dans ses cheveux, lui mordit le visage.

Frissonnante, Mirany les chassa. Elle avait l'impression d'avoir atteint une profondeur qui n'existait pas, à laquelle il était impossible d'échapper. Comment ne pas céder à la panique ? Elle voulait hurler, nager, crier au secours, mais elle était plongée dans une brume au silence lugubre.

Tout à coup, à sa gauche, elle entendit un éclaboussement. Un clapotis, une ondulation.

Comme si quelque chose de lourd s'était glissé dans le marais.

La fièvre le consumait. Quand le médecin de Jamil recula et secoua la tête, Seth marmonna :

« Agissez, bon sang !

— Je ne peux qu'atténuer les symptômes. La cause dépasse mon art. »

Le Chacal était en sueur. Plié en deux de douleur dans le lit, il s'agrippait de manière convulsive à la moustiquaire. Le Renard le maintenait tandis que les spasmes empiraient.

« C'est de la sorcellerie, cracha-t-il. De sales incantations.

— Nous devons le garder en vie. »

Par la fenêtre parvint le fracas d'un nouvel assaut, le sifflement de la poix puante et en flammes qui fendait l'air. Seth regarda au-dehors. Le clair de lune illuminait le Port tel un grand miroir, de petites lumières par-ci par-là clignotaient à l'intérieur des maisons en ruine, les étoiles formaient une immense toile de fond au-dessus du désert. De l'autre côté des eaux noires du port, une radiance se dirigeait vers l'Île et la fenêtre, comme s'il s'agissait du chemin des morts, comme si le fantôme du Chacal n'avait qu'à sortir de son corps, l'emprunter et partir.

Dans la chambre obscure, des cassolettes de myrrhe et de santal fumaient, des colonnes d'encens s'élevaient. La plupart des Neuf semblaient présentes – Persis priait devant une image brisée de la Reine des Pluies, Gaia et Tethys rafraîchissaient le visage et les bras du malade avec une lotion au citron. Impatiente, Rhetia faisait les cent pas.

« Ce plan... grommela-t-elle.

— ... Va marcher. » Seth soutint son regard. « Je le sais.

— Ah oui ! Je suppose que le dieu te l'a confirmé ! »

Son ton sarcastique lui donna des frissons de peur dans le dos. Le dieu ne s'était pas adressé à lui.

Le Chacal laissa échapper un souffle saccadé. Il était incapable de parler désormais, il mourait sous leurs yeux. Seth était terrassé par la culpabilité. Ce plan était son idée. Peut-être auraient-ils dû se rendre, gagner du temps...

Une explosion de flammes éclata dans le jardin de la Maison Haute. Les armoises crépitèrent, dégageant une odeur âcre. En nage, le Chacal hurla. Sa tête tomba en arrière.

« Allez, murmura Seth entre ses dents. Allez ! »

Mais sous la lune implacable de la Reine des Pluies, le Port demeura silencieux. Il était trop tard. Il avait échoué. Ils s'empareraient de l'Oracle, le prince des voleurs mourrait. Il avait échoué auprès du dieu.

Soudain, la porte s'ouvrit à la volée sur Chryse qui entra telle une furie. Ignorant le « Chut ! » de Gaia et le regard affolé de Rhetia, elle traversa la pièce en deux pas et gifla Seth.

« Sale petit arrogant ! hurla-t-elle. Espèce de vermine de bas étage ! Espèce de moins que rien ! Où est-il ? Comment as-tu pu oser me faire ça à moi ? »

Un marécage hallucinatoire

Manto alluma une autre lampe à huile qu'elle disposa avec soin dans l'alcôve sombre. Elle tira son manteau noir sur sa tête et se retourna.

« Descends et surveille la porte. Si des clients viennent pour les filles, laisse-les entrer. Sinon, je ne veux voir personne. Que l'on ne me dérange pas ce soir. »

L'hétaïre hocha de la tête et recula, soulagée. La pièce empestait la sorcellerie.

Manto regarda autour d'elle. Tout était prêt. La souffrance de l'homme alourdissait l'atmosphère. Après des années de pratique, elle en avait presque le goût dans la bouche, un goût amer et salé ressemblant à la sueur, ni odeur, ni bruit, mais un mélange des deux. Il luttait contre son emprise, mais son désespoir était palpable. La douleur et la peur étaient ses armes, jamais ils ne la trahissaient.

« Sa fin est proche, commenta-t-elle calmement.

— Oui, mais abandonneront-ils l'Île pour le sauver ? »

Accoudé derrière la persienne, Ingeld observait la ruelle sombre. Ses hommes rôdaient en contrebas, la lune se reflétait sur leur armure et l'or volé.

« Probablement pas, rétorqua Manto dans un haussement d'épaules.

— Je vois que tu t'en fiches, sorcière. Quoi qu'il arrive, tu continueras à le torturer. »

Elle sourit.

« Aurais-tu peur de moi, Ingeld ? Aurais-tu peur de ma magie noire ? Le héros craindrait-il le savoir-faire d'une femme ? »

Il aurait tué quiconque l'aurait simplement suggéré. Pendant quelques secondes, il envisagea de l'assassiner, mais la perspective d'être harcelé pendant des années par son fantôme retint sa main. Peut-être avait-elle raison ? Il grommela et se redressa.

« J'ai divisé mes hommes. La majorité m'accompagne ce soir. Nous effectuons un raid dans la Cité des Morts. On m'a parlé d'une percée dans une tombe. Elle était vide, mais donnerait accès à des tunnels. » Il secoua la tête. « Je ferai le mal à la place d'Argelin. » Il la scruta dans l'obscurité. « Tu es certaine qu'il ne reviendra pas ?

— Qui est déjà revenu de l'Au-Delà ? La Reine des Pluies l'a attirée dans son royaume secret. Elle veut se venger de lui. Oublie-le, Seigneur des Glaces. C'était un homme brisé avant de partir. »

Elle se dirigea vers sa boîte en cristal qu'elle ouvrit. Ses doigts boudinés planèrent au-dessus d'une fiole en verre contenant des cheveux et de la peau, l'effleurèrent. Soudain, il n'eut qu'une envie : sortir, respirer un air qui n'empestait pas la mort. Il s'avança à grands pas vers la porte, enfila son casque en bronze, mais au moment où il passa derrière elle, elle dit :

« Et le reste de tes hommes ?

— À ta disposition. Quand l'Île sera prise, un messager te sera envoyé. Tu seras escortée jusqu'à l'Oracle et tu deviendras Porte-Parole. Comme prévu. »

Dans le miroir, elle le regarda s'éloigner, puis se décocha un sourire, satisfait et secret. Une fois que les Nordiques auraient tout l'or qu'ils souhaitaient, elle concevrait un sortilège de fixation afin qu'ils oublient leur foyer et restent. Car elle aurait besoin de bras pour affronter l'Empereur, même si son vrai pouvoir résidait dans la peur, la menace de sorcellerie et... la voix de l'Oracle.

Elle baissa les yeux. Sur un petit plateau de basalte incrusté de scorpions argentés, une rognure d'ongle flottait dans un liquide corrosif composé d'huiles, d'acides et de venin de serpent. À l'aide de pincettes en argent, elle le souleva avec soin et l'examina. Il n'en restait presque plus rien. Dire que cette infime couche de cellules mortes contenait la vie d'un homme, ses pensées et ses souvenirs, son esprit, son âme. Elle poussa un soupir et le replaça dans le bouillon noir avant d'essuyer les pinces dans un linge.

Ingeld avait raison. La mort ne lui suffisait pas. Pendant plusieurs années, elle en avait demandé plus, elle avait dû se montrer cruelle. Esclaves et filles lui convenaient tout à fait, mais le tourment d'un homme – surtout celui-ci – la faisait frémir de plaisir, étanchait sa soif ténébreuse. Elle mouilla son index qu'elle passa sur son sourcil arqué, puis elle admira dans le miroir la noirceur de ses yeux, sa peau lisse. Sa silhouette potelée et ses lignes harmonieuses la rajeunissaient. Elle avait les cheveux gris mais les aimait coupés ras. Cette coiffure la distinguait des jeunes écervelées et des poissonnières méprisantes du Port. Personne ne lui ressemblait. Dès que le Chacal serait mort, elle régnerait sur l'Île et le monde des voleurs, sur les vivants et les morts.

Elle ne lui en voulait pas personnellement. Elle n'avait aucune haine envers Argelin non plus. Il s'agissait simplement de deux hommes qui s'étaient trouvés en travers de son chemin. Après le Chacal, il y en aurait d'autres.

Pendant quelques instants, seule dans l'obscurité, elle se contenta d'écouter la porte du rez-de-chaussée, les clients parlant à voix basse quand ils montaient dans les chambres des hétaïres, les cris lointains du bébé de Marta. Elle plongea la main dans la boîte et sortit la fiole.

À l'aide des pincettes, elle extirpa un autre cheveu. Un seul suffirait. Il ne survivrait pas sinon et plus longtemps durait son agonie, mieux c'était. Avec mille précautions, elle approcha le cheveu du venin.

Un bruit feutré. Dans son dos.

Tous les sens en alerte, elle leva la tête. Le miroir en bronze réfléchissait la pièce sombre et déformée, un univers concave et ombreux rempli de meubles, de voilages, d'amphores empilées, d'étagères couvertes de rouleaux dont les étiquettes pendaient.

Elle détourna le regard. Le cheveu effleura le poison avant de s'y enfoncer.

« Comment êtes-vous arrivé jusqu'ici ? » demanda-t-elle.

Il était dissimulé derrière le divan en léopard. Petit, efflanqué, l'homme avait les poings serrés.

« Par l'escalier. Je leur ai dit que je voulais une fille.

— Le portier aurait dû vous reconnaître. » Manto s'essuya les mains. « Vu que moi, je vous ai reconnu.

— Ma maison était surveillée. Pourquoi ? Que voulez-vous ?

— C'est à cause de votre fils. »

Pa fronça les sourcils. Elle sourit de le voir aussi nerveux, aussi apeuré.

« Écoutez, femme. Seth ne compte pas à mes yeux. Depuis des années. Tout ce qu'il fait, il le fait pour lui, pas pour nous. Je ne veux pas que ma fille soit blessée parce qu'il est mêlé à une rébellion insensée. Nous n'avons rien à voir avec ses manigances. »

Il fit un pas en avant. Elle envisagea d'appeler ses esclaves, mais quelle menace cet homme chétif représentait-il ?

« Ah oui ! Votre fillette. Quelle charmante enfant. »

Pa baissa les yeux. Quand il les releva, son visage était inquiet.

« Écoutez, j'aimerais vous parler d'elle. Je ne suis plus tout jeune. Mes jours sont comptés. Je veux que quelqu'un veille sur Telia. Vous comprenez ? »

Manto fronça les sourcils.

« Je ne suis pas sûre...

— Je cherche un endroit où elle sera protégée. Je ne demande rien d'autre – une fillette sans famille doit savoir se débrouiller, à notre époque. » Il haussa les épaules, désespéré. « Comme vous l'avez remarqué, elle est jolie. »

L'hétaïre l'examina calmement.

« Je ne vous voyais pas ainsi, dit-elle au bout d'un moment. La fillette vous accompagne ?

— Non. Pas encore. Pas tant que je... Enfin, elle est encore trop jeune. »

Il s'approcha un peu plus d'elle.

« Sera-t-elle en sécurité ? La rumeur court que vous serez la prochaine Porte-Parole. Si elle pouvait vous rejoindre sur l'Île. Si elle pouvait devenir l'une des Neuf... »

Il avait fait le tour du divan. Elle ne s'était pas rendu compte qu'il était aussi agile. Elle fit un pas en arrière.

Tel un chat, Pa bondit. Il balaya la table d'un revers de la main. Tandis qu'elle criait et tentait de l'empoigner, coupe, miroir, fiole en cristal volèrent en éclats. Des tessons de verre crissaient sous les pieds ; le poison s'écoulait entre les planches en cèdre. Manto hurla, mais vite il plaqua sa main fine sur sa bouche. Elle se tortilla pour attraper sa dague sous sa robe. En vain. Il la serrait trop fort. Quand il lui mit les mains dans le dos, la sorcière fut giflée par le tissu noir de son manteau. Titubant contre les étagères, ils firent tomber une cascade d'amulettes, de tablettes couvertes d'incantations, de grigris, de croix ansées. Des plumes de torcols et des roues en argent glissèrent et rebondirent tout autour de la pièce. Craintivement, Pa lutta pour lui imposer le silence, lui arracher la dague des mains.

Ses doigts se fermèrent sur le manche. Quand il lui tordit le poignet, elle poussa un cri étouffé.

De la pointe de la dague, il menaça de lui transpercer l'œil.

« Pas un mot », murmura-t-il.

Des crocodiles. Mirany en était certaine. Bien qu'elle essayât de garder un calme absolu, elle tremblait comme une feuille, créait de petites ondulations, si bien que le marécage clapotait autour d'elle. À sa gauche, quelque chose de puissant surgit. Elle ferma les yeux, imagina sa longue gueule s'avancer à toute allure vers elle, ses terribles mâchoires se refermer sur ses jambes. Elle sentit un frémissement au niveau de sa taille, elle voulait hurler mais parvint à adresser une supplication.

« Ne me laisse pas ici. Je n'ai jamais été aussi loin de toi. »

Il ne répondit pas.

Mais étrangement, de manière assez soudaine, elle sut qu'il était là. Ce terrible sentiment de solitude qu'elle avait ressenti après le départ de Kreon la quitta. Elle ouvrit les yeux. Ils étaient mouillés. Des perles de rosée luisaient dans ses cheveux. La lumière croissait. Elle se pencha dans l'eau et toucha ses mains.

C'était un endroit vert, un marécage hallucinatoire. Le Chacal remontait à la surface. Il nageait de toutes ses forces car les algues et la végétation s'accrochaient à ses jambes, les monstres aquatiques aux mâchoires immenses lui mordaient les talons. Grandement soulagé d'atteindre la surface, il respira à pleins poumons et repoussa ses longs cheveux qui lui cachaient le visage. Autour de lui, le verre se brisait, éclaboussait la surface. S'abattirent des éclats de bois, des arcs-en-ciel cristallins au soleil, des incantations en plomb, des plumes de torcols, des grigris.

À travers l'averse, il vit un visage triple qui le toisait, un masque orné d'un museau et surmonté d'un disque solaire, un scorpion, une ombre. Leurs yeux noirs le regardaient se débattre.

« C'est toi ? » haleta-t-il.

Le visage se pencha et lui prit les mains.

Le médecin se tourna vers Jamil.

« Je suis désolé, Prince. C'est la fin. »

Ils en étaient conscients.

Les convulsions avaient cessé. Le Chacal était affalé dans le lit, immobile. Le Renard surveillait avec attention sa respiration superficielle. Le pilleur de tombes n'avait plus aucune vigueur, remarqua Seth, il s'était noyé dans une fièvre qui l'avait épuisé.

Rhetia se leva, imitée par le restant des Neuf, comme si la mort venait tel un potentat prêt à être honoré. Le Renard se pencha pour embrasser son chef sur les joues puis se recula, empli de douleur et de colère.

Le Chacal ne remuait plus. Même les terribles soubresauts de sa poitrine s'étaient calmés. Seul Seth vit sa main se refermer lentement sur la couverture rêche. Soudain, il sentit quelque chose ramper sur sa tunique. Lorsqu'il baissa les yeux, le scarabée déploya ses ailes métalliques et s'envola.

Persis poussa un halètement. Rhetia écarquilla les yeux.

L'insecte vola autour de la tête du Chacal, puis tomba par terre. Aussitôt, le Renard l'écrasa d'un coup de talon qui rassemblait toute sa haine.

Rhetia se pencha au-dessus du lit.

« Il ne respire plus. »

Ils se turent, comme si leur silence pouvait le ramener à la vie.

Il avait la main froide, étrange, artificielle. On ne devrait pas toucher un dieu, pensa-t-elle. Elle savait que si elle tirait, il sortirait de l'eau. Elle fut terrorisée à l'idée de le voir.

« Non. Je peux le faire seule. »

En es-tu sûre ?

« Oui, s'il te plaît. Laisse-moi. »

Alors lâche les doigts de ton ami.

Elle comprit dans un frisson. Aussitôt, elle ouvrit la main, sentit l'étreinte se desserrer.

« Était-ce Seth ? Tu n'aurais pas emmené Seth ici simplement pour m'aider ? » Elle était en colère. Elle tremblait. « Tu ne ferais pas cela ? »

Il devait sourire. Elle le sentit à sa voix.

Regarde ! s'exclama-t-il. *Le Temple !*

Il émergeait du marécage, sa façade pâle et floue miroitait au loin. Mais quand elle fit un pas en avant, sa tunique flottant autour d'elle, elle vit qu'il était bel et bien réel. Le bâtiment à moitié immergé s'élevait derrière un escalier vert, des colonnes de granit sculpté, des pylônes de pierre ornés des visages des dieux.

À mesure qu'elle avançait, elle s'aperçut des dizaines de libellules étincelantes regroupées sur les berges, tandis que du lichen or et jaune rendait les images mates. À ses côtés, de longs museaux effleuraient la surface marécageuse : une double rangée de crocodiles en pierre dont les yeux émergeaient à peine de l'eau, leurs écailles sculptées verdies par les algues. Alors qu'elle bataillait pour sortir, la vague qu'elle créa les percuta et fit s'envoler les libellules dans un zigzag d'ailes aussi habiles qu'alertes.

Des animaux rôdaient également, se faufilaient et reniflaient entre leurs jumeaux de pierre, leurs petits yeux apparaissaient à la surface et la scrutaient. Soudain, Mirany retint son souffle : l'un d'eux ouvrit sa grande gueule pour bâiller et provoqua des éclaboussures sirupeuses lorsqu'il la referma dans l'eau croupie.

Lorsqu'elle atteignit enfin les marches, elle les gravit lentement. Sa tunique mouillée lui moulait ses jambes, l'air moite fumait sous la chaleur. Importunée par les moustiques, elle les chassa de la main, et aperçut devant elle le rectangle sombre de la porte. Ce vide noir ne présageait rien de bon.

Elle s'approcha à petits pas.

Le temple se dressait au-dessus d'elle. Alors qu'elle regardait aux alentours, minuscule prêtresse face aux pierres gigantesques, elle aperçut une salle immense à l'intérieur. Chacun de ses murs était orné de fresques colorées représentant des nénuphars. Entre les colonnes d'hiéroglyphes, d'imposantes statues vêtues de toges et munies de cruches et de bâtons se pressaient en une longue procession oblique.

Au centre du Temple, dix marches raides menaient à un grand trône au dossier ondulant comme de l'eau. Sur le trône était assise une créature qui la toisait, les mains croisées. Elle portait un fléau et une crosse, comme les Archontes d'antan. Sa toge blanche était ornée d'un fil d'or qui courait au niveau de sa taille et de ses genoux. Une coiffe arborant un museau de crocodile masquait son visage et entre ses oreilles, brillait un disque solaire en or pur.

Derrière les fentes noires, des yeux vivants la regardaient s'approcher.

Le géant avait raison. Il n'était pas le seul.

Il s'agissait d'une plaine des bannis, ce qui n'avait pas empêché Argelin d'entraîner Alexos à travers champs, sans jamais s'arrêter malgré ses cris de protestation.

Un homme enfoncé jusqu'au menton dans un lac de vin. La liqueur sombre reculait chaque fois qu'il essayait de boire. Une femme sanglotante construisait avec soin une maison en sable mouillé qui séchait et s'effritait au fur et à mesure qu'elle progressait. Un vieux couple, un homme et une femme invisibles aux yeux de l'autre, s'échinait à pousser un rocher le long d'un chemin et anéantissait mutuellement leurs efforts sans prêter attention aux explications soucieuses d'Alexos. Un scribe qui travaillait sur un immense parchemin semblable à une route sur le sable. Il ne cessait de griffonner et de marmonner dans sa barbe.

« Que fais-tu ? demanda Alexos, obligé de tirer Argelin vers lui.

— Je traduis. »

L'homme ne leva pas le nez de ses hiéroglyphes.

« Tu as bientôt fini ? »

Il cligna des yeux. Soudain, comme surpris, il leva la tête. Ses yeux d'un bleu très pâle semblaient si faibles. De petites lumières étoilées scintillaient au fond de ses pupilles.

« Je n'ose pas m'arrêter. Si je m'arrête, c'est la fin de notre monde. Ne voyez-vous pas que ceci est l'histoire du monde ?

— Elle t'a dit ça ? demanda Argelin malgré sa hâte effrénée.

— C'est vrai. » Le scribe retourna à son parchemin dont certaines parties étaient rongées par les scarabées, à jamais perdues. Des trous effilochés dévoraient les cartouches ornés d'anciens noms étincelants.

« Qu'as-tu fait pour mériter cette punition ? »

Pendant quelques secondes, il ne répondit pas. Le style rédigeait avec célérité.

« J'ai volé un présent en or au temple et mis dans les coffres de ma famille. »

Argelin éclata d'un rire discordant.

« Quelle sévère punition pour un vol aussi insignifiant ! Quelles horreurs me réserve-t-elle ? »

Il entraîna le garçon un peu plus loin.

« Venez. Vous ne pouvez pas les libérer tous.

— Je pourrais. » Déprimé, Alexos se traînait derrière lui. « Mais je crois que mon geste lui déplairait. Et vous ne voulez pas qu'elle se mette en colère, pas vrai ? Avez-vous réfléchi à ce que vous ferez une fois là-bas ? Lui demander ne servira à rien. Et vous n'avez rien à échanger contre...

— Ce sera vous, ma monnaie d'échange, jeune fou ! » Il scruta la sombre plaine qui s'étalait devant eux. « Et j'ai autre chose.

— Quoi ? s'enquit Alexos, curieux de savoir.
— L'amour, répondit Argelin, le regard lugubre. Une fièvre dévorante. »

La voix était altérée.
« Il revient à lui. Il se réveille. »
Il y avait un goût dans sa bouche qu'il reconnut, le goût de l'eau qu'il avait bue dans le Puits des Chansons. Quelqu'un la lui approchait des lèvres ; il l'avala et se souvint de la gorgée cristalline qu'il avait absorbée à la hâte là-bas. Cette eau avait dissous un nœud très serré au plus profond de lui. Elle avait chassé ses cauchemars macabres, sa haine violente de lui-même qui emplissait ses nuits.
Il examina le masque aux trois visages du dieu.
« C'est toi ? » murmura-t-il.
Il n'y avait pas de dieu. Le masque trembla avant d'exploser sous ses yeux, devint rayon de soleil dans une chambre puis le visage de Seth, Rhetia et du Renard au-dessus de lui.
Le Chacal humecta ses lèvres desséchées. Il se sentait nauséeux, épuisé, tremblant, mais pas question qu'ils s'en aperçoivent. Avec un effort surhumain, il leur lança son sourire de glace.
« On dirait que je ne suis pas mort », chuchota-t-il.

Le visage masqué toisa Mirany.
« N'approche pas.
— Hermia ?
— Tu sais qui je suis. »
Elle le savait. De l'eau s'écoulait de ses longs ongles, sa robe bleue ondulait telles les vagues de la mer.

Mirany frissonna malgré la chaleur moite. La Reine des Pluies la contemplait, impassible.

« Ce n'est pas le Jardin...

— Non, ce n'est pas le Jardin. Tu es déjà venue. Tu le sais. »

Le visage de crocodile se souleva à peine. La voix de la Reine se durcit.

« Ici tu arrêteras Argelin. »

Bien que sa voix chevrotât, Mirany demanda hardiment :

« Comment ? En le tuant ? Nous sommes tous déjà morts, non ? »

La Reine éclata de rire. Le bâtiment trembla, les flaques d'eau stagnante sur le sol en marbre ondulèrent. Des libellules se posèrent sur la robe de Mirany.

« Il existe d'autres manières. Tu l'aideras à oublier.

— Oublier ?

— Hermia et sa mort. Utilise ceci. »

Elle décroisa les mains. Ses doigts humides lui tendirent le fléau. Mirany déglutit avant de gravir les marches. Ses sandales mouillées laissaient derrière elle une traînée d'algues et d'herbes. Au sommet, elle tendit le bras. Au moment où elle s'emparait de la fine baguette, ses doigts effleurèrent un instant ceux de la Reine. Sa peau était froide, aussi inexistante que l'eau.

Mirany étudia le fléau. Il était rayé, or et noir, les cordes cérémoniales était nouées et parsemées de perles en faïence.

« Comment pourra-t-il l'oublier ?

— Touche-le avec ceci. Il errera en ces lieux jusqu'à la fin des temps, cherchant la raison de sa venue. Toi et l'Archonte pourrez rentrer en compagnie du gros musicien. Une guerre vous attend ainsi qu'un Oracle qui doit rester ouvert, parce qu'il faut qu'un dieu soit entendu de son peuple. Argelin m'appartient, maintenant. »

Elle leva la tête. Les yeux masqués scrutèrent le marécage.

« Il arrive. Obéis, prêtresse. Ou ma colère s'abattra sur toi. »

Mirany se tourna.

Et descendit l'escalier à toute allure.

La route traverse la lumière et l'obscurité

Il tenait à peine sur ses jambes. Le Renard, inquiet, rôdait.

« Vous devriez vous reposer.

— Pas le temps. » Blême, la peau moite, le Chacal arborait néanmoins son vieux regard froid et amusé. Avec un effort, il se redressa, examina sa pâleur dans un miroir argenté.

« Le vieil homme a tenu sa promesse, mais si elle le lui fait payer, Seth, je te jure que je nous vengerai tous les deux.

— Je ne veux pas de votre vengeance. » Découragé, Seth s'effondra sur une bergère. « Je veux Pa à mes côtés. »

Il était transi de peur. Manto avait-elle tué Pa ? Et où était Telia ?

« Les choses vont s'accélérer », déclara-t-il aux Neuf. Elles avaient installé Chryse sur un petit tabouret près de la fenêtre, Tethys et Gaia gardaient un œil sur elle. La prêtresse bouillonnait encore de colère. Nul ne voyait son visage empourpré et quand le Chacal l'interpella : « Votre Sainteté ! », elle ne se tourna même pas.

« Je ne vous blâme pas, continua-t-il froidement. On ne choisit pas sa famille, mais sachez que plus jamais nous ne vous ferons confiance. »

Les yeux rouges, Chryse ravala ses larmes. Elle cracha délibérément sur le sol devant lui, puis se cacha le visage.

Une explosion retentit à l'extérieur. Le parapet du Temple se brisa en mille morceaux. Rhetia bondit sur ses pieds et fit face au Chacal.

« Nous devons agir. Maintenant. Ou nous sommes perdus. »

Face à face, un grand homme et une grande femme qui s'affrontaient dans une lutte amère et décisive. Le Chacal fit un pas en arrière et tendit sa longue main.

« Je suis d'accord. Ni vous ni moi ne pouvons contester le choix du dieu, ma Dame. Seth demeure Porte-Parole. Mais vous êtes les Neuf et vous êtes chargées de protéger l'Oracle. Il est temps que vous assumiez à nouveau ce rôle. »

Près de la fenêtre, Jamil surveillait la nuée de barbares qui traversait le détroit bleu.

« Prince, lui annonça le Chacal, vous êtes libre de partir. Ici et maintenant, je vous libère. Rhetia, donnez le signal à la flotte. Qu'ils viennent.

— Quel signal ? s'enquit-elle, les yeux écarquillés.

— Allons, Votre Sainteté, la gronda-t-il avec le sourire. N'insultez pas mon intelligence. Vous avez déjà organisé quelque chose. »

Pendant un moment, elle sembla trop offensée pour bouger. Puis elle fit volte-face.

« Persis, Tethys, avec moi. »

Après avoir jeté un coup d'œil à Seth, elles s'éloignèrent.

Seth fixa le pilleur de tombes.

« Qu'est-ce qui vous a fait changer d'avis ? »

Le Chacal haussa les épaules, se frotta le cou avec la main et examina ses doigts comme s'ils étaient mouillés.

« Je l'ignore », déclara-t-il.

Elle les entendait. Dans un léger bruit de magma, ils barbotaient et s'embourbaient au milieu du marécage. Une ou deux fois, elle perçut le chuchotement excité d'Alexos, un grognement qui pouvait aussi bien provenir d'Argelin ou d'Oblek. Puis, au moment où ils atteignirent l'escalier, les sons changèrent, se transformèrent en un traînement de pieds, un cliquetis métallique, des pas qui pataugent.

Mirany s'accroupit dans le noir, près de la porte. Ses cheveux mouillés lui dégoulinaient dans le dos, sa jupe était plaquée sur ses cuisses. Entre ses doigts, le fléau semblait léger, la baguette était en balsa, les cordes faisaient de petits bruits de crécelle quand elle bougeait. Lentement, elle ferma la main sur l'objet. Quelle magie possédait ce talisman ? Comment ferait-il oublier à un homme le seul but qui guidait son existence, la dernière obsession qui lui restait ? Et s'il fonctionnait, quelle sorte d'homme deviendrait-il, sans sa honte, sans ce besoin irrépressible de retrouver

Hermia ? Sans cet amour destructeur, serait-il toujours Argelin ?

Dans l'encadrement, des ombres s'avancèrent. Elle les regarda s'allonger, comme s'il faisait plus clair dehors. L'ombre d'un homme et d'un garçon, main dans la main. Parmi une ribambelle de libellules, ils s'approchèrent de l'ouverture, et sous l'immensité du toit au-dessus d'elle, elle entendit des petits bruissements qui firent tomber de la poussière, comme si la venue de l'Archonte avait réveillé insectes et chauves-souris, scorpions et rats.

Mirany se crispa.

Argelin franchissait le seuil. Il scruta la salle. Sous la lumière nacrée, son visage avait perdu de son éclat. La barbe en bataille, les yeux cernés, il paraissait plus vieux.

Derrière lui, Alexos n'avait pas changé. Son magnifique visage était rempli d'effroi. Mirany patienta. Et Oblek ? Attendait-il dehors en cas d'embuscade ?

Intriguée, elle posa la main sur le sol mouillé.

Le Général n'avait plus son épée. Il cramponnait les doigts d'Alexos quand il regarda la silhouette sur son trône.

Pendant un instant, ni l'un ni l'autre ne bougèrent.

« N'ayez pas peur, Général, chuchota Alexos. Elle n'est pas réelle, c'est une statue. »

Aussitôt, Mirany scruta le trône et sut qu'il avait raison. La Reine des Pluies était à présent de pierre, couverte de mousse, érodée, un enchevêtrement de toiles d'araignée s'était installé dans les yeux noirs du masque effilé en museau.

« De chair ou de pierre, elle ne m'arrêtera pas », marmonna Argelin.

Quand il s'avança, Mirany fut surprise par la manière dont il traînait l'Archonte derrière lui.

Elle se leva.

« Alexos !

— Mirany ! » Son cri de joie effraya les scarabées. « Comment es-tu arrivée ici ?

— Comme vous. Par le marécage. » Elle fit un pas en avant, laissant derrière elle une trace humide. « Où est Oblek ? »

Il fronça les sourcils. Ses yeux sombres accusèrent l'homme.

« Nous nous sommes débarrassés du gros ivrogne, déclara Argelin. Il était un poids mort. » Son regard se posa sur le fléau. « Qu'est-ce ? »

Elle se dirigea droit sur lui. Elle était si près qu'elle n'avait presque pas besoin de tendre le bras, ses doigts tremblaient sur le bois frêle. Il lança des regards soupçonneux autour de lui.

« Vous l'avez dérobé à la statue. Pourquoi ? »

Il sentit le danger. Il lui suffisait de le toucher avec la baguette de la déesse et c'en était terminé de cette quête insensée. Hermia demeurerait à jamais dans le Jardin, Alexos et elle partiraient à la recherche d'Oblek, et trouveraient peut-être le chemin du retour. Ce serait mieux. Pour eux et pour lui.

Elle le savait.

Et pourtant elle ne put le faire.

Ne me blâmez pas, pensa-t-elle. C'est tout ce qui lui reste.

Elle sourit à Alexos.

« Ceci ? Rien. »

Dégoûtée par sa propre faiblesse, sa folie et sa stupidité, elle jeta le bâton au loin, fort et haut vers le plafond noir. Il tournoya, virevolta, les cordes battirent l'air. Soudain, Alexos poussa un cri de joie, parce que dans sa course des flammes dorées et écarlates jaillirent du fléau, de longues traînées de feu tourbillonnèrent autour du talisman avant de s'effilocher et de dégringoler. Des étincelles crépitèrent sur les dalles. Le bâtiment trembla.

Mirany tituba et perdit l'équilibre. Étendue sur le sol mouillé, elle scruta le plafond qui s'ouvrait comme un ouvrage en dentelle, comme les flaques noires d'une inondation qui s'évaporeraient. Dans le ciel bleu, le soleil brûlait, roulait vers eux, faisait craquer l'air environnant à l'image d'un immense scarabée ailé.

Les murs tremblèrent. Alexos poussa un hurlement de terreur tandis que sous ses pieds le sol se fissurait. De rapides zigzags ébène apparurent. Il bascula en arrière. Argelin fut entraîné dans sa chute, car il ne lâchait pas la main du garçon.

Crachant du feu sur leurs mains et leurs visages, la sphère solaire descendit. Sa chaleur transperça leurs corps recroquevillés. Sa masse énorme craquait au-dessus d'eux, grillait l'extrémité des cheveux de Mirany, illuminait le plastron d'Argelin et la tunique sale d'Alexos. Il roula dans la profonde fissure dans le sol et le monde s'ouvrit pour le recevoir. Un roulement de tonnerre et il s'enfonça dans les ténèbres terrestres. Un instant, Mirany fut persuadée d'avoir vu le scarabée qui roulait la sphère, sa carapace aussi noire et luisante que du basalte, ses pinces, ses ailes repliées.

Un nuage de vapeur s'éleva du gouffre. Un chemin lisse et fondu conduisait à l'intérieur.

Un millier de petites étincelles cascadèrent de la voûte céleste.

La torche se balançait devant elle tandis qu'elle gravissait les marches en courant. Rhetia avait réquisitionné esclaves et prêtresses pour transporter du petit bois et des bûches. À présent, le combustible était empilé sur la plateforme de l'Oracle et avant même que la fille n'ait atteint le sommet, elle lui arracha des mains la torche qui coulait et la jeta sur le tas.

Loin en mer, le soleil se levait, plusieurs heures en avance, comme si, la veille du Scarabée, le rythme de la nuit et du jour s'était brisé. Il fumait à travers la brume. Cette aube rosée réveilla mouettes et hirondelles de mer qui crièrent leur consternation.

Rhetia fit le tour de la balise, torche à la main. Des étincelles jaillirent, une flamme à peine visible se consuma au cœur du bois, fit remuer et craquer l'amoncellement.

« Le verront-ils ? s'inquiéta Persis. À cette distance...

— Ils guettent. Je leur ai dit d'être à l'affût. »

Rhetia s'étala de la suie sur le visage, jeta la torche sur le brasier et regarda elle aussi en mer. Le vent soudain de l'aurore lui agita les cheveux.

L'horizon n'était qu'une ligne de brouillard sur laquelle était accroché le soleil tel un rivet en cuivre. Silencieux, les oiseaux s'éloignèrent à tire-d'aile. Un calme lugubre régnait sur l'Île.

Soudain, en mer, le monde ondula.

Alors que le Chacal et Seth grimpaient les marches quatre à quatre derrière elle, Rhetia poussa un halètement.

« Un tremblement de terre ! »

Tout remua autour d'eux. Seth ne put se rattraper à quoi que ce soit et tomba dans un buisson d'armoise. L'odeur âcre l'étourdit un instant puis il s'écrasa sur le sol sec ; un lézard fonça dans un trou à côté de lui. Pendant quelques minutes, les Deux-Terres se fractionnèrent, les vivants et les morts se séparèrent.

Des rochers se fracassèrent non loin. Tandis qu'il se relevait, un nuage de poussière jaillit de l'Oracle comme si le gouffre toussait, s'éclaircissait la gorge. Tous les gravats s'effondrèrent dans le trou, la fissure s'élargit.

Pendant ce qui lui sembla une éternité, il demeura en équilibre au bord des ténèbres.

Puis le buisson, le pourtour de l'Oracle, le trou du lézard plongèrent. Il eut beau hurler, s'agripper au rebord, il les suivit dans un mugissement.

À quatre pattes, Mirany examina le tunnel.

« Nous devons le suivre. »

La joue d'Argelin était coupée. Il essuya sauvagement le sang du revers de la main.

« Pas question !

— Mais c'est le chemin ! Les neuf Arches que le scarabée franchit avec le soleil. »

Impatiente, elle prit la main d'Alexos et l'entraîna dans l'obscurité.

Tiraillé entre les deux, le garçon s'écria :

« Je ne peux pas, Mirany ! Je suis coincé ! »

À sa grande stupéfaction, elle constata que leurs mains étaient jointes par une résine jaune. Elle tira, mais Argelin tenait bon.

« C'est un piège, aboya-t-il. Vous avez cru que j'ignorais qu'elle était là avant notre arrivée ? Que je n'avais pas senti son odeur de boue ? Quels plans a-t-elle fomentés avec vous ? Personne ne m'entraînera dans ce trou puant afin que j'y pourrisse à jamais, prêtresse. »

Il se tourna et leva les yeux vers l'image couverte de mousse.

« Tu m'entends ? hurla-t-il. Même si je dois mettre l'Au-Delà en pièces, je te retrouverai.

— Silence, demanda Alexos. Écoutez. »

Quelque chose ondulait. Lentement d'abord. Un cliquetis, une gifle se firent entendre. Mirany fit volte-face. Devant la porte, en haut des marches, de vagues silhouettes se traînaient à l'intérieur, leurs écailles crissaient sur le marbre, leurs lourdes queues oscillaient derrière eux. L'allure de ces créatures gauches s'extrayant du marécage était de mauvais augure.

« Les crocodiles ! » Elle fixa Argelin, terrifiée. « Vous devez venir ! »

Argelin préféra faire face à la porte. Furieusement, il essaya de libérer sa main de celle d'Alexos, tira avec l'autre, désespéré, mais leurs doigts demeuraient entremêlés.

« Faites quelque chose, s'énerva-t-il après le garçon. « Vous êtes l'Archonte ! Libérez-vous ! Maintenant ! »

L'air misérable, Alexos haussa les épaules.

« J'ai peur », murmura-t-il.

Argelin jura. De sa main gauche, il chercha une arme sur lui, trouva un petit couteau, jura à nouveau quand il s'aperçut qu'il ne lui serait d'aucune utilité.

« Ramassez des pierres, n'importe quoi ! »

Alexos regarda Mirany qui ne bougeait pas.

« Nous allons dans ce tunnel », s'entêta-t-elle.

Des peaux brillantes fourmillaient sur le seuil, de petits yeux luisaient. Les crocodiles étaient parsemés d'émeraudes, leurs arrière-trains entraînaient de la boue et des algues, leurs griffes raclaient le dallage. L'un d'eux ouvrit grand sa gueule, révélant des dents jaunes, effilées comme un rasoir.

Argelin attira Alexos contre lui, un bras sur la poitrine. Il brandissait son petit couteau. Aussitôt, Mirany comprit son intention. Elle hurla avant de se jeter sur lui. Une grande vague de crocodiles verts déferla dans la pièce.

Alexos poussait des cris stridents, se débattait pendant qu'Argelin lui entaillait le poignet. Le sang jaillit, mais le couteau dévia car Mirany venait de s'en emparer. Elle renversa Argelin dans un cri de colère foudroyant si bien qu'il heurta le parapet et ne bougea plus.

Les créatures luisantes au long museau approchaient.

Le Chacal noua en vitesse une corde autour de la taille.

« Seth ? » criait le Renard derrière lui.

La bouche de l'Oracle expirait de la poussière et du silence. Non loin, la balise flamboyait, enfer de flammes crépitantes.

« Cela ne sert à rien. S'il est encore vivant, il sera blessé. »

Le Chacal lança l'autre extrémité à deux de ses hommes avant de reculer dans le gouffre. Il jeta un coup d'œil en contrebas avant de regarder Rhetia.

« Je vous confie l'Île, ma Dame. Le Chacal doit retourner dans les tombeaux. » Il fronça les sourcils. « Mon peuple se battra à vos côtés. Bonne chance. »

Rhetia se redressa pendant qu'il descendait en rappel dans la fissure.

« Ne vous inquiétez pas pour nous. Le dieu n'abandonnera jamais cet endroit. »

Une voix assourdie émergea.

« Cela n'a pas arrêté Argelin.

— Je n'étais pas Porte-Parole à l'époque », grogna-t-elle.

Pas plus que maintenant, Votre Sainteté.

Voilés, répercutés, ces mots s'élevèrent de l'Oracle. Pendant un instant, ils demeurèrent en suspension. Certaines Neuf se tournèrent, Gaia interrogea Persis du regard. Rhetia examina le bord brûlé, maculé de soufre de l'Oracle.

« Qu'avez-vous dit ? »

Le gouffre resta silencieux. Soudain, Jamil poussa un cri, le bras levé.

« Regardez, Votre Sainteté ! »

Au loin en mer, la proue d'un bateau transperçait la brume.

Puis une autre. Et une autre.

« On le tire ! » Mirany avait passé les mains sous ses aisselles, mais il était trop lourd. Tremblante de peur et de terreur, elle s'exclama : « Son plastron ! Enlevons-le. »

D'une main, Alexos l'aida. Il sanglotait et saignait tandis que les créatures de la Reine des Pluies s'approchaient. Les attaches en cuir étaient raides. Prise de frénésie, Mirany les découpa à l'aide du couteau et elles lâchèrent. Aussitôt, ils lui ôtèrent son plastron, mais impossible de le bouger davantage.

Quand des dents claquèrent près de son mollet, Mirany, bouche bée, lança des coups de pied sauvages.

« Laisse-moi ici, hurla Alexos.

— Non ! Jamais ! »

Le tunnel lisse était si proche, des courants d'air frais s'en échappaient.

« Il le faut, Mirany. Ils sont trop près. Regarde ! »

Dans l'obscurité, elle aperçut une lueur.

Elle se leva tel le soleil, gravit les marches. Cette lueur se trouvait dans la main d'une silhouette empâtée, un homme armé d'une épée en bronze. Lorsqu'il poussa un cri de guerre, les sombres animaux paniquèrent avant de se disperser, toutes dents dehors.

Oblek se fraya un chemin à coups de pied. Il leur enfonçait la torche dans la gorge, les maudissait. Sa colère était si féroce et terrible que le soulagement de Mirany fut bizarrement refroidi par son intrépidité. Dès qu'il fut passé, il toisa Argelin d'un air amer. Mirany et Alexos virent alors la marque sanglante sur son crâne chauve. Sans un mot, il donna la torche à Mirany, l'épée à Alexos, s'accroupit et passa les bras sous les aisselles d'Argelin.

Comme une bête transportant sa proie, il entraîna le Général dans les ténèbres.

HUITIÈME ARCHE

La Balance en Équilibre

Un jour, je suis tombé dans le vide.

J'ai cru que je mourais. Ou bien naissais-je ? Il est inutile d'avoir peur, ai-je pensé alors, puisque je tombe entre mes mains.

C'est la même chose pour eux, seulement ils ne le savent pas.

Elle l'oblige à se lever

« Donnez de la corde ! C'est étroit, mais il n'y a pas de fond. »

Sa voix résonnait autour de lui, ses mains glissaient sur la roche friable.

« Il ne reste que la longueur d'un bras. »

Loin au-dessus de lui, la voix du Renard semblait inquiète.

Le Chacal fronça les sourcils. Il était encore faible et ils descendaient le long de cette corde depuis trop longtemps. Après l'avoir jetée au fond du gouffre, ils l'avaient encore laissée filer par deux fois. À présent, alors qu'il cherchait du bout du pied les fissures dans les gravats instables, il se demanda à quelle profondeur il pouvait encore s'enfoncer.

Seth était mort. Ce n'était pas possible autrement. Personne n'aurait pu survivre à une chute pareille.

« Les murs se referment. Retiens la corde. »

Son murmure siffla dans l'espace invisible. Faisant confiance à la force du Renard, il se suspendit à la corde et descendit à toute vitesse. Il s'accrocha à une dalle qui saillait dans le noir. Sous ses doigts, il aperçut des silhouettes et des hiéroglyphes, penchés, brisés.

Autrefois, l'Oracle menait au royaume de Kreon. Était-ce encore le cas ? Les tremblements de terre avaient fendu la fissure originelle et peut-être était-il, dans l'obscurité, passé devant une fente l'y conduisant. Ou bien son royaume était-il obstrué ? Les entrailles de la terre avaient bougé, plus rien ne serait reconnaissable désormais.

De la poussière lui tomba dans les yeux. Il baissa la tête, chercha une prise sous son pied.

Il toucha quelque chose de mou.

Du tissu.

Fin, semblable à du lin. Alors qu'il reprenait son souffle, un parfum s'éleva. Il ne manqua pas de reconnaître l'odeur douce du natron, les onguents des embaumeurs. Avec soin, ses doigts frôlèrent l'étoffe. Des guirlandes de tissu déchiré pendaient autour du puits telles des toiles d'araignée. Kreon avait dû les accrocher là pour récupérer les pierres. Avaient-elles amorti la chute de Seth ?

« Seth ? » chuchota-t-il.

Avec mille précautions, il grimpa sur les toiles jusqu'à ce que la corde le tire en arrière. Soudain, sa main effleura autre chose.

Des os.

Ils avaient été déplacés, leurs enveloppes étaient brisées. Quand sa main se referma sur un œil Oudjat[1], il eut un mouvement de recul.

---

1. Dans l'Égypte antique, l'Œil Oudjat représente l'Œil du dieu faucon Horus. Les amulettes en forme d'Oudjat protégeaient leurs porteurs. (*N.d.T.*)

Comme s'il l'avait senti, le murmure du Renard résonna en contrebas.

« C'est le scribe ? »

Le Chacal essuya sa bouche sèche.

« Il y a un corps, mais ce n'est pas celui de Seth. Le sarcophage est brisé, la chambre est en morceaux. Descends, Renard. »

Ils se trouvaient certainement dans une tombe récente. Le temps que le Renard descende en grommelant le long de l'étroit conduit, le Chacal avait allumé une lampe à huile et, le bras tendu, il examinait la pièce noire et les murs à peine peints. Les couleurs étaient recouvertes d'une mousse étrange. Derrière les moisissures vertes, rois, Archontes et esclaves s'inclinaient devant les dieux ; les textes du Chemin d'Orientation s'étalaient sur l'embrasure de la porte et le linteau.

Sentant le prince des voleurs dans son dos, le Renard pivota.

« Alors ?

— Seconde Dynastie. Voire plus tôt. »

Le Renard toussa.

« Mais où est Seth ? »

Le Chacal n'eut pas le temps de répondre, un grondement sourd retentit. Au loin, il se transforma en un soupir à peine audible, et s'enfuit dans un murmure d'air frais. Tous deux avaient déjà entendu ce bruit de nombreuses fois auparavant.

« L'Ombre marche », déclara le Renard qui éclata de rire.

Le Chacal leva les yeux au plafond.

« Il se pourrait que le scribe ait survécu. Ces guirlandes de tissu ont probablement amorti sa chute, l'ont peut-être retenu. » Il passa devant les vestiges d'une sépulture et se baissa pour franchir une petite porte. « Quelqu'un est venu par là. Vois les marques. »

Des empreintes de pas se dessinaient dans la poussière – deux bien enfoncés et une un peu floue, comme traînée.

« Kreon ? l'interrogea le Renard.

— Qui d'autre ? Nous devons le retrouver. Les mercenaires doivent être à l'intérieur à présent. »

Alors qu'il avançait, une silhouette noire et agile sortit d'un trou dans le mur et passa devant lui comme un éclair. Aussitôt, le Renard dégaina son couteau.

« Bon sang, c'était quoi ? »

Le Chacal lui décocha un sourire las.

« Un chat. »

Ils avaient allumé un feu dans la grotte. En fait, le tunnel avait pris l'apparence d'une caverne si grande qu'ils n'en voyaient ni le plafond, ni les parois. Mirany avait rassemblé du petit bois qu'Oblek avait enflammé à l'aide de sa torche. Le pin claquait, craquait, lançait des étincelles dans l'obscurité. Des chauves-souris voletaient au-dessus de leurs têtes. Mirany ignorait si c'était le jour ou la nuit. D'ailleurs, ces mots avaient-ils une signification en ces lieux ? Tout en mâchonnant une figue aigrelette qu'Oblek avait trouvée au fond de sa poche, elle écouta leur histoire de l'homme de bronze avec un certain étonnement.

« N'oublions pas les autres, ajouta Alexos. J'aurais pu tous les aider.

— Ne bouge pas, Archonte. » Muni du petit couteau, Oblek entaillait délicatement la résine. Il avait bandé le poignet du garçon. De son côté, Argelin demeurait silencieux. Il n'avait pas bougé depuis qu'ils l'avaient entraîné dans le tunnel.

« Je l'ai tué ? s'inquiéta Mirany.

— Dans ce cas, moi, je dis "bon débarras". »

Il arracha un morceau d'ambre jaune, essaya de tirer sur la main du garçon.

« Tu y es presque, Oblek », l'encouragea Alexos.

Mirany se demanda ce qu'il dirait si elle lui parlait du fléau de la Reine, de la chance qu'elle avait laissée passer. Alexos était peut-être au courant. Désireuse de lui poser la question, elle lui jeta un regard en biais, mais le colosse et lui étaient trop absorbés par leur tâche. Le silence était seulement troublé par les grattements du couteau.

« Vous savez où nous sommes ? »

Mirany voulait s'approcher des parois de la grotte, se faire une meilleure idée de cet endroit sombre, mais la chaleur du feu minuscule la retenait malgré elle. Elle avait l'impression qu'ils étaient les seuls êtres vivants dans cette immensité noire, que ce qui se trouvait plus loin risquait d'être altéré par le moindre de ses mouvements, la moindre de ses paroles.

« Vous ne savez pas à quel point nous étions contents de vous voir. »

Oblek grogna.

« On ne se débarrasse pas de moi aussi facilement.

— C'est vrai, Oblek ! s'exclama Alexos, les yeux brillants. Comme dans le désert, tu te souviens ? Tu les as mouchés, pas vrai ?

— Je les ai mouchés, mon vieil ami. »

Au bout d'un moment, Mirany reprit la parole.

« Voilà pourquoi vous ne buvez plus... »

Il cessa de taillader la résine et la fixa. Dans son visage laid et ridé, ses yeux étaient petits et perspicaces.

« Ma Dame, chacun de nous a ses secrets et ses hontes. Disons que les chansons ont étanché cette soif. L'eau du Puits était douce et sombre. Une fois que vous en avez bu, aucune autre boisson ne s'en approche. » Il se remit au travail. « Nous aurions dû en rapporter une gourde pour le cinglé. Reste tranquille, Archonte. »

La lame s'enfonça contre la peau, il fit levier et le garçon, soulagé, éclata de rire.

« Tu as réussi, Oblek ! »

Il leva sa main libre et la secoua avec frénésie au-dessus de sa tête. Puis il bondit, se mit à courir dans tous les sens, fit la roue dans le noir.

Oblek se rassit.

« Dieu merci. Juste à temps. »

Argelin remuait. Il grogna, marmonna, se retourna. Mirany approcha la gourde d'eau de sa bouche.

« Buvez. »

Pendant un moment d'absence, il la laissa porter la gourde à ses lèvres, mais aussitôt que l'eau fraîche l'effleura, il fut pris de convulsions. Il repoussa brusquement sa main si bien que le précieux liquide se déversa dans la poussière. Ennuyée, Mirany tenta d'en sauver un peu, mais le Général s'empressa de gratter le sol.

« Je n'y toucherai pas, aboya-t-il. Je n'en veux pas une goutte près de moi. »

Elle écarquilla les yeux. Un instant, son attitude de défi implacable s'envola. Il ne resta plus qu'un homme terrifié, à la dérive, loin de tout ce qu'il connaissait, perdu dans un Au-Delà qu'il avait toujours ignoré. À présent, il en était prisonnier. Ce monde jouait avec lui, le tourmentait ; ses innombrables créatures rampantes le harcelaient. Mirany sut alors ce qu'elle ressentait pour lui : de la pitié.

Peut-être le devina-t-il ? Son visage se referma, il passa la main sur sa barbe rêche et fusilla Oblek du regard.

« Tiens, s'exclama-t-il d'une voix rauque. L'ivrogne est de retour.

— Il faut le croire, Seigneur Roi. » Les bras croisés, Oblek soutenait son regard. « Je suis de retour et je possède la seule arme à notre disposition. Cette expédition a un nouveau chef.

— Toi ! s'écria Argelin qui éclata d'un rire glacial.

— Moi. Nous demeurons ensemble et je vous surveille tel un aigle, parce que vous auriez été capable de couper la main du garçon. Je me fiche que vous retrouviez votre femme ou qu'elle reste morte. Si la seule manière de sortir d'ici est de franchir les neuf Arches, on les franchira. J'ai l'intention de ramener l'Archonte dans le monde des vivants, ainsi que Mirany. Dieu sait ce qui se passe là-bas sans eux. »

Le Général se redressa. Une ecchymose lui noircissait une partie de la nuque. Sa tunique était sale, et sans son plastron, il semblait mal à l'aise. Il fit volte-face. Ses yeux bruns plongèrent dans ceux de Mirany.

« Ce devrait être vous, le chef, Porte-Parole.

— Je... Je pense que nous sommes liés les uns aux

autres. » Elle fronça les sourcils. « Qu'en penses-tu, Archonte ? »

Elle n'obtint pas de réponse.

« Alexos ! » cria Oblek.

Dans la caverne plongée dans le noir, rien ne bougea.

Soudain, très calmement dans l'esprit de Mirany, la voix chuchota, emplie de joie.

Viens voir ce que j'ai découvert, Mirany !

Les navires émergèrent du brouillard en rangs et en escadrilles. De grandes trirèmes et quinquérèmes se matérialisaient, caravelles et bateaux de transport surgissaient. Leur pont était recouvert par des dizaines de bancs de rameurs, le bruit sourd de leur tambour résonnait sur les flots. Les proues sculptées en forme d'éléphants, de sirènes ou de gorgones à la bouche ouverte fendaient les embruns, des poissons volants esquivaient leur sillage. Alors que Rhetia dévalait les marches derrière Jamil, elle vit des voiles blanches qui enflaient, se tendaient, les cordes que l'on tirait, les hommes qui cavalcadaient sur les barres de flèche, d'étranges pièces d'artillerie que l'on assemblait. La flotte resplendissait sous ses bannières – l'étalon blanc de l'Empereur et le taureau à cornes de Jamil. D'autres drapeaux flottaient également, elle reconnut l'emblème des îles dans la lumière croissante – Mylos, les Cyclades, le galion de Temlos, les royaumes ceints par la mer de Krios et d'Herpelon qui avaient autrefois fait vœu d'allégeance au Lumineux dieu de l'Oracle. S'étaient joints à eux des hastaires de Mykene, des hoplites aux cuissardes en bronze de Zanthe, des guerrières d'Arge la rousse, pays qui abrite des dragons et où les souris sont ailées. Derrière les navires de guerre, une flottille de bateaux de pêche recouvrait les vagues. À leur bord, pêcheurs au filet, pêcheurs de crabes et plongeurs de perles se précipitaient à la rescousse de l'Île.

Rhetia souriait dans sa course, le vent fouettait sa tunique, l'arc sur son dos fredonnait. Dans le Port, elle aperçut des gens sur les toits. Parmi les ruines de la ville saccagée, ils couraient jusqu'à la rade, de légers cris s'élevaient, des cliquetis métalliques résonnaient tandis qu'ils essayaient de tirer la grande chaîne sur la rive.

Hors d'haleine, elle percuta Jamil. Le Prince des Perles était transporté de joie. Le bras levé, il éclata de rire.

« Mon peuple est venu me chercher, Votre Sainteté ! Nous allons pouvoir chasser Ingeld et ses barbares ! »

Quand Rhetia regarda par-dessus l'épaule du Prince, sa joie s'évanouit.

« Ils feraient mieux de se dépêcher », commenta-t-elle.

Les Nordiques étaient sur l'Île. Le Pont grouillait de guerriers, les quelques hommes du Chacal qui restaient reculaient déjà, cédant sous les attaques incessantes. Des corps gisaient sur les berges sacrées.

Jamil l'obligea à lui faire face.

« Je rejoins ma flotte. Vous, Votre Sainteté, devez aligner les éléphants afin de former une dernière défense au début de la route. Tout le monde, esclaves, voleurs, les Neuf, doit gagner le Temple et se barricader à l'intérieur. »

Elle rit aux éclats. Cette étrange manifestation de joie le surprit.

« Vous croyez vraiment que je vais agir ainsi, Prince ? Il est évident que je mettrai esclaves et fugitifs à l'abri, mais je défendrai l'Oracle quoi qu'il arrive, ainsi que le restant des Neuf. »

Il la fixa quelques instants, incrédule.

« Sept filles ? Sept prêtresses choyées ?

— Nous nous battrons, Prince. »

Il secoua la tête, lourdement.

« Ces hommes sont des bêtes, ma Dame. Vos vies valent plus que...

— Plus que quoi ? Un trou dans le sol, c'est ce que vous vouliez dire ? » Rhetia le toisa. « Cela en a peut-être l'apparence, mais il s'agit aussi de l'Oracle, de la bouche du dieu. Il représente tout, Seigneur. Et si tel est mon destin, je mourrai en le défendant. »

L'air sombre, il hocha la tête. Puis il lui serra le bras avant de partir en courant, suivi de ses domestiques.

Rhetia demeura immobile, cinglée par les rafales de vent. Le soleil était haut dans le ciel, ses rayons frappaient le Temple et les gens qui s'y réfugiaient. Comme rabougrie par la chaleur, la brume s'était dissipée. La mer n'était plus qu'une masse de navires.

Elle cria des ordres. Persis accourut.

« Nous sommes à tes côtés. Et Chryse ?

— Amène-la ici.

— Mais...

— Obéis ! Elle est l'une des Neuf. Elle meurt avec nous.

— J'oubliais... Un bateau vient d'arriver du Port. Il est à l'embarcadère secret. »

Persis courut appeler les autres.

Intriguée, Rhetia monta sur la terrasse et regarda par-dessus la balustrade. Un petit bateau de pêche bleu dansait au pied de la falaise. Elle entendit des bruits de pas, des halètements, les cailloux qui glissaient sur l'étroit chemin tracé par les chèvres.

Furtivement, elle prit son arc, ajusta une flèche et banda la corde. Elle visa le chemin.

La brise salée portait des cris lointains de bataille. Infatigable, elle patienta jusqu'à ce qu'une tête apparaisse, petite, brune, aux cheveux flottant dans la brise. L'intruse la regarda, s'arrêta et cria :

« Oh, non ! Ne tirez pas ! »

Rhetia ne trembla pas.

La fillette secoua un jouet en forme de singe.

« Les autres arrivent. C'est nous ! »

Derrière elle, une femme au visage rouge peinait à monter. Elle était vieille, grosse, grisonnante et énervée. Rhetia n'en revenait pas. Un homme mince armé d'une épée rouillée fermait la marche.

« Vous me connaissez, Votre Sainteté », déclara-t-il.

Rhetia baissa lentement son arc.

« Vous êtes le père de Seth. »

Alors que Mirany se précipitait dans la grotte suivante, elle stoppa net. Elle entendit la respiration bruyante d'Oblek dans son dos. Lui aussi s'arrêta, consterné.

« Oh ! Mon dieu ! s'exclama-t-il. Ne bouge pas, Archonte ! »

Le char était immense et très ancien. Ses roues aux rivets de bronze étaient peintes en rouge, l'axe central paraissait lourd. Grimpé sur la plateforme en osier, Alexos avait pris les rênes et les nouait tranquillement autour de sa taille.

Mirany en eut le souffle coupé.

Les quatre chevaux étaient splendides, puissants, agités. Noirs et lustrés, immortels, ils tapaient du pied et secouaient leur crinière, pendant que leurs harnais compliqués cliquetaient et remuaient. L'un des quatre se tourna et lança à Mirany un regard intelligent.

Argelin s'approcha de la prêtresse.

« Descendez, fiston ! Ces bêtes vont...

— Vous croyez que je peux les tenir ? » Alexos sourit. Son visage s'illumina. « Je les ai déjà conduits, Seigneur Général ! Quand j'étais Amphilion puis Ramsis, j'ai chassé des jours durant dans le désert. J'attachais les rênes comme ceci et je tuais des oies, des canards, des léopards et des lions. Quand j'étais Sostris, mon char de guerre comportait des chaînes qui battaient l'air, j'étais plus rapide que le vent ! »

Le cheval situé à l'extrême gauche renifla puis se cabra. Les bras menus d'Alexos tirèrent sur les lanières en cuir. Oblek passa devant Mirany en prenant soin de se déplacer lentement. Il contourna les chevaux et s'empara du harnais du plus proche. Le cheval était plus grand que lui.

« Tu étais un homme à cette époque, mon vieil ami. »

J'étais le dieu, Oblek. Et je le suis encore. Écarte-toi.

Le musicien se pétrifia, son visage blêmit. Il s'humecta les lèvres.

« Archonte... Tu es peut-être... enfin, oui, tu es le dieu-sur-terre. Mais tu es aussi Alexos et je ne veux pas que tu te brises les os. »

Écarte-toi.

« Tu n'es qu'un garçon et je suis ton tuteur. Ne l'oublie pas. »

Je pourrais te passer sur le corps. Je pourrais te piétiner pour cet affront.

« Tu ne le feras pas, mon vieil ami. Je sais que tu ne le feras pas. »

Un silence de plomb s'abattit. Les yeux du garçon se remplirent de larmes.

« Je veux conduire les chevaux, Oblek, réclama-t-il.

— Et tu les conduiras, mon vieil ami. » Immobile, Oblek scruta Argelin. « Mais pour l'instant le Général va s'en charger. Le Général est un soldat. Il s'y connaît en chars. »

Pendant une seconde, Mirany fut persuadée que le Général ne réagirait pas. Cependant, il s'avança et grimpa avec prudence sur la plateforme en osier, détacha les rênes de la taille du garçon et les serra fort dans ses mains gantées. Mirany se rendit compte qu'elle respirait à peine. Elle desserra les poings.

Oblek essuya la sueur sur son visage.

« C'est mieux ainsi, non ? Beaucoup mieux. »

Il échangea un regard impénétrable avec Argelin, puis fit rapidement le tour du char et fit signe à Mirany de monter.

« Puisque nous l'avons trouvé, pourquoi ne pas l'emprunter ? »

Lorsqu'il mit les mains sur sa taille pour l'aider à monter, elle chuchota :

« Le dieu est d'humeur changeante. Vous couriez un grand danger. Un instant...

— Un instant, je l'ai entendu, je savais à qui je

m'adressais. » La peur d'Oblek glaça les sangs de Mirany. « Jamais je n'aurais cru que je me disputerais un jour avec un dieu, Mirany ! »

Le char baissa sous son poids. Les chevaux bouillaient d'impatience. Il prit le garçon dans ses bras.

Alexos leva les yeux.

« Je t'aime, Oblek. Même si tu es têtu comme un âne.

— Moi aussi, bonhomme. »

Argelin renifla d'un air dégoûté. Il agita les rênes et les quatre chevaux avancèrent au pas, le poitrail brillant, les yeux luisants. Il secoua une nouvelle fois les rênes et ils galopèrent. Le tonnerre éclata sous leurs sabots qui lancèrent des éclairs.

Elle conduit le char du soleil

Seth ouvrit les yeux.

La douleur lui lacérait le corps. Allongé sur un sol dur, il se sentait chiffonné, endolori. Lorsqu'il se redressa sur un coude, il geignit tellement il avait mal.

Il se trouvait dans l'obscurité la plus complète, certainement à l'intérieur d'une chambre funéraire. Il se souvint être tombé dans l'Oracle, s'être accroché à des morceaux de tissu, avoir dégringolé de guirlande en guirlande avant d'être réceptionné par des mains fermes et réelles.

« Kreon ? » chuchota-t-il.

Silence.

Il était assis sur une espèce de dalle. Il balança les jambes avec précaution et se leva avec difficulté sur le dallage sablonneux. Il avait besoin de lumière. L'albinos s'en passait peut-être, mais pas lui. Il devait découvrir où il était et depuis combien de temps. Les bras tendus, il avança en traînant des pieds jusqu'à ce qu'il touche un mur qu'il puisse longer ou bien une porte. Le plâtre s'effritait sous ses paumes, il effleura de la brique. Le mur était peint et desséché. Il parvint à un angle, tâtonna en haut, tâtonna en bas, tourna et trébucha. Il lui fallut plusieurs longues minutes pour s'apercevoir que les deuxième et troisième murs étaient nus. Lorsqu'il se cogna dans le quatrième, il se renfrogna et poussa un juron à voix haute, histoire d'entendre quelque chose. C'était tellement lui d'avoir choisi la mauvaise direction dès le départ.

Nerveux, il tapota le mur.

Un autre angle.

Les battements de son cœur étaient si forts qu'il le sentait palpiter dans la chambre encaissée. Il devait y avoir une porte. Forcément. À moins que, d'une manière ou d'une autre, on l'ait transporté dans cette pièce par le plafond ou grâce à une trappe dans le sol.

Tout en tâchant de masquer la panique dans sa voix, il cria :

« Kreon ! Je suis réveillé ! Ne me laisse pas là ! »

Le rebond plat de ses mots l'effraya. Ils étaient absorbés par les murs, sans écho lointain, comme si la chambre piégeait aussi les bruits. Il frotta son visage sec et sale. Il n'était pas impressionné par l'obscurité. Non, il en avait l'habitude et au bout d'un moment, cela lui paraissait normal. En fait, c'était le silence qui lui portait sur les nerfs. Le silence insatiable des morts.

Le pire ? Il savait qu'il existait des pièces telles que celle-ci sur les plans. Quatre murs, scellés, au contenu inestimable. Certaines salles comportaient d'étranges hiéroglyphes qui signifiaient *mortel* ou *infecté*, des formules pour *repaire* et *créature*. Les scribes plaisantaient sans arrêt sur ces mystérieuses pièces. À présent, leurs blagues idiotes lui donnaient envie de vomir. En effet, les portes de tels endroits se refermaient toutes seules afin de piéger les voleurs, certains panneaux glissaient pour ne plus jamais s'ouvrir. Les intrus restaient prisonniers à vie, ils mouraient lentement de soif, leur corps se desséchait à même le sol, se transformait en os puis en poussière, sans que personne sache ce qu'il était advenu d'eux. Leur âme errait dans les couloirs pour l'éternité.

Et il était à l'intérieur de l'une d'entre elles !

Il se força à rire, mais son rire de défi sonnait creux. Il était Seth, oui ou non ? Et si, pour commencer, il escaladait la paroi ?

Il lui fallut un temps fou pour trouver la tablette. Quand il finit par se cogner le genou contre le morceau de pierre, il jura avant de lui donner un coup de picd. Il sc hissa sur sa surfacc poussiércusc, sc mit sur la pointe des pieds et leva les bras aussi haut que possible, à la recherche d'une corde, du plafond, d'une échelle, n'importe quoi.

Il ne trouva que de l'air vicié.

Il s'assit sur la tablette et se recroquevilla sur lui-même. Au bout d'un moment, il s'aperçut qu'il se balançait d'avant en arrière tout en fredonnant un air discordant et monotone. Comme cela devait durer depuis plusieurs minutes, il s'arrêta brusquement. Plusieurs minutes ou plusieurs heures ? Il devait se ressaisir.

Hélas, la peur s'était immiscée en lui. Il avait ouvert une trappe et, telle une ombre, elle était entrée, lui avait donné la chair de poule, l'avait couvert de moiteur. Le silence solidifié s'était transformé en une présence intense et impalpable, qui l'oppressait de toute part. Il respirait à peine de manière à ne pas le briser. Un son, quel qu'il fût, aurait été une déchirure, l'aurait réduit en poussière.

Mais il était Seth et il resterait Seth. Il leva donc la tête et murmura : « Es-tu là ? »

La réponse lui parvint au bout de quelques instants.

Je me demandais quand tu te souviendrais de moi. On pense en général à moi dans les recoins les plus sombres.

La voix semblait pleine de ressentiment. Seth était tellement soulagé qu'il n'y prêta pas attention.

« Bon sang ! pourquoi ne m'as-tu pas parlé ? Je suis mort d'inquiétude ici ! »

Sa voix bourdonnante dans cet espace clos fit un bruissement, comme si un morceau de plâtre était tombé.

Les dieux préfèrent écouter. Parler, c'est interférer, ce qui est toujours épuisant. Tu peux te débrouiller seul.

« D'accord. » Il descendit péniblement de la tablette. « Dis-moi comment on sort de là. »

La voix soupira. Pendant une seconde angoissante, il se dit qu'il n'obtiendrait pas de réponse quand soudain un chuchotement survint.

Mon frère est inquiet. Il a besoin de toi. Les Nordiques ont allumé des torches dans son monde obscur. Ils crient ; bruit et peur résonnent dans les tombeaux. Ils volent aux Archontes leurs bijoux.

« Tu vas me le dire ? »

Tu dois t'incliner, Seth, toi qui es si fier. Sens les courants d'air.

Il fit un pas en avant. Sa botte heurta quelque chose au ras du sol. Vite, il s'accroupit et, à tâtons, il découvrit une croûte de pain de seigle, quelques olives sèches dispersées çà et là. Il n'y avait pas d'eau. Kreon avait dû les lui laisser, alors qu'une lampe aurait été plus utile.

« C'est tout ? »

Le dieu était parti. Bien que consterné, il commençait à percevoir son absence, à reconnaître le vide dans l'air. Il essaya de mordre dans le pain avant de sucer une olive. Il avait dû être impossible pour Kreon d'attendre, surtout si les hommes d'Ingeld avaient pénétré dans son royaume. Il cracha le noyau, jeta le pain et se retourna. Son sang se glaça.

Derrière lui, on grignotait la croûte.

Son corps tout entier frémissait de terreur. Il entendit un bruissement, un bruit de crocs aiguisés.

Il fut incapable de bouger, incapable de respirer.

Il n'était pas seul dans la tombe !

« Pourquoi l'avez-vous amenée ici ? » s'enquit Rhetia, les mains sur les hanches

La prêtresse et la sorcière se fixaient d'un œil froid.

« J'ai dû croire qu'elle nous serait utile », marmonna Pa.

Il attendit que Telia finisse de boire et aussitôt, il emplit la coupe et but à son tour, comme si sa soif était intolérable.

« Le Chacal ? demanda-t-il ensuite.

— Vivant », répondit Rhetia sur un ton sec. Elle lança un sourire méprisant à Manto. « Votre magie aurait-elle échoué ? »

La femme ne semblait pas soucieuse.

« Je possède d'autres pouvoirs, même ici.

— Rejoignez les autres dans le Temple, ordonna Rhetia. Gardez un œil sur elle. Vous devriez être en sécurité si...

— Personne n'est en sécurité, l'interrompit Manto, d'une voix calme et assurée. Les hommes d'Ingeld ne connaissent pas le mot "miséricorde". Ils ont l'intention de vous tuer jusqu'au dernier.

— Les éléphants les terrifient, répliqua Rhetia.

— Mais ils découvriront que les éléphants ont peur, eux aussi. Du feu. De l'artillerie. Et là, ils les massacreront. Ils envahiront votre Île sacrée, prêtresse. Vos amis et leur flotte n'arriveront jamais à temps. »

Rhetia bouillonnait de rage et Pa vit qu'elle n'avait pas de réponse, qu'elle ne fanfaronnait plus. Elle leur tourna le dos.

« C'est ce que nous verrons. Peut-être devriez-vous être à l'Oracle. Nous avons au moins un otage. Escortez-la. »

La tête haute, elle partit devant. Telia courut derrière elle.

Pa poussa Manto avec la pointe de son couteau. Elle souleva ses jupes qui traînaient dans la poussière.

« Ah ! s'exclama-t-elle. Les Neuf ne seront pas si hautaines quand je serai Porte-Parole. »

D'un pas pressé, ils longèrent la terrasse et empruntèrent le sentier. Tous les autres couraient dans l'autre sens – esclaves, fugitifs, certains de l'armée du Chacal, enfants, mendiants, escrocs. Pa prit Telia par la main et, ensemble, ils se frayèrent un chemin parmi la foule compacte. Telia passa enfin sous le linteau brisé de la porte en pierre qui menait à l'Oracle. En courant, elle gravit les marches lisses et usées. Tandis que Manto haletait, Pa progressait encore plus lentement. Il avait mal aux jambes, sa peur panique ajoutée à la chaleur du soleil pesait lourd sur son dos en sueur. Il fut stupéfait de pouvoir entrer dans l'enceinte du dieu – lui, un homme, et quel homme ! Miséreux, petit. On n'avait jamais vu cela. Comme si le monde tournait à l'envers.

La plateforme fendue et sa terrible fissure le terrifièrent. Il ne s'était jamais imaginé une telle obscurité, de tels tourbillons de poussière qui s'élevaient de sa grande bouche. Il aurait aimé s'agenouiller, poser le front contre les dalles brûlantes, mais les filles étaient présentes, les Neuf. Effrayées, leurs masques empilés sur le sol, elles discutaient.

Il scruta les alentours.

« Où est le Chacal ? Où est Seth ? »

Elles se mordirent les lèvres et détournèrent le regard. Il sut alors que l'histoire se répétait : son fils l'avait devancé, il lui avait encore échappé. Ce petit jeu durait depuis des années.

L'air malveillant, la blonde Chryse pointa son doigt blanc vers l'Oracle.

« Il est tombé dedans. Il est mort, vieil homme. »

Elle échangea un regard avec Manto. La sorcière lui sourit en retour.

Pa fut surpris quand Chryse fondit en larmes.

Mirany n'était jamais montée dans un char. La course était sauvage, acharnée, grisante. Alexos criait de joie pendant qu'Oblek s'accrochait à lui. Quant aux chevaux, ils galopaient dans un grondement de tonnerre qui aurait pu signaler le déplacement de la terre. Argelin les poussait, hurlait, leur fouettait le cou comme si la vitesse accroissait sa douleur. La structure en osier et en balsa grinçait et bondissait sur le chemin plat.

Elle agrippa la ridelle à deux mains. Ses cheveux flottaient derrière elle, sa tunique ondulait telle une représentation de la victoire sur le fronton du Temple. Le chemin s'ouvrait devant eux, il émergeait de la grotte et devenait une route, parfaite, tracée dans l'Au-Delà. D'abord en sable, fin et jaune, survolée par des martinets pressés et une troupe de cygnes en V, la route se transforma en gravillon sous les roues. Le ciel s'obscurcit, une pente s'offrit à eux. Montagneuse, elle zigzagua le long des falaises où de petits citronniers poussaient dans les crevasses, enjamba plusieurs précipices grâce à des ponts dépourvus de piliers entre les rochers escarpés. Dès qu'elle regardait en contrebas, Mirany souffrait de vertige. Loin sur les corniches nichaient des oiseaux ; les minuscules champs cultivés pâlissaient, et tandis que le char abordait un tournant en rugissant, elle aperçut des oliveraies, une maisonnette, quelques chèvres blanches dont la cloche tintait sous le soleil ardent.

Argelin ralentit les chevaux.

« Regardez là-bas. »

Le soleil se dressait devant eux. Il se couchait comme si la journée se terminait.

« C'est impossible, grommela Oblek. Le temps est détraqué dans ce fichu pays !

— Peut-être, mais comment le suivre ? » chuchota Mirany.

La route était envahie par des buissons de myrte remplis d'abeilles qui bourdonnaient doucement. Chaque fois que les flancs des chevaux les frôlaient, s'élevaient des nuages de pollen parfumé. Le chemin se rétrécit. Il cessa de sinuer et se dirigea vers l'ouest, droit dans la lumière du couchant. Le ciel prit des teintes d'un bleu profond et crépusculaire.

Argelin chassa les moucherons du revers de la main et agita les rênes.

« Plus vite, cria Alexos. *Courez, mes chevaux ! Printemps, Été, Automne, Hiver !* »

Comme s'ils l'avaient entendu, les étalons noirs regardèrent derrière eux. Ils secouèrent la tête, cambrèrent le cou puis galopèrent à l'unisson. Le long de la route, droit vers le soleil, leurs sabots retentirent sur les gravillons, les pierres, l'herbe rabougrie pendant que Mirany hurlait, qu'Argelin jurait tout en tirant sauvagement sur les rênes parce que, devant eux, la route donnait sur une falaise à pic. Lorsqu'ils sentirent le mors, les chevaux se cabrèrent, hennirent, ruèrent avant de finalement plonger. Oblek envisagea de jeter le garçon par-dessus bord et de sauter ensuite, mais ils se trouvaient déjà dans l'immensité bleue, loin de la falaise.

Mirany avait les deux mains sur la bouche.

Elle ne parvenait plus à respirer.

Parce que la route continuait sous les sabots des chevaux, à travers le ciel.

Seth ne bougea pas d'un pouce.

Quoi que fût cette bestiole, elle était vivante, il n'en doutait pas. Il recula d'un pas.

Le bruit cessa.

La créature avait levé la tête.

Il attendit. Silence. Au bout de quelques secondes seulement, il ne savait plus d'où était provenu le son, si l'intrus avait bougé, où se situait la tablette. Son pied glissa en arrière.

Et là, il le sentit.

Le courant d'air frais au niveau de sa cheville. Aussitôt, il comprit que la sortie était incroyablement basse. Voilà pourquoi elle lui avait échappé lors de son exploration de la salle. Au bord du désespoir, il tomba à quatre pattes, chercha à tâtons l'ouverture, toucha du plâtre, du bois cassant... Un espace !

Derrière lui s'approchaient de légers bruits de pas.

Une petite respiration lui chatouilla la jambe, ainsi qu'une paire de moustaches. Une tête lisse et noire le heurta.

Il poussa un soupir de soulagement entre ses dents serrées. Il ne le voyait peut-être pas, mais lorsque la fourrure musclée se frotta contre son épaule, il entrevit un reflet doré. Avec mille précautions, il tendit le bras et le corps agile ronronna sous sa main. Il sentit un collier fin, une boucle d'oreille en or.

Un chat des Tombeaux. Les chats de l'Ombre.

Le félin fonça dans le mur devant lui... avant de miauler plus loin.

Des courants d'air lui rafraîchissaient le visage.

« Conduis-moi », marmonna-t-il pendant qu'il rampait derrière le chat.

Le tunnel descendait, lui râpait le dos, puis tournait brusquement à gauche, devenait un dénivelé abrupt, s'enfonçait dans le noir. Au moment où il se redressa, ses pieds pulvérisèrent des ossements, des fragments de poterie, les fleurs d'anciennes processions. Le chat courait toujours. Parfois, quand son guide passait sous des cheminées menant à des niveaux supérieurs, il apercevait sa fourrure musclée, l'éclat de l'or.

Il se trouvait à l'intérieur des Tombeaux, au cœur du labyrinthe. Dans une immense pièce, les murs avaient dû être en nacre, car ils étaient légèrement lustrés et reflétaient son visage barbu et fatigué. Sous le pâle reflet, il essaya de lire les hiéroglyphes, mais ne déchiffra qu'une liste des victoires d'un Archonte si ancien que son nom ne figurait pas dans les récits. Plus loin, Seth respira la poussière et les émanations de pierre. Il ne s'était jamais rendu à une telle profondeur, il s'agissait du Sixième voire du Septième Niveau. Il arpentait des galeries dont les plans avaient depuis longtemps été dévorés par les scarabées, réduits en rouleaux poussiéreux qui s'effritaient quand on les sortait des rayons.

Il céda de nouveau à la panique, persuadé que quelqu'un le suivait, que les morts sortaient des salles qu'il venait de traverser, s'agglutinaient derrière lui dans les couloirs sombres. Par deux fois, il s'arrêta, s'accroupit et chercha du réconfort dans la solidité du mur sous ses mains. En effet, la terreur lui pesait trop, lui coupait le souffle. Le silence noir était plus lourd à chacun de ses pas, devenait un rideau qu'il devait pousser. S'il baissait les bras, il mourrait étouffé. Pour se changer les idées, il se mit à compter, à clamer des nombres à voix haute, avec violence, si bien que le chat revint et frotta son corps ondulant contre ses chevilles.

Mirany avait dû vivre la même expérience, enfermée dans la tombe.

« Où es-tu maintenant ? demanda-t-il à la jeune fille. Es-tu ici, dans le noir ? Le Pays des Morts ressemble-t-il à cet endroit ? »

Entre les salles soutenues par des colonnes et les antichambres, il suivit le pas glissant du chat, contourna des montagnes de trésors, passa sous des tablettes disposées sur des pierres en équilibre précaire. Il perçut des sillons dans les gravillons et commença à comprendre qu'il longeait l'un des chemins privés de Kreon, parcourait les repaires secrets de l'Ombre.

Il parvint enfin à un escalier.

Les marches montaient dans l'obscurité. Le chat les gravit comme un éclair et disparut.

Hors d'haleine, Seth entreprit l'escalade.

Cent, deux cents, trois cents. Ses jambes tremblaient de fatigue, ses poumons le brûlaient. D'un pas traînant, il continua, sachant qu'il atteindrait bientôt un niveau qu'il connaissait. Il montait peut-être l'Escalier de Mesethi, l'Archonte fou qui, dans sa tentative de conquête de l'Au-Delà, avait conduit une armée de dix mille soldats dans ces lieux sombres. Aucun n'en était revenu.

Un léger murmure. Il s'arrêta. En fait, cela faisait un moment qu'il l'entendait entre deux expirations. Des bruits distants, de vagues craquements. Il remercia le dieu pour ce bruit, même s'il l'inquiétait. Il continua à monter.

Cinquante marches plus loin, il rencontra une alcôve dans le mur. Impatient, il plongea la main et trouva la lampe attendue, une boîte d'amadou enveloppée dans un linge huilé. Cette découverte signifiait qu'il avait atteint au moins le Second Niveau. La main tremblante, il créa une étincelle, fut surpris par son éclat, puis une autre. Dès que la petite flamme se fut stabilisée, il la souleva et la protégea entre ses mains.

La lumière lui apporta la couleur – tons chauds de terre cuite, bleus, jaunes, la silhouette longiligne de la Reine des Pluies, ses grands bras écartés, l'invitant en haut de l'escalier. Il leva la lampe en son hommage puis retint son souffle quand la flamme vacilla.

Nouveau bruit de fracas, devant lui.

Alors qu'il rebroussait vite chemin, il percuta une ombre qui venait d'un tunnel latéral, la main sur les yeux.

« Éteins ça tout de suite !

— Pas question ! » Seth avait la voix rauque. Son vieux désir de paraître rassuré masqua son soulagement. « Où sont-ils ? »

Kreon le poussa contre un mur et fit glisser un petit rond sur ses gonds.

« Ici. »

Seth jeta un coup d'œil et vit Ingeld.

Dans une salle remplie de torches dégageant une odeur âcre, il enfonçait l'extrémité de son épée dans une fente entre le couvercle et la caisse d'un sarcophage. Sous les yeux de Seth, le cercueil s'ouvrit en craquant dans un nuage de poussière. Plusieurs hommes se précipitèrent auprès de lui. Avec une vitesse déconcertante, ils s'emparèrent du scarabée de cœur, du collier serti de pierres, du pectoral en or sur le corps enveloppé. Subjugués, ils marmonnaient dans leur barbe.

« Je suis surpris qu'ils en soient capables ! »

À ses côtés, l'Ombre acquiesça.

« La cupidité vainc de nombreuses peurs. » Il regarda Seth. « Mais cela ne signifie pas qu'elles se soient envolées, Seth. »

Deux lumières s'approchaient d'eux le long du tunnel. L'une haute, l'autre basse. Elles éclairaient les cheveux blonds du Chacal, ses grands yeux. Derrière lui, le Renard cracha :

« Toujours aussi mignon ! »

Un chat se faufila entre les jambes de Seth et disparut.

« Qu'est-ce qui vous a retardé ? » demanda-t-il.

Kreon s'éloigna de la petite ouverture.

« Bien ! Mon armée est à présent au complet !

— Armée ? répéta le Chacal.

— Oui, seigneur des voleurs ! Une force d'élite rusée et experte. Maintenant, à l'attaque ! »

La fin du monde

Bleue et large, la route céleste s'arc-boutait au-dessus de la mer.

Loin en contrebas, de petites îles formaient des archipels coralliens dont les lagons pâles encerclaient des rochers escarpés. Sur leur sommet brillaient parfois de minuscules bâtiments.

Alexos riait à gorge déployée, alors qu'Oblek se cramponnait.

« Regarde, Oblek ! Le monde entier est à nos pieds ! »

Le gros musicien transpirait. Il regardait droit devant lui.

« Je te crois sur parole, mon vieil ami, je te crois sur parole », marmonna-t-il, les dents serrées.

Zéphyrs et brises aux notes creuses mugissaient autour d'eux. Mirany admira des oies qui volaient près de la tête des chevaux. L'un d'eux, énervé, essaya de les mordre, si bien qu'elles continuèrent leur route en poussant des criaillements de mépris.

« Nous devons rouler sur quelque chose de dur, déclara-t-elle. On dirait du verre. »

Les sabots cliquetaient. De temps à autre, fusaient des étincelles aussi vives que des météores.

Argelin enroula les rênes autour de ses gants.

« Assez rapide pour vous, jeune fou ?

— Oh oui, Général ! C'est fantastique ! »

Oblek grogna.

Le char étincelait dans le soleil couchant. L'osier avait cédé la place à l'or, les percées du soleil en chamarraient les côtés. Les harnais brillaient comme étoilés de mille diamants et les flancs noirs des chevaux en sueur avaient un aspect crémeux.

En se penchant, Mirany s'aperçut qu'ils galopaient à une plus basse altitude à présent. Un groupe de baleines nageait dans les profondeurs vertes, des dauphins bondissaient autour d'elles. Tandis que le char traversait le ciel à toute allure, son ombre surgissait dans l'eau, telle une éclipse. Effrayés, des tritons assis sur un rocher sautèrent à l'eau. Plus loin, dans les abîmes sous-marins, elle entrevit une cité noyée, son temple de guingois, ses maisons et ses tombes envahies par les algues et les poissons.

Devant eux, le ciel n'était qu'une flamme écarlate.

« Elle a eu vent de notre arrivée, affirma Mirany, inquiète.

— Tant mieux ! s'écria Argelin. Que les alizés lui apportent la nouvelle : Argelin arrive, Femme des Pluies. Malgré toutes tes ruses. Tu m'entends ? »

Au loin, dans l'épaisseur des nuages crépusculaires, des éclairs jaillirent en guise de réponse.

« Espèce de cinglé », lança Oblek avec aigreur.

« Ce n'était rien. » L'épée à la main, Ingeld se tourna dans la chambre des trésors. « Un courant d'air souterrain. Un glissement du sol. »

Ses paroles ne les rassuraient pas, il le savait. Les flammes créaient des illusions vacillantes autour de la pièce. Les enveloppes fripées d'un ancien roi ou dieu – peu importait le nom que ces gens donnaient à ces paquets desséchés – dégageaient une odeur douceâtre un peu écœurante.

« Écoutez-moi. Prenez ce que vous pouvez. Remplissez-moi ces sacs. Unlef, les boîtes en or ! Vous deux, le divan en forme de léopard ! Il rendra bien dans le hall d'honneur de Hreimsfell. »

Leur nervosité grandissait.

Ils n'avaient eu aucune difficulté à entrer. Brandissant leurs épées avec sauvagerie, ils avaient longé les couloirs sales, chassé scribes et esclaves, traversé au pas de course des pièces remplies de papiers, des labyrinthes de dossiers et de plans empilés dans des casiers. S'ils avaient eu le temps, ils auraient mis le feu à ces montagnes de paperasse. Ensuite, au fur et à mesure qu'ils s'enfonçaient, les hommes s'étaient calmés. Quand ils avaient percé les portes en cèdre de cette salle, le courant d'air vicié et le regard inflexible des statues aux yeux émaillés avaient entamé leur témérité.

« Allez ! » ordonna-t-il.

Ils croulaient sous les trésors. Certains parvenaient à peine à porter les piles d'or, les sacs et les meubles. Et voilà qu'ils entendaient des bruits.

D'abord légers, à peine audibles tant les Nordiques détruisaient et fouinaient. Puis, quand Wiglaf avait demandé le silence, tous l'avaient entendu. Un petit glissement, amplifié. Une pulsation sourde, quasiment imperceptible.

L'esclave contraint à leur servir de guide tomba à genoux, pétrifié de peur.

« L'Ombre, bégaya-t-il. L'Ombre arrive ! »

Ingeld lui donna un coup de pied.

« Silence ! »

Le murmure résonnait dans la poussière et l'immobilité.

« Un ver, chuchota quelqu'un.

— Il n'y a pas de dragon dans ce trésor », tempêta Ingeld.

Mais, quoi qu'il ait pu dire, la peur s'infiltrait sous leur peau. Le moment était venu de sortir. Il prit le scribe par le col.

« Conduis-nous à l'escalier avant que je ne te coupe les doigts un par un. »

Sanglotant mais soulagé, l'homme squelettique se précipita vers la porte et se baissa pour passer. Ingeld le suivit.

Et là, il n'en crut pas ses yeux.

Le couloir était désert. Surpris, il se tourna. L'esclave s'était volatilisé. Seule restait la longue rangée de torches à la flamme tremblotante que ses hommes avaient laissées pour marquer le chemin du retour.

Ses hommes se rassemblèrent autour de lui.

« Il est où ? rugit l'un d'eux.

— On s'en fiche, rétorqua Ingeld. On n'a pas besoin de lui. Suivez-moi. »

Il fit un pas en avant. La lampe du fond s'éteignit. Puis la suivante, et la suivante. Le long du couloir, inexorablement, fatalement, l'obscurité des morts roulait vers eux.

Tel un nouveau déluge, le feu tombait en averse. Sous cet orage soudain, les éléphants en colère barrissaient, piétinaient leurs longes frêles, brisaient les cordes, se tournaient pour attaquer les étincelles et la douleur. Leur panique glaça les sangs de Rhetia. Le cri de guerre austère des Nordiques et le fracas de leurs épées sur leurs boucliers en bronze la faisaient trembler de peur, même si elle ressentait une ivresse que jamais les autres ne pourraient comprendre. Alors qu'elle se faufilait dans les buissons, elle se dit que la seule capable de la comprendre serait Mirany, cette fille effacée qu'elle avait d'abord méprisée. Quelle ironie ! Elle devrait probablement s'excuser quand elle la rejoindrait dans le Jardin.

Après avoir monté quatre à quatre les marches fissurées, elle les vit tous rassemblés devant l'Oracle – le reste des Neuf, Telia qui tenait Pa d'une main et son jouet en forme de singe dans l'autre, Manto la sorcière qui était calmement assise au bord du gouffre. Dès qu'ils virent le visage de Rhetia, ils se turent.

« On ne peut plus compter sur les éléphants. » Elle traversa la plateforme dallée et ramassa son masque, celui de Porteuse. « Ils seront là dès qu'ils auront pillé la Maison. »

Pendant quelques instants, elle les dévisagea tour à tour.

« Ceux qui veulent partir ont encore le temps de gagner le pied de la falaise. Un bateau les attend à l'embarcadère secret. Prenez-le et fuyez. Bien qu'il n'y ait nulle part où aller. »

Aucun ne bougea.

L'incertitude qui les étreignait s'envola très vite. Rhetia sut alors, avec une ardeur qui ressemblait à de la joie, qu'ils resteraient.

« Et toi ? demanda-t-elle à Chryse.

— Cela te ferait plaisir que je parte, pas vrai ? Chryse la lâche. Voilà comment tu m'appellerais.

— Tu restes pour cette raison ? »

Chryse ne répondit pas. À grands pas, elle s'approcha de Persis et lui prit son masque des mains.

« J'étais l'amie de Mirany, poursuivit-elle. Toi non, jusqu'à ce que tu sois obligée. »

Rhetia ne pouvait pas considérer cela comme une raison, mais l'heure était malvenue pour argumenter.

« Et vous ? »

Manto se leva avec dignité et s'enveloppa dans sa grande robe noire.

« Je reste, répondit-elle calmement. Le Scarabée me protège. Les hommes d'Ingeld me connaissent. Ils ne me feront aucun mal. » Elle croisa les bras. « Bien entendu, il est encore possible de conclure une trêve. Mes conditions sont simples...

— Vous pouvez vous asseoir dessus. »

Rhetia enfila son masque et ramassa sa lance. Elle fit un signe de tête aux Neuf qui l'imitèrent. La situation était désespérée, elle le savait, mais malgré cela elle était étonnamment heureuse. C'était tout ce qu'elle avait toujours voulu et n'avait jamais connu : la certitude d'une finalité.

Un cercle de filles armées entourait l'Oracle. Leur sourire de bronze en avant, les plumes et les disques de leur masque ondulant sous la brise. Derrière elles, la balise flamboyante s'effondrait, son cœur n'était plus qu'un lit de braises.

En contrebas, les premiers navires atteignaient le Port.

En mer, une tempête s'annonçait.

Ils étaient perdus. Ingeld en était conscient, mais il continuait à avancer. Wulfgar manquait à l'appel ; les jumeaux d'Uthecar et leurs hommes s'étaient violemment disputés avec lui au dernier embranchement. Excités et intrépides, ils avaient emprunté le couloir de droite. Quand il avait entendu du vacarme et un cri, Ingeld s'était précipité à leur poursuite et n'avait trouvé qu'une traînée de statères menant à un épais mur de briques. À présent, il portait son casque en bronze et ses hommes doués d'un peu de bon sens avaient abandonné une bonne partie de leur or. L'obscurité les angoissait, les tourmentait ; des silhouettes horrifiantes rôdaient et pourtant il ne s'agissait que de simples piliers, des murs, une salle pleine d'odieux babouins momifiés aux yeux de rubis, assis en rang.

Ils avaient traversé de vastes espaces qui auraient pu contenir des armées, rampé dans des fentes à hauteur de genou, tourné en rond dans des passages courbes. Par deux fois, des fosses s'étaient ouvertes devant eux. Une grille métallique s'était abattue et avait piégé six hommes. Ces derniers avaient parlé avec hardiesse, sur un ton de défi, ri à gorge déployée, s'étaient vantés qu'ils trouveraient la sortie avant eux, mais l'obscurité les avait happés. Ils devaient avoir la tête tranchée à présent.

Assurément, quelqu'un se cachait derrière tout ceci. Non les morts, mais une personne vivante, une personne qui avait plus d'un tour dans son sac. À moins que, bien sûr, Manto ait achevé son œuvre de sorcellerie et que le fantôme vengeur du Chacal errât dans les tombes. Ingeld plissa les yeux. Il ne devait pas y penser. La peur ne manquerait pas de s'engouffrer dans cette fissure.

À tâtons, il tourna à l'angle du couloir et se trouva dans une impasse.

« Demi-tour ! Maintenant ! » hurla-t-il, fou de colère.

La troupe de guerriers en nombre décroissant s'agglutina. Soudain une voix s'éleva :

« Regardez. Là-bas. »

Des yeux.

Une petite paire d'yeux vert émeraude qui les observait dans le noir.

Le groupe s'arrêta. Ingeld se fraya un chemin vers l'avant.

« Ce n'est qu'un chat ! » aboya-t-il.

Ses hommes détestaient les chats. On racontait que ces animaux étaient les âmes errantes des Archontes et depuis qu'un imbécile en avait pendu un dans le Port, tout était allé de mal en pis. Des chuchotements résonnèrent derrière lui. Il sentait l'odeur de la peur.

Ingeld avança à grands pas et les yeux du chat disparurent. Le dallage glissa sous ses pieds, et dans un cri, il bondit en arrière au moment où une section entière s'affaissait. Les dalles dégringolèrent à une profondeur indéfinissable. En contrebas, ils entendirent des éclaboussures.

Hors d'haleine, il sut qu'ils étaient perdus et que jamais ils ne sortiraient. Ils erraient dans le monde souterrain, un endroit où des punitions étranges étaient infligées, où des batailles sans fin étaient livrées. Il leva le menton.

« Ombre ! Si tu es mortelle, écoute-moi. Laisse-nous sortir et nous parviendrons à un accord. Montre-nous le chemin et nous quitterons les Deux-Terres à jamais. Tu m'entends, Ombre ? »

Pas de réponse.

Les hommes remuèrent. Leurs armures cliquetèrent.

« Les morts ne passent pas d'accord, déclara Istan.

— Bats-toi ! » Ingeld rugit, aiguillonné par une fureur soudaine. « Approche et bats-toi. »

Entre deux échos tremblotants, il attendit, épée à la main.

Encore des yeux.

Les chats semblaient sortir des murs, des fissures dans le sol. Ils formaient une avenue à leur droite, assis ou accroupis tels ces dieux de pierre que les gens fabriquaient. La tête haute, il mena ses hommes le long de cette avenue féline, dans une salle si vaste que ses parois et son plafond se perdaient dans l'obscurité. Il savait que son défi avait été entendu. Au moment où le tunnel parvenait à un angle, il distingua la balance en bronze, aussi grande qu'un palais, suspendue au plafond, et sut que l'endroit était le bon.

Il se tourna vers Isgar.

« Si je meurs, brûle mon cadavre sur la falaise, au grand jour, sous le soleil. Rassemble les hommes qui restent et rentrez au pays. »

Puis il monta dans l'un des plateaux géants de la balance.

Lentement, comme sur une machine parfaitement entretenue, il descendit. L'attendait plus bas, ses cheveux blonds en queue-de-cheval, une épée de l'Archonte dans sa grande main, le fantôme du Chacal.

Ils foncèrent dans un nuage.

Aussi noir que la suie, il envoyait tout autour d'eux des jets de brume éphémères qui les empêchaient de se voir. Le char eut une embardée et se pencha sur le côté.

« Regardez ! » dit Mirany qui n'osait pas crier.

Des corbeaux se débattaient pour sortir de la tempête en une masse désordonnée. De longs coups de tonnerre impressionnants retentissaient et quand elle s'accroupit, un éclair zébra le ciel. L'étincelle blanche et incroyablement brillante arracha un hurlement à Oblek et un cri strident à Alexos. L'air au goût métallique empestait le soufre.

« Faites-nous redescendre ! » brailla Oblek.

Le musicien poussa l'Archonte dans les bras de Mirany et arracha les rênes des mains d'Argelin afin de tirer la tête des chevaux en arrière. Furieux, Argelin tenta de l'écarter.

« Attention ! » hurla Mirany.

Les chevaux plongèrent. Comme si la route céleste avait disparu... à moins qu'elle ne tombât à pic. Ils se ruèrent dans la tempête, traversèrent les nuages, les averses soudaines de grêle, les coups de froid brutaux.

Trempée, terrifiée, Mirany se réfugia dans les bras d'Alexos. De son côté, Oblek était sur le point de jeter Argelin par-dessus bord. Comme les brides traînaient, elle bondit pour les attraper. Alors qu'elle s'efforçait de maîtriser les puissants chevaux, Alexos vint à sa rescousse. Ensemble, ils agrippèrent les rênes et obligèrent les étalons à ralentir.

Le nuage vira au gris parsemé de blanc.

« Oblek ! Laisse-le ! » lui ordonna l'Archonte sans élever la voix.

Soudain, son ordre couvrit le vacarme des sabots.

Laisse-le !

Le poing du colosse recula tout de même. Argelin l'observa, immobile, à moitié penché au-dessus du rebord doré. Sous lui, la mer était aussi profonde que la nuit.

« Obéis à ton dieu, le gros », siffla-t-il entre ses dents.

Oblek soufflait fort. Il vit l'éclair zébrer le ciel, aperçut les montagnes au loin, eut une vision de la route se changeant en or sous le soleil couchant. Il hissa le Général à bord.

« Aidez-nous », lui cria Mirany.

Il n'eut pas le temps d'avancer. Le nuage s'ouvrit et laissa apparaître le soleil.

Une sphère des secrets, une étoile filante, une boule d'or. Autour de l'astre, il faisait noir. L'obscurité avait des pinces, un dos de scarabée. Ses ailes étaient la nuit. À l'orée de la tempête, la sphère roula sous les Arches de l'Au-Delà. Tandis qu'Oblek écarquillait les yeux et qu'Argelin éclatait d'une joie intense, les chevaux la suivirent sous l'arche des Crânes puis l'arche des Cendres qui s'effritait et pleuvait sur eux. Le char fit une embardée sous l'immense arche de la Faim Dévorante, une immense agate verte en forme de criquet. Les côtés aiguisés de l'arche du Cimeterre rabotèrent les roues, entaillèrent les ourlets de la tunique d'Oblek. Au moment où ils passaient sous l'arche sombre du Chien aux Trois Visages, un chiot assis sur le linteau aboya et Mirany éclata de rire, sa peur soudain envolée.

« Il se souvient de toi ! » s'exclama Alexos à son oreille.

Puis le char pivota et tous s'agrippèrent, car surgissait l'arche des Représailles, une fente noire qui ne les laisserait jamais passer, un chas d'aiguille impossible à franchir. Telles des flèches, les étalons foncèrent tête baissée. Mirany ferma les yeux, se tortilla, anticipa la collision, le terrible raclement des flancs, mais seul un éclat noir lui rafraîchit le visage et quand elle rouvrit les yeux, elle comprit qu'ils étaient passés. Argelin, lui, n'en revenait pas.

À présent, ils rasaient la mer. La chaleur du soleil était infernale, l'or des harnais se ramollissait, les pierres précieuses tombaient, leur visage avait du mal à supporter la fournaise. Le scarabée fit rouler son fardeau à travers la mâchoire ouverte d'un Crocodile et fut aussitôt suivi par le char. Retentit un grondement sourd dans le tunnel d'ossements et d'écailles de poisson. Des relents d'algues les enveloppaient quand, enfin, ils jaillirent dans un ciel rouge, devant un double pylône. Grande ouverte, la Huitième Arche était surmontée d'une balance en équilibre parfait.

De l'autre côté, la route se transformait en un pont de bois, déclenchant une explosion de bruit sous les sabots. Argelin arracha les rênes des mains de Mirany.

« Il faut les ralentir ! » hurla-t-il.

Mirany tira avec lui et les chevaux, contraints de stopper, effectuèrent un tête-à-queue devant la dernière Arche, en or pur, circulaire, un disque solaire d'une douleur insupportable. Soudain, le scarabée devint minuscule, sa sphère une boule de fumier séchée qui roula dans une fissure.

Et par-delà la fin du monde, vert, calme, parcouru de torrents, s'étendait le Jardin de la Reine des Pluies.

NEUVIÈME ARCHE

Le Soleil Ressuscité

J'ai emmené de nombreux mortels ici.

Certains me tiennent la main, d'autres résistent, d'autres trouvent leur propre chemin.

De nombreuses routes mènent à cet endroit et c'est tout aussi bien. En effet, les hommes semblent penser que c'est à moi qu'il appartient de les faire venir ou non.

En vérité, c'est le contraire.

Car qui leur dira que le Jardin n'est pas la fin du voyage ?

Qui leur dira qu'au-delà du Jardin s'étendent des royaumes et des empires ?

La balance s'équilibre

Fourbus, les chevaux tremblaient de tout leur corps ; dans l'air humide, des jets de vapeur sortaient de leurs naseaux. Quand Mirany fut déposée à terre, elle eut l'impression que le sol s'effondrait sous ses pieds tellement ses jambes flageolaient. Elle manqua tomber. Derrière elle, Argelin descendit avec prudence. Tous trois se tinrent en rang pendant qu'Alexos jetait un coup d'œil par-dessous le bras raidi d'Oblek.

« C'est le Jardin, murmura le garçon.

— J'ai vu, Archonte. »

Soudain intrépide, il se faufila.

« Suis-moi, Oblek. Oui, suivez-moi. N'ayez pas peur. Mirany est déjà venue, n'est-ce pas, Mirany ? »

Comme ils la dévisageaient, elle se redressa.

« Pas de cette manière », répondit-elle doucement.

L'aspect lisse de la Neuvième Arche l'interloquait. Alors qu'ils baissaient la tête pour passer par la petite ouverture circulaire en son centre, elle laissa ses doigts caresser l'or chaud. Puis ses pieds s'enfoncèrent dans l'herbe moussue.

Comment avait-elle pu oublier la beauté du Jardin ? Ses arbres étaient gigantesques, couverts de feuilles vertes, lourds de fruits. Elle reconnut des cognassiers, des citronniers, des grenadiers, des pommiers, vit des espèces dont elle ignorait le nom et qui poussaient à l'état sauvage. De leurs branches se déversait une pluie si douce qu'elle sentait à peine son murmure sur sa peau. Des oiseaux de mille couleurs sifflaient sur les branches ployées. Les yeux sombres, Alexos leur sourit.

« J'aime venir ici », marmonna-t-il.

Sous leurs pieds poussait une herbe longue et humide dans une terre saturée d'eau. Oui, l'eau était omniprésente : pluie fine parée des couleurs de l'arc-en-ciel près des fontaines, gouttelettes de rosée dans la prairie, perles cristallines d'humidité qui suintaient des grandes feuilles, torrent dévalant des collines rocailleuses, ruisseau coulant dans des canaux parfaits à travers les bosquets où pataugeaient daims et zèbres, éclaboussures dans les mares et les cascades tonitruantes.

Alexos courut pour se désaltérer, s'agenouilla et enfonça les bras jusqu'au coude. À ce moment, Mirany réalisa qu'elle mourait de soif et s'accroupit à côté de lui avant de plonger la main dans l'eau.

« Le pouvons-nous ? » marmonna Oblek.

Elle n'en avait aucune idée. Mais l'eau était si fraîche, si pure. Des libellules voletaient à sa surface et quand elle leva les mains, l'eau s'écoula entre ses doigts. En silence, elle but.

Oblek en avala une gorgée à son tour puis leva la tête.

« Buvez. La soif doit vous rendre dingue. »

Argelin se détourna de ce paysage cauchemardesque. Il avait les poings serrés, le corps tendu pour mieux affronter les assauts de la pluie sur sa peau, le tapotement de l'eau gouttant des arbres. Déjà ses habits, comme ceux des autres, étaient moites, ses cheveux humides, plaqués contre son crâne. La Reine des Pluies les encerclait, pensa Mirany, se frayait un chemin vers eux. On ne pouvait pas plus se protéger d'elle que du dieu.

Alexos les conduisit le long d'un chemin où les grenouilles bondissaient dans l'herbe, sous des arches en pierre couvertes de lichen émeraude.

« L'épée, ordonna Argelin à Oblek. Donne-la-moi.

— À quoi vous servira une épée contre les dieux ? grommela Oblek. Coupera-t-elle l'eau ? La mort saigne-t-elle ?

— J'en fais mon affaire, répliqua le Général sur un ton menaçant. Donne-la-moi. »

Quand Oblek la dégaina, la lame était verte et émoussée. De l'eau suintait le long du bronze corrodé. Le visage de marbre, Argelin la jeta dans l'herbe.

Alexos se baissa sous un olivier et s'arrêta. Il revint en courant vers Mirany, la prit par la main et l'attira à l'endroit où le chemin donnait sur une lumière verte.

« Regarde, Mirany ! »

Une cour magique ! Autour d'eux, l'eau jaillissait de dryades et de satyres aux cornes, au bec et à la bouche de pierre. Le dallage était humide et en arrière-plan, un grand rideau aquatique tombait doucement dans une mare couleur de lune. En son centre se dressait un trône trempé en pierre bleue.

Argelin regarda autour de lui.

« Est-ce son siège du jugement ? Où est-elle, alors ? »

Il éleva la voix. Elle était rauque, lasse, remplie d'amertume.

« Ma Dame, je suis venu. J'ai parcouru ce long chemin de douleur et de mort. Je mérite mieux que le silence, Reine des Pluies ! Montre-toi et finissons-en ! »

Rien sinon un chant d'oiseau, le crépitement de la pluie. Puis les notes inquiétantes et graves d'une lyre. Mirany fit volte-face, s'attendant à une procession, une cérémonie. Les doigts mouillés d'Alexos se refermèrent sur son poignet.

« Là, Mirany », chuchota-t-il.

Elle émergeait de la cascade. D'abord une main aux doigts longs et délicats, puis au fur et à mesure qu'elle s'avançait, l'eau épousa ses formes. Sa robe bleue ruisselait, miroitait. Son corps transparent se transforma en chair ferme, tandis qu'apparaissaient les boucles élégantes de sa chevelure brune attachée par un lien d'argent.

Elle s'assit sur le trône. Sa robe était couleur aiguemarine, un jour de grande chaleur. Des vaguelettes de lumière scintillaient sur le tissu quand elle bougeait. Les pieds nus, elle portait des bracelets de perle et de corail. Un serpent en or ondulait le long de son bras.

Son visage était celui d'Hermia.

D'abord pétrifié, Argelin fit un pas en avant.

« Hermia ? » Sa voix tremblait de joie et d'anxiété. « C'est toi ? »

Elle ne sourit pas.

« À qui d'autre t'attendais-tu, Général ?

— Mais tu n'es pas...

— Ah non ? » Elle lissa sa robe. « Je suis la Reine ici. C'est tout ce qui importe. Et vous ! Oui ! Vous quatre ! S'introduire ainsi dans mon royaume !

— Hermia, soupira-t-il. C'est moi. Argelin. »

Elle haussa les sourcils.

« Je connais mon assassin. »

De petits colibris orange et émeraude surgirent, voltigèrent au-dessus de son épaule et se précipitèrent dans des fleurs blanches qui s'ouvrirent pour les accueillir.

Elle détourna le regard de son visage épuisé.

« Toi, la prêtresse ! Tu as reçu un ordre auquel tu n'as pas obéi. Musicien, ton art ne t'aidera pas à échapper à la mort aussi facilement. Ici, les chansons m'appartiennent. »

Mirany frissonna. Alors que l'air du Jardin était saturé de vapeur, un frisson glacé lui parcourut l'échine.

« Où l'Archonte va, je vais, Votre Sainteté, s'entêta Oblek.

— Touchant. » Elle toisa Alexos. « Et toi ? Je ne compte plus le nombre de fois où tu as franchi mes arches. »

Assis sur les marches menant au trône, il jouait avec une grenouille dans la paume de sa main. Sa réponse sembla préoccupée.

Un millier de vies, ma Dame. À chaque génération.

Hermia hocha la tête avant de fixer Argelin.

« Formule ta requête.

— Auprès de toi ?

— Il n'y a personne d'autre.

— Hermia... bafouilla-t-il. Te retient-elle prisonnière ?

— Mon ami, ton amour me retenait prisonnière, lui aussi, répliqua-t-elle dans un haussement d'épaules.

— Même ici, tu continues de me tourmenter », se plaignit-il. Il s'approcha des marches d'un pas raide. Le ton de sa voix changea. « Si tu es Hermia, écoute-moi. Retourne avec moi dans le Monde des Vivants. Je t'ai envoyée ici, à mon profond désespoir. Et je m'en repens chaque seconde depuis ce jour funeste. Viens avec moi. Que tout redevienne comme avant. »

Mirany surprit Oblek en train de froncer les sourcils.

« Pourquoi devrais-je te suivre ? demanda calmement Hermia.

— Parce que je t'aime. Tu le sais.

— Je croyais le savoir.

— Hermia... »

Il avait bondi sur la dernière marche. Elle plaqua la main contre son torse et l'arrêta.

« Ce n'est pas si facile, Général. Il faut accomplir certains rites. Tu dois être jugé. »

Derrière Mirany, un groupe de filles s'avançait. Nu-pied, elles portaient des éventails et des boîtes d'encens, des crécelles et des tambourins qu'elles frappaient et secouaient en rythme. Deux comportaient des cadres en métal qu'elles frottaient pour créer de petits bruissements. Une des filles dévisagea Mirany qui retint son souffle – il s'agissait d'Alana, la Porteuse qui l'avait précédée. La fille qui était morte.

Elles étaient suivies par deux hommes qui transportaient un coffre métallique. Ils étaient vêtus de peaux de léopard et leurs crânes chauves brillaient sous l'effet de l'humidité. Ils posèrent le coffre, retirèrent la tenture pourpre qui le recouvrait et dévoilèrent une boîte en bois ornée de nénuphars. Hermia se leva, descendit les marches avec grâce et souleva le couvercle. Elle sortit une élégante balance en or. Des pétales rouges s'envolèrent dans un parfum de musc et de santal.

Hermia scruta Argelin par-dessus la balance.

« L'heure du jugement est arrivée, Seigneur Général. Ta vie et tes actes doivent être pesés. »

Il esquissa un pas en arrière. De l'eau s'égouttait de ses doigts.

Seth demeura bouche bée.

Le Chacal était à nouveau au sol. Pour la seconde fois, il n'avait pas contré l'assaut d'Ingeld et de sa puissante lame. À présent, le grand voleur accroupi tâtonnait tandis que l'épée ennemie jetait des étincelles au-dessus de lui. Avec agilité, il bondit sur ses pieds. Il avait le souffle court.

« Il est fichu, commenta Seth.

— Pas lui », grogna le Renard.

Le combat était acharné. Les hommes étaient bien assortis, Ingeld le plus lourd, le Chacal le plus élancé, le plus rapide. Les échanges de coups résonnaient de manière tragique dans la salle souterraine. Seth dévala l'escalier en spirale et se pencha pour mieux voir la lutte effrénée des deux hommes, leurs bottes exténuées, leurs lourdes armes entraînées dans des parades maladroites. Tous deux étaient épuisés. Le Chacal était blême et émacié. Des gouttes de sueur brillaient dans la barbe d'Ingeld. Derrière les fentes de son masque, ses yeux étaient aussi bleus que la glace.

Sur la corniche, ses hommes l'encourageaient avec force hurlements, les syllabes discordantes de leur langue déformées par la distance. Soudain, il tituba, le combat s'interrompit.

« Où est Kreon ? marmonna Seth.

— Je l'ignore. » Inquiet, le Renard serra sa lame aiguisée. « S'il tue le Chef, je te jure que je l'achève à mains nues.

— Il devrait être ici. Les choses ont peut-être mal tourné. »

Seth s'éloigna.

« Où vas-tu ? » lui cria le Renard.

Les bruits d'épée retentirent à nouveau, désespérés et sauvages.

« Je pars à sa recherche ! »

Les cris se rapprochaient de la Maison. Rhetia scruta les alentours.

« Ils arrivent. C'est le moment. »

Souriante derrière son masque, elle serrait fort sa lance pour empêcher sa main de trembler.

« Notre Lumière, accepte notre sacrifice. Protège les protecteurs de ton Oracle. »

Fracas du bronze sur les boucliers. Des hommes couraient le long de la Route Processionnelle, leurs épées luisaient au soleil, leur voix était assourdie par leur casque et par la chaleur.

Rhetia pointa sa lance lorsqu'elle vit ses compagnons du cercle brandir leurs armes. Pa avait cessé d'aiguiser son épée sur les pierres.

« C'est de la folie, intervint Manto. Laissez-moi leur parler. Laissez-moi leur envoyer le scarabée. »

Pour une fois, elle semblait mal à l'aise. À leur grande surprise, Chryse lui coupa la parole.

« La ferme ! s'exclama-t-elle d'une voix tendue, les dents serrées. La ferme ! La ferme ! »

Un homme apparut au détour du sentier. Comme dans un mirage, son armure semblait étinceler. Le visage dissimulé par son casque, il s'arrêta, les regarda tour à tour et cria un ordre à ses hommes en contrebas.

« Que le dieu soit avec vous », marmonna Rhetia.

Lorsque le soldat sortit du mirage, ils virent qu'il était mortel, voire petit. D'un pas calme et assuré, il s'avança jusqu'à ce que son plastron orné d'une tête de gorgone soit à quelques pouces de la lance funeste de Rhetia.

Le masque souriant et le casque en bronze se toisèrent.

Un son déformé et rocailleux sortit de la bouche du soldat.

Ce mot ressemblait à : « Sainteté ? »

« Tu en es sûr ? » s'enquit Seth qui rampait le long du passage.

Par ici ! Vite.

Des pierres précieuses s'enfonçaient dans ses paumes et ses genoux tels des gravillons – opale, jaspe, éclats de calcédoine. Les murs incrustés de diamants lui arrachaient le dos et lui lacéraient les bras. Si jamais les Nordiques pénétraient ici...

Tu y es, Seth. Voici le disque solaire. Je l'ai montré à Mirany. Je lui ai dit que le monde entier profitait de son embrasement. Et pourtant, en chacun d'entre vous, il existe un soleil tel que celui-ci. Même en Argelin.

« Argelin ? »

Sa tête émergea dans la salle et là, il vit le soleil souterrain.

Gigantesque, suspendu au plafond, oscillant au gré du courant d'air, la perfection incarnée. Comment avait-il été transporté jusqu'ici ? Il n'en avait pas la moindre idée. Juste en dessous, admirant son scintillement comme si de rien n'était, se tenait Kreon.

« Le Chacal ? s'enquit-il.

— À égalité. »

Kreon leva la tête vers le métal martelé. Sous la lumière dorée, ses cheveux blancs étincelaient, sa peau blafarde semblait luire.

« Alors nous attendons mon frère. Et Argelin. »

Elle déposa une plume dans la balance.

Une petite plume blanche qu'elle prit dans la boîte. Elle était si légère que le vent la soulevait, cependant le plateau s'abaissa sous son poids.

Hermia leva les yeux.

« Bien, Seigneur Argelin. Qu'as-tu à proposer ?

— Hermia... bafouilla-t-il, tourmenté.

— Ta vie vertueuse ? » demanda-t-elle sur un ton doucereux.

Elle retourna s'asseoir sur son trône. Des gouttes de cristal brillaient sur ses ongles.

« Ton ascension impitoyable grâce à ton armée ? Les effusions de sang et les purges ? Le meurtre des membres du Conseil, des familles de tes ennemis, des enfants qui, un jour, auraient pu usurper ta place ?

— Cela ne te dérangeait pas autrefois ! »

Elle sourit.

« Ou peut-être les femmes que tu as détruites ? Ton désir de contrôler la voix du dieu ? Sans mentionner l'assassinat de l'Archonte... des deux Archontes si tes plans avaient marché. Chantage, manigances, l'emploi d'une armée étrangère... Quelle action vas-tu déposer dans la balance, Seigneur Général ? »

Le visage d'Argelin demeurait imperturbable. Mirany, cependant, vit ses rides se creuser profondément dans sa peau.

« Autrefois, nous étions amis, Hermia. Plus qu'amis. Tu étais ma partenaire dans l'exécution de ces crimes.

— Je suis contente que tu les qualifies de crimes. Te couronner roi et porter l'anneau du dieu. Prendre le nom d'Archonte. Briser mes statues et te détourner de mon pouvoir, de ma pluie bienfaisante. »

Sa voix tremblait de colère. Même Alexos avait les yeux levés vers elle et, un instant, Mirany perçut la terreur et la fureur de la Reine dans son regard.

Argelin ne broncha pas.

« Dépose-les dans la balance, lui ordonna-t-il. Et n'oublie pas d'ajouter mon amour pour toi.

— Ton amour ! » Elle bondit sur ses pieds. « Tu m'as assassinée.

— La colère a guidé mon bras. Je ne te visais pas, jamais je ne t'aurais fait de mal. »

Elle éclata d'un rire discordant.

« Tu m'aurais écartée à n'importe quel moment. J'étais Porte-Parole, j'avais du pouvoir, mais quand tu en aurais eu assez...

— Non ! » Il gravit les marches et lui prit les mains. « Non, je te le jure, Hermia. Cela ne serait jamais arrivé, parce que durant ma vie entière je n'ai jamais aimé personne d'autre que toi. Pas même moi. Entre nous, il y avait plus que des complots, plus que de la culpabilité. Nous étions identiques, notre lien était profond, réel, indestructible. La mort ne peut nous séparer. Je ne le permettrai pas ! Tu le sais ! Je te ramène avec moi, malgré l'hostilité de la Reine, malgré tous les dieux. Si cela implique la fin du monde et le Chaos, je serai avec toi, Hermia. Et ce que je veux, je l'obtiens toujours. »

Seule la cascade brisait le silence. Les yeux rivés sur le visage de la femme, ses sourcils impeccables, ses lèvres rouges, Mirany se mordit la lèvre. Était-ce Hermia ou un masque de chair porté par la Reine des Pluies ?

Incertaine, Hermia sourit.

« On ne saura jamais comment tu aurais agi.

— Si, nous le saurons. Viens avec moi.

— Impossible. À moins que... »

Il lui toucha la main, le bras.

« Parle.

— Il y a eu une mort, Argelin. La mienne. Si je pars, quelqu'un doit rester. La Reine exige un sacrifice. »

Argelin lâcha un rire étouffé, aigu.

« Qu'il en soit ainsi ! » Il pivota. « Et si nous lui offrions le gros musicien, mon assassin ? »

Oblek se renfrogna, croisa les bras. Il était loin de fanfaronner.

« Ce n'est pas aussi facile, Général.

— La prêtresse, alors ! » Argelin rejoignit Mirany en bas des marches. « Mon coup vous était destiné. Peut-être devrais-je terminer ce que j'ai commencé ? »

Il avait le regard sombre et implacable, mais Mirany n'avait plus peur de lui depuis longtemps.

« Je ne vous en crois pas capable.

— Non ? Et le garçon ? » Il fit volte-face. « L'Archonte qui doit mourir pour son peuple. »

Alexos éclata de rire et la grenouille sauta à terre.

« Lui non plus. »

Elle se campa devant lui si bien qu'il fut obligé de la regarder.

« Général, nous savons tous quelle vie vous devez remettre à la Reine des Pluies. »

Il demeura silencieux.

« Le disque solaire est votre seule porte de sortie. Donnez-le-lui. »

Alors qu'elle s'adressait à Argelin avec calme, Mirany fut surprise par l'étrangeté du sourire d'Hermia.

« Vous avez planifié ma mort depuis longtemps, déclara Argelin.

— Non. » Mirany secoua la tête. « Je voulais simplement libérer l'Oracle. Libérer le peuple. Vous pouvez leur rendre leur liberté, vous aussi.

— Si j'obéis, il se pourrait qu'aucun de nous ne rentre.

— Je sais. Mais j'ai appris à faire confiance au dieu. Même si les apparences sont trompeuses.

— Les dieux aiment-ils les créatures qu'ils tourmentent ?

— Je pense que oui », répliqua-t-elle.

Ils se regardèrent pendant un long moment. Puis il se tourna vers Alexos, vers Oblek. Il sortit le disque de sa tunique et le déposa dans le second plateau.

Lentement, il s'abaissa sous leurs yeux.

Ne te retourne pas

Seth fut avalé par l'obscurité lorsque la lumière du disque solaire s'éteignit. Un instant, il crut qu'il avait été éclipsé par des doigts géants, soulevé hors de sa vue par une main divine. Les yeux écarquillés, il craignit que d'impossibles terreurs ne s'abattent sur eux, que le Chaos ne déferle sur le monde, ne vole la lumière et la chaleur, ne les conduise tous à la dissolution. Des milliers et des milliers d'insectes grouillaient le long du mur.

« Est-ce la fin ? » demanda-t-il au dieu.

La fin et le commencement, lui répondit quelqu'un. Cette voix appartenait à Kreon, debout à ses côtés. Dérouté, il perçut une note de triomphe dans le murmure de l'albinos. On l'attrapa par le bras, on le tira dans le passage exigu. Plus loin, dans les tombeaux, le fracas des épées fut interrompu par un hurlement de douleur.

Quelqu'un avait gagné.

« Votre Sainteté ? »

Rhetia fixait l'armure qui brillait dans les brumes de l'aurore. Le soldat porta les mains à sa tête et ôta son casque, révélant une chevelure grise et ébouriffée, et une inquiétude extrême.

« Votre Sainteté, pardonnez notre présence en ces lieux. Je sais que c'est mal, mais nous nous sommes dit... nous ne pouvions pas laisser... »

Tandis qu'il bredouillait, elle le reconnut. Il s'agissait du sous-officier d'Argelin et les hommes anxieux qui se pressaient derrière lui étaient les vestiges de l'armée portuaire – les hommes du Chacal, des marchands, des pêcheurs munis de couteaux et de filets.

D'un geste, elle les fit taire.

« Les Nordiques ?

— Nous les avons encerclés au niveau du Pont. Ils étaient trop occupés à aiguillonner les créatures grises, ils ne nous ont pas vus traverser. Nous avons attaqué leurs arrières et les avons mis en déroute. Mes hommes rassemblent ceux qui ont survécu. »

Persis lâcha un cri derrière elle. Il y eut des éclats de voix et des soupirs de soulagement. Chryse poussa des gloussements hystériques. Lentement, Rhetia ôta son masque et baissa sa lance. Elle se tenait encore très droite, si bien que le sous-officier s'agenouilla devant elle, appliqua son front contre le sol, bientôt imité par ses hommes.

Elle les toisa. Ce triomphe aurait dû la ravir, mais elle ne ressentit qu'une étrange torpeur, un sentiment stupide de consternation. L'Oracle ne serait pas attaqué. Elle aurait dû se sentir soulagée, elle était presque déçue.

« Écoutez », murmura Pa dans son dos.

Dans le silence, un murmure grandit, inquiétant et sourd.

En toute hâte, il écarta les soldats et, talonné par Rhetia, il se rendit au bord de la plateforme. Ensemble, ils virent s'avancer du Port, de la Cité des Morts, le long de la route blanche qui traversait le désert, des portes, des maisons, des cachettes, des ruines... les habitants des Deux-Terres. Par centaines, ils affluaient vers l'Île.

Hermia se leva.

« Le jugement a eu lieu, déclara-t-elle formellement. La plume s'élève, le soleil se lève, le Jour du Scarabée se lève. Aujourd'hui, Notre Lumière, le Roi Scorpion, le Pilote du Soleil, doit bénir le peuple de l'Oracle. » Elle dévisagea Mirany. « La Porte-Parole ouvrira la bouche et soufflera ses mots.

— Mais c'est toi, l'interrompit Argelin. Tu es la Porte-Parole !

— Moi ? »

Un instant, il parvint à la déstabiliser. Soudain humaine, elle fut prise d'un doute.

Sous leurs yeux ébahis, Hermia sortit d'elle-même et s'avança vers lui, laissant derrière elle une créature informe, aquatique, aux yeux de lumière, à la chevelure brune et trempée, à la robe en velours incrustée de perles et de coquillages.

Impassible, elle regarda Hermia rejoindre en courant Argelin en bas des marches. Elle sourit, et quand elle se leva, la peur fit reculer Mirany. Dans leur sillage, ses mouvements les éclaboussèrent. D'un pas tranquille, elle descendit l'escalier, fit face à Argelin et lui lança un sourire aussi froid que les abysses, aussi profond qu'une noyade.

Personne ne quitte mon jardin, proclama sa voix liquide.

Il s'obstinait encore. Un bras autour de la taille d'Hermia, il lança :

« Elle rentre avec moi. »

Tu es têtu, toi qui as détruit mes images.

Il fixa la lumière changeante de ses yeux.

« On raconte que tu as aimé un mortel autrefois. Tu dois comprendre ce que je ressens. Je ne demande rien, déesse, parce que demander ne suffit pas. Nous sommes ennemis, mais des ennemis peuvent eux aussi se montrer cléments envers les vaincus. Je te supplie, ma Dame. Oui, moi, Argelin, je te supplie de lui rendre la vie. »

Lentement, comme si ce geste l'avilissait, il s'agenouilla et posa son front contre le dallage humide.

La Reine l'observa.

Voici ce que tu emporteras.

Elle retira des plis aqueux de sa robe une petite sculpture en ivoire ou en os de baleine. Lorsqu'elle la déposa dans sa main, Mirany eut le temps d'entrevoir l'image de la Reine en personne, les bras écartés, sa tunique ruisselante, étoilée de gouttelettes en cristal.

Mon image surplombera à nouveau le Port. Quant à la femme que tu prétends aimer, elle te suivra. Elle sera toujours avec toi. Où tu iras, elle ira. Quand tu tendras le bras vers elle, elle tendra le bras vers toi. Mais ne te retourne pas pour la voir, ne te retourne surtout pas. Car celui qui regarde à nouveau le pays des ténèbres subira ma vengeance.

Quand elle retira sa main, des gouttelettes tombaient des doigts d'Argelin.

Incrédule, il leva la tête, mais elle avait regagné la balance. Elle s'empara du disque solaire qu'elle tendit à Mirany. À contrecœur, cette dernière accepta l'objet un peu chaud et parfaitement lisse.

La Reine des Pluies se pencha à son oreille.

Quand tu es devenue Porte-Parole, tu n'as pas appris le nom secret du dieu. Ici et maintenant, je te le révèle.

Les yeux rivés sur Alexos qui regardait la grenouille bondir au loin, elle lui murmura les syllabes à l'oreille. Il s'agissait de mots frais qui ne signifiaient rien, et pourtant, Mirany frissonna lorsqu'elle les entendit. Ils s'infiltrèrent en elle et soudain, elle fut si heureuse qu'elle en rit aux éclats, sans savoir pourquoi. Alexos la prit par les mains et ensemble, ils firent la ronde en riant.

Ensuite, la Reine s'adressa à Oblek.

Quant à toi... Quel présent puis-je offrir à un homme qui a bu l'eau du Puits ?

« Aucun, ma Dame », répondit-il avec fierté.

Ceci. Cette eau ne te submergera jamais. Et jamais tu ne seras attiré dans ses profondeurs. Aucun liquide ne s'emparera de ton âme désormais.

Il poussa un grognement de satisfaction qu'elle accueillit par une légère inclination de la tête. Puis elle gravit les marches et s'assit sur son trône avant de se pencher en avant et d'écarter les mains.

Le voyage du Scarabée se termine et commence. Le peuple vous attend.

S'ouvrit parmi la végétation du Jardin un couloir aussi haut que large, aux motifs complexes. Chaque parcelle était recouverte d'images éclatantes qu'ils avaient vues sur des dizaines de peintures funéraires, de rouleaux et de documents du temple. Archontes, Princes et Porte-Parole se suivaient dans une procession sans fin. Au-dessus d'eux et autour d'eux, les textes luisaient, des cartouches bleu et or entouraient leur nom.

Mirany tourna le disque solaire entre ses doigts. Il brillait de mille feux.

Argelin y jeta un coup d'œil avant de se relever.

« Tu me le promets ? »

Le dieu tient ses promesses.

Il serra les mains d'Hermia dans les siennes.

« Je t'attends à l'Oracle.

— Si je viens, répliqua-t-elle avec un sourire. Autrefois, j'ai juré que tu ne te servirais pas de moi. Et cela tient toujours.

— Mais tu m'aimes », insista-t-il.

Elle haussa les sourcils.

« L'ai-je dit ?

— Hermia, quand cesseras-tu de me tourmenter ? »

Il approcha sa main de ses lèvres puis fit volte-face et, la démarche décidée, avança sous le linteau peint.

« Archonte ! s'exclama Oblek. Tu viens ? »

Les mains sur les hanches, Alexos lança un sourire à la Reine des Pluies. Elle tendit la main et, de son doigt humide, elle lui souleva le menton.

Sois prudent parmi les mortels, Notre Lumière. Ils te voleront ton innocence.

Il hocha la tête.

Mais ils sont mon rêve, et mon aventure, ma Dame.

D'un pas léger, il rejoignit Oblek et, tout en marchant à reculons, il lui fit signe de la main. Mirany prit le temps d'admirer le Jardin une dernière fois afin de conserver en mémoire sa beauté, ses suaves parfums, ses arbres resplendissants, le clapotis éternel des fontaines et leurs éclaboussures. Puis elle suivit Argelin qui était parti devant, sans se retourner, sans jeter un regard en arrière.

Très vite, les couleurs du mur fanèrent. Des moisissures sillonnaient la procession peinte telle une poussière verte. Des morceaux de plâtre commençaient à tomber, emportaient avec eux le visage des esclaves, les éventails et les colombes, les mots du Chemin d'Orientation. Le couloir sombre descendait à pic et seul le disque solaire éclairait leur chemin. Argelin marchait à vive allure, Alexos courait au-devant. Près de l'épaule de Mirany surgit Oblek au pas lourd. Sous ses pieds craquaient ossements, cendres, fragments de plâtre.

Derrière eux, le couloir était plongé dans le silence.

Le bras du Chacal saignait. Ingeld était à terre.

Au moment où Seth se précipitait dans la salle, il entendit le rugissement des Nordiques qui descendaient en nombre le long des chaînes énormes de la balance et criaient vengeance.

« Il est mort ? »

Le Chacal cherchait son souffle. Ce fut le Renard qui dégaina son couteau et lança :

« Pas encore. »

Seth souleva le casque d'Ingeld. Le Nordique saignait par la bouche et le nez. Il avait été terrassé par une entaille au flanc.

Paniqué, Seth se tourna.

« Ils vont nous tuer !

— Affrontons-les ! s'écria le Renard qui lui lança le couteau et fit volte-face. Dos à dos ! »

Ils étaient trop nombreux. Serrant dans sa main le manche moite, Seth sut que c'était terminé, qu'il n'avait plus le temps, qu'il verrait le Jardin de ses propres yeux dans quelques secondes. Tandis qu'il adressait une prière désespérée au dieu, le premier homme s'effondra, se recroquevilla et ne remua plus. Deux autres plongèrent à leur tour dans un sommeil instantané. En quelques instants, les survivants de la troupe guerrière gisaient en silence sur le sol de la grotte obscure ; un bouclier rond roula avant de tomber.

Lentement, le Chacal tourna la tête. Son immobilité les renseigna.

Le trône de l'Ombre était plongé dans le noir et la créature qui l'occupait était une forme sombre parée d'une couronne de belladones et de toiles d'araignée. Sa voix émergeait d'un masque pourvu d'un museau et de deux yeux rouges. Elle s'apparentait à un murmure de poussière accumulée depuis des siècles dans ces salles désertes, au lent dessèchement des os. C'était à la fois Kreon et un souffle qui ignorait tout du temps, de la croissance et du soleil. Terrorisé, Seth s'accroupit tandis que le Renard se prosternait et geignait.

Ils dorment, expliqua-t-il.

Seul le Chacal demeurait debout. Sa question fut un

murmure rauque, mais Seth fut surpris qu'il puisse ouvrir la bouche.

« Et nous ? »

Laissez-moi les tombeaux. Mon frère vous attend.

Petit à petit, dans un raclement sinistre qui poussa Seth à éteindre le manche de son couteau, une pierre ronde s'écarta du mur. De la lumière jaillit. Un escalier menait à la Cité. Sans attendre les autres, Seth se releva et courut. La panique le motivait bien entendu, mais il était talonné par un Renard bien plus terrifié. Ensemble, ils montèrent les marches quatre à quatre, le souffle court, tandis que les bruits du monde les submergeaient, le crissement des rouleaux, l'odeur des peintures et des papyrus. Ils ne s'arrêtèrent qu'au moment où le Renard se prit les pieds dans le seau d'une femme de ménage et vola dans les airs en jurant. Plié en deux, Seth haletait. Le temps que son pouls ralentisse, il était glacé par l'humidité ambiante.

Enveloppée dans la brume matinale, la Cité des Morts était silencieuse. Au milieu de la place démesurée, se dressait la Ziggourat. Immense pyramide entre les neuf Maisons du Deuil. Quelques scribes écrasés par les grands Archontes de pierre montaient la garde sur les remparts. Tout était fermé et barricadé. Loin en mer, on entendait un roulement de tonnerre.

Le Chacal arriva calmement en haut des marches et continua sans se préoccuper d'eux.

Seth lui courut après.

« Vous êtes blessé ?

— Pas trop.

— Mais... en bas... pourquoi n'avez-vous pas...

— J'avais un mot à dire au Seigneur des Morts. » Il bondit sur la première marche de la Ziggourat qu'il escalada à toute allure. « Il y a longtemps que j'aurais dû parler. Je ne suis plus le Chacal, Seth. Le cauchemar est terminé. »

Ensemble, ils grimpèrent dans le ciel rosé, tous trois alignés jusqu'à ce que Seth ait mal aux jambes et qu'il ne puisse plus respirer. Enfin, ils atteignirent la plate-forme où les Archontes commençaient leur voyage en direction du Jardin. Le vent soufflait en rafales. Soudain, le Renard poussa un cri étonné. Une immense flotte ballottait sur la mer un peu agitée et s'entassait dans la rade. Déjà les portes du Port étaient ouvertes, la route du désert fourmillait de personnes courant vers l'Île, agrippant leurs offrandes et leur bétail, portant leurs enfants sur les épaules.

« On dirait que Jamil a libéré le Port », remarqua le Chacal sur un ton sec.

Seth fixa la fumée pâle de la balise qui s'élevait depuis l'Oracle.

« L'Empereur nous gouverne, à présent. Combien de Neuf sont encore vivantes ? »

Le Chacal baissa les yeux. Près de la porte étaient attachés les chevaux des Nordiques, des bêtes rares que l'aurore brumeuse mettait mal à l'aise.

« Je ne te demande pas si tu sais monter à cheval, Seth ? » lui lança-t-il avec un sourire.

Argelin s'arrêta une troisième fois, le souffle court.

« Je n'entends toujours rien, remarqua-t-il, la voix cassée. Elle est vraiment là ?

— Je l'ignore. Je n'ose pas regarder.

— Je me retourne. Je dois savoir.

— Non ! » Terrifiée, Mirany l'attrapa par le bras. « Si vous cédez, jamais plus vous ne la reverrez.

— La Reine est perfide. Et s'il n'y avait personne derrière nous, Mirany ? Et si nous étions venus dans ce monde pour rien ? »

Angoissé, il regarda droit devant lui l'ouverture lointaine, la lumière miroitante.

La peur la tenaillait.

« Alexos va nous le dire. Il peut regarder, lui.

— Le peux-tu ? l'interrogea Argelin, figé.

— Je suppose que oui. »

L'Archonte pivota sur ses orteils. Son regard passa par-dessus l'épaule d'Oblek, scruta le bout du couloir. Puis il se tourna vers Argelin.

« Alors ? » aboya le Général.

Alexos baissa les yeux, tapota les pierres du bout du pied.

« Vous n'avez pas toujours été très gentil avec moi, Général. »

Argelin se raidit. Un instant, Mirany crut qu'il allait attraper le garçon par le col et lui tordre le cou. Oblek se rua vers lui.

Le Général desserra ses poings gantés.

« Je vous en prie », murmura-t-il.

Ses quatre mots tombèrent comme autant de glaçons.

Surpris, Alexos regarda Mirany. Le visage rougi, il était au bord des larmes.

« Elle est là, chuchota-t-il. Elle est juste derrière vous. Elle attend qu'on continue. Mais ne vous retournez pas, Général, s'il vous plaît. Ou la Reine la fera disparaître. »

Argelin ne bougea pas.

« Vous me dites la vérité, jeune homme ? »

Alexos fit oui de la tête.

Pendant un instant, ils crurent que son signe de tête ne serait pas suffisant. Soudain, Argelin se remit en marche. Oblek souleva le garçon et lui courut après.

Seule dans le silence, Mirany tendit l'oreille.

Elle n'entendit aucun pas, aucun souffle, aucun bruissement signalant une présence. Elle était certaine que le couloir derrière elle était désert.

« Êtes-vous là ? murmura-t-elle. Hermia ? »

Personne ne répondit.

Au fur et à mesure qu'elle rattrapait les autres, le disque solaire croissait. Il s'ouvrit dans sa main, brilla, sa couleur fonça. Sa forme fléchit, devint une coupe, une grande coupe creuse qu'elle reconnut avec un sentiment de crainte mêlée de soulagement, une coupe sur laquelle était gravé le vaisseau de la Reine des Pluies, si lourde et encombrante qu'elle dut la tenir à deux mains.

En son cœur voyageait un petit scorpion étonné.

Il se détourne du Chemin

Ils galopèrent – le Renard sur un cheval gris pommelé, Seth accroché au Chacal sur un étalon blanc à moitié sauvage. Les gens s'écartaient sur leur passage.

Devant le Pont, le Chacal sauta à terre. Un bateau s'éloignait à toute allure de la flotte. À grand renfort de cris et de signes, il lui ordonna de s'arrêter. Lorsque la proue se tourna vers eux, Seth reconnut Jamil vêtu d'une cotte de mailles qui brandissait une épée. Il était entouré d'hommes armés.

« Il ne prend aucun risque », remarqua le Renard sur un ton sec.

Le Chacal sauta à bord.

« Ils sont vivants ? » l'interrogea-t-il.

Jamil arbora un air grave.

« Je l'ignore. Les éléphants le sont, eux. »

Alors que le bateau s'approchait de l'Île, Seth vit qu'il avait raison. La plage ressemblait à un champ de bataille ; des pièces d'armure piétinées et des flèches brisées jonchaient le sol. Quant aux mastodontes, ils étaient heureux, plongés jusqu'aux genoux dans la mer. Leurs cornacs les caressaient, lavaient leurs plaies, ornaient leur cou avec du laurier arraché en hâte dans les jardins en friche de l'enceinte.

Le Chacal et Seth coururent le long du sentier, esquivant les restes de pillage éparpillés. Buissons et murs avaient volé en éclats sous les bombes. Çà et là brûlaient de petits feux. Une odeur de lavande s'exhalait des volutes de fumée. Le jour s'était levé et au moment où un Seth haletant escaladait les dernières marches de l'Oracle, il fut aveuglé par le soleil et se cacha vite les yeux.

« Seth ! »

Telia poussa des hurlements de joie. Elle se dégagea de Pa, lâcha ses singes et se jeta dans ses bras. Il vit Rhetia et le sous-officier, puis Manto.

La sorcière se leva. Le Chacal lui fit face.

Pendant un long moment, nul ne parla.

« Tu m'as filé entre les doigts, déclara-t-elle froidement.

— Cette fois-ci.

— Quelle sage remarque, Seigneur Chacal. Ne remercie pas ton habileté ou ta force, mais la sournoiserie d'un scribe et d'un vieillard. » Elle regardait Pa et Seth. Son visage tordu était plein de rancune. « Tais-toi et observe. »

Elle prononça une seule syllabe et Telia hurla. Les singes ouvrirent les yeux, leurs pattes se délièrent, ils grandirent, poussèrent des cris stridents et attaquèrent. Personne n'eut le temps de réagir que déjà les créatures assaillaient la fillette, lui arrachaient les cheveux, griffaient Seth qui tentait de les chasser. Frère et sœur étaient unis sous les méchantes morsures, les griffures assassines.

Le Chacal eut la main entaillée, la lance de Rhetia se brisa sur leur dos, Pa hurlait de terreur. Soudain, une voix claire prononça un mot et les singes s'écrasèrent au sol, redevinrent des jouets, brisés. Telia pépiait de terreur dans les bras de Seth.

Stupéfaite, Manto se retourna.

« Après tout ce que j'ai fait pour toi ! »

Chryse croisa les bras.

« Mais je n'ai jamais rien demandé. Je te déteste. Tu as tout gâché. Je ne t'ai jamais aimée, pas même quand tu m'apprenais tes secrets. Et maintenant, je ne veux plus jamais avoir affaire à toi. »

Manto resta interdite quelques instants. Puis elle hocha la tête en signe d'appréciation.

« Toujours du côté des vainqueurs, Chryse. Je t'approuve, mon trésor, je t'approuve. » Puis elle lui lança un regard venimeux. « Attention de ne pas aller trop loin. »

Telia s'écarta de Seth.

« Qu'est-ce que c'est ? »

Le soleil s'ouvrait. Apparut un tunnel de lumière et, des profondeurs de l'Au-Delà, ils virent Argelin avancer d'un pas digne, l'air lugubre et épuisé, Alexos qui courait derrière lui, Oblek et enfin Mirany tenant entre ses mains la coupe de bronze de la Porteuse, soucieuse de ne pas trébucher.

Avec un vif soulagement, Seth écarta Oblek et s'empara de la coupe.

« Eh ! Fais attention ! lâcha-t-elle. Seth ?

— Qui d'autre ? »

Le visage couvert de poussière, trempée jusqu'aux os, elle regarda les alentours, l'Oracle, les autres. Alors qu'il lui souriait, son visage s'assombrit.

« Y a-t-il quelqu'un derrière moi ? » murmura-t-elle.

Il regarda par-dessus son épaule. Le tunnel avait disparu et le soleil était loin à l'horizon. Dans le silence de cette nouvelle lumière, le tonnerre gronda, proche. Même les mouettes se taisaient.

« Non », répondit-il.

Le cri étouffé d'Argelin les pétrifia tous les deux. Debout sur le dallage de l'Oracle, le Général observa le soleil. Épuisé, les traits tirés, il était comme foudroyé par les rayons lumineux.

« Elle m'a menti, bredouilla-t-il, incrédule. Elle m'a menti. »

Oblek s'approcha.

« Attendez. Il pourrait se passer quelque chose.

— Attendre quoi ? chuchota Rhetia.

— Hermia. » Mirany parlait à voix basse. « La Reine des Pluies lui a promis qu'elle viendrait. »

Elle souleva la coupe. Rapidement, Seth en évalua le poids et jeta un regard inquiet au scorpion.

Argelin examina l'Oracle, l'Enceinte en ruine, la flotte, remarqua à peine les Neuf en armure, Manto en colère contre Pa.

« Vous auriez dû faire les choses à ma manière, Général, ironisa la sorcière. Moi, au moins, je tiens mes promesses. »

Dans un cliquetis métallique et le souffle court, Jamil gravit les marches quatre à quatre en faisant signe à ses hommes de rester en bas. Dès qu'il vit le visage d'Argelin, il s'arrêta.

Des éclairs zébrèrent le ciel.

« Cela ne se produira jamais, Général », marmonna doucement le Chacal.

Avec un effort surhumain, le Général se concentra sur lui.

« Osarkon. »

Des rouages semblaient s'être débloqués dans son esprit. Il fixa le Chacal, ses cheveux, ses yeux.

« Toi, constata-t-il platement. Tout ce temps, c'était toi. »

Le Chacal lui lança un sourire triste.

« Un prince fardé, Général. Qui ne pouvait oublier le chagrin de sa mère, les fontaines de sa maison qui crachaient du sang. Pendant des années, j'ai rêvé de te le dire en face. »

Argelin hocha la tête, comme s'il peinait à s'en souvenir.

« Et maintenant es-tu satisfait ? Te réjouis-tu de mon humiliation ?

— Non, répliqua le Chacal après un long silence. Non. »

Alexos avait escaladé la balise fumante.

« Regardez-moi ! »

Il tournait le dos au soleil. Un instant, son éclat le rendit translucide. Le garçon brillait, sa beauté meurtrit les yeux de Mirany. Ses cheveux flottant au vent la laissèrent muette de joie. Et là, elle le vit comme jamais elle ne l'avait vu, le Dieu-sur-Terre dont la lumière allongeait l'ombre de la jeune fille, du Chacal et d'Argelin.

Elle est derrière vous, Général, comme l'a promis la Reine. Elle vous accompagnera toujours.

Argelin se retourna. Sur le dallage devant lui s'allongeait une ombre qui n'était pas la sienne. L'ombre d'une grande femme qui partait de ses pieds, dont la main se levait quand il levait la sienne, dont le bras se tendait quand il tendait le sien. À jamais unie à lui. Intouchable. Silencieuse.

Il fit un pas en avant et l'ombre recula. Jamais il ne s'en approcherait. Pendant un instant, il ne bougea plus. Puis soudain, il éclata d'un rire étrange et aigu.

« Voilà qui est malin, Reine ! Ingénieux. Fidèle à ta promesse.

— Général... » chuchota Seth.

Argelin ne répondit pas.

« Écoutez-moi, Général. Personne ne défie les dieux. Pas même vous. Acceptez-le, Général. Hermia est morte. La flotte de l'Empereur est là. Joignez-vous à nous. Nous avons besoin de vous. »

Lentement, Argelin releva la tête. Il les regarda tour à tour, le Chacal, Rhetia, Mirany, Jamil. Quand il prit la parole, sa voix était emplie de sérénité.

« Vous n'avez pas besoin de moi. Le dieu protégera son Oracle de l'Empereur ou de qui il veut. Aujourd'hui et demain. Il a joué avec nous comme avec des pions sur un échiquier, Seth. Il a utilisé nos peurs, notre folie, nos désirs. Que savent les dieux de l'amour, de la honte ? Nous les connaissons, nous, toi et moi, eux, ce prince des voleurs, cette petite blonde. Malgré tous ses pouvoirs, la Reine ne les connaîtra jamais. Voilà pourquoi elle nous envie et nous tourmente. Cela doit cesser. »

Seth croisa son regard. Sa folie s'était envolée. Il vit un homme amaigri par les souffrances, armé de son seul amour-propre. En silence, il s'éloigna.

Argelin sortit l'image en os de baleine. Figée, Mirany s'exclama :

« Ne...

— Tu avais tort, ô Reine. Pour moi, il n'y a aucun pardon. » Près d'elle, les yeux du Général étaient noirs et profonds. « Moi non plus, je ne pardonne pas. »

Soudain, il brandit la statue et poussa un cri de rage. « Reine des Pluies ! Vois ce que je fais de ta précieuse image ! »

Et, de toutes ses forces, il la jeta au loin. Elle vola par-dessus la falaise, décrivit dans le ciel un grand arc de cercle blanc et étincelant avant de redescendre dans un léger tintement et de plonger dans les eaux bleues. Une mouette descendit en piqué et se trouva fort déçue au-dessus des rides qui disparurent à leur tour.

Mirany agrippa la main de Seth. Le souffle court, tous attendirent la colère de la Reine, le tremblement de terre qui les engloutirait, le rugissement de la lame de fond qui submergerait l'Île tout entière.

Leur attente ne fut pas longue.

Dans un roulement sourd, la mer se souleva. Des bulles éclatèrent à sa surface, des éclairs illuminèrent le ciel. Les vagues apparurent, brillantes et obliques. Et dans un grondement terrible, la terre vibra. Le tremblement fut tel que tous perdirent l'équilibre, des tuiles volèrent du toit du Temple.

À quatre pattes, Mirany écarta sa frange et scruta la mer.

Les eaux s'ouvrirent. Un doigt surgit, puis une grande main couverte d'algues du marbre le plus pur, le plus blanc. Sous les coups de tonnerre d'un violent orage émergèrent les bras écartés d'une géante au visage calme et implacable, au regard sévère. L'eau coulait entre les fissures de sa robe d'où tombaient crabes et anémones. Des bancs de poissons s'étaient pris dans les boucles de ses cheveux. Autour d'elle, des dauphins bondissaient, des mouettes criaient. Sur la berge, les gens se prosternaient, hurlaient à mesure que le sol ondulait et se fissurait.

Immense dans le ciel orageux, son genou de déesse au fond de l'eau, la statue s'éleva au-dessus de la rade, les bras ouverts face au soleil levant. De l'écume lui glissait le long des épaules. De grandes vagues détrempaient les pans de sa tunique, inondaient le port, renversaient les bateaux, obligeaient les hommes terrorisés à sauter du haut des mâts oscillants.

Sous les yeux ronds de Mirany, le ciel et la mer bouillonnèrent. Poussée par la fureur de la déesse, la marée nettoya les quais, se déversa dans les rues basses. Les embarcations s'entrechoquèrent et se brisèrent. Elle se tourna vers Argelin.

« Qu'avez-vous fait ? » hurla-t-elle.

Le tonnerre emporta ses mots, le vent balaya ses cheveux et sa tunique. Vacillant, Argelin fit face au Port, vit le courroux de la Reine des Pluies arracher des murs, dévaster portes et maisons, démolir les pièces d'artillerie.

Il eut un rire glacial.

« Elle demande un sacrifice », affirma-t-il d'une voix si basse que Mirany l'entendit à peine. Il fixa Alexos qui s'accrochait aux vestiges de la balise. « Et c'est le devoir de l'Archonte de mourir pour son peuple. »

La terreur submergea Mirany.

« Non ! » hurla-t-elle en s'accrochant à lui.

Le Chacal dégaina son épée. Trop tard.

Argelin avait déjà rejoint le garçon. Un combat s'engagea quand soudain une grande vague s'abattit sur eux, renversa Oblek et trempa Mirany. Alexos vacillait en arrière lorsqu'il s'empara de la coupe et la tint entre eux tel un bouclier. Argelin s'approcha aussitôt et plaqua son torse contre le rebord. Tandis que le scorpion escaladait le métal mouillé, Argelin fixa Alexos de l'autre côté du cercle de métal, comme si le monde se dressait entre eux.

« La prochaine statue qui ornera la rangée d'Archontes sera la mienne », affirma tranquillement le Général.

Le tonnerre gronda.

D'un geste provocateur, il plongea la main dans la coupe.

Alexos tremblait, ses yeux se remplissaient de larmes.

« Vous n'êtes pas obligé.

— C'est vrai. » Argelin ne cilla pas quand la queue dressée du scorpion lui piqua le doigt. « J'ai choisi, Archonte. Je quitte la route. Je pars me venger... Elle et moi... Hermia... Nous partons ensemble. »

Il s'effondra au bout de quelques instants. Seth et le Chacal se dépêchèrent de le rejoindre. Il frissonna, vomit de la bave avant d'exhaler son dernier souffle. La coupe tinta sur le sol puis s'immobilisa.

Giflés par les embruns, ils l'allongèrent délicatement sur les dalles humides. Le Chacal eut un mouvement de recul quand le scorpion s'enfonça dans l'Oracle. Dans ce silence terrible, le cyclone s'apaisa, se transforma en une brise légère qui effleurait les branches. Rhetia s'agenouilla pour prendre son pouls. Elle posa les doigts contre la peau sèche de son cou puis se releva sans dire un mot.

Les vagues fouettaient la falaise, l'écume atteignait une hauteur incroyable et pourtant, sous les yeux de Mirany, les eaux reculèrent, mollirent et firent place à une mer d'huile. Derrière les nuages gris de l'orage, la lumière jaillit. Les mouettes reprirent leur ronde en criant. Il n'y aurait pas de déluge.

Le Chacal réagit le premier. Il se rendit au bord de la plateforme et cria d'une voix forte et limpide :

« L'Archonte est revenu ! Le dieu est revenu auprès de son peuple ! »

Les foules massées sur la route hurlèrent aussitôt qu'elles entendirent ses paroles. Il se tourna et fit signe à Alexos d'approcher :

« Viens vite ! Qu'ils te voient ! »

Timidement, Alexos avança d'un pas. Les hurlements s'intensifièrent, le peuple lui lança des fleurs, se mit soudain à battre sur des tambours, à agiter des crécelles en rythme. Il ravala ses larmes et leur fit signe de la main en souriant.

« Il faut qu'ils voient la Porte-Parole aussi, murmura Seth à l'oreille de Mirany.

— Je n'ai pas de masque. »

Bizarrement, elle souhaitait se couvrir le visage,

parce qu'il était rougi par la chaleur et elle craignait que les sanglots ne l'étranglent.

Tout à coup, quelqu'un lui mit le masque de la Porte-Parole dans sa paume. Alors qu'elle fixait l'objet, Rhetia la gronda, tourna l'objet et le plaça sur le visage de Mirany.

« Allez ! Grimpe à côté de lui. »

Derrière les fentes du masque, Mirany vit sa compagne, droite comme un I. Elle voulait lui parler, mais il n'y avait rien à dire. Elle avait l'impression que plus jamais elle ne serait capable de parler, comme si la mort d'un homme qu'elle avait appris à ne pas détester l'avait rendue muette. Elle se tourna, Oblek avait emprunté une cape qu'il déposait avec douceur sur le corps d'Argelin.

Dès que la foule la vit, les hurlements décuplèrent.

« Très bien... marmonna le Chacal. Mais quand ils se rendront compte que l'Empereur a le pouvoir ici...

— Il y a matière à discussion, l'interrompit Jamil qui observait la foule.

— Peut-être le dieu ne veut-il pas en discuter. » Seth prit Mirany par le coude. « Le veut-il ? »

Il avait la main chaude et crispée. Elle savait ce qu'il voulait. Elle leva les mains, et lentement, à contrecœur, la foule se tut. Un bébé pleura, une mouette cria. Tout le monde la fixait, dans l'expectative. Elle aussi attendait, car il ne parlait pas et elle n'avait aucune parole à leur porter.

« Que dois-je dire ? marmonna-t-elle. Ne me laisse pas devenir une nouvelle Hermia qui exaucerait ses souhaits à travers l'Oracle. Laisse-moi leur donner la vérité divine. »

La brise lui apporta la réponse.

Qui te dit, Mirany, que les mots d'Hermia n'étaient pas les miens pendant tout ce temps ? Vous autres mortels êtes si égocentriques.

« Parce que tu ne l'es pas ? »

Il éclata de rire, mais elle n'attendit pas qu'il lui réponde. Elle prononça les mots du dieu.

Peuple des Deux-Terres, écoutez les mots de l'Oracle ! Le Dieu-Souris, notre Lumière, le Fils du Scorpion dit ceci. L'Archonte est de retour, l'Empereur s'inclinera devant lui. Il n'y aura plus de guerre, plus d'oppression. Aucune flotte ne régnera en ces lieux, aucun mercenaire ne vous spoliera. À partir de ce jour, le Conseil des Cinquante parlera au nom de mon peuple et les Neuf seront les gardiennes de ma voix. Qu'il en soit terminé de la sécheresse, qu'il en soit terminé des fléaux. L'eau coulera en abondance pour tous ceux qui ont soif. Je le dis. Tels sont mes désirs et mes pouvoirs les réaliseront.

Hors d'haleine, elle s'interrompit. Entre le cliquetis des lances, le martèlement des tambours et les applaudissements, ses derniers mots furent prononcés à voix basse. Seuls Seth et le Chacal les entendirent.

Et peut-être m'apprendrez-vous l'amour.

La Procession fut formée en toute hâte. Les hommes transportèrent le corps d'Argelin dans une litière de fortune. Après avoir jeté leurs lances, les filles cueillirent des fleurs et ornèrent leur chevelure de guirlandes. Chryse tressa pour Mirany une couronne d'hibiscus qu'elle déposa avec soin sur sa tête.

« Merci. Et Seth ? »

Chryse lui lança un coup d'œil.

« Persis lui en prépare une », affirma-t-elle d'une voix fatiguée.

Seth fronça les sourcils.

« Merci, Votre Sainteté.

— Je ne vois vraiment pas pourquoi, répondit celle-ci, rouge comme une pivoine.

— Que se passe-t-il ? s'enquit Mirany en prenant place.

— Je te raconterai plus tard. »

Seth s'éloigna des Neuf qui défilèrent devant lui, masquées. Prise d'un fou rire, Telia tenait fermement la main de Tethys. L'absence du dieu avait laissé un immense vide en lui.

« On dirait qu'elle fait déjà partie des Neuf, déclara-t-il pour masquer sa tristesse.

— Elle ne sera pas Porteuse, marmonna son père. Je ne le permettrai pas.

— Tu n'es jamais content. »

À sa grande surprise, Pa eut un rire acidulé.

« Aujourd'hui, je le suis !

— Seth ! hurla Oblek. Viens par ici ! »

Le sous-officier, le Renard et lui chargeaient la litière de l'Archonte sur leurs épaules et Alexos trépignait d'impatience.

« Viens, Seth. Tu vas me transporter lors de la Procession.

— Moi ? » soupira-t-il. Il examina la litière puis souleva le quatrième bras qu'il déposa sur son épaule. Elle était lourde. Atterré, il pensa à la route humide.

« Attends que je sois monté ! » lui lança Alexos d'une voix étouffée.

La litière s'abaissa et Seth geignit.

« Ressaisis-toi, scribe, marmonna Oblek. Souviens-toi que nous avons bu l'eau du Puits. Nous sommes forts. »

Avançant en rythme, Seth grinçait des dents. Les gouttes de sueur l'aveuglaient déjà. Il avait mal au dos.

« Je ne suis qu'un scribe.

— Alors, tu aurais dû rester à ta place, ironisa le Chacal du haut de son cheval blanc. Oui, nous aurions tous dû rester à notre place. Parce que désormais les choses ne seront plus jamais les mêmes. »

Il trotta derrière les soldats. La litière le suivait parmi la foule en liesse qui leur jetait des brins de lavande et de romarin écrasés. Ensuite venaient les filles qui jonchaient le sol de fleurs, puis les Neuf aux tuniques crasseuses, aux masques en bronze souriants. Rhetia et Chryse se tenaient froidement côte à côte. Mirany avançait seule en fin de cortège. Sa sandale lui irritait le talon.

« L'ai-je prononcé comme il faut ? » chuchota-t-elle.

Comme le dieu ne lui répondait pas, elle regarda droit devant elle la longue route qui menait à la Cité des Morts.

Alors que les acclamations faiblissaient, des nuages orageux apparurent. L'Île demeurait silencieuse, une brise murmurait dans la bouche de l'Oracle. Au tréfonds de son cœur, l'obscurité bougea. Au bout d'un moment, un petit scorpion sortit et vint se dorer au soleil sur le dallage, la queue dressée.

Loin dans le désert, la pluie se mit à tomber. Une à une, les gouttes s'enfoncèrent dans le sable...

Cet ouvrage a été imprimé par

FIRMIN DIDOT

GROUPE CPI

Mesnil-sur-l'Estrée

pour le compte des Éditions Pocket Jeunesse
en décembre 2006

POCKET — 12, avenue d'Italie — 75627 Paris Cedex 13
N° d'impression : 82553 – Dépôt légal : janvier 2007.

Imprimé en France